WORLD OF WARCRAFT

BEYOND THE DARK PORTAL

크리스티 골든, 에런 로젠버그 지음 / 유정우 옮김

제우미디어

어둠의 문 너머

초판 1쇄 | 2019년 8월 14일

지은이 | 크리스티 골든 & 에런 로젠버그
옮긴이 | 유정우

펴낸이 | 서인석
펴낸곳 | 제우미디어
출판등록 | 제 3-429호
등록일자 | 1992년 8월 17일
주소 | 서울시 마포구 독막로 76-1 한주빌딩 5층
전화 | 02-3142-6845
팩스 | 02-3142-0075
홈페이지 | www.jeumedia.com

ISBN | 978-89-5952-811-0
• 파본은 구입하신 서점에서 교환해드립니다.

제우미디어 공식 트위터 | twitter.com/jeumedia
제우미디어 페이스북 | facebook.com/jeumedia

만든 사람들
출판사업부 총괄 손대현 | **편집장** 전태준 | **책임 편집** 안재욱 | **기획** 홍지영, 장윤선, 박건우, 조병준, 오사랑, 서민성
디자인 총괄 디자인 수 | **영업** 김금남, 권혁진

가족과 친구들,
그중에서도 내가 세상의 물결에 맞설 수 있도록 도와주는
나의 사랑스러운 아내에게 바칩니다.

음악가, 작가, 게이머, 랍비이자
비범한 친구였던 데이비드 호닉스버그(1958 – 2007)를 기억하며.
친구여, 한바탕 흔드는 법을 천국에도 전수하시길.

프롤로그

"던져!"

"닥쳐!"

"던져, 인마!"

"알았다고!"

그라타르는 앓는 소리를 내며 반쯤 일어났다. 그의 강한 어깨 근육이 불끈거렸다. 한쪽 팔이 앞으로 뻗어 나오더니 주먹을 아래로 재빨리 휘둘렀다. 손가락이 펴지자, 조그만 뼈 주사위들이 달가닥거리며 바닥으로 떨어졌다.

"하! 겨우 하나네!"

브로도그가 입술을 펴며 웃자, 엄니가 위로 솟았다.

"제길!"

그라타르는 다시 바위에 앉아, 브로도그가 주사위를 모아서 신나게 흔드는 모습을 부루퉁한 얼굴로 바라보았다. 자신이 왜 자꾸 그와 주사위 놀이를 하는지 알 수 없었다. 브로도그가 늘 이겼기 때문이다. 부자연스러울 정도로.

부자연스럽다…… 그라타르에게는 이제 의미가 없는 말이었다. 그는 지평선에 내려앉은 삭막하고 붉은 하늘을 힐끗 보았다. 둥근 태양도 붉은 색으로 타올랐다. 세계가 처음부터 이런 모습은 아니었다. 그라타르는 푸른 하늘과 노란빛의 따스한 태양, 무성하고 푸르른 평원과 계곡을 기억할 만큼 나이가 들었다. 깊고 시원한 호수나 강에서 멱을 감았다. 그때만 해도 물이 이렇게 귀해지리라고는 상상도 할 수 없었다. 지금은 생명체에게 가장 중요한 오염되지 않은 물을 통 단위로 들여와 인색하게 배급했다.

그라타르가 일어나 눈앞의 바닥을 아무렇게나 걷어차자 붉은 먼지가 훅 피어올랐다. 입이 바짝 마른 그는 수통으로 손을 뻗어 물을 찔끔 마셨다. 먼지가 온몸을 뒤덮어 녹색 피부는 흐릿해졌고, 검은 머리는 뿌옇게 보였다. 마치 온 세상이 피에 젖기라도 한 듯 사위가 온통 붉었다.

부자연스럽다.

하지만 무엇보다 가장 부자연스러운 것은, 그와 브로도그가 그곳에 배치되어 먼지뿐인 하루를 한가로이 도박으로 때우고 있는 이유다. 그라타르는 브로도그의 머리 너머, 바로 뒤편의 높이 솟은 아치문과 그 안을 채운 반짝이는 에너지 장막을 바라보았다. 어둠의 문. 그라타르는 그 기이하고 신비로운 문이 다른 세상으로 통한다는 사실을 알았지만, 실제로 통과해본 적은 없었다. 그의 부족 모두가 마찬가지였다. 그러나 그라타르는 자랑스러운 호드 전사들이 그 문으로 들어가 인간과 그들의 동맹에게 승리를 거두었을 때도 그곳에 있었다. 그 후로 가끔 소수의 오크들이 돌아와 호드의 전황을 보고했지만 최근에는 돌아오는 것이 아무것도 없었다. 소식도, 정찰병도, 그 무엇도.

그라타르는 브로도그가 달각거리며 뼈 주사위 던지는 소리를 흘려들으며 얼굴을 찌푸렸다. 문이 왠지…… 다르다. 그라타르는 높이 솟은 문으로 걸음을 옮겼다. 조금씩 다가가는 그의 팔과 가슴에 난 털이 쭈뼛했다.

"그라타르? 네 차례야. 뭐 해?"

그라타르는 브로도그의 말을 무시했다. 그는 실눈을 뜨고서 파문이 이는 에너지 장막을 뚫어져라 바라봤다. 저 문 너머에서, 저쪽 세상에서 무슨 일이 일어나는 거지?

그라타르가 지켜보는 동안, 일렁이던 장막의 빛이 강해지더니 점점 투명해졌다. 그 덕에 그는 흙탕물 안을 들여다보듯 문 너머를 볼 수 있었다. 실눈을 뜨고 예의 주시하던 그라타르가 헉하는 소리와 함께 휘청거리듯 물러섰다.

그의 눈앞에서 마치 의식의 한 장면처럼 맹렬하고 격렬한 전투가 펼쳐지고 있었다.

"왜 그래?"

브로도그가 주사위 놀이를 잊은 채 곁으로 다가와서는, 역시나 헉하고 숨을 삼켰다. 둘은 멍하니 장막 너머를 바라보았고, 잠시 뒤 그라타르가 정신을 차리고 소리쳤다.

"어서 가! 소식을 전해!"

"그래. 사령관께 전하지."

그러면서도 브로도그는 장막 너머의 광경에서 좀처럼 눈을 떼지 못했다.

"아니, 그러지 마."

그라타르가 날카롭게 저지했다. 앞으로 일어날 일은 사령관이 감당할 수 있는 일이 아니라는 직감이 들었다. 하지만 그가 알고 있는 고령의 그 오크라면 감당할 수 있을지도 몰랐다.

"넬줄 님이다. 넬줄 님을 모셔와. 그분은 어떻게 해야 할지 아실지도 모르니까!"

　브로도그는 고개를 끄덕인 후 달리기 시작했지만, 뛰어가는 중에도 몇 번이나 뒤를 돌아보았다. 그라타르는 그가 달려가는 것을 소리로 알았으나, 눈길만큼은 장막에 가려진 격렬한 전투에 고정되어 있었다. 희미하게 오크들이 보였고, 그중에는 그가 아는 이도 있었다. 오크들의 상대는 키도, 체격도 작지만 단단하게 무장한 형체들이었다. 그라타르는 작고 희한한 그 형체가 '인간'이라고 불린다는 걸 기억해냈다. 인간은 각다귀처럼 재빠르고 수가 많아서, 떼를 지어 오크들을 둘러싼 채 하나씩 제압하고 있었다. 어떻게 우리 오크가 이런 패배를 당할 수 있지? 둠해머는 어디 있는 거야? 그 육중하고 강력한 족장의 모습은 보이지 않았다. 저쪽 세상에서 대체 무슨 일이 일어난 거야?

　그라타르가 역겨운 호기심에 사로잡힌 채 그 광경을 바라보고 있을 때, 다가오는 발소리가 들렸다. 가까스로 시선을 돌리자 두 명의 오크와 오우거 하나가 브로도그와 함께 오고 있었다. 오크 하나는 여느 오크보다도 몸집이 크고 강인해 보였다. 피부는 창백하고 희끄무레했으며 이목구비가 큼직했다. 나란히 걷고 있는 오우거는 돼지를 닮은 작은 눈에서 교활한 빛을 번뜩이는 것으로 보아 마법사인 듯했다. 그 위압적인 덩치들보다 중요한 존재는, 장막 앞으로 똑바로 다가가고 있는 오크였다.

　머리는 백발이고 얼굴의 주름은 깊었지만, 어둠달 부족의 족장이자 한때 오크 최고의 주술사였던 넬쥴은 여전히 건장했고 갈색 눈도 예전 못지않게 날카로웠다. 그는 일렁이는 빛 너머로 어렴풋하게 펼쳐지는 재앙을 빤히 바라보았다.

　"전투로군." 넬쥴이 혼잣말처럼 중얼거렸다.

　'호드가 지고 있는 전투죠.' 그라타르는 생각했다.

"언제부터—"

넬쥴이 말문을 여는 순간, 갑작스레 어둠의 문 안쪽 공간이 일렁이면서 에너지가 격렬하게 소용돌이쳤다. 마치 물속에서 솟아오르듯 장막에서 손 하나가 튀어나왔다. 장막을 뚫은 녹색 피부에는 빛과 그림자가 얼룩처럼 들러붙어 있었다. 그 뒤를 따라 머리가 나오고 몸통이 나오더니 곧이어 오크 하나가 문을 완전히 통과했다. 오크는 여전히 전투 도끼를 움켜쥐고 있었고, 눈동자에는 광기가 서려 있었다. 그는 휘청거리는가 싶더니 자세를 바로잡고는 넬쥴과 다른 이들에게 눈길도 주지 않은 채 달려가 버렸다.

그 뒤를 이어 또 다른 오크 하나가 장막을 통과해 나오고, 하나씩 하나씩 줄지어 나오더니 마침내 홍수처럼 쏟아지기 시작했다. 하나같이 문을 통과하고자 필사적으로 달렸다. 오크뿐만이 아니었다. 그라타르가 지켜보는 가운데 오우거 몇몇이 튀어나왔고, 두꺼운 두건이 달린 망토를 두른 작고 가냘픈 형체 한 무리도 문을 통과해 나왔다. 그중 한 전사가 그라타르의 시선을 사로잡았다. 오크라고 하기에는 키나 덩치가 너무 크고, 오우거의 피가 섞였다고 해도 이상하지 않을 만큼 생김새가 야만스러운 그 전사는 남들처럼 허겁지겁 뛰지 않았다. 도망친다기보다는 무언가를 향해 달려가는 것처럼 목적이 뚜렷해 보였다. 그의 발치에서는 거대한 칠흑빛 늑대가 뛰고 있었다.

오크 하나가 그 전사를 거칠게 밀치고 문을 통과하면서 이를 드러냈다.

"비켜, 이 잡종아!"

전사는 고작 그런 욕설 따위에 넘어가지 않겠다는 듯 그저 고개를 저을 뿐이었다. 늑대가 오크를 향해 이빨을 드러내고 으르렁거렸으나, 전사는 단호한 손짓으로 늑대를 저지했다. 늑대가 순순히 입을 다물자, 전사는 커다란 손을 늑대의 검은 머리 위에 다정히 올렸다.

그 전사 옆에는 이상하리만치 작고 가냘픈 체구에 두건으로 얼굴을 가린 기이한 존재가 주변을 응시하고 있었다.

"무슨 일이지? 너!"

넬쥴은 두건을 뒤집어쓴 형체 중 하나를 가리키며 소리쳤다.

"너는 어떤 오크길래 두건으로 얼굴을 가렸지? 이쪽으로 오거라!"

전사는 멈칫하는가 싶더니 어깨를 으쓱하고 넬쥴에게 가까이 다가섰다.

"분부대로 하지요."

그자는 조롱 섞인 말투로 차갑게 말했다. 생기라곤 하나 없이 말라버린 이 땅의 열기에도, 그라타르는 등골이 오싹했다.

사슬 장갑을 낀 손이 두건을 걷는 순간, 그라타르는 자기도 모르게 경악하며 소리를 질렀다. 그 전사의 이목구비는, 한때는 멀쩡했는지 몰라도 이젠 아니었다. 창백한 회녹색의 피부는 귀와 턱이 만나는 부분이 뜯겨져 있었고, 가늘게 흘러내린 점액이 번들거렸다. 부어터진 보랏빛 입술은 말려 올라가 미소를 지었고, 눈은 악의 어린 장난기와 날카로움으로 반짝였다.

그건 죽은 게 틀림없었다.

그 모습에 천하의 넬쥴도 흠칫했지만, 금세 정신을 가다듬었다.

"넌 누구― 아니, 뭐지? 여기서는 뭘 하려는 것이냐?"

넬쥴은 조금 흔들리는 목소리로 따져 물었다.

"몰라보시겠습니까? 테론 고어핀드입니다."

전사가 킬킬 웃으며 대답하자, 주술사는 당황했다.

"터무니없는 소리! 고어핀드는 어둠의 의회의 나머지 일원들과 함께 둠해머에게 도륙당해 죽어 없어졌다!"

"죽은 건 맞습니다. 하지만 없어지진 않았지요. 당신의 옛 제자 굴단이 우릴 불러내서 이 썩어가는 송장에 집어넣을 방법을 찾았습니다. 그걸로

족하지요."

그가 어깨를 으쓱하자, 그라타르의 귀에 생기 없는 육신이 항의하듯 삐걱거리는 소리가 들렸다.

"굴단이?"

늙은 주술사는 눈앞에서 송장이 걸어 다니는 광경보다 그 말에 더 충격을 받은 것 같았다.

"네 주인이 아직 살아 있단 말이냐? 그렇다면 굴단에게 돌아가거라. 너는 생전에 나와 주술사의 전통을 저버리고 굴단을 따라 흑마법사가 되지 않았더냐. 죽은 지금도 그를 섬겨야 마땅하리라."

하지만 고어핀드는 고개를 내저었다.

"굴단은 죽었습니다. 썩 잘되었지요. 그자가 우리를 배신하는 바람에 중차대한 순간, 호드의 머릿수가 반토막 나고 둠해머가 인간 도시를 정복해야 할 때 그자를 쫓아야 했습니다. 그 배신 때문에 우리는 전쟁에 패배했지요."

"우리가…… 패배했다고? 하지만 어떻게 그게 가능하지? 호드가 평원을 뒤덮었고, 둠해머가 순순히 물러났을 리도 없을 텐데!"

넬쥴이 더듬거리며 반박했다.

"아, 싸우긴 했지요. 하지만 그로서는 역부족이었습니다. 인간들의 지도자를 죽였으나, 결국 당하고 말았지요."

넬쥴은 당혹스러워하며 조금 전 문에서 쏟아져 나와 숨을 헐떡이는 피투성이 오크와 오우거들을 돌아보았다. 그는 심호흡을 하고 몸을 꼿꼿이 세우더니, 함께 온 오우거 쪽으로 돌아섰다.

"덴타그, 나머지 족장들을 불러라. 무기와 방어구만 챙겨서 당장 이곳에 집합하라 이르거라. 우리는―"

느닷없이 문에서 거친 파문이 일었다. 어마어마한 에너지가 폭발하는 통에 다들 바닥으로 쓰러졌다. 숨이 턱 막힌 그라타르는 헐떡거리며 휘청휘청 일어섰지만, 처음보다 더욱 격렬한 폭발이 일어났다. 이번에는 문의 에너지에 휩쓸린 크고 작은 돌 파편들이 그들을 향해 날아왔다. 장막은 파르르 떨리더니 불투명해졌다.

"안 돼!"

넬쥴이 문을 향해 달려갔다. 그가 아직 몇 걸음 떨어져 있을 때, 반짝이던 빛의 장막이 불안정하게 점멸을 반복하더니 잠잠해졌다. 그러고는 그대로 폭발했다. 아치문에서 돌 조각과 먼지가 뿜어져 나왔다. 노구의 넬쥴은 공중으로 솟구쳤다가 털썩 바닥에 떨어졌다. 덴타그가 성난 고함을 내지르며 주인 곁으로 달려가, 그를 번쩍 안아 올렸다. 늙은 주술사는 맥없이 누워 눈을 감은 채 고개를 늘어뜨렸고, 오른쪽 옆구리에서 피가 흘렀다. 잠시 동안 주변에서 에너지가 성난 정령처럼 정신없이 비명을 질러댔다. 잠시 뒤, 갑작스레 빛이 꺼지고 장막이 완전히 사라지더니 텅 빈 돌문만이 덩그러니 남았다.

어둠의 문의 연결이 끊어진 것이었다.

그라타르는 돌 아치와 마지막으로 그 문을 빠져나온 호드 전사들을 멍하니 바라보다가 덴타그의 부드러운 품에 안겨 있는 주술사 넬쥴에게로 눈길을 돌렸다.

이제 대체…… 어찌해야 한단 말인가?

1장

"넬쥴 님!"

테론 고어핀드와 가즈 소울리퍼는 마을이 제집 앞마당인 양 성큼성큼 들어서서는, 단단히 다져진 흙바닥 위를 장화 신은 발로 신속히 움직였다. 호기심이 동한 주민들이 수수한 오두막의 문이나 창으로 머리를 빼꼼히 내밀었지만, 침입자들이 부자연스럽게 번뜩이는 눈으로 험상궂게 노려보자 움찔하며 안으로 들어갔다.

"넬쥴 님! 말씀을 나누고 싶습니다!"

고어핀드가 차갑고도 엄숙한 목소리로 주술사를 불렀다.

"너희가 누군지 모른다. 그리고 관심도 없다. 너희는 어둠달 영토에 무단 침입했다. 당장 나가지 않으면 죽인다."

느닷없는 목소리가 뒤에서 으르렁거렸다.

"넬쥴 님과 이야기해야 한다."

고어핀드가 휙 돌아서며 대꾸하고는 위협하듯 바짝 다가선 강인한 오크 전사를 마주했다.

"테론 고어핀드가 왔다고 전해라."

오크는 그 이름을 듣고 동요하는 모양이었다.

"고어핀드라고? 네가 그 죽음의 기사라고?"

오크는 엄니를 드러내며 얼굴을 찡그린 채 고어핀드와 일행을 살피고는 가까스로 용기를 내 말했다.

"별로 위험해 보이지는 않는데."

"이 정도면 충분히 위험하지."

소울리퍼가 받아치며 돌아서더니 오크에게는 보이지 않는 무언가를 향해 고개를 끄덕였다. 그러자 두건으로 가려진 얼굴 사이로 번뜩이는 눈을 빛내며 수상한 형체들이 마을 오두막의 그림자 속에서 모습을 드러냈다. 그들은 곧장 두 죽음의 기사 곁에 다가와 섰다. 고어핀드가 큭큭 낮은 소리로 웃자 오크는 침을 꿀꺽 삼켰다.

"이제 주인을 불러오거라. 그러지 않으면 그 오만의 대가로 순식간에 죽여줄 테니."

"넬쥴 님은 아무도 만나지 않으신다."

오크는 이미 식은땀을 잔뜩 흘리고 있었지만, 명령은 따라야 했다.

고어핀드가 한숨을 내쉬자 죽은 폐 속으로 공기가 빨려 들어갔다 나오면서 기이한 휘파람 소리를 냈다.

"그렇다면 죽는 수밖에."

오크가 미처 대답하기도 전에 고어핀드는 장갑 낀 손을 뻗어 뭔가를 중얼거렸다. 그러자 오크는 헉 소리와 함께 고꾸라져 털썩 무릎을 꿇었다. 고어핀드가 주먹을 쥐자 불운한 오크의 눈, 코, 입에서 느닷없이 피가 솟구쳤다. 고어핀드는 이미 이 귀찮은 상대를 괴롭히는 데 흥미를 잃고 등을 돌린 후였다.

"흑마법이다!"

어둠달 부족의 오크 전사 하나가 소리치며, 옆에 있던 도끼를 움켜잡았다.

"누가 또 당하기 전에 흑마법사를 해치워라!"

오크가 고함을 치자, 동료들은 곧장 전투태세를 갖췄다.

고어핀드가 휙 돌아서서 번뜩이는 눈을 가늘게 떴다.

"죽고 싶다면 그렇게 해주지. 나는 넬쥴 님과 이야기를 할 것이다!"

고어핀드는 양손을 뻗었고, 그 손가락 끝에 어둠이 맺혔다. 그 기운은 활활 타는 검은 불꽃처럼 폭발하더니 도끼를 던진 오크와 그의 동료들을 뒤로 세차게 밀쳐냈다. 그들은 나가떨어진 곳에 그대로 처박혀 고통으로 비명을 질러댔다.

"그만! 죽음은 이것으로 충분하다!"

노쇠한 오크의 목소리에는 권위가 실려 있었다. 고어핀드는 팔을 내렸고, 이를 지켜보던 일행들도 뒤로 물러났다.

"거기 계셨군요, 넬쥴 님. 이렇게라도 당신의 관심을 끌고 싶었습니다."

고어핀드는 느릿느릿 말하며 넬쥴을 향해 돌아서다가 노쇠한 오크의 얼굴이 하얗게 칠해진 것을 보고 흠칫 놀랐다. 꼭 해골 같군, 고어핀드는 생각했다. 둘의 시선이 마주치자 넬쥴의 눈이 휘둥그레졌다.

"너…… 네가 꿈에 나왔다. 죽음에 대한 환영을 보았지. 그런데 이렇게 찾아왔군."

넬쥴의 긴 녹색 손가락이 얼굴에 그려진 해골을 만졌다. 그 바람에 하얀 물감이 벗겨져 떨어졌다.

"두 해 동안 꼬박 이 꿈을 꾸었다. 그렇다면 날 잡으러 왔구나. 우리 모두를 잡으러 왔어. 내 영혼을 빼앗으러 온 것이야!"

"그렇지 않습니다. 빼앗기는커녕 구하러 왔지요. 하지만 일부는 맞습니다. 당신을 잡으러 온 것은 맞지만, 이유는 당신 생각과 다릅니다. 당신이 모두를 이끌어주었으면 합니다."

넬쥴은 혼란에 빠진 듯했다.

"이끈다고? 왜? 호드를 또 파멸시키라고? 아직도 부족하단 건가?"

늙은 주술사의 눈은 정신이 나간 듯 초점을 잃었다.

"아니, 이제 그런 건 사양하겠다. 나는 이미 굴단의 품에 호드를 안긴 적이 있지. 굴단의 음모 덕에 이 세상은 망하고 우리는 절멸할 뻔했다. 지도자를 찾으려면 다른 데서 찾아라."

고어핀드는 얼굴을 찌푸렸다. 일이 예상과는 다르게 흘러갔다. 그렇다고 넬쥴의 부족민들을 죽였듯이 그마저 죽일 수도 없는 노릇이었다. 그는 다시 한 번 설득했다.

"호드에겐 당신이 필요합니다."

"호드는 죽었어! 오크의 절반이 그 끔찍한 세상에 갇혔다. 우리에게 그들은 영영 사라진 거나 마찬가지야! 그런데 나더러 호드를 이끌라고?"

넬쥴이 고함을 질렀다.

"영영 사라진 게 아닙니다."

고어핀드의 차분하지만 확고한 어투에 넬쥴도 입을 다물었다.

"문은 파괴되었지만, 복구가 가능할지도 모릅니다."

마침내 넬쥴이 관심을 보였다.

"가능하다고? 어떻게 말인가?"

"작은 균열이 아제로스에 남아 있습니다. 그리고 균열의 이쪽은 멀쩡하죠. 전 어둠의 문을 세울 때 힘을 보탰는데, 문의 존재가 아직 느껴집니다. 제가 힘을 보태면 호드가 지나갈 수 있을 만큼 그 균열을 넓힐 수 있습니다."

주술사는 이 말을 잠시 따져보는가 싶더니 눈에 띄게 몸을 움츠리며 고개를 저었다.

"그래서 어쩌자는 거지? 얼라이언스는 너무 강한 적이다. 호드는 결코 이기지 못할 것이야. 우리는 이미 죽은 것이나 다름없다. 남은 건 어떻게 죽느냐 하는 문제뿐이지."

넬줄의 긴 손가락은 저절로 움직이기라도 하듯 다시 얼굴에 그려진 그림으로 향했다. 고어핀드는 그 나약한 모습에 넌더리가 났다. 자신의 죽음과 남들의 죽음에 대한 집착에 사로잡혀 엉망진창이 되어버린 이자가 한때 그토록 존경받던 지도자라니.

하지만 반드시 필요한 인물이었다.

"죽음만이 길은 아닙니다. 어둠의 문을 재건하여 사용한다면 말이지요."

고어핀드는 애써 참을성 있게 응수했다.

"이길 필요는 없습니다. 얼라이언스와 다시 싸울 필요조차 없을지 모릅니다. 저는 전혀 다른 계획이 있습니다. 어떤 유물을 손에 넣을 수만 있다면…… 굴단을 통해 알게 되었는데—"

"굴단의 비뚤어진 음모는 무덤에서조차 마수를 뻗어 목숨을 빼앗는구나! 너의 그 계획이란 것이 성공한다면, 너는 얼마나 큰 권력을 손에 넣게 되느냐? 너희 어둠의 의회 잡놈들은 권력 외에는 관심이 없지 않더냐!"

넬줄은 고어핀드에게 호통을 쳤다.

본래 뛰어나다고 하기 힘든 고어핀드의 참을성이 바닥났다. 그는 노쇠한 주술사의 양팔을 붙들고는 세차게 흔들었다.

"당신은 문이 무너지고 두 해가 지나도록 서로 학살하는 부족들을 모른 척한 채 마을에만 숨어 있었지요. 지도자만 있으면 우리는 다시 강대해질 수 있습니다! 당신에게 충성하는 자들과 제 휘하의 죽음의 기사들이 힘을 합치면, 당신은 부족들을 복속시킬 수 있습니다. 둠해머가 아제로스에서 죽었는지 살았는지도 모르는 지금, 모두를 이끌 지도자는 당신밖에 없습니다. 저는 차원문을 관찰하며 손상을 파악했습니다. 그리고 당신에게 해결책을 제시했지요. 이미 죽음의 기사 몇을 현장으로 파견했습니다. 지금 이 순간에도 그들은 주문을 외우며 차원문을 다시 열고자 준비하고 있습니다. 전 이 계획이 성공하리라 확신합니다."

"그 해결책이란 게 무엇이기에? 아제로스로 돌아가 2년 전에 패했던 그 전쟁에서 이길 방법이라도 찾은 것이냐? 그럴 리가 없겠지. 우리 운명은 정해졌다. 우린 결코 이기지 못해."

넬쥴이 씁쓸하다는 듯 중얼거리고는 그대로 돌아서서 오두막을 향해 한 걸음 내딛었다.

"전쟁 얘기가 아닙니다! 제 말씀 좀 들어보십시오!"

죽음의 기사 고어핀드가 넬쥴의 등 뒤에 대고 소리쳤다.

"우린 얼라이언스를 이길 필요가 없습니다. 아제로스를 정복할 필요가 없으니까요!"

넬쥴은 잠시 멈칫하며 힐끗 뒤를 돌아보았다.

"하지만 차원문을 다시 열겠다고 하지 않았느냐. 아제로스로 돌아갈 생각이 아니라면 그 문을 왜 연다는 것이지?"

"돌아가는 건 맞습니다만 싸우러 가는 게 아닙니다."

고어핀드가 성큼 다가섰다.

"모종의 마법 유물만 찾으면 됩니다. 그것만 손에 넣으면 아제로스를 떠나 다시는 돌아가지 않을 겁니다."

"그런 다음에, 이곳에서 살겠다고?"

넬쥴은 한 손을 내저으며 삭막하고 헐벗은 주변을 훑었다.

"드레노어가 죽어간다는 건 너도 나만큼이나 잘 알겠지. 얼마 지나지 않아 우리마저도 먹고살기 힘들어질 것이다."

고어핀드가 기억하는 노주술사는 이렇게 이해가 느리지 않았다.

"그럴 필요가 없습니다. 그 유물들을 손에 넣으면 아제로스와 드레노어를 뒤로하고 다른 곳으로 갈 수 있습니다. 더 나은 곳으로 말이지요."

고어핀드는 마치 아이에게 설명하듯 천천히 말했다.

그제야 넬쥴이 그를 똑바로 바라보았다. 하얗게 칠한 얼굴에는 희망 비슷한 것이 스쳐 지나갔다. 넬쥴은 다시 오두막에 틀어박혀 자기 연민에 빠질지, 이 새로운 가능성을 받아들일지 고민이라도 하듯 아무 말 없이 한동안 서 있었다.

"계획은 있느냐?"

마침내 노주술사가 물었다.

"예, 있습니다."

또다시 침묵이 흘렀다. 고어핀드는 잠자코 기다렸다.

"……들어보지."

넬쥴은 돌아서서 다시 오두막으로 향했지만, 이번에는 흑마법사이자 죽음의 기사인 테론 고어핀드가 그 뒤를 따랐다.

2장

"이것 좀 보시오!"

길니아스의 왕, 겐 그레이메인은 위압적인 건물의 정문으로 성큼성큼 걸어 들어가며 우뚝 솟은 성채를 가리켰다. 크고 건장한 그레이메인도 머리 위의 건물에 비하면 난쟁이나 다름없었다. 정문의 아치만 해도 그보다 두 배 넘게 높았던 것이다. 함께 문을 지나던 왕들은 고개를 끄덕이며 벽돌 구조의 두꺼운 외벽에 감탄했지만, 그레이메인은 콧방귀를 뀌었다. 찌푸린 얼굴로 보아, 일행과는 달리 그곳이 성에 차지 않는 모양이었다.

"벽 하나에 탑 하나, 요새 하나. 우리 돈을 여기에 다 썼단 거요?"

그는 저 앞의 반쯤 완성된 건물을 노려보며 큰 소리로 말했다.

"크지 않소. 크면 돈이 많이 들지."

토라스 트롤베인이 지적했다. 무뚝뚝한 스트롬가드의 지도자는 평소처럼 최대한 말을 삼갔다.

나머지 왕들도 저마다 투덜거리며 비용에 대해 개탄했다. 얼라이언스의 지도자인 그들이 비용을 똑같이 나누어 부담해야 했기 때문이다.

"안전의 대가라 하면 어떻겠습니까?"

키가 크고 늘씬한 젊은이가 일행들 앞에서 말했다.

"손에 넣을 가치가 있는 건 비싼 법이지요."

이 완곡한 책망에 몇몇이 투덜거리는 걸 그만두었다. 최근 즉위한 스톰윈드의 왕, 바리안은 한때 누리던 안전을 빼앗긴 적이 있었다. 그의 왕국은 1차 대전쟁 때 오크들의 손에 큰 고통을 받았다. 특히 수도의 대부분이 돌무더기로 전락했다.

"지당하신 말씀입니다. 재건은 어떻게 되어갑니까, 폐하?"

녹색의 해군 예복을 입은, 채찍처럼 가느다란 남자가 정중하게 묻자 바리안이 대답했다.

"순조롭습니다. 고맙습니다, 제독님."

댈린 프라우드무어는 쿨 티라스의 군주였으나 해군 제독이라는 칭호를 선호했다.

"석공 조합이 일을 아주 잘해주고 있어서, 저도 백성들도 감사하고 있습니다. 드워프와 맞설 만한 기량을 지닌 분들이라, 도시가 하루가 다르게 제 모습을 찾아가고 있지요. 돈이 조금도 아깝지 않습니다."

바리안이 그레이메인을 보고 싱긋 웃음을 지었다. 다른 왕들도 큭큭 낮게 웃었고, 그중 하나가 트롤베인과 눈이 마주치자 만족스럽다는 듯 고개를 끄덕여 보였다. 키가 크고 체격이 떡 벌어졌으며 하얗게 세기 시작한 금발과 청록색의 눈동자를 가진 남자였다. 로데론의 군주인 테레나스는 바리안이 아직 왕자였던 시절, 그와 그의 백성들이 호드를 피해 고향을 떠났을 때 후견인을 자처하며 바리안이 아버지의 왕좌를 되찾을 때까지 거두어주었다. 바리안은 젊은 나이에도 명민하고 매력적이었으며 고결한 젊은이였고, 통치와 외교 능력이 뛰어났다. 테레나스는 바리안을 아들처럼 여기기에 이르렀고, 지금도 이 젊은이가 대화를 휘어잡아 다른 군주들의 불만을 잠재우는 모습을 마치 아버지처럼 흐뭇하게 바라보았다.

바리안은 목소리를 조금 높이며 말했다.

"사실 기적을 일으킨 분이 바로 저기 계십니다."

바리안 왕은 먼지를 뒤집어쓴 인부들과 이야기를 나누고 있는 크고 강인한 남자를 가리켰다. 흑발의 남자가 바리안의 목소리를 알아채고 일행을 향해 고개를 돌리자 진녹색 눈동자가 반짝였다. 테레나스는 에드윈 밴클리프를 알아보았다. 석공 조합의 수장으로서, 스톰윈드의 재건과 이곳 네더가드 요새에서 진행 중인 공사를 책임지고 있는 인물이었다.

바리안은 씩 웃으며 손짓으로 남자를 불렀다.

"밴클리프 장인, 공사는 빠르게 진행 중이리라 믿네만?"

"그렇습니다, 폐하. 감사합니다. 그 무엇이 닥쳐와도 버텨내리라 장담할 수 있습니다."

밴클리프는 자신 있게 대답하며 커다란 주먹으로 두꺼운 외벽을 쿵쿵 치더니 자랑스럽게 고개를 끄덕였다.

"이렇게 직접 보니 확실히 알겠군, 밴클리프. 평소보다 더 애써주었어. 쉽지 않은 일이지."

스톰윈드의 왕 바리안의 말에 밴클리프는 묵례로 감사를 표하고, 공사 중인 건물 옆에 있던 남자의 부름에 고개를 돌렸다.

"전 다시 일하러 가봐야겠습니다, 폐하."

그는 함께 있던 군주들에게 절을 하고는 고함 소리가 들려오는 곳으로 서둘러 돌아갔다.

"잘 대처했다. 그레이메인의 기를 꺾으면서 밴클리프의 기분도 맞춰주었구나."

테레나스는 바리안과 보조를 맞춰 걸으며 나직이 속삭이자 젊은 왕이 싱긋 웃었다.

"솔직한 칭찬이었습니다. 그 덕에 더욱 열심히 일하겠지요."

바리안 역시 조용히 대답했다.

"그레이메인은 그저 말을 하고 싶어서 불평하는 것뿐입니다."

"나이에 비해 현명하게 잘 자랐구나. 아니, 원래부터 현명했다고 해야 하나?"

테레나스가 껄껄 웃으며 말했다.

물론 바리안이 부드럽게 나무랐다고는 해도 그레이메인이 오래 입을 다물고 있을 리는 없었다. 일행이 넓은 안뜰을 지나는 동안 그레이메인이 다시 툴툴거리기 시작했고, 그 덥수룩하고 검은 턱수염 속에 머물고 있던 불만은 다시 말이 되어 입 밖으로 나왔다.

"열심히 하고 있다는 건 아오. 하지만 건물을 왜 이리 많이 올리는 거요?"

그는 마지못해 인정하면서도 유일하게 완공된 요새를 향해 커다란 손을 내저었다. 일행이 그 요새의 철창살 문을 지나 계단을 오르던 참이었다.

"왜 그렇게 많은 돈을 들이고 고생하면서 이토록 거대한 도시를 건설하냐는 말이오. 예전에 차원문이 있던 계곡을 감시하는 게 목적 아니오? 그런 거라면 요새 하나로 충분하지 않소?"

일행이 널찍한 회장에 들어서기도 전에 그레이메인의 우렁찬 목소리가 먼저 들려오자, 달라란의 대마법사 카드가는 지긋지긋하면서도 재미있다는 듯이 동료 마법사들과 눈빛을 교환했다.

"그레이메인이 변함없다니 다행이구나."

키린 토의 수장 안토니다스가 무미건조하게 말했다.

"변하지 않는 것도 있는 법이지요."

카드가는 새하얀 턱수염을 쓰다듬으며 대답했다. 그리고는 주름진 얼굴에 어울리지 않는 젊은이 특유의 날랜 동작으로 몸을 돌려 왕들을 마주했다.

"그 돈으로 무엇을 샀는지 알고 싶으십니까?"

카드가는 가벼운 묵례로 예를 표하며 왕들에게 물었다. 그는 왕들을 자신과 동등한 존재로 대했는데, 키린 토의 일원으로서 그 자신이 군주나 다름없기 때문이었다.

"제가 이야기해드리지요. 맞습니다. 네더가드 요새는 크지만, 더 커야합니다. 이곳에 많은 사람이 살 것이기 때문이지요. 우리가 달라란에서 데려온 마법사들은 물론, 보다 일상적인 위협에 대처할 군인들도 거주해야합니다. 저 아래 계곡은 한때 호드가 우리 세계로 넘어오는 관문이 있던곳입니다. 어둠의 문 말입니다. 혹여 놈들이 다시 돌아온다 해도 이 정도는 돼야 안심할 수 있습니다."

"전사들이야 그렇다 칩시다."

프라우드무어 제독은 카드가의 말에 동의하면서도 한 가지 의문점에 대해 반문했다.

"그런데 마법사들을 데려올 필요가 있습니까? 마법사 한 명이 상황을 주시하다가 위험이 닥칠 때 알리는 것으로 충분하지 않습니까?"

"그게 전부라면 충분하겠지요."

카드가는 방을 서성이며 대답했다. 성큼성큼 걷는 걸음걸이는 영락없이 젊은이의 것이었다. 카드가는 사실 젊은 왕 바리안보다 나이가 조금 더 많을 뿐이었으나 메디브가 죽기 직전, 그의 마법에 걸려 나이가 들어버린 것이었다.

"그러나 네더가드는 이제 단순한 감시 초소가 아닙니다. 여러분도 이곳까지 오는 길에 우리가 우려하는 이유를 보셨을 겁니다. 무언가가 드레노어의 땅에서 생기를 빨아들여 메마르게 만들었지요. 어둠의 문이 열렸을 때 그것이 우리 세계에도 영향을 미쳐, 문 주변의 땅을 황폐화시키고 점점 퍼져 나갔습니다. 문을 파괴했을 때만 해도 땅은 자연히 치유되리라 여겼지만, 오염은 계속 퍼지기만 했습니다."

왕들은 얼굴을 찌푸린 채 서로를 바라보았다. 모두 처음 듣는 이야기였다.

"우리는 조사에 착수했습니다. 그 결과, 문이 사라진 후에도 작은 차원의 균열이 남아 있다는 사실을 발견했지요."

카드가의 말에 그곳에 모인 군주들은 헉하고 숨을 삼켰다. 프라우드무어가 물었다.

"오염의 확산을 막을 방법은 알아냈습니까?"

"그렇습니다. 여럿이 함께 힘을 써야 했지요."

카드가의 주름진 얼굴이 문득 일그러졌다.

"하지만 안타깝게도 손상된 땅은 복구하지 못했습니다. 이 지역은 본디 검은늪이라는 곳이었는데, 북쪽의 반절은 예전의 모습을 회복하는 데 성공했습니다. 그곳에 아직 오크들이 숨어 있다는 소문이 있으나, 구체적인 것은 확인된 바 없습니다. 그러나 남쪽 반절에는 어째선지 생기를 불어넣을 수가 없었지요. 누군가 그곳을 저주받은 땅이라 부르기 시작했고, 이제 그 이름으로 고착되었지요. 이 땅에 생명이 살 수 있는 날이 다시는 오지 않을지도 모릅니다."

카드가가 절레절레 고개를 젓자 바리안이 나섰다.

"그럼에도 오염의 확산을 막고 세상의 나머지 땅을 구하지 않았습니까. 오염이 퍼지던 속도를 고려하면 그것만으로도 경이로운 성과입니다."

카드가는 살짝 고개를 숙여 찬사에 수긍했다.

"우리는 내가 바란 것 이상의 성과를 거두었습니다. 만족스럽다고는 하기 힘들지만. 어쨌든 마법사 대표단이 상시 이곳에 대기하며 이 지역을 감시하고, 이 기이한 오염이 아제로스를 더 이상 잠식하지 못하도록 해야 합니다. 마법사들은 또한 균열도 감시할 겁니다. 이런 연유로 네더가드는 이만큼 커야 하고, 비용도 많이 드는 것이지요."

"균열이 다시 열릴 가능성이 있소?"

트롤베인의 물음에 왕들은 모두 카드가를 바라보며 걱정스레 대답을 기다렸다. 그는 군주들의 얼굴에 어린 감정을 읽을 수 있었다. 문이 열리고 오크들이 쏟아져 나왔던 8년 전 일을 다시 겪을지도 모른다는 생각에 불안했던 것이다.

카드가가 운을 떼려는 순간, 회장 바로 앞에서 까악 하는 짐승의 새된 소리가 들려오는 바람에 중단되었다.

"마지막 참석자가 그리핀을 타고 성곽에 내려앉은 모양이군요."

잠시 후 회장에 들어선 여인은 키가 크고 형언하기 힘들 정도로 아름다웠다. 그들을 향해 성큼성큼 다가오는 여인은 녹색과 갈색의 낡은 가죽 옷을 걸치고 있었다. 금빛 머리는 흐트러져 있었고, 여인은 흩날리는 머리카락을 길고 뾰족한 귀 뒤로 넘겼다. 아름답고 연약해 보이지만 그곳에 있는 사람 모두 알레리아 윈드러너가 가공할 순찰자, 즉 정찰과 전투, 자연의 전문가라는 사실을 잘 알고 있었다. 그중 많은 사람이 그녀와 함께 싸우며, 그녀의 예리한 눈과 빠른 반사 신경, 침착한 성격 덕분에 목숨을 건졌던 경험이 있었다.

"카드가."

알레리아는 카드가에게 다가서며 불쑥 말했다. 키가 커서 그를 똑바로 바라볼 수 있었다.

"알레리아."

카드가가 대답했다. 한 단어였지만 정과 추억이 담겨 따스했다. 둘은 얼마 전까지만 해도 전우이자 친구로서 함께 훌륭히 싸웠다. 그러나 알레리아의 녹색 눈동자에 온기라고는 없었고, 아름답고 다채로운 표정이 담긴 얼굴은 마치 돌로 깎은 듯 차가웠다. 알레리아는 정중했지만 거기까지였다. 카드가는 내심 한숨짓고는 다시 문으로 들어서서 그녀에게 따라오라고 손짓했다.

"합당한 이유가 있길 바랍니다."

회장에 들어선 알레리아는 이 말과 함께 여러 왕들에게 짧은 묵례로 인사를 건넸다. 호리호리한 체격에 젊고 반짝이는 외모였지만, 알레리아는 인간 군주 그 누구보다도 나이가 많았다. 그 때문인지 그녀는 인간 군주들의 위엄 앞에서도 주눅 들지 않았으며, 심지어 조롱하듯이 보일 때도 있었다.

"오크를 사냥하던 중이었거든요."

"당신은 늘 오크를 사냥하지 않습니까. 하지만 그게 당신이 오늘 와주었으면 했던 이유 중 하나입니다."

카드가는 자신의 의도보다 더 날카롭게 응수했다. 그는 알레리아와 왕들 모두 자신에게 주목하기를 기다렸다가 운을 뗐다.

"어둠의 문이 있던 지역에서 차원의 균열을 발견했다는 이야기를 하던 참입니다, 알레리아. 그리고 최근에 그 균열에서 발산되는 마력이 급격히 증가했지요."

"그게 무슨 뜻이오? 균열이 강해지고 있다는 말이오?"

그레이메인이 따져 묻자 카드가는 고개를 끄덕였다.

"맞습니다. 균열이 점점 더 커지리라 생각합니다."

"호드가 어둠의 문을 복구할 방법을 찾기라도 한 거요?"

모두와 마찬가지로 충격에 빠진 테레나스가 물었다.

"그럴 수도 있고 아닐 수도 있습니다. 단, 놈들이 전처럼 안정적인 차원 문은 만들지 못한다 해도, 균열이 충분히 커지면 오크들이 또다시 우리 세계로 넘어올 수도 있겠지요."

"이럴 줄 알았소! 그 녹색 괴물들을 또 보게 될 줄 알았다고!"

그레이메인이 비명이라도 지르듯 소리쳤다.

옆에 있던 알레리아의 입꼬리가 슬며시 올라갔다. 밝게 반짝이는 눈동자에 어린 것은…… 기대감이었을까?

"시간은 얼마나 있소? 규모는 어느 정도 될 것 같소?"

트롤베인의 물음에 카드가는 고개를 저으며 대답했다.

"규모는 판단하기 어렵습니다. 시간은 기껏해야 며칠밖에 없겠지요."

"무엇이 필요하오?"

테레나스가 부드러운 목소리로 물었다.

"얼라이언스 군대가 필요합니다. 균열이 실제로 넓어질 경우에 대비해 전군을 이곳에 배치해야 합니다. 호드가 다시 그 계곡에서 쏟아져 나올 가능성이 높기 때문이지요."

무뚝뚝하게 대답하던 카드가가 문득 미소를 지었다.

"로서의 후예들이 다시 나서주어야 합니다."

로서의 후예들. 2차 대전쟁 당시 역전의 용사들이 스스로에게 붙인 이름이었다. 승리를 쟁취했으나 그 대가는 컸다. 모두가 기꺼이 따르던 아제로스의 사자, 안두인 로서가 전사했다. 그가 오크 족장 오그림 둠해머의 손에 쓰러지던 그곳에 카드가 있었다. 그리고 얼라이언스의 장군인 투랄리온이 둠해머를 사로잡아 친구인 로서의 죽음을 되갚아주었던 그곳에도 카드가 있었다. 로서의 부관이기도 했던 투랄리온은 기량을 인정받아 영웅의 유산을 계승했고, 이후 로서의 후예들이 태어났다.

"균열 이야기는 확실하오?"

테레나스는 마법사의 심기를 거스를까 저어하며 조심스레 물었다. 카드가는 '내 심기를 건드려서 잘된 적이 없었지' 하고 생각했다. 하지만 그 질문에는 전혀 기분이 상하지 않았다.

"마음 같아서는 확실하지 않았으면 좋겠군요. 마력은 틀림없이 강해지고 있습니다. 곧 그 마력 때문에 균열이 넓어질 테고, 그러면 드레노어의 오크들이 우리 세상으로 쏟아져 들어오기 시작하겠지요."

카드가는 암울한 소식을 전하느라 에너지를 소진하기라도 한 것처럼, 갑자기 피로감을 느꼈다. 그는 다시 알레리아를 힐끗 보았고, 그녀는 그 눈길을 의식한 듯 눈썹을 치켜세웠으나 말은 하지 않았다.

"요행만 바라기엔 너무 위험합니다. 혹시 모르니 얼라이언스 군을 집결시켜 전쟁에 대비합시다."

"동의하오."

바리안의 말에 테레나스가 찬성하자 다른 군주들도 고개를 끄덕이며 동의를 표했다.

"투랄리온 장군에게 전갈을 보내야 합니다."

바리안이 말을 이었다. 알레리아의 몸이 미묘하게 뻣뻣해지고 파악하기 힘든 감정이 얼굴을 스치자, 카드가의 눈이 가늘어졌다. 한때 이 엘프 순찰자와 인간 성기사는 전우 이상의 관계였다. 카드가는 늘 둘이 서로에게 좋은 영향을 미친다고 생각했다. 노대하고 지혜로운 알레리아는 투랄리온의 정신을 강인하게 만들었고, 천진하고 젊은 투랄리온은 노회한 엘프를 부드럽게 만들었다. 그런데 둘 사이에 어떤 일이 있었다. 카드가는 그게 무엇인지 알지 못했고, 섣불리 물을 만큼 무분별하지도 않았다. 투랄리온과 알레리아 사이는 급격히 냉랭해졌고 멀어졌다. 당시 카드가는 둘이 안쓰러웠지만, 지금은 그런 관계 때문에 문제가 발생하진 않을까 염려되었다.

바리안은 알레리아의 미묘한 변화를 알아차리지 못한 듯 말을 이었다.

"병사들을 집결시켜 앞날에 대비하는 것은 얼라이언스 군사령관인 투랄리온의 임무입니다. 그는 지금 스톰윈드에서 방위를 재건하며 병사들을 훈련시키고 있습니다."

카드가는 문득 일석이조의 좋은 생각이 떠올랐다.

"알레리아, 당신이라면 투랄리온에게 누구보다 빨리 갈 수 있을 겁니다. 그리핀을 타고 스톰윈드로 가십시오. 그에게 사태를 설명하고 얼라이언스 군을 즉시 규합해야 한다고 전하십시오."

카드가를 쏘아보는 엘프 순찰자의 녹색 눈동자가 활활 타올랐다.

"소식을 전하는 거라면 누구라도 쉽게 할 수 있는 일이에요."

알레리아가 날카롭게 받아쳤지만 카드가는 단호하게 고개를 저었다.

"와일드해머는 당신을 잘 알고 신뢰합니다. 그리고 이분들은 각자 준비해야 할 일이 있습니다."

그는 잠시 한숨을 내쉬고는 덧붙였다.

"알레리아, 부탁입니다. 우리 모두를 위해 투랄리온을 찾아가 이야기하고 데려와주십시오."

나아가 둘 사이의 불화가 사라진다면…… 아니, 적어도 함께 싸우기로 마음먹는다면 더 좋겠지, 라고 생각했다.

타오르던 알레리아의 눈빛이 굳어지며 다시 근엄하고 무표정한 얼굴로 돌아왔다.

"요청하신 대로 하지요."

그녀는 형식적으로 대답한 후 군말 없이 돌아서서 회장을 가로질러 정문으로 나갔다.

"카드가 님 말씀이 맞소. 우리는 각자 병력을 집결시키고 물자를 확보해야 하오, 당장."

테레나스가 알레리아의 뒷모습을 바라보며 말했다.

다른 왕들이 고개를 끄덕였다. 그레이메인조차 고분고분 따랐다. 호드가 또다시 들이닥칠지도 모른다는 충격에 불만이 싹 가신 모양이었다. 그들은 함께 정문을 지나 다시 안뜰로 걸음을 옮겼고 지나온 지 채 한 시간도 되지 않은 거대한 홍예문으로 향했다.

"그래요, 어서들 가십시오. 가서 로서의 후예들을 깨우십시오. 부디 너무 늦지 않았기를."

카드가는 왕들이 떠나는 모습을 지켜보며 낮게 중얼거렸다.

3장

　피에 목마른 도끼가 새된 소리를 지르며 아래로 호를 그리고는 빛을 받아 눈부시게 번뜩였다. 도끼의 주인은 그에 맞춰 미친 듯이 웃고는, 검은 문신이 새겨진 턱을 불가능하다 싶을 만큼 쩍 벌려 괴성을 질렀다. 그의 이름은 바로 그 괴성에서 비롯했다. 그가 붉은 눈을 번쩍이며 상상 속의 적을 베고 또 베는 동안, 검고 긴 머리카락이 채찍처럼 휘날렸다. 실제 전투에서 적을 날고기로 만들기 위해 동작을 갈고닦는 중이었다. 그롬 헬스크림은 기합을 넣고 무지막지한 힘을 솜씨 있게 제어하며 몸을 휙휙 틀었다. 그때 그의 이름을 부르는 소리가 들려왔다. 그는 연습을 할 때도 찾아오는 핏빛 무아지경에서 빠져나왔다.

　"그롬!"

　그롬 헬스크림은 피의 울음소리를 멈추었다. 그토록 격렬히 움직였는데도 숨을 조금 몰아쉴 뿐이었다. 그는 눈을 들어 연로하지만 위풍당당한 형체가 자신에게 다가오는 것을 보았다.

　"카르가스."

그롬은 으스러진손 족장이 가까이 오기를 기다렸다. 둘은 오른손을 서로 움켜잡았다. 카르가스의 왼손은 오래전에 잘려 나갔고 그 자리에는 날카로운 낫이 달려 있었다.

"반갑군."

"반가워할 사람이 많겠지."

나이 많은 족장 카르가스가 오크들이 모여들고 있는 곳으로 고갯짓을 하며 말했다.

"넬쥴이 부족마다 사절을 보냈다고 들었다."

그롬이 고개를 끄덕이자 검은 문신이 새겨진 턱이 단호한 선을 그렸다. 그 사절 중 일부는 그롬 자신이 노주술사의 부탁을 받고 보낸 자들이었다.

"넬쥴이 뭔가 계획하고 있어."

그롬은 육중한 도끼를 어깨에 걸쳤고, 두 수장은 돌아서서 계곡을 가로질러 어둠의 문이 자리한 폐허를 향해 걸었다. 둘은 두 부족의 전사들이 모인 곳을 지나갔다. 여기저기서 매서운 눈빛과 날카로운 말이 오갔지만 싸우는 자는 없었다. 아직은.

"그런데 그게 뭘까?"

"그건 중요하지 않아. 뭐가 됐든 이것보단 낫겠지!"

카르가스는 답하면서 무심코 낫의 날을 손가락으로 훑었다.

"지난 두 해 동안 우리는 가만히 앉아서 아무것도 하지 않았어. 아무것도! 왜? 얼라이언스에게 패해서? 그게 뭐 어떻다고? 문이 파괴되어서? 문은 또 만들면 그만이지! 싸울 대상이 있어야 해. 아니면 썩은 고기처럼 곰팡이가 슬 때까지 이렇게 앉아만 있어야 한다고!"

그롬은 고개를 끄덕였다. 카르가스는 순수하고도 단순한, 전투의 생물이었다. 싸우고 죽이기 위해 사는 존재. 그롬은 그런 그를 인정했고, 카르가스의 말에도 분명 일리가 있었다. 오크는 전투적인 종족이었으며, 그들은 끊임없는 싸움을 통해 역량을 기르고 육체를 단련했다. 전투가 없으면 오크는 약해진다. 그롬은 타 부족과 전쟁을 벌임으로써 부족의 호전성을 유지했고, 두 부족이 접전을 치른 적은 없다지만 카르가스 또한 그리했으리라 짐작했다. 그러나 전쟁이 일어나지 않는 선에서 순찰대와 정찰대를 공격하는 데는 한계가 있었고, 그롬 스스로도 동족끼리 전쟁을 벌이는 데는 관심이 없었다. 넬줄이 호드를 결성했을 때, 그는 여러 부족을 통합하여 하나의 거대한 세력을 만들었다. 그 후로 오랜 시간이 흘렀음에도 그롬은 아직 예전의 기조를 버리지 않았다. 휘하의 전쟁노래 전사들이 천둥군주나 붉은걸음, 칼바람 부족과 싸울 때는, 맞서 싸우는 게 아니라 함께 싸워야 할 오크 동족과 전투를 하는 것이었다. 그 역시 전투 중에는 여전히 피의 갈증이 솟구쳤고 피의 울음소리가 새된 소리를 내며 적을 가를 때는 여전히 야만적인 쾌감을 느꼈다. 그러나 전투가 끝난 후에는 텅 비어버린 듯 공허했고 조금은 더럽혀진 느낌이 들었다.

무슨 일이 일어난 걸까? 그는 저 앞의 폐허와 조각상을 향해 다가가며 생각에 잠겼다. 호드는 어디서부터 잘못된 걸까? 호드는 한때 평원을 뒤덮었던 풀잎보다도, 바다를 이루는 물방울보다도 많았다. 호드가 행군을 할 때면 우레와 같은 발소리가 산을 뒤흔들었다. 어떻게 그런 군대가 패배할 수 있단 말인가?

굴단 때문이다. 그롬은 확신했다. 곡물과 풀로 가득했던 평원은 생기를 잃었고, 나무는 검게 메마르고 시들었으며, 하늘은 어두워지고 피처럼 붉어졌다. 이 모든 것은, 흑마법사들이 오크의 손에 어울리지 않는 권력을 탐했기에 일어난 일이었다. 그러나 그것이 전부가 아니었다. 흑마법사들이 드레노어를 파멸시킨 것은 사실이지만, 굴단이 그들의 배후에 있었던 것이다. 그리고 호드가 그 세상을 정복하고 차지하는 데 실패한 것은 모두 굴단 때문이었다. 첫 전투가 벌어졌을 때, 다름 아닌 그 간교한 흑마법사가 그롬에게 선봉에 서지 말고 드레노어에 남으라고 설득했던 것이다. 굴단은 이렇게 주장했었다.

"너는 여기 있어야 한다. 너와 전쟁노래 부족은 최강의 전사이니, 만일의 경우에 대비하여 남겨두고 싶구나. 또한 드레노어에 남아서 우리의 이권을 지킬 자도 필요하지. 강하고 믿음직한 자 말이다. 바로 너 같은 자 말이야."

그롬은 바보처럼 흑마법사의 감언이설에 넘어가 자신의 길을 버린 것이었다. 그는 블랙핸드와 오그림 둠해머가 호드를 이끌고 문을 넘어 아제로스라는 기이한 세계로 가는 것을 그저 지켜만 보았다. 그 후 보고가 들어올 때에도 그저 지켜만 보았다. 처음에는 성공했다는 보고가, 그다음에는 결국 실패했다는 보고가 들어오는 동안.

그롬은 숨죽여 으르렁거렸다. 내가 그곳에 있기만 했다면! 그랬다면 그 마지막 전투의 판세를 뒤집을 수 있었으리라. 그가 도왔다면 둠해머는 호수 옆의 인간 도시를 정복하고, 배신자 굴단과 수하들을 처단할 군대도 보낼 수 있었으리라. 그런 후에는 로데론을 점령하고 그곳을 거점으로 뻗어나가, 그들에게 맞설 자가 단 하나도 남지 않을 때까지 그 땅을 휩쓸었으리라.

그롬은 고개를 저었다. 다 지난 일이다. 블랙핸드는 죽었고, 오랜 친구 듀로탄도 죽었고, 둠해머는 사로잡혔으며, 어둠의 문은 무너졌고, 굴단은 사라졌으며, 호드는 예전의 영광을 잃었다.

그러나 그중 일부가 곧 변할지도 모른다.

그롬과 카르가스는 어느새 문이 있던 곳에 도착했다. 둘을 기다리는 형체가 똑똑히 보였다. 넬쥴의 머리카락은 이제 완연한 백발이었지만, 그 점을 제외하면 어둠달 부족의 족장이자 호드의 옛 수장은 어느 때 못지않게 강해 보였다. 그때 그가 그롬을 향해 돌아섰다.

전쟁노래 부족의 족장 그롬은 주술사의 얼굴을 제대로 보고는 흠칫했다. 넬쥴의 볼과 윗입술, 눈썹, 이마가 하얀 물감으로 덮여 뼈처럼 하얗게 보였다. 그롬은 그것이 넬쥴의 의도라는 걸 깨달았다. 노주술사는 해골처럼 보이도록 얼굴을 칠한 것이었다.

"그롬 헬스크림과 카르가스 블레이드피스트! 잘 왔다!"

넬쥴은 변함없이 힘차고 또렷한 목소리로 외쳤다.

"우릴 왜 부른 거지?"

카르가스가 인사치레도 없이 불쑥 물었다.

"새 소식이 있다. 소식과 계획이 있지."

넬쥴의 대답에 그롬은 콧방귀를 뀌었다.

"2년 동안이나 우리를 피해 숨어 지냈으면서, 어떻게 느닷없이 새 소식이 있다는 거지?"

그롬의 목소리에서 분노와 의혹이 묻어났다. 그는 하얗게 칠한 넬쥴의 얼굴을 가리켰다.

"굴단에게 자리를 빼앗기고 피를 마시는 것도 거부한 채 땅굴 속의 마멋처럼 숨어 있지 않았나. 그런데 갑자기 계획이 있다면서 망자의 얼굴을 하고 기어 나와? 어떤 계획인지 듣고 싶지도 않군."

그롬은 자신의 목소리에 고통이 어려 있는 것을 알았다. 굴단 때문에 일어났던 그 모든 일에도 불구하고, 지난 몇 년간 품어왔던 조언자와 주술사, 흑마법사 전체에 대한 불신에도 불구하고, 그롬은 넬쥴이 젊은 시절 기억하는 그 주술사이기를 간절히 바랐다. 제멋대로인 부족들을 모아 하나의 군대로 만들어낸 강인하고 현명한 오크이기를 말이다. 통렬하게 비난했지만 그롬은 자신의 말이 틀리기를 바랐다.

넬쥴은 얼굴의 하얀 해골에 손을 댄 채 깊이 한숨을 쉬었다.

"난 오랫동안 죽음을 꿈꾸었다. 나는 그를 보고, 그와 이야기도 나누었지. 내 부족의 죽음을 보았고, 사랑했던 모든 이들의 죽음을 보았다. 그리고 내가 취한 이…… 이 형상은 죽음을 기리기 위한 것이다. 나도 나서고 싶지 않았지만, 이제 다시 모두를 이끄는 것이야말로 동족에 대한 나의 의무라 믿는다."

"예전처럼 그렇게 이끌겠다는 건가? 배신으로? 패배로? 네가 우릴 그렇게 이끌겠다면, 이 손으로 네가 그리도 좋아하는 죽음에게 보내주겠다, 넬쥴!"

카르가스는 울부짖듯 소리치며 낫손을 들어 주술사를 향해 휘둘렀다.

넬쥴은 무언가를 말하려는 듯 입을 떼었다가 그들 뒤에 있는 뭔가를 보고 멈칫했다. 뒤돌아본 그롬은 거대한 형체가 다가오는 것을 보았다. 주위의 오크들 머리 위로 우뚝 솟은 것으로 미루어 보아, 오우거였다.

"무슨 일이지, 덴타그?"

문의 폐허와 서성거리는 오크 무리 사이의 빈터를 가로지르는 부하에게 넬쥴이 물었다.

"나머지 부족들을 찾아서 이곳으로 부르라고 보냈을 텐데. 이 둘에게도 그랬던 것처럼 말이다. 그런데 이 계곡엔 어둠달, 전쟁노래, 으스러진손밖에 보이지 않는구나. 나머지는 어디 있느냐?"

넬쥴은 그롬과 카르가스에게도 새삼 임무를 상기시키며 목소리를 높이자 그롬이 말했다.

"번개칼날 부족도 오겠다고 했다. 길이 워낙 멀어 하루 이틀 더 걸릴지도 모르지. 허나 천둥군주도 웃는해골도 말을 듣지 않더군. 그들은 서로를 도륙하느라 정신이 없어!"

그롬이 고개를 가로저으며 으르렁거리자 넬쥴이 이빨을 드러내고 호통을 쳤다.

"바로 그 때문에 우리가 행동해야 하는 것이다! 우리가 서로를 죽이고 있는데 가만히 앉아 아무것도 안 하고 있지 않나! 호드를 벼려내기 위해 우리가 했던 노력이, 내가 기울였던 노력이 모두 무너지고 있다. 부족들이 갈라서서 서로 싸우고 있어. 어서 손을 쓰지 않으면 우리는 다시 예전으로 돌아가, 한 해에 한 번 있는 회합을 제외하고는 전장에서나 만나게 될 것이다!"

"숨어 있던 2년 동안 무슨 일이 있으리라 기대한 거지? 폭발로 몸을 다친 건 안다. 하지만 넌 상처가 나은 후에도 모습을 드러내지 않았어. 우리는 오랫동안 네 지침을 기다렸지만 받지 못했지. 그러니 각자 갈 길을 가는 수밖에! 서로 싸우는 것 말고 뭐가 있었겠느냐! 너는 죽음의 꿈을 꾸겠다며 우리를 버렸다, 넬쥴. 이게 그 결과다."

"알고 있다."

넬쥴은 고통에 젖어 나직이 말했다. 비탄과 수치로 가득한 그 표정에, 그롬이 내뱉으려던 성난 비난은 입 밖으로 나오지 못하고 사그라들었다.

"칼바람 부족도 온다."

카르가스가 불편한 침묵을 깨뜨리며 말을 이었다.

"하지만 붉은걸음은 거절했어. 호드는 이제 추억에 지나지 않으며, 각 부족이 스스로 살 길을 찾아야 한다고 말하더군. 네 명령이 없었다면 놈들의 족장을 그 자리에서 도륙해버렸을 것이다."

카르가스가 이를 드러내며 말했다.

"그럼 너도 그 자리에서 죽었겠지. 아니면 그곳을 빠져나오느라 온 부족이 몰살당하거나. 나는 널 잃게 되는 것도, 설득의 여지가 있는 그들을 잃게 되는 것도 원치 않았다."

넬쥴의 지적에 카르가스는 입을 다물었다.

"하지만 그들은 곧 처리할 테니 걱정하지 마라. 나머지 부족은 어떻게 됐지? 해골이빨은?"

넬쥴이 주위를 살피며 눈을 가늘게 뜨자 그롬은 이를 드러내며 씹어뱉 듯 말했다.

"헐칸 스컬스플린터에게 사절을 보냈다. 놈은 대답으로 팔다리를 보냈 더군."

"그자들이 와준다면 전투에서 귀한 자산이 될 텐데. 해골이빨은 전장에서 강하니까."

카르가스가 멍하니 낫을 쓰다듬으며 말하다가 문득 절레절레 고개를 저었다.

"하지만 문이 사라진 후로 더 제멋대로라니까. 놈들은 통제 불능이고 믿을 수도 없지."

넬쥴은 고개를 끄덕인 후 덴타그에게 물었다.

"하얀발톱 부족은 어떻게 됐지?"

"거의 다 죽었습니다. 굴단과 흑마법사들에 대한 진실이 밝혀지기 전에 다른 부족들 손에 제거되었습니다. 듀로탄이 쫓겨나 죽은 후에도 하얀발톱 부족은 서리늑대 부족에 대한 연민을 숨기지 않았고, 그래서 표적이 된 겁니다. 살아남은 자들은 뿔뿔이 흩어졌습니다. 사실상 이제 부족이라 할 수도 없지요."

덴타그는 얼굴을 찌푸린 채 고개를 저었다.

듀로탄 이야기가 나오자 넬쥴은 일말의 죄책감을 느꼈다. 넬쥴은 자신이 끼친 피해를 조금이나마 바로잡고자 이제 죽고 없는 서리늑대 부족 족장에게 경고한 적이 있었으나, 결국 허사가 됐다. 굴단의 그림자 의회가 듀로탄을 찾아냈고, 넬쥴이 알던 가장 고결한 오크 중 하나를 죽이고 만 것이었다.

하지만 회한과 자기 연민은 쓸모가 없었다. 그는 다시 덴타그의 이야기에 집중하며 분통을 터뜨렸다.

"하얀발톱 부족은 오크 중에서도 역사가 길고 자부심이 강한 부족이었다! 그런데 부족이 없는 미개한 오크가 되었다고? 그럴 순 없지! 우리는 호드를 재건하여 오크들의 결속을 다시금 강화할 것이다! 우리가 살아남아 명예와 영광을 쟁취하려면 종족 전체가 하나가 되어야만 한다!"

덴타그가 털썩 무릎을 꿇었다. 그는 간단히 말했다.

"제가 주인님을 섬기기 위해 산다는 걸 아시겠지요."

그롬은 미간을 찌푸린 채 연로한 넬쥴을 바라보았다.

"그 계획이란 걸 얘기해봐라, 넬쥴."

그롬은 빈터 너머의 오크들에게도 자신의 말소리가 들리도록 큰 소리로 다시 말했다.

"말해봐라. 그 계획이 타당하다면 우리는 너를 따르겠다."

카르가스가 고개를 기울이며 말했다.

"나도 그롬 헬스크림과 같은 생각이다."

넬쥴은 잠시 동안 셋을 엄숙하게 바라보고는 고개를 끄덕였다.

"번개칼날과 칼바람 부족이 도착하기를 기다린다. 그다음 다시 나머지 부족을 찾아간다. 천둥군주와 웃는해골, 붉은걸음…… 해골이빨 부족까지도. 우리는 하나가 되어야만 한다."

"그들이 거절한다면?" 카르가스가 낮은 소리로 물었다.

"설득한다."

본뜻에 대한 의심의 여지를 남기지 않는, 엄숙한 말투였다. 카르가스는 포효하며 동의를 표했고 낫을 높이 들어 빛을 비추었다. 넬쥴은 그롬에게 고개를 돌려 부드럽게 말했다.

"너, 그롬. 나머지 부족들을 기다리는 동안 내 계획을 말해주고 임무를 하나 맡기려 한다."

그롬의 붉은 눈이 반짝였다.

"무엇을, 왜 시키려는 것인지 상세히 말해봐라."

넬쥴은 미소를 지었으나, 얼굴에 그려진 해골 때문에 일그러져 보였다.

"네가 찾아주어야 할 물건이 있다."

4장

"전쟁노래 부족이여, 공격하라!"

그룸이 피의 울음소리를 높이 들어 날을 햇빛에 비추었다. 그가 앞으로 도약하며 도끼를 크게 휘두르자, 날이 공중을 가르면서 도낏자루 뒤의 공동이 괴성을 내질렀다. 그 뒤에서는 휘하의 전사들이 무기를 휘두르거나 내지르며 불길하게 휙, 쉭, 훅 소리를 냈다. 부족의 이름은 바로 여기서 비롯한 것이었다. 전사들은 그와 함께 입을 모아 노래하기 시작했다. 말보다는 리듬에 가까운 이 노래의 맥동하는 박자가 그들의 피를 들끓게 하고 동시에 적을 주눅 들게 만들었다.

하지만 오늘의 적은 주눅이 들지 않았다. 그러기에는 이미 넋이 나가 있었기 때문이었다.

첫 번째 적이 알아듣기 힘든 말을 외치며 도끼의 공격 범위 안으로 들어왔다. 피의 울음소리가 적의 목에 닿자 살과 뼈, 힘줄을 깔끔하게 절단했다. 비명을 지르던 모습 그대로 적의 머리가 입을 벌린 채 날아갔다. 입가의 거품이 핏물과 섞이고 있었다. 녹색 몸뚱이는 쓰러지면서도 망치를 휘두르려고 버둥거렸다. 피가 따뜻한 붉은 비처럼 그롬의 얼굴로 튀었다. 그는 씩 웃으며 혀를 내밀어 입술에 묻은 피를 핥았다. 해골이빨 오크 하나가 줄었다.

주위에서는 전쟁노래 전사들이 해골이빨 부족을 베어 넘기는 중이었다. 미친 듯이 날뛰는 해골이빨을 보면 누구나 겁을 집어먹겠지만, 그롬은 전사들에게 각오를 단단히 시켰다.

"놈들은 사나운 짐승과도 같다. 야만적이고 강하며, 고통을 두려워하지 않지. 하지만 그들은 이성이 없고, 협력은커녕 생각이란 것도 하지 않는다. 우리가 전사로서 더 낫다. 정신을 집중해 측면 공격에 대비하면서 형제들과 힘을 합치면, 우리는 풀밭에 부는 바람처럼 놈들을 휩쓸어 섬멸할 수 있을 것이다."

그롬의 말에 전쟁노래 부족은 환호로 답했고, 지금까지는 그것을 기억하는 것 같았다. 하지만 그롬은 그들 스스로가 피의 욕망에 사로잡혀, 사촌인 해골이빨처럼 이성적인 사고와 전략을 잊어버릴 때까지 과연 얼마나 버틸 수 있을까 걱정스러웠다.

그롬 스스로도 그것을 느꼈다. 그 뜨겁고 달콤한 느낌, 맥박이 빨라지고 힘이 솟는 느낌을. 피의 울음소리가 달려드는 해골이빨을 어깨에서 골반까지 가르자, 격한 희열이 자신의 내면에서 소용돌이치는 것을 느꼈다. 정신은 흐릿해지고 감각은 날카로워졌다. 그 광적인 환희의 물결에 휩쓸려 전투의 노래에 몸을 맡긴 채, 죽음과 파괴와 승리의 쾌감을 만끽하고 싶었다.

그러나 그럴 수는 없었다. 그는 전쟁노래의 수장, 그롬 헬스크림이었다. 족장으로서 본분을 다하려면 냉철한 두뇌가 필요했다.

그때 엄청난 소란이 그의 눈길을 사로잡았다. 무지막지한 덩치의 오크가 전사 하나를 들어 올려 그대로 전쟁노래 무리에게 던진 다음, 널브러진 오크에게서 팔 하나를 뜯어내 몽둥이 대용으로 휘두르고 있었다. 피를 뚝뚝 흘리면서. 그롬이 찾던 놈이었다. 그는 놈을 발견하자마자 해골이빨 전사들을 마구 베고 전쟁노래 전사들을 밀치며 놈에게 다가가기 시작했다. 이윽고 그롬은 그 발광하는 오크와 마주하게 되었다.

"헐칸! 헐칸 스컬스플린터!"

그롬은 피의 울음소리를 휘두르며 고함을 내질렀다. 앞길을 트는 한편, 그 고함 소리로 주위를 가득 채운 전투의 소음을 누르려는 것이었다.

"그롬!"

해골이빨 족장 헐칸은 양손으로 잘려진 전사의 팔을 높이 들고 맞받아 외쳤다. 팔은 아직도 경련하고 있었다.

"봐라, 내가 네놈의 부하를 잡았다! 아니, 부하의 일부라고 해야 하나!"

헐칸은 침을 튀기며 껄껄 웃었다.

"전사들을 철수시켜라, 헐칸! 그러지 않으면 모조리 죽이겠다!"

그롬의 외침에 헐칸은 대답이라도 하듯 잘린 팔을 높이 들자, 주위의 해골이빨 전사들은 족장이 무슨 말을 하는지 듣고자 잠시 조용해졌다.

"우리가 죽음을 두려워할 것이라 생각하느냐?"

헐칸이 뜻밖에도 차분한 어조로 물었다. 그롬은 지체 없이 대답했다.

"그렇지 않다는 걸 알고 있다. 하지만 아제로스에서 인간을 도륙하며 버릴 수도 있는 목숨을, 왜 여기서 동족과 싸우며 헛되이 버리려 하지?"

그 말에 해골이빨 족장은 고개를 갸우뚱했다.

"아제로스라고? 차원문은 무너졌다, 그롬. 설마 기억이 안 나는 것이냐? 물론 넌 그쪽 세계에 발을 들이지도 못했지만 말이다."

헐칸은 부러진 이빨들을 드러내며 짓궂게 웃었다.

순간 그롬의 골이 울리면서 시야가 붉어졌다. 피의 울음소리로 헐칸의 얼굴에서 조소를 지워버리고 싶은 욕망이 솟구쳤다. 하지만 그는 상대가 자신을 일부러 도발하고 있다는 것을 알았고, 그 생각에 의지한 채 끓어오르는 분노를 가까스로 억눌렀다.

"그건 너도 마찬가지지."

그롬이 대꾸했다. 고함을 지르거나 뱉어내듯 말하지 않으려고 이를 악물어야 했다.

"하지만 이제 우리에게도 기회가 생길 것이다. 넬쥴이 차원문을 다시 열 수 있다고 한다. 마침내 호드가 그 세상으로 다시 돌아가 그곳을 정복할 것이다."

헐칸은 큭큭 웃었다. 웃음소리는 점점 커져 새된 소리로 변했다.

"넬쥴! 늙고 말라빠진 주술사! 우리를 자기 일에 끌어들이고는 달아나서 숨었지. 그런데 이제 와서 또다시 자기 장단에 춤을 추라는 것이냐? 그런다고 해서 우리가 무엇을 얻을 수 있단 말이냐?"

"인간을 죽일 기회지. 그것도 아주 많이. 영광과 명예를 거머쥘 기회, 아직은 풍요롭고 비옥한 땅을 차지할 기회다."

그롬은 대답하며 손으로 주위를 가리켰다. 나그란드는 드레노어 대부분의 지역과 달리 여전히 수목이 무성하고 푸르렀다. 전투에 미친 해골이빨 부족이 흑마법사들을 상대하지 않았기 때문인지도 몰랐다. 그렇다 하더라도, 그롬은 해골이빨 부족이 여느 오크들과 마찬가지로 새롭게 정복할 대상을 갈망한다는 사실을 잘 알고 있었다.

"우리더러 뭘 어쩌라는 거지?"

여전히 전쟁노래 전사의 잘려나간 팔을 든 채로 헐칸이 물었다. 그롬이 눈을 가늘게 떴다. 해골이빨 족장을 휩싼 광기의 뇌우 사이로 잠시 이성이 고개를 내미는 순간일지도 몰랐다. 그롬은 오늘 훌륭한 전사들을 많이 잃

었지만, 지금 헐칸을 끌어들일 수 있다면 헛된 희생은 아니리라. 할 수만
있다면 부하들이 갈가리 찢기는 광경을 더는 보고 싶지 않았다.

"두 가지다. 첫째, 부족을 이끌고 넬쥴에게 충성을 맹세하는 것. 그의 명
령에 따르고, 다른 부족들과 맞서 싸우는 게 아니라 함께 싸우는 것이다."

그롬의 대답에 헐칸이 욕설을 뇌까리면서도 약속했다.

"싸울 상대만 준다면야 너희들은 건드리지 않겠다."

"적은 차고 남을 것이다."

그롬이 안심시키듯 말했다. 그는 도끼를 바꿔 쥐었다. 두 번째 요청은
그리 쉽게 받아들여지지 않을 터였다.

"하나 더 있다. 넬쥴이 그것을 원한다."

그 말과 함께 그롬은 손가락을 들어 가리켰다. 헐칸이 어리둥절한 표정
으로 손가락이 가리키는 곳을 따라 내려다보았다. 그러나 그롬이 헐칸 자
신의 목에 걸린 해골을 가리킨다는 걸 깨닫자, 그의 표정은 순식간에 일그
러졌다. 몇 년 동안 풍파에 시달려 하얗게 바랜 오크 두개골. 뼈에는 깊이
홈이 파여 있었다.

해골이빨 족장 헐칸이 사납게 말했다.

"안 된다. 이건 내줄 수 없어. 이건 그냥 해골이 아니다. 굴단의 해골이
라고!"

헐칸은 그 해골을 뺏길 수 없다는 듯 한 손으로 그것을 움켜쥐었다.

"확실한가? 내가 듣기로 굴단은 아제로스에서 죽었다던데."

그롬이 의혹의 씨앗을 심을 생각으로 말을 이어가자 헐칸이 말했다.

"그건 맞다. 스스로 바닷속에서 불러올린 섬에서 악마들에게 갈가리 찢
겼다고 하지. 자신의 힘과 자만심 때문에 죽은 것이다. 하지만 함께 있던
흑마법사 하나는 살아남았다. 그자는 자신들이 찾아낸 사원에서 도망쳤

지. 그자가 도망치는 길에 굴단의 유해를 보았다. 조각조각 찢겨 있었다고 했지."

헐칸은 껄껄 소리 내 웃더니 어깨를 으쓱했다.

"흑마법사는 그 유해가, 특히 머리가 죽어서도 힘을 지니고 있으리라 생각했던 모양이다. 그래서 머리를 챙겨 나왔다. 굴단은 결국 드레노어로 돌아온 셈이지!"

"어쩌다가 그 유골이 네 손에 들어왔지?"

그롬의 물음에 헐칸은 또 한 번 어깨를 으쓱했다.

"그 해골을 챙긴 흑마법사를 한 전사가 죽였지. 내가 그 전사를 죽이고 해골을 빼앗았다. 그 사이에 누가 더 있었을지도 모르지만 그런 건 상관없지. 나는 그 해골이 누구의 것인지 아는 순간, 내 것이어야만 한다고 생각했다. 그리고 지금은 내 것이지. 또한 이건 결코 내주지 않아. 넬줄에게도, 누구에게도."

헐칸이 또다시 씨익 웃음을 짓자 그롬이 고개를 끄덕였다.

"이해한다."

공격은 갑작스럽고 빨랐다. 그롬이 앞으로 펄쩍 뛰어오르는 순간, 이미 피의 울음소리는 공중을 가르고 있었다. 하지만 헐칸은 노련한 전사였고 오랜만에 냉정을 찾은 상태였다. 그는 옆으로 몸을 던져 도끼를 피하고, 휙 돌아서서 무지막지한 주먹으로 그롬의 뺨을 갈겼다. 그 충격으로 고통이 밀려들었지만 그롬은 이를 무시했다. 헐칸은 자신이 죽인 전사 하나가 떨어뜨린 곤봉을 집어 들어 그롬에게 휘둘렀다. 그롬이 춤을 추듯 옆으로 피하자, 곤봉이 가슴을 아슬아슬하게 비껴갔다. 그롬은 다시 도끼를 휘둘렀다. 피의 울음소리가 헐칸의 오른쪽 팔죽지에서 살점을 베어냈다.

그롬은 주위에 모여들어 누가 이기는지 지켜보고 있는 오크들을 희미하게 의식했다. 그는 이 전투의 결말에 자기 목숨 이상의 것이 걸려 있음을 알았지만, 승리하기 위해서는 그런 생각에 빠져 있을 겨를이 없었다.

헐칸은 역시 만만찮은 상대였다. 해골이빨 족장은 생전의 오그림 둠해머만큼이나 덩치가 컸고, 그에게 버금갈 정도로 빨랐다. 게다가 이성을 찾고 생각만 똑바로 한다면 어리석기는커녕 교활하고 노회하며, 상대의 수를 읽고 자신의 동작을 계획하는 전사였다. 그는 이를 증명하듯이, 몸을 숙여 도끼를 또 한 번 피하고는 불쑥 일어나서 양손으로 그롬의 가슴을 후려쳤다. 그롬은 비틀거리며 몇 걸음 물러났다.

하지만 이성이 지배하는 시간은 그것으로 끝이었다. 그롬은 헐칸의 눈알이 돌아가고 입술에 거품이 묻어나는 것을 보았다. 헐칸의 숨소리는 점점 거칠어졌고, 공격은 강력해졌지만 그만큼 무절제해졌다. 그롬은 제멋대로인 공격을 쉽게 피하고 막을 수 있었다. 팔이 저려오긴 했지만. 그롬은 가슴속에서 솟아오르는 피의 욕망을 느끼고 이빨을 드러내며 사나운 미소를 지었다. 욕망은 헐칸을 사로잡았듯이 그롬마저 사로잡으려 했다. 그러나 그롬은 그 욕망을 허용하지 않을 작정이었다. 욕망이 아니라, 그가 자신의 주인이었다. 이제 끝장을 낼 때가 됐다. 그는 몸을 숙여 헐칸의 마지막 공격을 피하고 숨을 잔뜩 들이켠 다음, 해골이빨 족장의 얼굴을 향해 머리를 날렸다.

검은 문신으로 덮인 그롬의 턱이 불가능해 보일 만큼 크게 벌어졌고, 내장이 뒤틀리는 듯한 포효가 날카롭게 공기를 갈랐다. 그와는 달리 헐칸은 낮게 비명을 뱉으며 피투성이가 된 귀를 부여잡고 털썩 무릎을 꿇었다. 코와 눈에서 피가 뿜어져 나오고, 벌어진 입에서도 걷잡을 수 없이 피가 흘러나왔다. 피의 울음소리가 매끄러운 호를 그리며 떡 벌어진 어깨에서 헐칸의 머리를 잘라내는 순간, 그롬의 전설적인 고함은 승리의 웃음소리로 바뀌었다.

시체는 움직임을 멈추지 않고 잠시 팔을 버둥거렸다. 다음 순간 그 움직임은 마치 의식 저편의 감각으로 귀를 기울이기라도 하듯 잠잠해지더니, 서서히 바닥으로 쓰러졌다. 시체는 그렇게 고꾸라진 채로 미미한 경련이 이어졌다.

득의만면하여 그 모습을 지켜보던 그롬은 시체를 걷어차 뒤집었다. 다행히 그가 손에 넣으려 했던 물건은 멀쩡했다. 그는 해골을 한참 바라보며 굴단을, 그리고 넬쥴을 떠올렸다. 지난 몇 해 동안 있었던 일들을 떠올렸다. 그롬은 두꺼운 헝겊 주머니를 꺼내 굴단의 해골을 덮고, 조심스레 그 소름 끼치는 물건을 들어 올렸다. 그롬이 출발하기 전에 테론 고어핀드가 찾아와서, 해골을 손으로 만지지 말라고 경고했던 것이다. 그롬은 죽음에서 돌아와 인간의 허울을 쓰고 있는 부자연스러운 존재, 죽음의 기사를 신뢰하지 않았지만 그럼에도 그 경고는 새겨들었다. 굴단은 생전에 워낙 위험했던지라, 죽어서도 힘을 지니고 있다는 말이 이상하지 않았기 때문이다.

한 손에는 피의 울음소리를, 한 손에는 헝겊 주머니를 움켜쥔 채 우뚝 선 그롬은 모여 있는 오크들을 둘러보며 큰 소리로 물었다.

"이제 누가 해골이빨 부족을 대표하지?"

키가 크고 체격이 좋은 젊은 오크가 다른 이들을 밀치고 앞으로 나왔다. 오크 척추로 이루어진 허리띠를 하고, 오우거의 척추뼈를 깎아 만든 팔보호구를 착용하고 있었다. 한쪽 어깨에는 묵직한 가시 곤봉을 걸쳤다.

"나는 타가르 스파인브레이커다. 이제 내가 해골이빨을 이끈다."

그는 자랑스럽게 말했으나 거북하다는 듯 그의 눈길은 헐칸의 시체를 지나쳐 그롬에게 옮겨갔다. 그롬은 주머니가 들려 있는 손을 흔들며 말했다.

"굴단의 해골은 내가 차지했다. 그럼 묻겠다, 타가르 스파인브레이커.

우리와 함께하겠나, 아니면 헐칸과 함께하겠나?"

신임 해골이빨 족장은 주저했다.

"대답하기 전에 질문이 하나 있다, 그롬 헬스크림. 우리에게 넬쥴을 따르라고 했지. 당신은 왜 그렇게 하기로 결심했지? 한때는 넬쥴이 모든 문제의 근원이라 했으면서!"

그래, 보기만큼 바보는 아니로군. 그롬은 대답해야 마땅한 질문이라 판단했다.

"모든 문제의 근원인 건 사실이다. 배신자에게 주도권을 넘겨주고, 굴단이 무엇이든 제멋대로 하게 두었으니까. 하지만 넬쥴은 본래 현명했고, 여러 부족에게 올바른 지침을 주었다. 또한 호드를 결성하는 큰일을 해냈지."

그롬은 해골이 든 주머니를 흔들며 말을 이었다.

"내가 넬쥴을 따르고자 하는 이유는, 그가 어둠의 문을 다시 열겠노라 맹세했기 때문이다. 과거에 나는 문 너머의 아제로스에서 인간들을 도륙했어야 마땅하나, 굴단이 허락하지 않았지. 하지만 이제 기회가 생길 것이다. 넬쥴이 이르길, 굴단의 해골이 문을 여는 의식에 필요하다고 했다. 전에 나를 방해했던 굴단이 이번에는 기회의 문을 여는 열쇠가 되다니, 재미있는 일이지. 이것이 내가 넬쥴을 따르는 이유다, 해골이빨."

그롬은 껄껄 소리 내어 웃고는 덧붙였다.

"이제 네가 선택할 차례다. 호드에 다시 합류해라. 그러지 않겠다면……."

그는 피의 울음소리를 다시 휘둘러 소리를 냈다. 도끼는 피와 혼돈의 만가를 불렀다.

"우리는 너희를 하나도 빠짐없이, 젖먹이 아이까지 모조리 죽인다. 바로 지금, 여기서."

그롬은 엄습하는 피의 욕망에 고개를 젖히고는 포효를 내질렀다. 뒤에서는 전사들이 발을 구르고 무기를 휘두르며 노래하기 시작했고, 평원 전체가 그 소리로 뒤흔들렸다.

그롬은 입술을 핥고는 도끼를 들어 올린 채, 타가르의 휘둥그레진 눈을 바라보았다.

"어느 쪽이냐? 피의 울음소리가 다시 비명을 지르고 싶어 한다. 이 녀석이 맛보는 것은 인간의 육신일까, 아니면 해골이빨의 육신일까?"

5장

"지금 뭐라고 했습니까?"

얼라이언스 군사령관이자 은빛 성기사단의 일원인 투랄리온은 자기 앞에 앉아 있는 조그마한 형체를 당혹스럽다는 듯 바라보았다.

"쥐 문제라고!" 노움이 소리쳤다.

"지하철 공사 진행을 아예 중단시킬 수도 있는 야생동물 문제가 있다고 하시기에, 전 지하 호수에 문제가 생겼거나 무슨 괴물이라도 나타난 줄…… 정말 쥐라고 하신 겁니까?"

투랄리온이 말끝을 흐리며 천천히 물었다.

"그렇다니까!"

스톰윈드와 아이언포지를 잇는 기계 수송 시설을 구축하는 프로젝트가 한창이었고, 그 프로젝트의 책임자인 기계 공학자이자 땜장이 겔빈 메카토크가 몸서리를 쳤다.

"얼마나 끔찍한지 몰라. 우리가 발견한 사체 중에는 이만한 것도 있었단 말일세!"

메카토크는 양손을 한뼘 정도 벌려 보였다. 노옴의 조그마한 체격을 고려하면 상당한 크기라는 점을 인정하더라도…… 이 기계 공학자는 고작 쥐 때문에 얼라이언스의 군사령관에게 비상 회의를 청했단 말인가?

투랄리온은 드워프와 좋은 친구인 이 조그마한 종족을 어떻게 생각해야 할지 아직 알 수가 없었다. 몇 년 전 드워프 왕 마그니 브론즈비어드의 적극적인 추천으로 스톰윈드에 온 메카토크를 통해 판단하자면, 노옴은 참 희한한 족속이었다. 메카토크는 말이 빠르고 투랄리온이 전혀 모르는 용어를 사용했는데, 대체로 쾌활해 보였다. 이 노옴 책임자는 서 있는 상태에서도 투랄리온의 엉덩이에 못 미쳤고, 지금은 커다란 안락의자에 파묻힌 듯한 형국이었다. 탁자는 메카토크의 형형한 눈과 높이가 거의 같았다. 결국 그는 답답하다는 듯 한숨을 푹 쉬더니 탁자 위로 올라가서는, 이곳에 들어오자마자 펼쳐놓았던 도면을 가리켰다.

"놈들이 프로토타입을 완전히 장악해서 여기, 여기, 여기 배선을 다 갉아먹었단 말일세."

메카토크는 조그만 손가락으로 도면을 쿡쿡 찌르며 말을 이었다.

"프로토타입을 꺼내거나 그 안에 들어가서 수리하려다가는, 그 못된 놈들에게 멀쩡한 일꾼들만 더 잃게 될 걸세. 마지막으로 파견했던 조는…… 뭐, 보기 좋은 꼴은 아니었다고만 해두지."

메카토크의 커다란 눈은 진지했고, 가만히 듣고 있던 투랄리온은 고개를 끄덕였다. 2차 대전쟁 직후 지하철을 설치하자는 이야기가 처음 나왔을 때만 해도, 정말 굉장하다고 생각했다. 스톰윈드 재건은 차근차근 진척되고 있었으나 속도는 느렸다. 아이언포지에서 스톰윈드로 오는 길은 멀고도 위험했으며, 동맹에게 물자를 조달하는 일이 생각처럼 신속히 진행되지 않자 브론즈비어드 왕이 격노했던 것이었다. 투랄리온은 가끔 한계에 봉착했다는 느낌을 받았는데, 메카토크가 새 소식이나 문제가 있다며 찾아올 때면 매번 그랬다. 투랄리온은 전사의 운명을 타고났고 사제로 훈련받은 성기사였다. 간단한 공사에도 문외한인 그가 '지하철'이라는 것을 이해할 리 만무했다. 특히 메카토크가 빠르게 말을 늘어놓을 때는 더했다.

투랄리온은 이 노움이 괴팍하긴 해도 대단히 똑똑하다는 걸 알고 있었고, 메카토크가 제안한 그…… 장치라는 것이 그가 주장하는 것처럼 필요하다면 얼마든지 그 말을 귀담아들을 생각이었다. 투랄리온은 둘이 처음에 나눴던 대화를 기억했다.

"그게 얼마나 안전합니까?" 투랄리온이 물었었다.

"어…… 이건 사실 최첨단 기술일세. 그 점은 이해해야만 해."

메카토크는 닭다리 모양으로 기른 구레나룻을 쓰다듬으며 대답했다.

"하지만 언젠가는 노움 발명품 사상 최고로 안전해지리라 장담하지!"

투랄리온이 듣기에는 왠지, 그래 봐야 딱히 안전하지 않은 것처럼 들리는 목소리였다. 하지만 그는 건축가도, 기술자도 아니었다. 그리고 지금까지는 공사가 착착 진행되고 있었다.

그러던 중에 쥐 문제가 생긴 것이다.

"당신 종족에게는 쥐가 상대적으로 훨씬 크니, 위험하게 느껴진다는 점은 이해합니다."

투랄리온은 가능한 한 외교적인 말투로 말했지만, 왜 브론즈비어드가 아이언포지 쪽에서 이 문제를 해결하지 않았나 하는 의문이 들었다.

"그리고 쥐가 배선을 갉아먹어선 곤란하죠. 부하들에게 당신과 함께 아이언포지로 가라고 지시하겠습니다. 그들이 그…… 짐승들을 처리하면 수리를 시작할 수 있을 겁니다."

메카토크는 마치 투랄리온이 겨울 할아버지라도 되는 듯이 반응했다.

"고맙네, 고마워! 정말 훌륭하군. 공사는 곧 다시 궤도에 오를 걸세. 그러면 드디어 그 지긋지긋한 지하수 문제를 해결할 여유가 생기겠지."

노움은 의자에서 미끄러져 내려와 투랄리온에게 작은 손을 뻗고는 힘차게 흔들었다.

"아라밀에게 가서 이야기하십시오. 그 친구가 알아서 처리해줄 겁니다."

아라밀은 요새의 경비병이었다가 지금은 군무 외의 모든 일에서 투랄리온의 비서 역할을 하고 있었다.

투랄리온은 노움의 뒷모습을 바라보다가 다시 서신을 읽기 시작했다. 사람들이 보낸 수십 통의 편지가 투랄리온의 처분을 기다리고 있었다. 그는 한 손으로 짧은 금발을 헝클며 한숨을 내쉬었다. 산책을 하고 싶었다.

밖으로 나오자 구름은 낮게 걸려 있었지만 공기는 산뜻하고 깨끗했다. 그는 운하로 걸음을 옮겨 이제 맑아진 물에 비친 자신의 모습을 잠시 바라보았다. 투랄리온은 부하들과 함께 스톰윈드에 들어서던 2년 전 그날 이전에는 한 번도 그곳에 와본 적이 없던 터라, 다행히 함락 전의 모습은 기억하지 못했다. 하지만 그때 그 모습만으로도 충분히 참혹했다. 이 유명한 운하도 돌과 나무, 흙 그리고 더럽혀진 시신으로 꽉 차 있었다. 사람들은 시신을 정중하게 매장하고 잡석을 치웠다. 이제 운하는 다시 유유히 흐르면서 도시의 각 지구를 연결했다. 투랄리온은 눈을 들어, 저무는 빛을 받아 회색으로 보이는 하얀 돌과 붉은 지붕을 바라보았다. 드워프 지구에는 브론즈비어드가 메카토크에게 딸려 보낸 부지런한 일꾼들이 살았고, 그 옆에는 대성당이 자리했다.

투랄리온이 다가가자 천둥소리가 울렸다. 그는 처음으로 재건을 끝낸 위풍당당한 대성당에 시선을 고정했다. 오크들이 건물을 심하게 훼손했으나, 당시에도 이곳은 피난처가 되어주었다. 적은 대성당 아래에 수많은 방과 지하 묘지가 있다는 사실을 알지 못한 것이다. 수십 명의 사람들이 그곳에 모여 앉아, 밖에서 참상이 벌어지는 동안 돌을 방패 삼아 목숨을 부지했다. 재건을 막 시작하던 시기에도 난민들을 수용할 만한 몇 안 되는 건물 중 하나였고, 지금도 사람들은 병들거나 다치거나 그저 빛의 위안이 필요할 때면 이곳으로 모여들었다.

투랄리온도 예외가 아니었다.

"으앗!"

생각에 깊이 잠겨 있던 그는 달려오는 두 아이를 미처 보지 못하고 부딪히고 말았다.

"미안해요, 아저씨!"

남자아이가 소리쳤다. 여자아이는 갈색 눈으로 뚫어져라 투랄리온을 올려다보았다. 그는 여자아이의 머리를 쓰다듬으며 남자아이에게 말했다.

"지금 공격을 보니 언젠가는 좋은 군인이 되겠는걸."

"맞아요, 아저씨. 그럴 거예요! 근데 제가 어른이 되기 전에 오크들이 다 죽진 않겠죠?"

투랄리온의 미소가 흐려졌다.

"너는 얼라이언스에 큰 공을 세울 거다."

그는 질문을 피하며 대답했다. 복수심. 그것이 마음속에 지핀 욕망과 분노 때문에 투랄리온은 사랑하는 이를 잃었다. 아이에게 다른 종족에 대한 혐오감을 심어줄지도 모를 그런 말이라면 하고 싶지 않았다. 대신 여자아이의 머리에 손을 올린 채로 부드럽게 기도문을 읊었다. 빛이 그의 손을 감싸자 아이는 잠시 동안 광휘에 휩싸였다. 투랄리온은 반대쪽 손을 들어 남자아이에게도 축복을 내렸다. 그를 바라보는 네 개의 눈동자가 경외감으로 반짝였다.

"빛이 너희를 축복하길. 자, 이제 집에 가거라. 비가 올 것 같구나."

남자아이가 고개를 주억이며 여동생의 손을 잡았다.

"고마워요, 성기사 아저씨!"

두 아이는 집으로 뛰어갔다. 멀지 않은 곳이었다. 투랄리온은 아이들이 대성당 근처에서 산다는 걸 깨달았다. 고아원이었다.

고아가 너무 많아. 목숨을 잃은 사람도 너무 많고.

다시 천둥이 울리고 비가 쏟아지기 시작했다. 투랄리온은 한숨을 내쉬며 망토를 여미고는 대성당 계단을 가볍게 뛰어오르기 시작했다. 그 짧은 거리에도 온몸이 푹 젖었다. 성당을 떠도는 향냄새와 건물 안쪽에서 아련하게 들려오는 찬송 소리에 마음이 편안해졌다. 그는 언제부터인가 명령을 내리고, 적과 싸우고, 자신의 피나 오크들의 피를 뒤집어쓴 채로 전장에서 돌아오는 데 익숙해져 있었다. 성당에 오니 소박한 사제였던 옛 시절이 떠올라 좋았다.

은빛 성기사단의 동료들을 바라보는 그의 입가에 부드러운 미소가 떠올랐다. 모두 전장에서처럼 이곳에서도 성실하게 본분을 다하고 있었다. 대주교 알론서스 파올이 이 성기사단을 3년 전에 창설했고, 성기사들은 그의 칙령에 따라 전쟁으로 황폐해진 도시를 위해 묵묵히 일하고 있었다. 주위를 둘러보자, 투랄리온이 직접 '빛의 수호자'라는 칭호를 내린 오랜 친구 우서가 보였다. 투랄리온은 저 단단한 체격의 남자가 중무장을 한 채 무기를 휘두르는 모습에 익숙했다. 그럴 때면 빛의 힘으로 강한 공격을 가하는 그의 바닷물빛 눈은 열정으로 활활 타올랐다. 하지만 지금 우서는 소박한 로브를 걸치고 있었다. 그는 기진맥진한 여인의 이마를 젖은 헝겊으로 부드럽게 닦아주며, 한쪽 손으로는 무언가를 안고 있었다.

가까이 간 투랄리온은 우서가 그토록 소중하게 안은 것이 갓난아이임을 알았다. 이제 막 태어났는지 아기의 살갗은 아직 얼룩덜룩했다. 산모는 피곤하지만 행복한 얼굴로 미소를 지으며 아이에게 손을 뻗었다. 아기의 건강하고 힘찬 울음은 달콤한 희망의 노래였다. 투랄리온이 고아들을 축복했듯이, 우서도 여인의 머리에 손을 얹고 산모와 아기를 축복했다. 전장에서 능수능란하게 적의 목숨을 빼앗던 우서가, 이곳 대성당에서도 능숙하게 새 생명을 맞이하고 있었다. 성기사는 본디 이중성을 지니고 있다. 전사이면서 치유사이기도 한 것이다. 우서는 위를 올려다보더니 미소를 지으며 일어나 친구를 맞았다.

"투랄리온, 반갑네. 슬슬 올 때가 됐다 싶었지."

우서는 걸걸한 저음의 목소리로 인사를 건넸다. 두 성기사가 서로의 손을 꼭 쥐었다. 우서는 자기보다 젊은 친구인 투랄리온을 장난스럽게 툭 쳤다.

"맞습니다. 역시 여기 오니 좋네요. 꼭 해야 하는 일인데 도무지 끝이 나지 않는 일들 때문에 정신없을 때가 많거든요. 예를 들면 쥐 문제 같은 것들 말이지요."

투랄리온이 큭큭 웃으며 맞장구쳤다.

"그게 무슨 소리지?"

"나중에 말씀드리겠습니다. 일단 제가 도울 일은 없을까요?"

그는 서류나 뒤적이며 요새에 틀어박혀 있는 것보다는 그게 더 중요하다고 생각했다.

그때 투랄리온의 어깨 너머를 본 우서의 눈이 가늘어지더니 중얼거렸다.

"끝이 나지 않는다는 그 일거리가 여기까지 따라온 모양일세."

"네?" 투랄리온이 가볍게 대답하며 돌아섰다.

유령을 보는 것만 같았다. 마치 시공 속의 어떤 순간이 제자리에서 떨어져 나와 재현되는 것만 같았다. 그녀가 눈앞에 서 있었다. 얼굴과 머리카락, 옷이 흠뻑 젖은 채 에메랄드빛 눈으로 그를 바라보고 있었다. 비를 맞은 모양이었다. 지금처럼 그에게 다가왔던 2년 전의 그날 밤처럼…….

알레리아 윈드러너도 눈을 가늘게 떴다. 그녀 역시 그날 밤을 떠올리고는 불쾌해지기라도 한 것일까. 젖은 옷과는 아무 상관이 없는 오한이 투랄리온의 온몸을 훑고 지나갔다.

알레리아는 먼저 우서에게, 이어서 투랄리온에게 뻣뻣하게 고개를 숙였다.

"빛의 수호자여. 장군이여."

아아, 이런 거였구나.

"순찰자여, 이곳엔 무슨 용무십니까?"

투랄리온은 차분한 자신의 목소리에 스스로도 놀랐다. 목소리가 감정을 못 이기고 갈라지겠거니 생각했던 것이다.

"최악의 소식을 전하러 왔습니다. 그런 용무가 아니라면 이렇게 직접 오지도 않았겠지요."

알레리아의 깜박이는 두 눈이 투랄리온에게로 향했다가, 다시 우서에게로 돌아갔다.

투랄리온은 뺨의 근육이 떨리는 것을 느끼고 이를 악물었다.

"그렇다면 어서 말씀하시지요."

알레리아는 조금 경멸스럽다는 듯이 주위를 둘러보았다.

"제가 도움을 구할 곳을 잘못 찾아왔나 싶군요. 장군과 기사, 신성한 전사들이 성당에서 아기를 보고 있을 줄은 몰랐습니다만."

투랄리온은 분노가 차라리 반가웠다. 상심을 몰아냈기 때문이다.

"우리는 부름이 있는 곳에서 일합니다, 알레리아. 우리 모두 마찬가지지요. 우리를 모욕하려고 오진 않았을 텐데요. 용건을 말씀하시지요."

알레리아가 한숨을 쉬었다.

"얼마 전에 카드가와 얼라이언스 수장들을 만났습니다. 당신들의 왕도 있었지요. 어둠의 문이 있던 자리에 차원의 균열이 생긴 것으로 보입니다. 카드가는 곧 오크들이, 아마도 호드가 다시 넘어오리라 생각하더군요. 그 래서 저에게 당장 그리핀을 타고 소식을 전하라고 한 겁니다."

이제 둘은 그 소식에 온전히 집중하고 있었다. 알레리아가 알고 있는 정 보를 말하는 동안 조용히 귀를 기울였다. 투랄리온은 아제로스의 사자가 죽 은 후로 벌써 몇 번이나 안두인 로서가 살아 있었으면 했다. 힘든 결정을 내 려야 할 때, 전투가 임박했을 때, 또는 그저 이야기할 사람이 필요할 때면 그 런 생각이 들곤 했다. 로서라면 차분하게, 그러나 단호하게 대응했을 테고 모두들 이의 없이 따랐겠지. 역전의 용사들이 스스로를 '로서의 후예들'이 라 칭했을 때, 로서의 부관이었던 투랄리온은 마음이 편치 않았다. 숨을 거 두는 순간까지 로서가 추구하던 이상을 수호하겠지만, 그럼에도 자신이 그 위대한 인물의 후예라는 느낌이 들지 않았다. 알레리아가 말을 마치고 기대 하듯 그에게 시선을 줄 때까지, 투랄리온은 생각에 잠겨 있었다.

"대답은?" 알레리아가 재촉했다.

"와일드해머 일족은 뭐라고 합니까? 쿠르드란은요?"

"아마 이 사태를 모를 겁니다."

알레리아는 순순히 인정했다. 금발의 순찰자도 이 대답에 대해 창피해 할 정도의 예의는 있었다.

"뭐라고요? 나에게 소식을 전하겠다고 여기까지, 그것도 와일드해머의 그리핀을 타고 날아왔으면서 정작 그 수장에게는 아무것도 알리지 않았다 는 겁니까?"

알레리아는 어깨를 으쓱했고, 투랄리온은 치밀어 오르는 분노를 애써 억눌렀다. 2차 대전쟁 중에 얼라이언스는 엘프, 인간, 드워프 가릴 것 없이 모두 함께 싸웠다. 드워프인 와일드해머와 그의 사촌인 브론즈비어드도 함께였다. 하지만 지난 몇 년간은 인간 지도자들이 비인간 동맹과 거리를 두는 듯한 눈치였다. 엘프들은 여전히 네더가드 방어에 참여했지만, 그것은 인간을 돕겠다는 마음보다는 마법에 대한 흥미 때문일 것이었다. 브론즈비어드 드워프들은 로데론에 무라딘 브론즈비어드를 대사로 두고 있었기에 테레나스 왕과 긴밀한 관계를 유지할 수 있었다. 또 스톰윈드에는 쾌활하고 조그만 노움 메카토크와 그의 조수들이 있었다. 투랄리온 자신조차 아까 이 노움을 우습게 여겼다는 데 생각이 미치자 수치심이 밀려들었다. 메카토크와 부하들은 생판 모르는 남을 위해 값진 일을 하고 있었던 것이다.

하지만 와일드해머 부족의 의리와 용기, 기량에도 불구하고 인간들 대부분은 이 그리핀 기수들을 야만인쯤으로 치부하는 듯했다.

"드워프들이 지시를 내릴 때까지 기다릴 생각입니까? 아니면 로서의 유령이라도 기다리는 건가요?"

투랄리온이 얼굴을 찌푸렸다. 자신이 지나쳤다는 걸 깨달은 알레리아가 얼굴을 붉게 물들이며 눈길을 피했다.

"와일드해머는 든든한 동맹입니다. 누구 못지않은 얼라이언스의 일원이지요. 제가 최대한 빨리 그들에게도 알리겠습니다."

투랄리온은 부드럽지만 자신 있는 목소리로 말했다.

"바로 출발해야 합니다. 그리핀이 당신을 로데론으로 데려다줄 겁니다. 전 알아서 그쪽으로 가지요."

알레리아는 그와 함께 그리핀을 타고 싶지 않은 것이 틀림없었다. 투랄리온은 바로 대답하지 않았다. 그는 자기 대신 반감을 드러내고 있던 우서를 힐끗 보았다. 둘의 눈이 잠시 마주쳤다. 우서는 고개를 끄덕이고는 산모와 아이를 향해 돌아섰다.

"은빛 기사단도 함께 오겠지요?"

알레리아는 이미 답을 안다는 듯이 사무적으로 물었다. 하지만 투랄리온이 고개를 젓자 그녀는 입을 다물지 못했다.

"왜죠? 왜 데리고 오지 않겠다는 거죠?"

"대주교께서는 기사단이 이곳과 로데론에 있기를 바라십니다. 우리를 필요로 하는 사람들을 보살피기 위해서지요."

"물어보지도 않았잖아요!"

"묻지 않아도 알 수 있습니다. 걱정하지 마십시오. 필요하다면 올 테니까요. 하지만 필요에는 여러 가지 형태가 있는 법입니다. 갑시다. 잠시 이야기 좀 하죠."

"우린—"

"5분쯤 지체한다고 달라지는 건 없을 겁니다."

투랄리온의 단호한 말에 알레리아는 얼굴을 찡그렸다. 투랄리온은 그녀가 떨고 있다는 것을 알았다. 빗방울 하나가 젖은 머리카락에서 얼굴로 흘러내렸다. 마치 눈물 같았지만, 그렇게 여린 것은 아니었다. 그 순간 투랄리온은 너무나 간절하게, 그녀를 끌어당겨 안고 싶었다. 알레리아의 말에 독기를 품게 하고, 그 사랑스러운 얼굴이 증오로 일그러지게 만든 차갑고 매서운 원한…… 그는 그 한이 무엇인지, 알레리아가 왜 그런 한을 품고 있는지 알았다.

투랄리온은 심장에 비수가 박히기라도 한 듯 고통스러웠다. 그는 무겁게 입을 열었다.

"내가 편지를 썼잖아. 당신은 답장하지 않았고."

알레리아는 어깨를 움츠린 채 늘씬한 몸에 걸친 망토를 무의식적으로 여몄다. 하지만 그녀에게 필요한 건 마른 옷가지였다.

"이동하는 중이었어. 정찰 중이었지. 최근 임무는 알터랙 산맥을 정찰하는 거였고. 오크들이 그곳 봉우리 어딘가에 숨어 있다는 소문이 있었어. 그리고 열 마리를 찾았지."

그녀는 자기도 모르게 음침한 미소를 지었다.

투랄리온은 순찰자들이 그 오크들을 어떻게 했는지 물을 필요가 없었다. 그는 알레리아가 사냥 기념품을 챙기기 시작한 걸까, 생각했다. 한번은 알레리아가 잔인하게 웃으며 시신을 굽어보는 모습을 보고, 그녀가 살해 행위에서 환희를 느낀다는 데 아연실색한 적이 있었다.

"알레리아, 내가 편지를 여러 번 썼는데 한 번도 답장을 안 했잖아. 물론 당신에게 그럴 의무는 없어. 하지만 우리 사이에서 있었던 일 때문에 나와 일을 못하겠다면, 지금 말해줘. 난 당신 사령관이야. 당신이 명령에 복종하지 않는다는 걸 전장에서야 알게 된다면 내가…… 아니 얼라이언스가 곤란해져. 혹시 무슨 문제라도 있어?"

그는 알레리아가 자신을 볼 때까지 기다렸다.

"문제 같은 건 없어. 얼라이언스는 오크를 하나도 빠짐없이 죽이려고 하니까. 그건 나도 마찬가지고, 그런 일이라면 함께할 수 있지."

금발의 엘프가 날카롭게 대꾸했다.

"이제 우리는 당신에게 목적을 달성하기 위한 수단에 지나지 않는군. 오크들을 더 많이, 더 빨리 죽이는 수단 말이야."

"달리 뭐가 더 필요하지? 카드가가 날 찾은 건, 나와 순찰대가 알터랙에서 오크 이탈자들을 사냥하고 있었기 때문이야. 내가 네더가드로 간 것도, 카드가의 전령이 오크와 관련 있는 일이라고 했기 때문이고. 당신을 불러오라는 지시에 따른 것도 그 때문이야."

알레리아는 얼굴을 찌푸리며 말을 이었다.

"그리고 로데론에 빨리 도착할수록 녹색 피부의 흉물들을 더 많이 찾아 낼 수 있고, 이 땅에서 없애버릴 수 있다고! 놈들을 마지막 하나까지 죽이 고 말 거야. 백 년이 걸리더라도!"

그녀의 목소리가 높아지고 눈빛이 번뜩였다. 몇몇 사람들이 그쪽으로 고개를 돌렸다.

투랄리온은 등골이 서늘해졌다. 그는 목소리를 낮춰 운을 뗐다.

"알레리아, 그건 종족 학살이야."

그러자 알레리아의 입꼬리가 올라가더니 잔인한 미소를 지었다.

"종족 학살이라는 말은 살해당하는 존재가 최소한의 지각이나 이성이 있을 때나 쓰는 거야. 이런 건 해충 박멸이라고 해야 옳아."

투랄리온은 알레리아가 진심으로 그렇게 생각한다는 걸 깨닫고 충격에 빠졌다. 그녀에게 오크는 지각이 있는 존재가 아니었다. 그녀는 오크를 흉 물이자 괴물, 쥐 같은 존재로 여겼다. 투랄리온은 자신 또한 오크를 꽤나 많이 죽였다는 걸 인정했고, 가끔은 그들이 인간에게 저지른 짓에 깊은 분 노를 느끼기도 했다. 하지만 이건…… 알레리아는 정의를 구현하고 싶은 게 아니었다. 오크들이 죗값을 치르길 바라는 게 아니라, 그저 그들을 도 륙하고 싶은 것이었다. 종족 전체를 말살하는 게 가능하다면 알레리아는 능히 그럴 터였다.

그는 교감하고 싶은 마음에 한 걸음 다가서서 손을 뻗었다.

"당신은 너무 많은 걸 잃었어. 나도 알아."

그러나 알레리아는 그 손을 차갑게 쳐냈다.

"하! 인간이 상실을 이야기해? 당신이 상실에 대해 뭘 알아? 당신들 인생은 너무 짧아. 누군가를 진정 사랑한다는 게 뭔지 죽을 때까지 못 배운다고!"

투랄리온의 얼굴에서 핏기가 가셨다. 그는 한동안 입을 뗄 수가 없었다. 알레리아는 가쁜 숨을 몰아쉬며 대답해보라는 듯이 그를 빤히 바라보았다.

"더 오래 산다고 감정까지 더 예민한 건 아니야. 이번에는 날 믿어봐."

그가 뻐딱한 미소를 지어 보이자 그녀의 얼굴은 더욱 굳어질 뿐이었다.

"그래서, 당신이 그만큼밖에 못 사니까 나보다 낫단 거야? 아니면 그 잘난 빛 때문에 나보다 낫단 건가?"

그녀가 손가락으로 딱 소리를 내며 따져 물었다.

"알레리아, 난 정의를 구현하고 싶을 뿐이야, 알잖아. 하지만 당신이 이야기하는 건 정의가 아니라 복수야. 그게 당신을 망가뜨리고 있어. 빛은 내 것이 아니라 모두의 것이야. 빛은 치유의 힘이자—"

"내게 설교 따위 늘어놓을 생각이라면 그만둬!"

알레리아가 위협하듯 낮은 목소리를 말을 이었다.

"당신들의 그 성스러운 빛은 오크들이 우리 세상으로 넘어오는 문을 열 때도 막지 못했지. 그 빛은 철저히 유린당한 내 고향도 되살리지 못해. 그리고 내—"

알레리아는 갑자기 입을 다물었다. 투랄리온은 그녀를 한참 동안 바라보다가, 깊은 한숨을 내쉬고는 형식적인 어조로 말했다.

"순찰자여, 명령을 내리지요. 당분간은 나와 함께 군대의 절반과 더불어 스톰윈드에 머무십시오. 순찰대에 전갈을 보내 이곳으로 집결시키십시오. 도시가 이제야 일어나기 시작했습니다. 전 이곳을 무방비 상태로 두고 떠나진 않을 겁니다."

그녀가 입을 앙다물었다.

"여기 앉아서 전쟁이 끝나기를 기다리겠다는 겁니까? 비겁하게요?"

투랄리온은 미끼를 물지 않았다.

"지원군을 요청할 생각입니다. 그들이 도착하면 떠나지요. 하지만 그전까지는 여기 있겠습니다."

"자기 도시는 잘도 지키시는군요. 이제 알겠습니다. 순찰대를 집결시키고자 떠나는 건 허락하실 겁니까, 장군이시여?"

그의 속을 뒤집을 작정으로 하는 말이었고, 실제로 효과가 있었다. 하지만 투랄리온은 알레리아에게 무슨 일이 일어났기에, 아니 알레리아가 스스로에게 무슨 짓을 하고 있기에 그런 말을 하게 됐는지 그게 더 염려스러웠다. 그녀는 많이, 정말 많이 변했다. 그는 슬픈 심정으로 서로에게 처음 느꼈던 감정을 떠올렸다. 그는 알레리아의 우아하고 아름다운 모습과 빈틈없는 기량에 경외감을 느꼈고, 그녀는 투랄리온에게서 재미와 흥미를 느꼈으며 조금은 우쭐해했다. 시간이 지나면서 그녀를 향한 경외심은 조금 사라졌지만, 모두 사라지진 않았다. 결코 모두 사라지는 일은 없을 터였다. 알레리아는 그를 존중하게 됐고, 좋아하게 됐다. 그와 함께 있고 싶어 했고 전투에서 나란히 싸우길 원했다. 보다 친밀한 의미에서도 함께하길 원했으리라고 그는 믿었다.

그러나 그때의 여인은 이제 간데없었다. 이제 그가 할 수 있는 일이라고는 그런 변화를 슬퍼하며 염려하는 것, 그리고 오크를 향한 알레리아의 증오가 판단력을 흐리진 않을까 우려하는 것뿐이었다. 빛이시여, 만일 그녀가 이처럼 무모하게 행동하다 죽기라도 한다면…….

투랄리온은 문득 자신이 그녀를 빤히 쳐다보고 있다는 걸 깨닫고 황급히 고개를 끄덕였다. 목이 메어 말을 제대로 할 자신이 없었다. 알레리아는 고개를 까딱 숙이며 형식적인 예의를 표하고는 그를 지나쳐 걸음을 서둘렸다.

투랄리온은 그녀의 뒷모습을 바라보며 자신의 결정이 옳았는지 생각했다. 로서였다면 어떻게 했을까? 지원군이 오기를 기다렸을까, 아니면 바로 전장으로 뛰어들었을까? 시간을 낭비하는 것인가, 현명하게 판단한 것인가? 현재의 부관인 다나스 트롤베인에게 군대의 반을 내주고 네더가드로 보내는 것, 과연 그것으로 충분할까?

그는 고개를 저어 생각을 떨쳐버렸다. 지금은 두 번 생각할 여유가 없었고, 자신의 결정이 옳다고 느꼈다. 이제 전령을 파견해야 한다. 한 명은 와일드해머 부족에게 보내 상황을 알리고, 한 명은 로데론으로 보내야 한다.

'또 한 명은 메카토크에게 보내야겠구나. 안타깝게도 지하철 공사를 방해하는 쥐들을 소탕해줄 군인들이 결국 못 가게 됐다는 소식을 알려야겠지.'

그는 씁쓸한 웃음을 지었다.

알레리아는 이야기한 것과는 달리 요새로 돌아가지 않았다. 대신 대성당을 나가자마자 뛰기 시작했고, 민첩하고 소리 없이 거리를 달려 도시의 거대한 성문에 이르렀다. 깜짝 놀라 자신을 쳐다보는 사람들의 시선을 무시한 채 분노에 불을 지피면서, 성문을 지나 그 너머에 있는 숲에 이르렀다. 작은 개울이 나올 때까지 달리고 달린 그녀는 무성하게 드리운 나뭇가지 아래, 축축한 땅 위로 무너지듯 주저앉았다.

뼛속까지 젖어 추웠지만, 그런 건 안중에도 없었다. 걱정했던 것보다 훨씬 나쁘게 흘러갔다.

어떻게 인간 따위가 이렇게 날 흔들어놓을 수 있지? 그저 버릇없고 시끄러운 아이에 불과한데. 하지만 그렇게 생각하는 그 순간에도 알레리아는 그렇지 않다는 걸 잘 알았다. 투랄리온이 자신에 비하면 놀랍도록 어리지만, 인간 사이에서는 성인으로 인정받았으며 선하고 현명하고 영민했다.

그리고 너무나 아득한 옛날처럼 느껴지지만, 한때 그녀는 그를 사랑한다고 생각했다.

알레리아는 신음을 흘리며 한쪽 주먹을 가슴에 댔다. 약해지지 말라고 다짐이라도 하듯이. 그 손에 세 개의 보석이 박힌 은목걸이가 닿았다. 부모님에게 받은 목걸이로, 예전에 존재하던 세상과의 연결 고리였다. 우아하고 아름답고 균형 잡힌 세상. 오크들의 손에 돌이킬 수 없이 황폐해져버린 세상.

이곳의 나무들은 영원노래 숲의 나무와는 달랐다. 금빛 잎새를 뽐내던 아름다운 고목의 가지는…… 그녀와 동생들을 보듬어주었다. 알레리아는 두 눈을 꼭 감고 이름을 속삭였다.

"리라스……."

막내 남동생이었다. 그녀는 동생을 마지막으로 봤을 때의 그 모습으로 기억했다. 경쾌한 피리 소리에 맞춰 눈부시게 웃으며 금빛 잎새 아래에서 춤을 추던 아이. 젊디젊었다. 동생은 누나들처럼 순찰자가 되기를 꿈꾸었지만, 알레리아의 마음속에 또렷이 새겨진 그 순간만큼은 그저 삶을 있는 그대로 즐기고 있었다.

오크들이 그 아이를 도륙했다. 엄지와 검지로 촛불을 짓이겨 끄듯이, 그 천진난만한 생명을 꺼뜨렸다. 뿐만 아니라 수많은 친족들을 살육했다. 사촌, 고모, 삼촌, 조카…… 투랄리온이 태어나기도 전부터 어울려 지냈던 친구들을 몰살했다.

놈들은 반드시 대가를 치를 것이다. 알레리아는 목걸이를 꼭 쥐었다. 놈들은 어린 리라스가 그랬듯이, 나의 종족이, 도시가, 고향이 그랬듯이 고통받으리라. 내가 받은 고통을 천 배로 돌려주리라. 복수는 달콤할 것이다. 사냥감을 죽인 후에 주저하며 손에서 핥았던 그 피만큼이나. 그때 투랄리온에게 들킬 뻔했었지. 이번에는 투랄리온이 알아서는 안 된다.

투랄리온 때문에 포기할 수는 없다. 그 때문에 마음이 약해질 수는 없다. 전에도 자칫 그럴 뻔한 적이 있었잖은가.

알레리아 윈드러너는 어떤 대가를 치르더라도 기필코 복수하리라 다짐했다.

밖에서는 비가 쏟아졌지만, 찜통 같긴 해도 마구간은 젖어 있지 않았다. 말과 가죽의 냄새가 습한 공기 중에 가득했다. 기수들이 안장을 올리는 동안, 말들은 나지막이 투레질을 하며 건초로 덮인 돌바닥을 발굽으로 차고 있었다. 전투 훈련을 받은 군마인데도 한동안 전장에 나가지 않았다. 다나스 트롤베인만큼이나 당장이라도 출발하고 싶어 안달인 모양이었다.

하지만 다나스의 부하들은 신참이었다. 다나스는 신속히 말의 안장을 얹고 준비를 마친 터라 병사들 사이를 돌아다니고 있었다.

"서둘러라. 이건 소풍이 아니다!"

그는 박차 때문에 진땀을 빼고 있는 병사를 노려보았다.

투랄리온은 그에게 스톰윈드에 남아 있는 병사들 중 반을 고르라고 했다. 그는 기병대를 선택했다. 장거리를 빠르게 이동하고 신속히 전열을 정비할 수 있기 때문이었다. 그들은 빨리 이동하면서도 말들이 너무 지치지 않도록 조심해야 했다. 아마도 병사들을 재결성해 집결시킬 여유는 없을 터였다. 하지만 다나스와 함께 싸웠던 병사들 대부분은 인간 영토 곳곳에 흩어져 있었고, 역전의 용사들을 모두 불러들일 시간이 없었다.

"전투를 놓치면 안 되지 말입니다. 안 그렇습니까?"

병사 하나가 말의 고삐를 쥐고 씩 웃으며 말했다. 이제 겨우 소년티를 벗은 듯했고 2차 대전쟁에 참전했으리라고는 생각할 수 없는 나이였다. 전쟁이 끝나고 나서 전사자의 빈자리를 채우고자 입대한 수많은 병사들 중 하나일 것이다.

다나스는 벗겨진 머리를 긁적이고 하얗게 세어가는 턱수염을 쓰다듬으며, 병사의 이름을 기억해내려 애썼다. 그래, 파롤이었지. 그가 낮은 소리로 물었다.

"오크와 싸워본 적은 없겠지, 파롤?"

"네, 없습니다! 하지만 기대하고 있습니다!"

파롤의 밝은 웃음에서 그의 나이가 고스란히 드러났다.

"나는 기대가 안 되는구나."

다나스의 대답에 어린 병사는 입을 다문 채 그를 빤히 바라보았다.

"그렇습니까? 하지만 왜 그렇습니까? 우리가 놈들을 짓밟을 텐데 말입니다? 남은 오크가 이제는 몇 안 된다고 들었습니다. 야생동물처럼 숲이나 산에 숨어 있다고 합니다!"

병사는 다나스의 엄숙한 표정을 보고 흔들리는 목소리로 말했다.

"문이 닫혔을 때 남은 오크 이야기라면 그 말이 맞다. 하지만 이번에 우리가 맞서야 하는 적은 그놈들이 아니다. 어둠의 문이 다시 열릴지도 모른다는구나. 그게 무슨 의미인지 아느냐?"

병사는 침을 꿀꺽 삼켰고, 다나스는 주위에서 말에 안장을 얹고 있는 병사들에게도 들리도록 목소리를 높였다.

"우리는 오크 생존자로 이루어진 오합지졸을 상대하는 게 아니라는 뜻이다. 우리는 사상 최대의 군사 집단인 호드와 싸운다. 그리고 호드는 아직 진정으로 패배한 적이 없다."

"하지만 우리가 전쟁에서 승리하지 않았습니까! 우리가 놈들을 정복했습니다!"

다나스가 반이라는 이름으로 기억하는 병사 하나가 나섰다.

"그건 사실이다. 그러나 그들 내부의 세력이 반란을 일으켰고 우리가 그들을 바다에서 쳐부쉈기 때문에 가능했던 일이다. 우리와 검은바위에서 싸웠던 상대는 호드의 일부일 뿐이었고, 그럼에도 전투는 아슬아슬했다. 오크들의 세상에는 아마도, 부족이 여남은 개는 더 있을 테고 다시 쳐들어올 길이 열리기만을 기다리고 있을 것이다."

다나스가 고개를 절레절레 젓자 부하들이 놀란 숨을 삼키며 웅성거리는 소리가 들려왔다.

"맞다, 제군들. 우리는 사지로 가는 것인지도 모른다!"

"사령관님, 왜 저희에게 이런 말씀을 하시는 겁니까?"

파롤이 조용히 물었다.

"승산을 부풀려봐야 좋을 게 없다고 생각하기 때문이다. 너희는 무엇과 싸우게 될지 알 권리가 있다. 또한 나는 너희가 쉽게 생각하지 않기를 바란다. 힘든 싸움을 각오하고 정신 똑바로 차려라."

사령관 다나스의 어조가 조언에서 명령으로 바뀌었다. 그러더니 갑자기 씩 웃음을 지었다.

"단단히 각오하면 살아남을 확률이 높아질 것이다. 살아남은 다음에는 너희도 로서의 후예들이라 자부해도 좋다."

주위에 모인 병사들이 한층 엄숙해진 표정으로 고개를 끄덕였다. 다나스가 바라는 만큼 노련하진 않을지라도 훌륭한 군인들이었다. 그는 어둠의 문이 정말로 다시 열릴 경우, 쓰러져갈 병사들이 벌써부터 안타까웠다. 하지만 그들은 목숨을 바쳐서라도 얼라이언스를 지키겠노라 맹세했다. 다나스는 그들이 헛되이 죽지 않기만을 바랄 뿐이었다. 소중한 시간이 흘러가는 와중에도 다나스는 잠시 부하들을 둘러보며 얼굴을 기억하고, 하나하나의 이름을 떠올렸다. 그에게는 자식이 없었지만, 휘하에 있는 동안에는 그들이 자식이었다. 물론 모두가 로서의 후예들이지만. 생각이 거기까지 미치자 그의 입가에 희미한 미소가 떠올랐다.

"기승해라, 제군!"

잠시 후 그들은 자갈이 깔린 스톰윈드 거리를 내달려 성문을 나서고 있었다.

"잠깐, 방금 들었어?"

윌람의 말에 랜들은 낄낄 웃었다.

"너무 예민한 거 아냐, 윌람? 그냥 바람 소리라고."

그는 주위를 두리번거리며 황폐한 풍경을 보고 몸서리를 쳤다.

"여긴 바람을 막아줄 게 아무것도 없잖아."

윌람은 고개를 주억거렸지만 여전히 불안해 보였다.

"그래, 그런가 보다. 이 임무 진짜 싫어. 대체 왜 우리더러 이걸 지키라는 거야? 이런 일은 마법사들이 해야 되는 거 아냐?"

그는 장갑을 낀 한쪽 손으로 얼굴을 문질렀다.

병사 둘은 뒤를 힐끗 돌아보았다. 자세히 들여다보니 바스러진 잡석 더미 뒤의 공기가 희미하게 반짝이는 것이 보였다. 이 균열의 너비는 성인 남자의 어깨 정도, 높이는 키의 두 배 정도였다. 둘은 어둠의 문의 잔해를 감시하는 임무를 맡고 있었다.

"나도 몰라. 무슨 일이 일어나면 우리보다 마법사들이 먼저 알지 않겠어? 그나마 거저먹는 일이긴 하잖아. 30분만 지나면 교대 시간이고."

랜들이 어깨를 으쓱하며 대답했다.

월람은 뭔가를 말하려고 입을 열다가 눈이 휘둥그레진 채 흠칫하더니 나직이 속삭였다.

"저기, 저 소리 들려?"

"무슨 소—"

월람이 허둥지둥 그의 입을 막았다. 둘은 잠시 동안 귀를 쫑긋 세우고 돌처럼 가만히 앉아 있었다. 그때 랜들도 들었다. 드넓은 평원에 불던 바람이 주위의 계곡으로 내려오는 듯, 낮은 신음 같던 소리가 높은 휘파람 소리로 변했다. 그는 다시 균열을 보았고, 숨을 헉 삼키며 방패와 창을 떨어뜨릴 뻔했다. 균열이 넓어졌다!

"경보를 울려!"

랜들이 미친 듯이 소리쳤지만 월람은 공포로 얼어붙은 채 눈앞의 광경을 빤히 바라보고만 있었다.

"월람, 경보를 울리라니까!"

그제야 정신을 차린 듯 월람이 지시에 따라 뛰어가는 동안, 균열이 다시 반짝거리며 밝아졌다. 점점 늘어나는 가장자리를 따라 빛이 새어 나왔다. 균열은 마치 게걸스러운 괴물의 입처럼 쩍 갈라지더니 그림자를 뿜었다. 그림자가 매우 빠른 속도로 퍼지는 통에 랜들이 몇 번이고 눈을 깜박였지만 균열도, 그 아래의 잡석도 보이지 않았다. 월람조차 보이지 않았지만 친구가 뿔피리를 불어 경비대에 알리는 소리가 들렸다.

랜들은 창과 방패를 갖춰 들고 몸을 이리저리 기울이며, 갑작스레 내린 어둠 너머를 보려고 애썼다. 저기 뭐가 있는 건가? 아니면 저기? 그는 무슨 소리라도 날까 싶어 귀를 기울였다.

방금 무슨 소리가 들린 건가? 쿵! 뭔가 넘어졌다. 아니, 떨어졌나? 또 쿵 소리가 들렸나?

그랬다. 이제 정말 소리가 들린다는 확신이 섰다. 그는 창끝을 조금 들며 소리가 난 방향으로 돌아섰고, 그게 윌람이 아니기를 바랐다. 아무래도 발소리 같았다. 육중하고…… 수많은 발들의 발소리.

"멈춰라! 거기 누구냐? 멈춰 서서 신원을 밝혀라, 얼라이언스의 이름으로!"

랜들은 목소리가 떨리지 않기를 바라며 고함쳤다.

발소리가 가까워졌다. 그는 제자리에서 빙빙 돌며 소리가 들려오는 방향을 파악하려 노력했다. 뒤에서 들리는 건가? 옆에서? 아니면 바로 앞에서? 그때 발아래 땅이 흔들렸고, 랜들은 살짝 돌아서며 본능적으로 방패를 들어 올렸다. 그와 동시에 그는 비명을 질렀다. 육중한 무언가가 방패를 종잇장처럼 구겨버렸고, 그 충격으로 그의 팔까지 부러진 것이었다.

랜들은 고통을 잊으려고 두 눈을 껌벅이며 창을 앞으로 내질렀지만, 무언가가 창의 기다란 자루를 잡아 그의 손에서 비틀어 뺐다. 느닷없이 어둠 속에서 얼굴이 나타나 바짝 다가왔다. 얼굴은 크고 넓었으며, 눈썹은 불쑥 튀어나오고 코는 납작하며, 아랫입술 위로 날카로운 엄니 두 개가 삐죽 솟아 있었다.

무시무시한 얼굴이 랜들을 노려보았다. 곧이어 랜들은 그림자 속에서 다른 무엇이 튀어나와 순식간에 달려드는 것을 보았다. 넓고 납작하며 구부러진 무엇이…….

윌람의 뿔피리 소리를 들은 경비병들이 집결했지만, 너무 늦은 뒤였다. 이미 계곡 전체에 어둠이 드리워져 적을 분간하기도 힘들었다. 인간 병사들이 혼란에 빠진 채 우왕좌왕하는 동안, 점점 넓어지는 균열 사이로 오크 전사들과 죽음의 기사들이 쏟아져 나와 주변에 있는 것들을 모조리 뭉개버렸다. 제대로 된 전투라기보다는 학살에 가까웠다. 잠시 뒤, 인간 경비병은 모두 죽었거나 죽어가고 있었고, 오크 전사들은 아제로스 쪽 어둠의 문을 차지했다.

6장

속삭임.

일부러 귀를 기울이지 않으면 들리지 않을 만큼 작은, 바스락거리는 소리. 하늘을 나는 새의 날갯짓 소리, 팔랑팔랑 떨어지는 나뭇잎 소리……
이런 소리들이 지금 넬쥴의 귀를 간지럽히는 속삭임보다는 차라리 클 터였다.

하지만 넬쥴은 똑똑히 들었다.

그는 해골을 양손에 들고서 텅 빈 눈구멍을 들여다보다가, 굴단의 목소리를 들었다. 그 목소리는 생전의 것과 꼭 같았다. 인정을 갈망하고 아첨하며, 열심히 질문에 답하고 해결책을 제시하면서도 어마어마한 경멸과
권력욕을 감추고 있었다.

굴단은 죽어서도 생전과 마찬가지로 옛 스승을 꾀어 허울뿐인 안정감을 불어넣으려 했다. 그러나 넬쥴은 두 번 속을 생각은 없었다. 이미 굴단에게 속아 넘어감으로써 본의 아니게 종족을 배신했고, 지금 그의 투박한 손에 들린 해골의 장본인이었던 오크는 노주술사를 흙에 처박고 권력을 손

에 넣었다.

"이제 누가 살아서 권력을 차지했고, 누가 죽었지? 내 제자여?"

그는 해골에게 속삭이듯 말했다.

그때 느닷없이 이동 막사로 빛이 쏟아져 들어오는 바람에, 그는 해골과의 대화를 멈추고 눈을 깜박였다. 한 형체가 막사 내부의 어둠을 가르는 햇빛을 등지고 서 있었다.

"문을 점령했다!" 그롬 헬스크림이 소리쳤다.

넬쥴이 씨익 웃었다. 지금까지는 모든 게 계획대로였다. 그는 아양을 떠는 애완동물을 쓰다듬듯, 누렇게 변한 뼈를 무심코 만졌다. 굴단의 해골을 사용해 균열을 다시 열다니, 정당하고도 적절하다.

넬쥴은 함께 있던 그롬과 고어핀드에게 손짓을 해서 안으로 불러들였다. 그는 그 둘을 부관으로 임명한 상태였다. 고어핀드는 죽음의 기사와 오우거들을 이끌고, 그롬은 여러 부족에게 그의 명령을 전달했다. 합류한 부족의 수도 많아졌다. 천둥군주, 웃는해골, 해골이빨 부족에 이어, 이제 붉은걸음 부족만 남아 있었다. 그 외의 부족들은 다시금 넬쥴의 지휘 아래 모여들어, 현재의 호드는 아제로스를 처음 공격하기 전만큼이나 강성해진 상태였다. 거의.

"만족스럽구나. 자, 지금부터 어찌해야 하는지는 알고 있겠지."

"아, 알고 있습니다. 그런데 정말 균열을 혼자 유지하실 수 있겠습니까?"

해골의 조언과 제안을 받으면서도—물론 모든 조언이 값지거나 합리적인 것은 아니었다—넬쥴이 균열을 이만큼 넓히는 데는 죽음의 기사 몇몇의 힘이 필요했다.

오만한 것! 놈이 당신에게 저런 말을 해선 안 되지, 유물에서 나직한 속삭임이 들려왔다.

안 돼.

"할 수 있다."

넬쥴이 단호하게 대답했다. 그는 자기 안에 똬리를 틀고 있는 힘을 느꼈다. 몇 년 동안 느껴보지 못한 강한 힘이었다. 마치 해골의 마력이 내면에서 무언가를, 있는지도 몰랐던 무언가를 일깨운 것 같았다. 그리고 그 느낌은…… 흡족했다.

"문틀을 재건하면 문은 저절로 유지될 것이다. 이제 맡은 일을 하러 가거라, 고어핀드."

그림자를 드리운 두건 속에서 어둠의 기사의 눈빛이 깜박였다. 그는 곧 고개를 숙인 후 휙 돌아서서, 망토 자락을 휘날리며 막사에서 나갔다.

넬쥴은 그롬을 응시했고, 그는 고개를 끄덕였다.

"난 준비됐다, 넬쥴. 준비가 되고도 남았지."

"좋다. 빨리 시작할수록 우리의 목표도 빨리 달성할 수 있겠지."

그롬은 도끼를 들어 예를 표한 다음 고어핀드를 뒤따랐다. 넬쥴은 잠시 어둠 속에 있다가 막사를 나섰다. 마침 오크와 죽음의 기사가 문으로 성큼성큼 걸어가 그 건너편의 세상으로 넘어가고 있었다. 넬쥴은 직접 발을 들인 적이 없는 세상이었다.

넬쥴은 굴단의 해골을 들고서 그 매끄러운 표면을 무심코 쓰다듬으며 균열을 가만히 바라보았다.

당신은 아제로스를 볼 필요가 없다. 곧 더욱 큰 영광이 당신의 것이 될 터이니! 해골의 열띤 목소리가 들려왔다.

넬쥴은 생각했다. 그렇겠지, 곧 그리될 것이다.

"지금 상황은?"

고어핀드가 장화 신은 발로 아제로스 땅을 밟으며 소울리퍼에게 물었다. 균열이 열렸을 때 죽음의 기사 소울리퍼가 동료들을 이끌고 넘어와 아제로스에서 작업을 지휘하고 있었다. 주위에 널려 있는 잡석으로 문을 재건하는 노동은 오크들이 도맡았지만, 문을 물리적인 통로 이상의 것으로 만드는 작업은 죽음의 기사들이 맡았다. 이들은 암흑 마력으로 균열을 넓히고 안정시켜, 호드가 사용할 수 있도록 만들었다.

"다들 너무 쉽게 죽어버리더군. 어둠의 힘을 상대로는 애초에 승산이 없었지."

소울리퍼가 큭큭 웃으며 대답했다. 그는 등 뒤로 손짓을 했고, 고어핀드의 감각은 계곡을 채운 마법의 그림자 속에서도 골조를 알아볼 수 있었다.

"문틀 작업은 잘 진행되고 있다. 하루 이틀이면 다 올라갈 거야."

고어핀드가 작업 상황을 관찰했다. 원래 어둠의 문 둘레에는 돌을 쌓아 단순하게 만든 아치가 서 있었고, 문이 파괴되면서 아치도 무너졌었다. 재건을 맡은 오크들은 이미 잔해를 모두 치웠고 지금은 드레노어에서 끌고 온 돌덩이를 짜 맞추느라 바빴다. 문틀은 오크 룬 문자 몇 개만 급히 새긴 상태로, 장식보다는 기능이 우선이었다. 하지만 문틀을 사용해서 차원문을 안정화할 수만 있다면 그런 건 아무래도 상관없었다. 고어핀드가 입을 열었다.

"아직 이쪽 세상에 남아 있는 부족들은 어떻게 했지?"

"계곡을 확보한 후에 꿈과 환영을 통해서 그들에게 소식을 전했다. 하지만 그들이 이곳에 도착하기까지 얼마나 걸릴지는 알 수 없지."

소울리퍼가 대답했다.

하지만 고작 몇 시간 후, 고어핀드는 다가오는 발자국 소리를 들었다.

그는 기대 있던 바위에서 몸을 일으켜 문이 완성되기 직전인 것을 확인했다. 주위에는 여전히 부자연스러운 어둠이 드리워져 있었고 그 덕에, 인간들은 우왕좌왕하며 신속한 반격을 가하지 못할 터였다. 하지만 오크나 죽음의 기사는 어둠을 그다지 개의치 않았고, 발자국 소리는 꾸준히 가까워지고 있었다.

마침내 오크 무리 하나가 시야에 들어왔다. 지치고 초라했으며 머릿수도 서른이 될까 말까 했지만, 고개를 꼿꼿이 세우고 당당히 무기를 들고 있었다. 무리의 선두에는 고령의 오크 하나가 성큼성큼 걷고 있었다. 나이에 비해 체격이 단단한 오크는 끊임없이 이리저리 고개를 돌리며 주변을 살폈다. 오크들이 더 가까이 다가오자 고어핀드는 그를 알아보았고, 그가 왜 그렇게 고개를 바삐 움직이는지 알아차렸다. 눈이 하나밖에 없기 때문이었다. 눈이 있던 자리에는 울퉁불퉁한 흉터 조직이 자라 있었다. 고어핀드는 킬로그 데드아이가 어쩌다 눈알을 잃었는지, 그 대신 무엇을 얻었는지에 대한 무성한 소문을 떠올렸다.

고어핀드는 앞으로 나가 피눈물 부족의 족장을 맞이했다.

"킬로그."

그는 다가가며 이름을 불렀다. 킬로그에게 아무 말 없이 다가가는 건 어리석은 일이기 때문이었다.

피눈물 족장이 고개를 휙 돌리더니 한쪽 눈으로 고어핀드를 응시했다.

"고어핀드, 자네가 이곳으로 넘어온 환영을 봤네."

킬로그가 맞받아 소리치고는 전사들에게 자신의 뒤로 산개하라는 손짓을 보냈다.

고어핀드는 고개를 끄덕여 답례했다. 킬로그의 시선이 그를 지나 거의 완성 상태인 어둠의 문에 닿았다.

"사실이었군. 문이 복구됐어!"

"사실이네. 우린 드레노어에서 넘어왔지. 자네도 그곳으로 돌아갈 수 있네."

"드레노어 땅이 되살아났나?"

"드레노어는 여전히 죽어가고 있네. 하지만 넬쥴 님에게 계획이 있지."

하지만 그 말을 들은 킬로그의 표정은 순식간에 험악해졌다.

"넬쥴? 그 늙은 바보 말인가? 그자가 왜 끼어 있는 거지? 환영에서 그자를 보았지만 과거의 한 장면이라고만 생각했네."

"미래의 한 장면이라 해야 맞을 걸세. 넬쥴이 다시 권력을 잡고 호드를 재결성했네. 드레노어에 남아 있던 부족들을 모두 규합했지."

고어핀드는 간신히 명맥을 잇고 있는 붉은걸음 부족은 그냥 무시했다.

"그리고 균열을 다시 열었네. 황폐해진 우리 세상까진 어찌될지 몰라도, 최소한 우리 오크들만큼은 되살릴 계획을 갖고 있지."

킬로그는 눈 아래의 흉터 조직을 긁적였다.

"넬쥴이 이걸 다 해냈다고? 자네 생각에 그 계획이라는 건…… 그럴듯한가?"

킬로그의 물음에 고어핀드가 고개를 끄덕였다.

"흠, 그렇다면 드디어 굴단이 불어넣은 의혹과 나약함을 떨쳐버린 모양이군. 넬쥴이 예전의 모습을 조금이라도 되찾았다면 나는 기꺼이 따를 걸세. 솔직히 말하면, 우리 세상이 아무리 황폐하다 해도 이쪽 세상을 버리고 돌아가고 싶네. 우린 여기 너무 오래 갇혀 있었어."

킬로그가 고개를 저으며 목소리를 낮추자 고어핀드는 고개를 끄덕였다.

"가게. 넬쥴과 다른 부족들이 문 너머에서 자네를 기다릴 걸세. 그들에게 자네의 경험과 지혜는 매우 값지겠지. 하지만 먼저 묻고 싶은 게 있네.

이곳에 남아 있던 나머지 오크들은 어떻게 됐지?"

"나머지 오크들과 얽히지 않으려는 서리늑대를 제외하면, 포로 신세가 되지 않은 부족은 둘밖에 없네. 용아귀와 검은바위지."

대답을 하던 킬로그가 문득 얼굴을 찡그렸다.

"용아귀 부족은 인간의 눈을 피해 산속 어딘가에 숨어 살고, 여전히 붉은용을 부린다네. 지난해 검은바위 부족과 동맹을 맺었지. 렌드와 메임 블랙핸드가 검은바위 부족을 이끌고 검은바위 첨탑을 점령했다네. 난 둠해머가 패한 곳을 근거지로 삼고 싶진 않네만, 그 형제들은 둠해머를 좋아하지 않았으니."

좋은 소식은 아니었다. 고어핀드가 물었다.

"그들이 이곳으로 와서 저 문을 지나 드레노어로 돌아갈 것 같은가?"

킬로그가 고개를 저었다.

"아니, 그들은 아제로스 생활에 만족하는 것 같네. 아마 오지 않겠지."

고어핀드는 얼굴을 찌푸리면서도 고개를 끄덕였다.

"고맙군, 킬로그. 이제 가게. 드레노어가 기다리고 있어."

킬로그는 고개를 끄덕인 뒤 돌아서서, 전사들을 이끌고 복원된 차원문으로 이어지는 경사로를 올라갔다. 문은 어둠 속에서도 희미하게 반짝였다.

"드레노어로 전진!"

킬로그가 문을 가리키며 고함치자, 맨 앞줄의 전사가 주저 없이 문을 통과했고 나머지 전사들도 뒤를 따랐다. 킬로그는 마지막으로 뒤따르려던 순간, 계곡과 아제로스를 돌아보았다. 그는 무기를 들었다.

"전사가 퇴각하는 건…… 재집결하기 위해서지. 반드시 돌아오겠네. 이 세상과 인간들에게 나의 분노를 보여줄 것이니."

킬로그는 자신의 맹세를 다짐하며 문을 통과해 사라졌다.

그롬 헬스크림은 피눈물 전사들이 어둠의 문 너머로 사라지는 모습을 지켜보았다. 킬로그가 살아 있는 게 기뻤다. 연로한 족장 킬로그는 호드의 지도자 중, 가장 기민하고 지혜로운 전술가였다. 그는 킬로그의 경험이 곧 진가를 발휘하리라 믿어 의심치 않았다.

그롬은 방금 다가온 정찰병을 향해 고개를 끄덕이며 말을 계속하라고 지시했다.

"인간들도 놀고 있진 않았습니다. 북쪽에 거대한 요새가 있습니다. 그 요새가 이곳에서 빠져나가는 길목을 지키고 있습니다. 다른 길은 없습니다."

정찰병의 보고를 들은 그롬이 씩 웃으며 천천히 말했다.

"완벽하군. 그곳을 표적으로 삼는다. 그 요새만 빼앗으면, 얼라이언스가 무슨 수작을 부리든 이 계곡을 무기한 점령할 수 있겠지."

그는 정찰병에게 고개를 끄덕여 보였다.

"전사들에게 준비하라 일러라. 당장 행군을 시작한다."

정찰병도 고개를 끄덕였지만, 그가 미처 걸음을 떼기도 전에 그롬은 조용하라는 뜻으로 한쪽 손을 들었다. 그는 가만히 귀를 기울였다. 발소리 같으면서도, 빠르고 딱 떨어지며 기묘하게 메아리치는 소리였다. 소리로 보아서는 사람보다는 짐승인 듯했고, 그렇다면 덩치가 크고 부드러운 앞발이 아니라 단단한 발굽을 지닌 짐승일 터였다.

"인간들이 접근한다! 어둠을 흩어버려라!"

그롬은 즉시 소리치며 피의 울음소리를 들어 올려 머리 위로 휘둘렀다.

그는 죽음의 기사들이 어디 있는지, 계곡에 드리운 부자연스러운 암흑을 그중 누가 제어하고 있는지 알지 못했지만 그들도 그롬의 목소리를 들었다. 서서히 어둠이 가시면서 빛이 새어들기 시작했다. 어둠이 물러나면서 계곡에 색이 돌아오고, 마침내 주위가 선명히 보이기 시작했다. 어둠의 문은 완전히 복구되어 있었다. 북쪽으로는 석탑이 보였다. 정찰병이 이야기한 그 요새인 모양이었다. 하지만 지금은 그 방향으로 난 좁은 길을 따라 윤기가 흐르는 가죽, 길게 나부끼는 갈기에 꼬리가 달린 짐승과 그 짐승에 올라탄 탄 인간들이 달려오고 있었다. 인간 전사들의 선두에는 가슴에 금속을 두른 남자가 있었는데, 그 금속은 남색이었지만 두 갈래의 불길을 나타내는 문양이 금빛으로 그려져 있었다. 그자는 머리 위로 검을 휘두르며 세차게 말을 몰았다. 저자가 지휘관인 모양이군.

그롬은 씩 웃으며 다시 피의 울음소리를 들어 올렸다. 어둠이 걷히자 도끼날이 햇빛을 받아 은빛으로 번뜩였다. 그는 천천히 도끼를 휘둘렀다. 다가오는 죽음을 예고하며 도끼가 전쟁의 노래를 부르자 그롬의 입꼬리가 삐죽 올라갔다. 그 모습에 인간 몇 명이 멈칫했다.

"호드를 위하여!"

그롬은 고함을 내지르며 앞으로 돌진했고, 전사들이 곧장 그 뒤를 따랐다.

인간들은 기묘한 어둠이 걷히고 오크 무리가 튀어나와 달려드는 것을 보고 허를 찔렸는지, 잠시 주춤했다. 게다가 녹색 피부의 전사들뿐 아니라 그들의 무기에서도 무시무시한 비명과 포효 소리가 났다. 대열에 있던 인간들에게는 그 잠깐의 시간이 치명적이었다.

그롬이 선수를 치며 피의 울음소리로 맨 앞의 기수를 어깨에서 골반까지 깔끔하게 베어냈다. 시신의 상체 절반이 말에서 떨어지고, 아래쪽 절반은 반대쪽으로 넘어갔다. 하지만 그롬은 그 장면을 볼 틈도 없이 다음 표적으로 넘어가 인간 전사 둘 사이에서 빙글빙글 돌며 그들의 다리를 베었다.

오크들이 군마들 사이로 파고들어 말과 기수를 한꺼번에 베는 통에, 말들이 달아나며 뒤에 있던 얼라이언스 보병들을 덮쳤다. 계곡으로 행군했던 군대는 제법 규모가 컸으나, 그롬 휘하의 부족들에 비하면 아무것도 아니었다. 게다가 내내 벼르고 있다가 상대의 허를 찌른 오크들이 유리한 것은 당연지사였다.

인간들은 용감히 싸웠다. 그롬도 그건 인정할 수밖에 없었다. 개중에는 전투 기량이 뛰어난 인간들도 있었다. 그러나 덩치와 힘으로는 오크를 당해낼 수 없었다. 그롬은 인간 전사를 간단히 힘으로 압도하고, 인간들이 입고 있던 기묘한 금속 옷을 뚫고 베어버릴 수 있었다. 한동안 그는 피의 욕망에 몸을 맡긴 채, 주위의 적을 무자비하게 베고 갈랐다. 사방으로 튀는 피, 죽음의 악취, 부상을 입고 죽어가는 자들의 비명 소리 외에는 아무것도 머리에 들어오지 않았다. 다시금 걱정도 죄책감도 없이 생명을 죽이다니, 얼마나 즐거운가! 피의 울음소리의 도끼날 아래에서 동족인 오크가 아닌 분홍빛 인간이 하나하나 쓰러졌다. 그들의 공포와 비명에 취할 것만 같았다.

피가 맥동했고 시야 가장자리는 이상하게 얼룩덜룩했으며, 숨이 가빠 헐떡이면서도 그롬은 그 어느 때보다도 살아 있는 기분이었다. 좋다. 기분이 정말 좋구나. 그때 잠시 전투가 소강상태에 이르자 그롬은 주위를 둘러보았다. 어딜 보나 인간의 시체가 널려 있었다. 수십 구의 시체는 공포로 일그러진 얼굴로 두 눈을 부릅뜬 채 피를…….

피의 욕망이 가시면서 그롬은 얼굴을 찌푸렸다. 그렇다. 시체는 수십 구에 달하는데 아까 봤던 인간, 가슴에 금빛 금속판을 두른 인간은 어디 있지?

그롬은 으르렁거리며 검은 머리를 흔들어 피의 욕망을 억누르고, 전사의 본능에 귀를 기울였다. 그롬은 오크 전사들의 고함과 함성을 무시한 채 계곡의 가장자리로 달려갔다. 그러고는 가만히 서서 귀를 기울였다. 아니나 다를까, 빠르게 멀어지는 발굽 소리가 들렸다. 누군가 살아남아 정신을 차리고 달아나고 있었던 것이다. 그 요새로.

그롬은 전장으로 돌아가 고어핀드를 찾았다. 그는 고어핀드의 팔을 붙잡고 소리쳤다.

"한 놈이 빠져나갔네! 인간 지휘관인 것 같아. 놈이 요새로 가고 있어!"

고어핀드가 고개를 끄덕였다. 그 역시 그롬처럼 전장의 소음 위로 소리쳤다.

"따라가게! 그리고 그 요새에 있는 얼라이언스 군대의 혼을 모조리 빼놓게. 우리는 유물을 찾으러 갈 테니. 며칠 내로 돌아오겠네."

"걱정하지 말게. 내게 맡겨진 임무는 다할 테니. 자네도 임무를 다하게."

그롬 또한 고개를 끄덕이며 다짐했다.

죽음의 기사 고어핀드는 긴말 없이 껄껄 웃으며 돌아섰다. 그가 사슬 장갑을 낀 손을 뻗자, 검은 화살이 손에서 솟구쳐 나가 말 두 마리와 기수들을 쓰러뜨렸다. 그롬은 이를 갈았다. 고어핀드는 물론이고 죽음의 기사들이 영 마음에 들지 않았다. 이미 삶을 다한 후 죽음에서 돌아와 인간의 육신에 갇혀 있는 자들이다. 그런 부자연스러운 존재를 어떻게 믿을 수 있겠는가? 하지만 넬쥴이 고어핀드의 계획을 받아들인 이상, 그롬도 따르는 수밖에 없었다. 그는 고어핀드의 말이 맞기를 바랄 뿐이었다. 그토록 집요하게 찾고 있는 기묘한 물건들을 이용해 넬쥴이 오크들을 구원할 수만 있다면 아무래도 상관없었다.

그롬은 기꺼이 명령에 따를 작정이었다. 그가 전쟁노래 전사들에게 지시했다.

"너희 몇은 이곳에 남아라. 나머지 전사들과 부족들은 나와 함께 간다."

그는 씩 웃고는 피의 울음소리를 높이 들었다.

"요새를 점령하러 가자!"

7장

　마그니 브론즈비어드 왕의 동생으로서 인간 왕국 로데론에 대사로 와 있던 무라딘은 왕궁의 복도를 따라 달리고 있었다.

　"구불구불 복잡하기도 하네."

　그의 기억이 맞다면, 왕의 개인 숙소와 발코니로 올라가는 나선 계단이 이 근처일 터였다. 그의 기억으로는 이 무기고를 지나면—

　"거기 서라!"

　무라딘은 그것이 아이의 목소리인 걸 알고도 화들짝 놀랐다. 그는 모퉁이 너머, 작은 받침대 위에 놓인 갑옷과 그 앞에 서 있는 어린 아서스를 엿보며 텁수룩한 턱수염 아래로 미소를 지었다. 왕자는 고작 열두 살로, 금빛 고수머리에 장밋빛 뺨, 토실토실한 얼굴로 늘 미소를 짓는 아이였다. 하지만 지금 아서스 왕자는 심각한 표정으로 목검을 든 채 갑옷의 목을 겨누고 있었다.

　"감히 어딜 지나가려는 것이냐, 못된 오크야? 여긴 얼라이언스 땅이야! 하지만 이번엔 자비를 베풀어주지. 어서 달아나 다시는 돌아오지 마라!"

아서스가 호통을 쳤다.

무라딘은 배가 고팠고 늦었지만 자기도 모르게 미소를 머금고서 그 장면을 지켜보고 있었다. 우리가 싸운 이유가 이것 아니던가? 무라딘과 형 마그니와 동생 브란, 그리고 가엾은 로서와 젊은 투랄리온은 2차 대전쟁 말, 아이언포지를 구하고자 다함께 오크들과 싸웠다. 그때 무라딘과 브란은 인간들과 함께 어둠의 문으로 가서, 그 문이 파괴되는 광경을 만족스럽게 지켜보았다. 그렇게 해서 어린아이들을 지켜내고, 모두의 미래를 구해낸 것이었다.

갑자기 아서스의 얼굴이 굳어지더니 소리쳤다.

"뭐라? 가지 않겠다고? 기회를 주었는데도 그러겠다면, 싸워야겠구나!"

어린 왕자는 사납게 고함을 지르며 앞으로 돌진했다. 물론 골동품 갑옷을 공격해 아버지의 화를 돋우지 않을 정도의 분별력은 있었다. 그 대신 왕자는 몇 걸음 떨어져서 상상 속의 적에게 덤볐다. 무라딘의 미소가 사라졌다. 뭐야? 대체 누가 이 아이에게 이런 걸 가르친 거지? 아무리 가짜라지만, 무기를 막는 동작이 너무 넓고 제멋대로잖아! 게다가 무기를 쥔 모양새는…… 윽, 틀렸어, 다 틀렸다고. 결국 아서스는 힘차게 목검을 휘두르다가 그만 놓쳐버렸고, 목검은 방을 가로질러 달그락 소리를 내며 바닥에 떨어졌다.

아서스는 놀란 숨을 삼키며 혹시 소리를 들은 사람이 있나 하고 주위를 살폈다. 그러다가 무라딘과 눈이 마주쳤고 아이의 볼은 분홍빛으로 물들였다.

"어…… 대사님…… 전 그냥……."

무라딘은 괜히 민망해져 헛기침을 했다.

"네 아버지를 찾던 중이란다. 네가 길을 좀 알려주겠니? 이 젠장맞을 왕궁은 길이 너무 복잡하구나."

아서스는 왼쪽에 있는 계단을 가리켰다. 무라딘은 어서 그곳을 벗어나고 싶은 마음에, 고개를 끄덕이고는 나선형 계단을 급히 올라갔다.

그가 도착했을 때는 마침 토라스 트롤베인이 호통을 치고 있었다. 그리 새삼스러운 일도 아니라고 무라딘은 생각했다.

"무역을 해? 너희와? 이 쓸모없는 호드 앞잡이들 같으니!"

무슨 일이지? 무라딘은 불쑥 발코니로 나갔다. 그는 내심…… 사실 딱히 짚이는 데는 없었지만, 박쥐처럼 커다란 귀와 불안함에 두 눈이 휘둥그레진 조그마한 녹색 생물이 있을 거라고는 예상하지 못했다. 그자는 대머리였고, 깔끔하게 다린 셔츠와 바지, 조끼를 입었으며, 툭 튀어나온 외알안경 하나가 몸에 달린 사슬에 매달려 제멋대로 흔들리고 있었다.

"아니, 아니, 그게 아닙니다!"

녹색 생물은 정신없이 양손을 휘저으며 새된 목소리로 소리쳤다. 트롤베인과 테레나스 왕이 앉은 아침 식탁과 눈높이가 거의 같은 그자는 외알안경을 집어넣으려고 애를 쓰고 있었다.

"오해입니다! 그런 뜻이 결코 아닙니다!"

"그렇소, 크릭스?"

테레나스 왕의 부드러운 어조로 보아, 무라딘은 진짜 위험한 상황은 아니라고 판단했다. 왕은 빵을 집어 버터를 바르기 시작했다.

"네! 뭐, 무역왕 하나가 그런 짓을 한 건 사실입니다."

크릭스라는 자가 억울하다는 듯이 받아치고는 작게 기침을 했다.

"그자가 호드와 손을 잡은 건 맞습니다. 하지만! 아주 어리석은 무역왕 딱 한 명뿐입니다. 게다가 그자도 2차 대전쟁 후에는 정신을 차렸어요. 하지만 다른 고블린들은 중립을 지키는 게 훨씬 낫다는 걸 깨달았죠. 당신들에게나, 우리에게나 훨씬 낫다는 것을요! 그래야 자유 무역이 번창하고 우리 모두 이익을 누릴 수 있으니까요!"

무라딘은 얼굴을 찌푸렸다. 지금 눈앞에 있는 생물이 무엇인지 알았다. 고블린이었다.

"돈독 오른 녹색 꼬마가 아침 식탁엔 웬일이지, 테레나스?"

무라딘이 고블린을 밀치고 지나가며 물었다.

왕이 미처 대답하기 전에 고블린이 불쑥 입을 열었다.

"크릭스 위클리쉬라고 합니다. 반갑습니다. 당신은 드워프군요!"

"관찰력 한번 대단하시군."

트롤베인이 잡아먹을 듯이 말했다.

"드워프라면 무역 협정을 맺을 생각이 있을지도 모르겠군요! 이쪽의 인간 두 분은 별로 내키지 않으시는 모양입니다만. 생각 한번 해보십시오!"

크릭스는 싹싹하게 미소를 지었지만, 날카로운 이빨이 드러나는 통에 효과가 반감됐다.

"당신 종족은 채광을 좋아하고 우리는 벌목을 좋아하죠! 그야말로 완벽한 협력 관계 아닐까요! 우리 벌목기는 땅도 개간—"

"고맙소, 크릭스. 그걸로 됐소. 무라딘 대사가 왔으니 우리는 일을 좀 해야겠소. 오늘 오후에 다시 이야기하지. 그때 당신이 가져오겠다고 했던 서류도 살펴보겠소."

테레나스가 말을 잘랐다. 하지만 무라딘은 테레나스를 노려보며 말했다.

"뭐? 이 조그만 녀석은 양쪽과 다 거래를 한다고, 테레나스. 저놈들을 믿느니 차라리— 이봐!"

살구 스콘을 슬쩍 집어 입에 반쯤 넣은 크릭스가 그대로 얼어붙었다. 그는 소심하게 웃었다. 무라딘이 무섭게 고블린을 노려보았다. 무라딘은 이곳에 온 지 한 달이 채 되기도 전에 성의 요리사들과 이름을 부르는 사이가 됐고, 특히 제과사들의 환심을 사려고 무던히도 애를 썼다. 그런 노력이 이제 달콤하고 맛있는 결실을 맺고 있었으니, 스콘이 바로 그 증거였다. 그런데 이 고얀 고블린이 그의 스콘을 삼키려 했다!

"테레나스 왕이 분명 가보라고 했을 텐데."

무라딘의 말에 크릭스가 고개를 끄덕였다. 외알 안경이 다시 툭 떨어졌다. 그는 스콘을 입에 쏙 넣고는 절을 한 다음 종종걸음으로 나가버렸다.

"기생충 같은 놈."

무라딘이 성을 내며 중얼거리자 테레나스가 말했다.

"그래도 재밌지 않나. 그의 제안도 일리가 있긴 해. 어쨌든 이제 대사도 왔으니 재미없는 이야기를 좀 해야겠네. 페레놀드 왕에 대한 이야기도 그렇고."

"왕이라니! 가당치도 않은 칭호일세!"

트롤베인이 분통을 터뜨렸다. 그가 주먹으로 식탁을 내리치는 바람에 찻잔과 술잔, 접시가 들썩였다.

"우리 모두를 배신하고 거의 파멸시킬 뻔했는데, 고작 그 정도로 끝내자는 건가? 처형하진 못하더라도 최소한 감옥에 처넣어야 하네!"

그의 얼굴이 잔뜩 찌푸려졌다.

"맞네. 나라도 그런 반역자를 금박 입힌 우리에 가두진 않겠어."

무라딘이 말했다. 그는 말을 삼가지 않았다. 떠오르는 생각을 솔직하게 말하고 누가 기분 나빠 하든 개의치 않았다. 무라딘은 얼라이언스 수장 중에 자신의 그런 성격을 감당하지 못하는 사람도 있다는 걸 알았지만, 테레나스와 오랜 친구 트롤베인은 그의 말을 후련하게 생각한다는 것도 잘 알고 있었다.

셋은 왕궁 상층의 발코니에 놓인 조그만 식탁에 앉아 있었다. 발코니에서는 도시 너머의 호수가 내려다보였고, 그 뒤로는 산맥이 병풍처럼 펼쳐져 있었다. 아름다운 풍경이었지만, 지금 나누려는 이야기의 배경이기도 했다. 알터랙의 통치자 에이든 페레놀드의 배신 덕분에, 오그림 둠해머가 호드를 이끌고 넘어온 곳이 바로 저 산맥이기 때문이었다. 전쟁이 끝난 후, 테레나스는 얼라이언스 군을 이끌고 알터랙으로 진군하여 계엄령을 선포하고 페레놀드를 생포했다. 트롤베인이 방금까지 불만을 터뜨린 것도 그 문제와 관련이 있었다. 테레나스는 페레놀드 왕에게 가택 연금을 명한 후, 그를 왕궁에 가두고 나머지 일족을 철저히 감시하는 데 그쳤고, 그후로는 그들에 대해 아무런 조치도 취하지 않은 것이었다.

그러나 트롤베인은 이런 조치가 마뜩지 않았다. 그의 왕국은 페레놀드의 왕국과 맞닿아 있었기에 그는 오래전부터 알터랙 왕의 교활한 계략을 견뎌야 했다. 산길을 봉쇄하고 호드 오크들의 꼬리를 자를 수 있었던 것도 트롤베인의 빠른 사고와 기민한 행동 덕분이었다. 그러지 않았다면 호드 전군이 평원으로 밀려 내려와 호수 건너 수도에 도착했을 테고, 그랬다면 수도가 맥없이 함락되었을 것이다.

"나도 동의하네. 훨씬 더 무거운 처벌을 받아 마땅하지."

테레나스가 친구의 심기를 진정시키려고 조심스레 말했다. 무라딘은 손을 뻗어 스콘과 삶은 달걀을 집었다.

"하지만 그는 어쨌든 자주국의 왕이었네. 함부로 추방하거나 감옥에 넣을 수는 없어. 그랬다가는 다른 왕들이 우리를 거스르면 똑같이 그런 신세가 될지도 모른다고 염려하지 않겠나."

"그놈처럼 배신한다면 그런 신세로 만들어줘야지!"

트롤베인이 거칠게 따지고 들었지만 곧 잠잠해졌다. 그가 어리석은 것과는 거리가 멀다는 걸 무라딘은 잘 알았다. 그는 거칠게만 보이는 태도 안에 명석한 사고가 깃들어 있었다.

"그래, 쉽지 않은 문제야. 다른 녀석들의 신뢰를 잃을 테니 벼랑에서 떨어뜨릴 수도 없고, 그렇다고 그냥 봐줄 수도 없지."

무라딘이 빵을 하나 더 먹기로 마음먹으며 대꾸하자 테레나스가 다시 지적했다.

"자진해서 퇴위하게 만들어야 하네. 일단 왕좌에서 내려오면 일반 얼라이언스 귀족처럼 재판을 거쳐 처형할 수 있으니까."

이런 이야기가 처음은 아니었다. 테레나스가 턱수염을 만지작거리며 덧붙였다.

"문제는 그자가 거부하고 있다는 것이지."

트롤베인이 코웃음을 쳤다.

"당연하지! 그랬다간 바로 죽은 목숨이라는 걸 모르겠나? 그래도 어서 손을 써야 하네. 지금 놈은 너무 자유로워. 분명 문제가 생길 거라고."

테레나스가 고개를 끄덕이며 수긍했다.

"왕좌에 오래 있긴 했어. 게다가 문제가 또 생기려는 마당이니, 알터랙은 어떻게든 해결을 해야지. 이번 전쟁을 치르면서도 배신을 걱정하고 싶진 않으니까."

그가 한숨을 내쉬었다.

"그 아들 녀석은? 왕위를 노리진 않을까?"

무라딘이 보기 좋은 청동색 턱수염에서 빵 부스러기를 털어내며 물었다.

"앨리덴 말인가? 제 아비하고 똑같은 놈이지."

트롤베인이 코웃음을 치며 대답하자 테레나스도 고개를 끄덕이며 인정했다.

"젊은 앨리덴은 나도 썩 마음에 들지 않네. 어릴 때부터 너무 곱게만 자란 터라, 고생이라고는 모르고 위기에 처한 적도 없거든. 지도력도 없을 걸세. 하지만 우리가 무슨 근거로 즉위를 막겠나? 에이든의 상속자이자 알터랙의 왕세자인데 말일세. 아비가 자진 퇴위한다 하더라도 왕위는 아들이 이어받겠지."

"사실 그 녀석이 제 아비의 배신을 알았다는 증거가 없어. 몰랐다고 해서 알고 있었던 것보다 나을 것도 없지만, 적어도 그건 변명거리가 되긴 하지."

트롤베인이 마지못해 인정했다.

그때 문간에 시종 하나가 나타났다. 무라딘은 그 성가신 고블린이 다시 찾아왔나 싶어 오만상을 찌푸렸다. 하지만 시종은 좋은 소식을 전했다.

"다발 프레스톨 경이 알현을 청합니다, 폐하."

"아아, 올라오라 해라, 라빈."

테레나스는 트롤베인과 무라딘에게 고개를 돌렸다.

"둘 다 프레스톨 경은 만나보았나?"

"그래, 괜찮은 사람이더구먼. 게다가 그런 일을 겪고도 살아남다니 그건 인정해야지."

무라딘의 말에 트롤베인도 고개를 끄덕여 공감을 표했다.

프레스톨 경은 가혹한 운명을 타고났다. 무라딘은 달걀을 베어 물며 생각했다. 무라딘이 그에 대해 들은 것은 최근이었다. 그는 인간 귀족 사회의 우여곡절에는 별로 관심이 없었기 때문이다. 들은 이야기에 따르면, 프레스톨은 로데론의 산속 깊이 자리 잡은 소영지의 군주였다고 한다. 그는 알터랙 왕족의 후손이자 페레놀드의 먼 친척이었다. 프레스톨의 영지는

2차 대전쟁 때 용의 공격으로 초토화되었고, 그는 일가친지 몇 명과 함께 가까스로 그곳을 탈출했다. 프레스톨과 영지에 대한 이야기를 처음 듣는 사람은 충격을 금치 못했다. 프레스톨은 하인도 호위병도 없이 비척비척 수도까지 걸어왔고, 가진 것이라곤 몸에 걸친 옷가지와 명성이 전부였다. 그는 혈통에 힘입어 수도의 귀족 사회에 입성했고, 호감 가는 성격 덕에 친구도 많이 사귀었다. 식탁에 앉은 셋도 그중 일부였다. 알터랙에 계엄령을 선포하자는 것도 프레스톨의 제안이었으며, 테레나스뿐 아니라 다른 얼라이언스 수장들 역시 그것이 일시적이긴 해도 바람직한 해결책이라는 데 동의했다.

잠시 뒤, 남자 하나가 발코니에 들어서서 우아하게 절을 올렸다. 검은 고수머리가 오전의 따스한 햇빛을 받아 파랗게 빛났다.

"두 분 폐하, 그리고 고귀하신 대사님, 다시 뵙게 되니 좋군요."

프레스톨이 작은 목소리로 말했지만, 깊은 바리톤 음성이 좁은 공간에 퍼졌다.

"그렇군. 앉아서 함께 들지. 차 한잔하겠나?"

테레나스가 쾌활하게 말했다.

"오늘 살구 스콘이 유난히 맛있다네."

무라딘은 본의 아니게 빵 부스러기가 입에서 튀어 나가자 손으로 입을 가리며 권했다. 언제나 깔끔한 프레스톨을 만나면 무라딘은 왠지 촌뜨기가 된 기분이 들었다.

"감사합니다."

프레스톨은 냅킨으로 의자의 먼지를 털고 우아하게 자리에 앉아 잔에 차를 따랐다. 무라딘이 스콘 접시를 내밀었지만, 프레스톨은 미소를 짓더니 손톱을 깔끔하게 다듬은 손을 들어 정중하게 거절했다.

"제가 방해한 것은 아니겠지요?"

"전혀 아닐세. 사실 때맞춰 와주었네. 알터랙 문제를 의논하던 참이었거든."

테레나스가 말했다.

"아, 그렇군요."

프레스톨이 차를 한 모금 음미한 후 말을 이었다.

"젊은 이시덴의 이름은 들어보셨겠지요?"

그의 물음에 모두가 어리둥절해하자 프레스톨은 놀란 듯했다.

"페레놀드 경의 조카입니다. 아직 소년에 지나지 않지요."

"아, 그렇군. 길니아스로 달아났겠지?" 트롤베인이 물었다.

"맞습니다. 폐하께서 알터랙에 계엄령을 선포하기 직전에 빠져나갔지요. 그가 왕위를 노리고 그곳에서 세력을 규합한다는 소문이 있습니다."

"그레이메인이 그런 이야기를 했던 것 같군. 하지만 그 소년을 만난 적도 없고, 어떤 식으로든 부추긴 적이 없다고 했지."

테레나스의 말에 프레스톨이 고개를 저으며 차분하게 말했다.

"역시 그레이메인 폐하께선 고결하시군요. 자신에게 이로울지도 모를 일을 그렇게 못 본 척하시다니요. 폐하께서 이시덴을 지원하여 왕위에 올리기만 하면, 알터랙에 직접적인 영향력을 미칠 수 있을 테고 그 왕국의 수많은 산길 통행도 수월해질 텐데 말이지요."

"그런 기회를 놓치는 건 꽤나 아깝지."

무라딘은 턱수염을 훑으며 중얼거렸고, 테레나스와 트롤베인은 눈빛을 교환했다. 그레이메인은 그런 기회를 놓칠 만큼 아둔하지 않았다. 그런데도 소년과 이야기해본 적조차 없다고 말했다. 거짓말이었을까? 아니면 좀 더 영리하게 접근하려는 속셈일까?

"자네는 알터랙을 어떻게 해야 한다고 생각하나?"

테레나스가 프레스톨에게 물었다.

"왜 그걸 제게 물으시는 겁니까, 폐하?"

"외부인의 관점이 요긴할 때가 있는 법이거든. 우린 자네 의견을 존중하기도 하고."

프레스톨의 얼굴이 살짝 붉어졌다.

"진심이십니까? 영광입니다. 감사합니다. 음…… 전 알터랙을 폐하께서 복속시켜야 한다고 생각합니다. 폐하께선 얼라이언스의 수장이시고, 지난 전쟁의 군비도 가장 많이 부담하시지 않았습니까. 그만한 노력에는 보상이 따라야 하지 않을까요?"

그 말에 테레나스가 큭큭 나직이 웃고는 짐짓 끔찍하다는 듯 손을 들어 보이며 말했다.

"고맙지만 사양하겠네. 로데론에도 일이 넘치는데, 왕국을 하나 더 차지해서 골칫거리를 늘리고 싶진 않네!"

무라딘은 테레나스가 당연히 그런 생각을 해봤으리라는 걸 알았고, 사실 터무니없는 생각도 아니었다. 하지만 그랬다간 다른 얼라이언스 수장들과의 관계를 비롯해 온갖 문제가 생길지도 모르는 만큼, 테레나스에게는 이익보다 손해가 클 터였다.

"폐하께선 어떠십니까? 폐하께서 신속히 나서주신 덕에 페레놀드의 배신행위를 막을 수 있었습니다. 또한 그 산길을 오크들에게서 지키느라 부하들을 많이 잃으셨지요."

프레스톨이 스트롬가드의 왕 트롤베인을 보며 말했다.

젊은 귀족의 얼굴에 고통의 그림자가 스쳤다. 함께 있던 세 사람 모두 움찔했다. 프레스톨의 생각이 어디에 미쳤는지 정확히 알았기 때문이다. 그가 몸을 그토록 깔끔하게 관리하는 것도 그 때문인지 몰랐다. 용의 불꽃으로 불타버린 도시에서 빠져나와 지저분한 옷을 걸친 채 몇 날 며칠을 걸었다면 자기라도 깔끔쟁이가 됐을 거라고 무라딘은 생각했다.

트롤베인은 얼굴을 찌푸린 채 생각에 잠겼지만, 그가 입을 떼기 전에 테레나스가 천천히 고개를 저으며 나직이 말했다.

"트롤베인도 나도 알터랙을 복속시킬 수는 없네. 이건 단순히 왕국이 왕국을 쳐들어가는 걸로 끝나는 문제가 아니야. 우린 모두 얼라이언스의 일원이고, 힘을 합쳐서 우리의 세상과 땅을 지켜야만 하네. 얼라이언스 전체가 호드를 쓰러뜨리고 전쟁에 승리했네. 그렇다면 알터랙을 포함한 모든 전리품이 얼라이언스에게 떨어져야 마땅하지. 우리 둘 중 하나가 알터랙을 합병하려 나선다면, 다른 얼라이언스 수장들은 자신들이 무시당했다고 느낄 걸세. 그게 당연하지."

"맞네. 모두 함께 결정하거나 아예 결정을 하지 말아야 할 사안이지. 하지만 다른 수장들에게 괜찮은 계획을 제안한다면 상황이 좀 나아질지도 몰라."

무라딘이 맞장구를 쳤다.

프레스톨은 고개를 끄덕이고는 잔을 내려놓으며 살짝 미소를 지었다.

"제 말씀이 주제넘었거나 심기가 불편하셨다면 죄송합니다. 폐하의 지혜나 외교술을 따라잡으려면 아직 배울 것이 많군요."

"심기가 불편하긴. 내가 의견을 물어 대답했을 뿐이잖은가. 우리 셋이 만난 이유 중 하나가 바로 이 문제를 의논하기 위해서였네. 관련이 있는 자들을 모두 만족시키면서 알터랙의 안전을 유지할 방법이 있을까 해서 말이지. 우리 친구 무라딘의 말이 맞네. 얼라이언스에 그럴듯한 계획을 제시할 수만 있다면 설왕설래할 시간을 많이 절약할 수 있겠지."

테레나스는 손을 내저으며 부드럽게 미소를 지었다.

"맞습니다. 제 조언이 어떻게든 도움이 되었기를 바랄 뿐입니다. 세 분께서 제 깜냥을 넘어서는 중대사를 의논하실 수 있게 저는 이만 가봐야겠습니다."

프레스톨은 자리에서 일어나 정중하게 절했다. 그는 테레나스의 허락이 떨어지길 기다렸다가 미소를 지어 예를 표한 후 물러났다.

트롤베인은 젊은 귀족의 뒷모습을 바라보며 중얼거리듯 말했다.

"프레스톨이 멋모르는 소리를 했을지는 몰라도 일리는 있네. 알터랙에 배상금을 내게 하는 방법도 있어."

"배상금을 무슨 수로 받아낸단 말인가? 우리 모두 마찬가지지만 알터랙도 탈탈 털리지 않았나. 게다가 받아봐야 피 묻은 돈이야. 복수하겠다는 얘기로밖에 안 들릴 걸세."

무라딘이 코웃음을 치자 테레나스가 말했다.

"우리는 자금의 대부분을 재건에 투자하고 있네. 우린 알터랙을 점령했을 때 국고를 털어 얼라이언스에 넘겼지."

"그래. 그리고 오크 수용소도 돈깨나 들지. 거기다 수리에 드는 돈, 문 옆에 요새를 세우는 데 드는 돈까지 합하면 배상금 치를 돈이 남아나겠나?"

무라딘의 말에 트롤베인이 한숨을 푹 쉬었다.

"맞는 말일세. 그저 어떻게든 배상을 받아내고 싶을 뿐이야. 알터랙의 배신 때문에 수많은 생명을 잃지 않았나."

"페레놀드의 배신이지. 그걸 잊어선 안 되네. 알터랙 주민 중에는 왕의 배신을 아는 사람이 거의 없었잖은가. 페레놀드가 명령을 내려 일부 산길의 출입을 금하고 그 길을 호드에게 내주었을 뿐이네. 알터랙이 호드에게 협조한 것이 아니라, 왕이 주민들을 따돌리고 오크들에게 통행권을 내준 걸세."

테레나스가 부드러우면서도 단호한 목소리로 바로잡았다.

"맞는 말이야. 나도 알터랙 사람을 많이 알지만, 뱀 같은 왕과 달리 참 좋은 사람들이지."

트롤베인이 인정했다. 그는 고개를 절레절레 저으며 술잔을 비우고는 손등으로 턱수염과 콧수염을 훔쳤다.

"더 생각해보겠네." 그가 다짐했다.

"우리도 좀 더 생각해보겠네. 걱정하지 말게. 방법을 찾을 테니."

무라딘은 대답과 함께 자리에서 일어나며 마지막 스콘을 얼른 챙겼다.

"그럴 거라 믿네. 더 급한 일이 생겨서 이 일을 잠시 미뤄둬야 하기 전에 방법을 찾았으면 할 뿐이지."

테레나스도 맞장구를 쳤다. 두 친구는 그의 말뜻을 이해했다. 그들은 바로 며칠 전에 카드가의 경고를 들었고, 투랄리온에게서 전갈이 오기 기다리는 중이었다. 만에 하나 호드가 다시 공격해 온다면, 문이 다시 열린다면, 알터랙 문제는 뒷전으로 밀릴 것이 뻔했다. 페레놀드가 가택 연금 상태이고 알터랙 왕국을 얼라이언스가 장악하고 있는 한, 그 외의 문제는 나중에 고민하면 될 일이었다. 전쟁에서 살아남는다는 전제하에서 가능한 말이지만.

무라딘은 무거운 마음으로 갑옷을 향해 목검을 휘두르던 어린 아서스를 떠올리며 왕자가 아직은 전쟁의 맛을 볼 일이 없기를 바랐다.

8장

스톰윈드의 밤하늘에는 구름이 낮게 깔려, 도시의 수많은 첨탑 끝을 스쳤다. 스산한 바람이 불어와 스톰윈드 왕궁 앞 초소에 웅크린 채로 덜덜 떨던 경비병들의 망토를 당겼다. 안에서는 사령관 투랄리온과 자문관들이 아직도 잠자리에 들지 않은 채 얼라이언스의 사령실인 왕궁 안의 무기고에서 지도를 살펴보고 있었다. 아름다운 엘프가 사령관과 함께 경비 초소를 지나 전략가들과 더불어 사령실에 있었으나, 눈이 제대로 박힌 사람이라면 누구나 둘 사이의 긴장감을 느낄 수 있었다.

경비병들은 추위에 덜덜 떠느라, 도시로 흘러들어 왕궁의 문 앞에서 춤을 추다가 중앙 복도를 지나 왼쪽으로 흘러가는 찬바람에는 신경을 쓰지 못했다. 바람은 소용돌이치며 복도를 또 하나 지나서, 흐린 밤하늘을 이고 있는 작은 안뜰을 가로질렀다.

왕실 도서관의 입구 양쪽으로 경비병 둘이 서 있었다. 그들은 정면으로 불어오는 찬바람에 몸서리를 치고는, 눈을 찡그린 채 짙어지는 그림자를 바라보았다.

문득 바람이 강해지는가 싶더니, 그림자가 걷히고 그 자리에 몇 개의 형체가 나타났다. 그중 넷은 몸집으로 보아 인간 같았다. 형체는 제각각 두건이 달린 망토를 두르고 손발과 몸통에 무언가를 감고 있었지만, 눈만큼은 불꽃처럼 붉게 타올랐다. 마지막 형체 하나는 다른 형체들보다 훌쩍 컸고, 어둠 속에서도 그 피부는 녹색으로 번들거렸다.

경비병 하나가 검을 뽑아 들며 소리를 지르려고 숨을 들이켰다. 하지만 기회는 주어지지 않았다. 오크가 육중한 도끼를 휘두르며 순식간에 달려든 것이었다. 경비병은 두 동강이 나 쓰러졌다. 그의 동료는 방패를 들어 뭔가를 칭칭 감은 형체의 공격을 용케 막아내고 창을 내질렀다. 하지만 소용없는 짓이었다. 침입자 하나가 창 자루를 붙잡아 반으로 부러뜨리고는, 빙글 돌아 방패 바로 위로 경비병의 목을 강타했다. 경비병은 머리를 덜렁거리며 소리 없이 무너져 내렸고, 형체들은 경련하는 시체들을 넘어 문을 열고 왕실 도서관에 들어섰다.

"신속히 움직여라. 발각되어선 안 된다."

고어핀드의 지시에 죽음의 기사들은 고개를 끄덕였고, 첫 번째 경비병을 재빨리 처치한 오크 파르가스 스롯스플리터도 고개를 주억였다. 고어핀드는 피눈물 전사를 붙여달라고 했다. 호드의 누구보다도 이쪽 세상을 잘 아는 부족이었기 때문이다. 그중에서도 가장 영리하고 조용한 파르가스를 좋게 보았다.

다섯 명은 각자 흩어져서 도서관을 샅샅이 뒤졌다. 몇 분이 지나자 파르가스가 욕설을 내뱉으며 숨죽여 말했다.

"여기 없습니다."

"뭐라고? 확실한가?"

고어핀드가 텅 빈 유리 상자 옆에 서 있는 전사에게 다가갔다.

파르가스는 대답 대신 상자 한쪽 구석에 꽂혀 있는 조그만 황토색 종이를 가리켰다. 고어핀드는 육신의 주인이 지녔던 기억과 능력을 고스란히 가지고 있었기에, 잠시 집중하자 종이에 적힌 글을 읽을 수 있었다.

메디브의 책. 왕이나 얼라이언스 사령관의 명시적인 허가 없이는 펼치지 말 것.

"여기 있었군. 그런데 지금은 어디 있지?"

고어핀드는 혼잣말을 중얼거리며 상자 내부의 벨벳을 살폈다. 크고 묵직한 사각형의 물건 내부에는 눌려 있던 흔적이 완연했다.

"이쪽입니다."

죽음의 기사의 나직한 목소리에 고어핀드는 서둘러 그쪽으로 갔다. 파르가스와 다른 죽음의 기사 둘이 그 뒤를 따랐다.

"우리와 같은 생각을 한 자가 있는 모양입니다."

죽음의 기사는 조그만 독서용 벽감 안에 있는 시신을 가리켰다. 시체는 얼라이언스 경비병 제복을 입었고, 투구와 흉갑 사이의 틈새에는 단검 자루가 튀어나와 있었다.

"알터랙입니다. 저 인장을 보십시오. 저건 알터랙 문장입니다."

파르가스는 시신을 내려다보며 단검 자루에 있는 문장을 가리켰다.

고어핀드의 육신에 남아 있던 기억과도 일치했다.

"알터랙이 책을 가져갔군."

페레놀드는 전쟁에서 얼라이언스를 배신하고도 여전히 알터랙을 다스리고 있었다. 적어도 지금은. 그리고 그 책은 얼라이언스에게 귀한 유물인 만큼, 협상에서 사용할 수 있을 터였다. 그래, 앞뒤가 맞는다.

"하지만 이렇게 뻔한 단서를 남겨놓다니, 이상하지 않나? 암살자치고는 부주의하군."

"메시지를 보내는 것인지도 모릅니다. 알터랙의 왕이 얼라이언스에게 아직 포기하지 않았다는 것을 보여주고 싶은 모양이지요. 그게 아니라면, 암살자가 부주의했던 것일 테고요."

파르가스가 엄니를 드러내며 빈정거렸다.

"우리는 결코 부주의해선 안 된다. 우린 그 책이 필요하니 알터랙으로 가야 한다. 이 단검을 챙겨가는 게 좋겠군. 얼라이언스에게 이 단서를 넘겨주긴 싫으니. 이 시체는 죽은 지 얼마 안 됐다. 내일 경비대가 시신들을 발견한다 해도 모두 같은 자의 소행이라 여기겠지."

파르가스는 순순히 무릎을 꿇고 시체에 꽂혀 있는 단검을 빼냈다.

"그럼 알터랙으로 갑니까?"

"그래…… 하지만 아직은 아니다. 최대한 처음의 계획을 따라야 한다. 우선 검은바위로 간다. 렌드와 메임, 그리고 그들이 부리는 붉은용이 필요하다."

"검은바위는 알터랙으로 가는 길에 있습니다."

파르가스가 고개를 끄덕이며 대답하자 고어핀드는 씩 소리 없이 웃었다.

"그렇지. 그리고 붉은용을 쓸 수 있다면 몇 시간 안에 알터랙에 다녀올 수 있고, 예정보다 빨리 차원문으로 돌아갈 수 있다. 하지만 먼저 이곳에서 조용히 빠져나가야 한다."

고어핀드는 부하들에게 가까이 오라고 손짓했다. 그림자가 드리우며 도서관의 기온이 뚝 떨어졌다. 잠시 후 찬바람이 문을 통과했다. 바람은 차갑게 식어가는 시신과 피 웅덩이를 지나 복도를 따라 내려갔고 요새를 빠져나간 다음, 밤의 장막 아래로 빠르게 사라졌다.

하루가 지나고 고어핀드와 부하들은 검은바위 산에 도착했다. 다섯이었던 일행은 늘어나 있었다. 고어핀드의 연락을 받은 소울리퍼가 천둥군 주 부족의 펜리스 울프브라더와 해골이빨 부족의 타가르 스파인브레이커를 비롯하여, 각 부족 최고의 전사들을 보냈다. 오크들은 지시받은 대로 산기슭에서 고어핀드 일행과 합류했다. 이제 무리의 규모는 얼라이언스에게 발각당하지 않고 모일 수 있는 최대한의 규모였다. 그럼에도 블랙핸드의 아들들을 끌어들이기에 충분한 규모이기를, 고어핀드는 바랐다.

그들은 주위에 숨어 있을 오크 파수꾼들의 눈에 띄도록 공공연하게 산을 올랐다. 고어핀드가 공격이나 잠입을 시도한다는 인상을 주어선 안 된다고 판단했기 때문이다. 마침내 그들은 산꼭대기에 다다랐다. 바위가 갈라지며 탁 트인 고원이 드러나고, 아름다운 다리 아래로는 천연의 협곡을 따라 용암이 강처럼 흘렀다. 거대한 석조 요새가 첨탑 앞에 우뚝 솟아 있었다.

이곳의 지명이기도 한 매끄러운 검은 바위를 깎아 세운 요새의 모습에, 고어핀드가 씁쓸한 미소를 지었다. 이곳은 둠해머가 본거지를 구축한 곳이자, 그가 여러 부족 앞에서 고어핀드와 죽음의 기사들을 소개했던 곳이기도 했다. 그리고 바로 이 아래에 있는 산기슭의 계곡에서 둠해머는 얼라이언스 지도자 로서와 싸워 이겼으며, 로서의 부관인 투랄리온에게 패했다. 패배와 승리의 기억이 고스란히 남아 있는 곳이었다. 하지만 추억에 잠겨 있을 시간이 없었다. 지금은 앞으로 나아가는 것이 더 중요했다.

고어핀드는 일행에게 손짓을 하고는 입구에 멈춰 섰다. 잠시 후 크고 단단한 체격의 경비병 넷이 당장이라도 공격하겠다는 듯 무장을 한 채 나타났다.

"블랙핸드의 두 아들과 이야기하고자 왔다. 테론 고어핀드가 소식과 제안을 가지고 찾아왔노라 전해라."

그는 앞으로 다가서서 두건을 머리 뒤로 젖혔다. 경비병들의 얼굴이 조금 창백해졌다. 그중 하나가 동료에게 귓속말을 했고, 지시를 들은 오크가 경례를 한 후 어둠 속으로 사라졌다. 그는 잠시 후에 돌아왔다. 경비병은 보고를 들은 다음, 고어핀드와 일행을 향해 돌아섰다.

"바짝 붙어 따라오십시오."

경비병은 경고와 함께 일행을 요새 안으로 안내했다. 고어핀드는 그 뒤를 따라 산의 중심부로 깊이 들어가면서 붉게 타오르는 눈으로 주위를 꼼꼼히 살폈다. 요새에는 생각보다 인원이 많았고, 여기저기서 오크들이 무리 지어 지나갔다. 오크들은 검은바위 첨탑에 죽음의 기사가 왔다는 데 놀라며 발길을 멈춘 채 주시했지만, 누구도 감히 시비를 걸진 못했다.

마침내 그들은 넓은 방에 도착했다. 고어핀드의 기억으로는 둠해머의 알현실이자 군사 회의실이었던 장소였다. 이 산의 바위를 깎아 만든 검은 의자에 앉아 있는 자는 둠해머보다 키가 작고, 뭉툭한 이목구비와 헝클어진 갈색 머리털 때문에 둔해 보였다. 그의 머리카락과 코, 귀, 눈썹에는 메달과 뼈가 주렁주렁 달렸고, 갑옷을 비롯한 서슬 시퍼런 검에도 장식이 잔뜩 붙어 있었다.

"렌드."

고어핀드가 검의 공격 범위 안으로 들어가기 직전에 멈춰 서서 말했다.

"고어핀드. 저런, 저런. 여기까지 웬일인가, 죽은 자여?"

검은바위 부족의 두 족장 중 하나인 렌드 블랙핸드가 입을 열었다. 그의 흉측한 얼굴은 미소를 짓자 더욱 흉측해졌다. 그는 자세를 바꿔, 왕좌의 팔걸이에 한쪽 다리를 턱 걸쳤다.

"그러게 말이야. 우릴 보러 여기까지 오다니 배짱이 대단하군."

한층 높은 목소리가 들려왔다. 고어핀드의 눈은 렌드의 동생 메임에게로 향했다. 그는 왕좌 바로 뒤, 그림자 속에 반쯤 웅크리고 있었다.

"어둠의 문이 복구됐네."

고어핀드가 운을 뗐지만, 렌드는 콧소리를 내더니 손짓으로 말을 끊었다.

"꿈에서 봤다. 너희 흑마법사가 꾸민 짓이겠거니 했지. 그래서 그게 뭐 어쨌다는 거냐?"

렌드의 넓은 얼굴이 찌푸려지자 고어핀드의 얼굴도 찌푸려졌다. 대화가 쉽게 풀리지 않았다.

"넬줄 님이 현재, 호드를 이끌고 있다. 너희 검은바위 부족을 호드로 다시 받아들이고자 이곳까지 왔다. 용아귀 부족과 그들이 부리는 붉은용도 필요하지."

렌드는 뒤에 있던 동생 메임을 힐끗 돌아보았고, 두 형제는 동시에 웃음을 터뜨렸다.

"2년 동안 아무 기별도 없다가 초짜 전사들을 끌고 여기까지 기어 올라와 내 요새에 들어와서 하는 이야기가 고작 그것이냐? 그러면 내가 기뻐하며 노주술사 앞에 무릎이라도 꿇을 줄 알았나? 내 부하들뿐 아니라 용까지 넙죽 바치면서? 어림도 없는 소리!"

렌드는 다시 껄껄 웃었지만, 눈은 분노로 활활 타올랐다.

"그래야만 하네. 우리 계획을 실행에 옮기려면 자네의 힘과 붉은용이 반드시 필요하네!"

고어핀드가 강경하게 맞섰다.

"너희에게 무엇이 필요하건 난 관심 없다."

렌드는 냉랭하게 대답했다. 그가 일어서자 고어핀드는 그 유치한 태도와 달리 렌드 블랙핸드가 매우 위험하다는 걸 깨달았다.

"그건 내 문제가 아니라 너희 문제니까. 넬줄이 무슨 꿍꿍이가 있든 전혀 관심 없다. 우리가 얼라이언스와 싸울 때 그 늙은이는 어디 있었지? 난 여기 있었다. 둠해머가 패배했을 때도 난 여기 있었다!"

"나도." 메임이 메아리처럼 말했다.

"문이 파괴되고 우리가 이곳에 갇혔을 때는 어디 있었나? 우리가 2년 내내 사냥당하면서도, 기어코 살아남아 우릴 찾아오는 오크들을 모아서 군대를 재건할 때는? 답은 내가 말해주지. 그 늙은이는 손가락 하나 까딱하지 않고 태평하게 드레노어에 있었어!"

렌드가 검을 홱 들어 올려 왕좌의 팔걸이를 내리치자 돌이 쪼개지며 떨어져 나갔다. 메임은 펄쩍 뛰더니 미친 듯이 웃었다.

"하지만 난 여기 있었다! 내가 오크들을 다시 일으켰다! 나는 드레노어가 아니라 이곳 아제로스에, 얼라이언스의 코앞에서 호드를 재건했다! 이제 내가 대족장이야! 단물 빠진 노주술사가 그 지위를 빼앗을 수는 없어!"

고어핀드는 검은바위 족장을 곤죽으로 만들어버리고 싶은 충동을 애써 억누르며 말했다.

"부탁이네. 부탁하건대 다시 생각해주게. 자네들의 도움이 없다면 넬줄 님은―"

"―실패하겠지."

렌드가 퉁명스럽게 받아쳤다. 메임은 이 상황이 몹시 재미있는 모양이었다.

"넬줄은 진짜 전쟁을 모른다. 전술을 쓸 줄도 모르고, 전투를 이해하지도 못할뿐더러 지도력도 없지. 얼라이언스가 가짜 호드를 산산조각 낼 거다. 그러면, 내가 그 조각들을 주워주지. 전쟁이 끝난 후로 늘 그랬듯이, 나와 메임이 생존자들을 모두 규합할 것이다."

렌드가 이죽거리며 웃음을 지었다. 동생 메임이 슬슬 가까이 다가오자 렌드는 마치 애완견의 머리를 쓰다듬듯이 동생의 머리에 손을 올렸다.

"그리하여 호드는, 더욱 강대해진 진짜 호드는 나의 지휘 아래 용들을 부리며 아제로스를 휩쓸 것이다. 그때가 오면 죽은 자, 너도 나를 섬기겠지."

렌드는 고어핀드를 똑바로 응시한 채 웃음을 숨기지 않았다.

고어핀드 뒤에 있던 타가르가 거친 숨을 몰아쉬더니 렌드에게 고함을 쳤다.

"이 비겁자! 배신자의 개 같으니. 내가 네놈을 똥개처럼 베어버리고 왕좌를 차지하겠다! 그리고 너희 부족은 내 명령을 따라 다시금 호드에 합류할 것이다!"

"아, 그래? 이젠 날 공격하겠다는 건가?"

렌드가 건성으로 대답했다. 그의 웃음소리가 커지자 고어핀드는 돌아서서 해골이빨 족장 타가르의 어깨에 손을 얹으며 조용히 경고했다.

"근처에 경비병이 깔렸다. 네가 지금 공격하면 놈들에게 죽임만 당할 뿐이다. 그럼 호드의 족장이 하나 줄겠지. 지금은 때가 아니다."

타가르는 툴툴거리면서도 뒤로 물러섰다. 렌드는 실망한 표정이었다.

"마지막으로 묻겠네. 우리와 함께하겠나?"

고어핀드는 렌드에게 다시 한 번 나직이 물었다.

"어, 잠깐 생각 좀 해보고…… 싫은데."

렌드가 히죽히죽 웃으며 받아치자, 메임이 큭큭거렸다.

"알겠네. 그렇다면 더 이상 할 말이 없군."

고어핀드가 고개를 숙이며 인사를 건네자 렌드는 웃음을 터뜨리며 말했다.

"가봐라. 너희가 잔혹하게 도륙당했다는 소식을 어서 듣고 싶구나."

렌드와 메임은 또다시 너털웃음을 터뜨렸고, 그 소리가 석실 안과 복도에 메아리치는 가운데 고어핀드는 사기가 꺾인 일행을 이끌고 요새를 나와 첨탑에서 내려왔다.

해는 이미 저물고 불그스름한 하늘은 점점 어두워지고 있었다. 고어핀드는 주황색과 노란색으로 일렁거리는 모닥불을 응시했다. 일이 계획대로 풀리지 않아, 다음 행보를 고민하며 깊이 생각에 잠겨 있었다. 나머지 일행은 현명하게 침묵을 지켰다. 유일한 소리는 탁탁 튀는 불꽃 소리, 간혹 두런두런 들려오는 이야기 소리뿐이었다. 그때 갑작스레 어둠 속에서 시끄러운 소리가 들려왔고, 활시위처럼 팽팽하게 긴장해 있던 일행 모두 화들짝 놀랐다.

"인간이다! 죽여라!"

망을 보던 오크가 고함을 쳤다. 죽음의 기사들은 침묵을 지켰으나 오크들은 분풀이할 대상이 생겨 기쁘다는 듯 포효했다. 고어핀드에게도 인간들의 모습이 보였다. 대담하게도 야영지를 향해 똑바로 걸어오고 있었다. 타가르가 달려들어 인간의 연약한 두개골을 부수고도 남을 힘으로 곤봉을 내리쳤다.

그러나 다음 순간 일어난 일에 모두 아연실색했다. 고어핀드가 지켜보는 가운데, 인간은 귀찮다는 듯 손을 위로 뻗어 곤봉을 잡고는 오크의 손에서 비틀어 빼앗았다. 타가르가 헉하고 숨을 삼키고는 다른 오크들과 함께 다시 덤벼들 태세를 취했다. 그때 인간이 고함쳤다.

"멈춰라!"

그 한마디에 실린 위압감이 어찌나 대단했던지, 고어핀드조차 감히 거스를 엄두가 나지 않았다. 이 인간은 누구인가? 고어핀드는 호기심이 동하면서도 두려웠다. 그사이 인간이 모닥불 근처까지 왔다. 고어핀드가 보기에 인간 중에서는 잘생긴 축인 듯했다. 인간치고는 키가 크고 체격이 좋았으며, 탐스러운 흑발과 우아한 이목구비를 갖추었다. 값비싼 옷을 걸쳤고 옆구리에는 보석이 박힌 검을 찼지만 건드리지도 않았다. 그는 얼굴을 살짝 찌푸린 채 소맷자락을 탁탁 털었다.

"너희는 날 다시 공격하고 싶겠지만, 오늘은 내 옷을 이미 꽤나 더럽혔구나. 피까지 묻히고 싶진 않다. 난 보기와는 다르다."

그는 고른 이빨을 드러내며 천천히, 그러나 위협적인 미소를 지었다. 그의 그림자가 뒤에서 점멸하듯 깜박이는가 싶더니, 바닥에서 일어나 거대한 괴물의 형체로 변했다. 곧이어 커다란 그림자 날개가 주위를 온통 뒤덮었다.

"누구냐?" 고어핀드가 물었다.

"나는 여러 이름으로 알려져 있지. 그중 하나가…… 데스윙이다."

인간의 미소가 커졌다.

데스윙! 고어핀드는 순간 아찔한 현기증을 느꼈다. 기묘하게도 그 말에 의심이 들지 않았다. 이미 데스윙의 힘을 극히 일부나마 느낄 수 있었던 것이다. 고어핀드는 아제로스에서 가장 강한 존재라는 이 검은용의 이야기를 들은 적이 있었다. 그는 전쟁 중 검은용을 몇 번 보았는데, 그럴 때면 용아귀 부족이 어째서 소극적인 붉은용 대신 검은용을 사로잡지 않았을까 생각했다. 그러면서도 검은용은 사로잡기 힘든 표적이었거나 데스윙의 분노를 사고 싶지 않았기 때문이겠거니, 하고 생각했다.

고어핀드가 입을 떼려 했지만 너무나 당혹스러운 나머지 그럴 수가 없었다. 그는 간신히 입을 열었다.

"우리에게 무, 무슨 용무인가?"

데스윙은 대수롭지 않다는 듯 반지를 낀 한쪽 손을 흔들며 거만하게 대답했다.

"진정해라. 너희를 죽이러 온 게 아니니까. 그랬다면 너희는 이미 재가 되었겠지."

그 순간 그의 눈동자가 화르륵 타오르더니 인간의 허울 아래 도사리고 있던 어마어마한 불의 힘을 드러냈다.

"오히려 그 반대다. 너희를 지켜보고 있었는데, 썩 마음에 들었거든."

그는 근처 바위에 손수건을 깔고 모닥불가에 앉더니 다른 이들에게도 앉으라는 듯 손짓을 해보였다. 그들은 순순히 복종했고, 데스윙은 싱긋 미소를 지었다.

"너희는 대단한 힘과 강한 목적의식을 지녔더구나. 이처럼 치열하고 완강한 종족을 낳은 세상을 내 눈으로 보고 싶다."

고어핀드는 불청객을 찬찬히 뜯어보았다. 데스윙이 드레노어에 가고 싶다는 건가? 왜지?

데스윙이 마치 그의 마음을 읽기라도 한 듯, 몸을 돌려 고어핀드를 향해 고개를 끄덕였다. 그의 검은 눈에 두건이 드리우고 내면의 불길이 가라앉았다. 그 순간만큼은 그저 자신감 넘치는 인간처럼 느껴졌다. 데스윙이 나직이 말했다.

"너희가 렌드 블랙핸드라는 자를 만난 것을 알고 있다. 그자나 동생이나 어리석기 짝이 없지만, 나름대로 힘이 있지. 또한 너희가 용아귀 부족에게 노예로 잡힌 붉은용을 원했다는 것도 알고 있다. 수준 이하의 짐승이지. 너희가 왜 굳이 놈들과 함께하려는지 모르겠구나."

'노예'라는 단어를 말할 때 그의 입꼬리가 살짝 올라갔다. 생각만 해도 즐겁다는 듯이.

고어핀드는 어떻게 대답해야 할지 알 수가 없었다. 그가 조심스레 입을 열었다.

"용은 강한 존재니까."

"그건 사실이다. 동맹이 필요한가? 그렇다면 내가 제안을 하나 하지. 나의 막강한 아이들이 너희를 도울 것이다. 그것도 타의에 의해서가 아니라 스스로 말이지."

오크 하나가 불청객의 비위를 맞추고 싶었는지 데스윙에게 맥주가 담긴 잔을 주춤주춤 내밀었다. 위대한 용은 오만상을 찌푸리며 오크를 노려보았다.

"그 고약한 것을 당장 치우지 못하겠느냐!"

오크는 주눅이 들어 몸을 움츠렸다. 데스윙은 다시 냉정을 찾고는 불길이 도사린 눈으로 고어핀드를 응시했다.

"어디까지 얘기했더라? 아, 그래. 너희에게 내 아이들의 힘을 빌려주겠다. 대신 내가 어둠의 문을 지나갈 수 있게 준비해주고, 그 너머로 화물을 수송할 수 있도록 도와다오."

"드레노어로 가고 싶다고 하셨습니까? 왜죠?"

타가르가 불쑥 질문을 던지자 데스윙은 해골이빨 족장을 빤히 바라보며 미소를 지었다. 그러자 타가르는 말이 목구멍에 걸렸는지 조용해졌다.

"내 계획은 내 것이다, 오크. 하지만 걱정 마라. 너희의 계획에 방해가 되진 않을 터이니."

데스윙은 소곤거리다시피 낮은 음성으로 말했다.

고어핀드는 고심했다. 계획을 성공시키려면 무슨 색 용이든 반드시 용이 필요했다. 데스윙의 제안에 응한다면 렌드를 다시 상대할 필요도 없을 테고, 기회가 되면 자칭 대족장 녀석을 혼쭐내서 겸손의 미덕을 가르쳐줄 수도 있을 터였다. 데스윙의 꿍꿍이는 알 수 없었지만, 그들의 계획을 방해하지 않는다면 용의 요청을 받아들이지 못할 이유도 없었다.

"좋다, 데스윙." 마침내 고어핀드가 말했다.

"데스윙 님이다. 예의는 지켜야지?"

웃음기 없는 그의 날카로운 어조에 고어핀드는 고개를 숙였다.

"그러지요, 데스윙 님. 제안에 응하겠습니다. 당신들 종족과 화물을 무사히 통과시키겠습니다. 하지만 전 우선 북쪽에서 수행해야 할 임무가 하나 있습니다. 반드시 찾아내 가져와야 하는 물건이 있지요."

"알겠다. 내 아이들과 이야기하고 이 거래에 대해 알리겠다. 다음에 만날 때는 너희의 그 임무라는 걸 빨리 끝낼 수 있도록 도와주지."

데스윙은 우아하게 일어섰다. 그는 아무것도 만지지 않은 손을 탁탁 털고는, 두말없이 그림자 속으로 성큼성큼 걸어가더니 곧 모습을 감췄다.

시간이 조금 흐르고 데스윙이 자리를 떠났다는 확신이 들자, 고어핀드가 말했다.

"자, 짐을 싸자. 시간이 별로 없으니 움직여야 한다."

일행은 허겁지겁 짐을 싸기 시작했다. 조금 전 자기들과 동맹을 맺은 그 기묘한 존재를 잊고 철수 작업에 집중할 수 있어 다행이라는 기색이었다. 고어핀드는 데스윙이 진짜 동맹이길 바랄 뿐이었다. 만에 하나 그게 아니라면 그들은 검은용을 막아낼 도리가 없었다.

오크들의 야영지와 그리 멀지 않은 곳에서 대기 중이던 남자와 여자가 데스윙이 다가오는 것을 보고 돌아섰다. 남자는 체격이 건장했고, 짧고 검은 턱수염과 깔끔한 콧수염을 길렀다. 여자는 하얀 피부에 몸집이 아담하고 생머리를 길게 늘어뜨렸다. 둘 다 윤기 나는 흑발이었으며, 이목구비는 인간의 모습을 취한 데스윙과 비슷했다.

"어떻게 됐어요, 아버지?"

여자가 금속을 스치는 비단 같은 목소리로 물었다.

"내 생각대로 그자들은 거래에 응했다, 오닉시아."

데스윙이 딸의 뺨을 쓰다듬자, 여자는 그의 손에 얼굴을 기대며 미소를 지었다.

"하나가 아니라 두 개의 세상이 곧 우리 차지가 되겠지."

그는 딸의 하얀 미간에 입맞춤을 하고, 아들에게 돌아섰다.

"하지만 내가 없는 동안 너희가 해야 할 일이 있다."

"말씀만 하시지요, 아버지. 뜻대로 따르겠습니다."

아들의 대답에 데스윙이 미소를 지었다.

"검은바위 첨탑 안에 아직도 오크가 있다. 그들은 일족과 관계를 끊고 호드에 다시 합류하라는 요청을 거부하고 있지. 덕분에 공격하기 좋은 상황이다."

그는 한쪽 손을 뻗어 아들의 어깨를 잡으며 씩 웃었다.

"네파리안, 내가 돌아올 때까지 렌드 블랙핸드라는 놈을 잡아두거라. 너희 둘이 검은바위 산을 점령해라. 그 안에 있던 오크들은 우리의 종복이 될 것이다."

"간단하군요. 아버지가 돌아오시기 전까지 오크들과 산속 요새를 준비해두겠습니다."

네파리안이 아버지와 꼭 닮은 미소를 지으며 약속했다.

"좋다. 이제 나는 새로 생긴 동맹에게 돌아가 일을 좀 도와줘야겠다. 놈들이 더 빨리 내 손안에 들어오도록 말이지."

데스윙이 아들과 딸을 잠시 바라보며 고개를 끄덕이고는 왔던 길로 돌아가는 동안, 오닉시아는 이빨을 드러내며 사납게 웃었다.

"자, 그럼 우리의 새 보금자리와 새 하인들을 보러 갈까?"

"그래야지. 재미있겠는데."

네파리안이 큭큭 웃으며 한쪽 팔을 내밀자 오닉시아가 희고 가느다란 손가락으로 그의 팔을 잡았다. 곧이어 둘은 어둠 속으로 사라졌다.

잠시 후, 거대한 날갯짓 소리가 저녁의 산들바람을 타고 멀어져 갔다.

9장

"더 빨리! 더 빨리 달리란 말이다!"

다나스는 고삐로 말의 목을 후려쳤다. 말은 입가에 거품을 물고 항의하듯 울면서도 명령에 복종했다.

다나스에게는 단단하게 굳은 땅을 달리면서 점점 빨라지는 말발굽 소리가 들리지 않았다. 원시적인 무기가 날아와 박히는 소리, 야만적인 콧소리와 포효 소리, 쓰러지는 부하들의 비명 소리가 들릴 뿐이었다. 정체불명의 어둠이 갑작스레 걷히면서 기다리고 있던 오크들이 모습을 드러냈고, 그들은 허를 찔렸다. 함정에 걸려든 것이었다. 전략을 세울 시간도 없이 그저 싸우는 수밖에 없었다. 미처 무기 한번 휘두르지 못하고 얼결에 녹색 물결 속으로 휩쓸려버린 부하들이 너무 많았다.

다나스는 눈을 질끈 감았지만, 부하들이 쓰러져 가는 광경을 끊임없이 목도해야 했다. 잔인하고 야만적인 만큼 효율적이기도 했던 공격에 맥없이 쓰러지는 말과 사람들. 그가 앳된 파롤을 향해 고함을 질러 위험을 알리려던 순간, 거대한 오크 하나가 그의 말을 들이받는 바람에 파롤은 그대로 바닥에 나뒹굴었다. 파롤이 죽는 광경을 보진 못했지만, 그 비명만큼은 평생 귓가를 맴돌 것 같았다. 전투와 명예에 대한 타오르는 갈망으로 어서 오크를 해치우고 싶다던 파롤. 그에겐 단 한 번의 공격 기회조차 주어지지 않았다.

욕설을 내뱉던 다나스는 임무에 실패했음을 깨달았다. 그건 다른 부하들도 마찬가지였다.

"사령관님, 어서 요새로 가십시오! 가서 소식을 전하십시오! 저희가 엄호하겠습니다!"

반이 자신보다 덩치가 훨씬 크고 커다란 곤봉을 휘두르는 오크와 고군분투하며 소리쳤다.

병사들이 저마다 소리치며 맞장구를 쳤다. 다나스는 두 갈래로 찢긴 심정이 되어 고심했다. 이곳에 남아 부하들과 함께 싸울 것인가, 달아나서 부하들을 살릴 일말의 가능성이라도 노려볼 것인가?

"가십시오!"

반이 다나스 사령관에게 고개를 돌리며 소리쳤다. 둘의 눈이 마주쳤다.

"로서의 후예들을 위하—"

반이 잠시 한눈을 팔던 그 순간, 오크가 무지막지한 힘으로 곤봉을 내리쳤다. 다나스는 반이 쓰러지기 직전에 말을 돌려 박차를 가했다. 미친 듯이 소리를 지르며 학살의 현장을 떠나 요새로 말을 달렸다. 파롤과 반, 그리고 자신이 사지로 데려온 부하들을 등진 채.

다나스는 피가 날 만큼 입술을 꽉 깨물었다. 물론 그 말이 맞다. 누군가는 네더가드에 소식을 전해야 했고, 다나스의 권위와 가문이라면 누구도 그의 말을 무시하지 못할 터였다. 그의 경험과 지도력이 지탄받을 수는 없는 상황이었다.

하지만 부하들을 뒤로한 채 달아나는 것은 평생을 두고 가장 힘든 일이었다. 그는 나직이 욕설을 뇌까리며 고개를 저어 머리를 비우고는, 다시 말에게 소리를 질렀다.

생명력이 사라져버린 땅에 난 길은 구불구불 이어졌다. 말발굽 아래에서는 붉은 먼지가 피어올랐다. 다나스는 악착같이 매달렸다. 그러다 문득 위를 올려다보니 네더가드 요새의 육중한 돌벽이 보였다. 이미 흉벽에 도열하여 그를 가리키는 경비병들도 보였다. 그가 달려오는 것을 주위에 알리고 있는 것이 분명했다.

"성문을 열어라! 성문을 열어라!"

그가 얼라이언스 문양이 보이도록 방패를 높이 들고는 목청껏 소리를 질렀다.

나무와 철로 만든 육중한 성문이 서서히 열리자, 그는 속도를 줄이지 않은 채 그대로 달려 들어갔다. 성 안으로 들어가자마자 다나스는 안장에서 미끄러지듯 내려와 가장 가까이 있던 병사에게 물었다.

"책임자가 누구지?"

다나스는 자신이 숨이 차서 헐떡이는 걸 깨달았다.

"성명과 용무를 밝히십시오." 병사가 대답했다.

"이럴 시간 없다. 책임자가 누구냐고?"

다나스는 거칠게 소리치며 병사의 멱살을 잡고 바짝 당겼다.

"접니다."

뒤에서 목소리가 들려왔다. 다나스는 병사를 놓아주고 돌아섰다. 눈앞에는 키가 크고 어깨가 넓은 남자가 달라란 마법사의 상징인 보라색 로브를 걸친 채 서 있었다. 남자의 머리카락과 턱수염은 희고 길었으나, 주름진 얼굴의 눈동자만큼은 젊고 형형했다.

"다나스 트롤베인 경이십니까? 투랄리온 장군과 함께 있다고 들었습니다만?"

다나스는 마법사 카드가를 알아보았다는 것과 그의 말을 긍정한다는 의미로 고개를 끄덕이고는 숨을 들이켰다.

"성문을 닫고 병사들을 무장시키십시오! 호드가 왔습니다!"

카드가는 눈이 휘둥그레지면서도 두말없이 손짓을 보냈고, 병사들은 즉시 그 말 없는 명령에 따랐다. 성문이 닫히고, 하인 하나가 가엾은 다나스의 말을 끌고 갔고 다른 한 명은 물주머니를 들고 왔다.

"어떻게 된 겁니까?"

"투랄리온 장군께서 스톰윈드에 있던 병사들의 반을 내주고 저를 파견했습니다."

다나스는 미지근한 물을 꿀꺽꿀꺽 마신 후, 물을 가져온 사람에게 고개를 끄덕여 감사를 표했다.

"이쪽에서 전갈을 받자마자 출발했습니다. 장군께서 나머지 병사들을 이끌고 뒤따르실 겁니다. 우리가 너무 늦었습니다. 오크들이 이미 문을 재건하고 우릴 기다리고 있었지요. 제 부하들은…… 속수무책으로 당했습니다."

다나스가 입가를 훔치며 고개를 내젓자 카드가는 엄숙한 눈빛으로 고개를 끄덕였다.

"부하들을 잃은 것은 안타까우나, 그대의 경고 덕에 준비할 시간을 벌었습니다. 호드가 아제로스를 다시 침공할 계획이라면 우리부터 쓰러뜨려야 할 겁니다. 네더가드는 바로 이 순간을 위해 세운 요새입니다. 놈들도 그리 쉽게 점령하진 못할 겁니다."

"어떻게 방어하실 겁니까? 병사들이 그리 많은 것 같진 않습니다만. 흥벽에는 노포나 공성 무기도 보이지 않는군요."

이제야 간신히 주위를 둘러볼 여유가 생긴 다나스가 말했다.

"병사가 많지 않은 건 사실입니다. 하지만 그렇다고 방어책이나 무기가 없는 건 아니지요. 곧 아시게 될 겁니다."

"그렇겠지요. 저도 놈들을 기다릴 겁니다."

다나스가 이빨을 드러내며 웃어 보였다.

오크들은 한 시간 후에 당도했다.

그들은 마치 가느다란 홈통을 따라 흘러내리는 물처럼 길을 가득 채우고, 서로를 팔꿈치로 밀치며 요새의 튼튼한 외벽으로 밀려들었다. 다나스와 카드가는 높은 흉벽 위에 서서 아래를 내려다보았다.

"망할…… 수백 마리는 되겠군요."

무장한 호드의 병력이 요새 앞 평원을 뒤덮은 모습을 보고, 다나스가 속삭이듯 말했다. 전투가 한창일 때는 그 어마어마한 머릿수를 미처 파악하지 못한 것이었다.

"그렇군요. 그래도 2차 대전쟁 때만큼은 아닙니다. 전쟁을 치르면서 수가 줄었거나, 전력의 일부를 아껴두고 있는 모양이군요. 하지만 아무래도 상관없습니다. 놈들이 무슨 수작을 부리든 막아낼 테니까요. 요새의 방어가 궁금하다 하셨지요? 자, 보십시오."

젊은 노마법사 카드가는 그리 걱정하지 않는 눈치였다. 그의 손가락을 따라가자, 흉벽 곳곳이 보라색으로 물든 게 보였다. 카드가의 로브와 비슷한 보라색 로브를 걸친 남녀 마법사들이 서 있었다. 대마법사가 고개를 끄덕이자, 마법사들은 하늘을 향해 양손을 들었다. 다나스는 머리끝이 쭈뼛하는 느낌과 함께, 낮게 웅웅거리는 소리를 들었다. 그 순간 하늘에서 번개가 떨어져 제일 앞에 있던 오크들을 후려치고 뒤에 있던 놈들도 흩어버렸다.

"대단하군요. 저걸 몇 번이나 할 수 있습니까?"

다나스는 뒤이은 천둥소리에 귀가 먹먹해지는 것을 느끼며 카드가를 바라봤다. 대마법사는 그저 조용히 웃으며 대꾸했다.

"이제 곧 알게 될 겁니다."

투랄리온은 몸을 잔뜩 웅크린 채 말을 재촉했다. 알레리아의 순찰대가 오길 기다리는 게 옳았다는 사실을 알면서도, 왠지 너무 늦었을지도 모른다는 생각을 떨칠 수가 없었다. 네더가드에서 이미 무슨 일이 일어나고 있을 것만 같았다. 군인의 직감 때문인지, 자신의 불안감 때문인지는 알 수 없었지만, 동물을 부드럽게 다루던 평소와 달리 투랄리온은 말의 배를 계속 걷어찼다.

그 옆에서는 부하들과 알레리아, 그리고 순찰자들이 말을 달리고 있었다. 알레리아는 그가 계속해서 말에 박차를 가하는 것을 눈치채고 이상하다는 듯이 쳐다보았으나, 입을 열지는 않았다. 투랄리온은 어떻게든 설명을 하고 싶어 알레리아를 힐끗 보았지만, 입에서 나온 말은 '네더가드에서 이미 무슨 일이 일어나고 있습니다.'가 전부였다.

알레리아는 빈정거리려고 입을 열었다가, 그의 표정을 보고 그만두었다. 대신 아무 말 없이 고개를 끄덕이고는 몸을 숙여 말에게 귓속말을 했다. 투랄리온은 알레리아가 자신의 말을 믿어준다는 생각에 가슴이 따뜻해져, 잠시나마 걱정을 잊었다.

여정은 끝이 나지 않을 것만 같았다. 황금골의 초원과 완만한 언덕, 조그만 어둠골 마을을 지났고, 메디브가 살던 카라잔 근처의 잿빛 불모지인 저승바람 고개를 지났으며, 악취 나는 진창투성이 슬픔의 늪을 지났다. 하지만 어느덧 풍경이 변하기 시작했다. 투랄리온은 이를 눈치채고 동요했다. 썩어가고 악취가 난다 해도, 나뭇잎이 있다는 건 생명의 징후가 있음을 의미했다. 그런데 지금 발아래 땅은 마치 사막처럼 붉고 건조했다.

"이건…… 죽은 느낌이야!"

알레리아는 얼굴을 찌푸린 채 천둥 같은 말발굽 소리 너머로 자신의 목소리가 들리도록 소리치다시피 말했다. 투랄리온은 숨이 차서 그저 고개만 끄덕였다. 그들은 황량한 풍경을 달려 조그만 언덕 꼭대기에 이르렀다. 그 너머, 피를 연상케 하는 붉은 땅 위로 하얀 봉우리처럼 네더가드 요새가 솟아 있었다. 그는 고삐를 당겨 말을 세우고, 계속 마음에 걸린 불안감의 정체를 파악하려고 미간을 모으며 중얼거렸다.

"뭔가 잘못됐어."

알레리아는 손으로 차양을 만들어 햇빛을 가리고는 요새가 있는 방향을 응시했다. 그녀는 투랄리온보다 시력이 좋았고 그녀가 헉하며 숨을 삼키자 투랄리온은 자신의 짐작이 맞았다는 걸 알았다.

"공격받고 있어! 투랄리온, 호드야! 2차 대전쟁 때의 군대 같아! 수백은 되겠어!"

고함치는 알레리아의 목소리에는 경악과 희열이 뒤섞여 있었다. 그녀의 얼굴은 다시 차가우면서도 뜨거운 증오와 분노의 미소로 뒤틀렸다. 투랄리온은 알레리아가 스톰윈드로 찾아왔을 때 나눴던 대화를 떠올렸다. 알레리아는 '해충'을 잔뜩 박멸할 기회가 생긴 모양이었다. 그는 죽음에 굶주린 알레리아의 모습이 보고 싶지 않았고, 그 때문에 그녀가 무모해지진 않을까 걱정스러웠다. 하지만 수심에 차 있을 때가 아니었다. 투랄리온은 알레리아와 주위로 모여든 휘하 사령관들에게 지시를 내렸다.

"거의 당도했다. 우리는 뒤에서 공격한다. 오크들이 네더가드의 병력과 우리 사이에서 꼼짝하지 못하도록 밀어붙인다. 놈들을 쓰러뜨린 후에는 곧장 성채로 들어가 추가 공격에 대비해 방어를 강화한다. 가자."

그들은 마지막 봉우리를 향해 말을 달렸다. 그런데 정상에 오르기 직전, 투랄리온이 다시 정지를 명했다. 바로 앞에서 길은 바위를 지나 마지막 오르막을 탔고, 그 너머로는 고원이 펼쳐졌다. 여기서는 아래의 광경이 잘 보였다.

수백 명의 오크들이 네더가드의 성벽을 공격하고 있었지만, 요새는 지금까지 수월하게 버티고 있는 것 같았다. 여기저기 오크들의 시체가 널브러져 있었다. 투랄리온이 봤을 때, 목에 화살이 박힌 시체는 하나 정도에 불과했다. 새까맣게 탄 시체도 몇 구 있었지만, 거의 멀쩡해 보이는 시체도 있었다. 위를 올려다보니 요새의 흉벽에 보라색 로브를 걸친 형체들이 있었다. 분명 심각한 상황이었지만 투랄리온은 상황을 파악하고 미소를 지었다.

"적이 우리의 존재를 눈치채기 전에 공격해야 한다. 부하들을 집결시키고, 내 명령이 떨어지면 즉시 돌진해라."

사령관들과 알레리아는 고개를 끄덕인 후 각자의 부대로 가서 조용히 명령을 하달했다. 병사들은 무기를 뽑아 들고 띠를 단단히 조인 후 방패를 들고 투구의 얼굴 가리개를 내린 다음 진군하기 시작했다. 투랄리온과 군대는 길을 따라 고원으로 천천히 나아갔다. 말발굽 소리는 흙바닥에 묻혔다. 다행히도 오크들은 고함을 지르고 욕설을 내뱉는 데 정신이 팔려, 그들이 다가오는 소리를 듣지 못했다.

때가 됐다. 여기부터는 몰래 움직이는 것이 불가능하다. 투랄리온은 심호흡을 한 후 망치를 머리 위로 높이 들었다.

"로서의 후예들이여! 얼라이언스를 위하여, 빛을 위하여!"

투랄리온은 전군에게 들리도록 성스러운 빛의 힘으로 목소리를 높여 소리쳤다.

수백 명의 병사들이 뒤에서 저마다 함성을 내질렀다. 투랄리온은 망치를 내리고 돌진하기 시작했다.

가장 뒤에 있던 오크 몇몇이 함성을 듣고 뒤를 돌아보았지만, 들이닥치는 말들에게 짓밟혔을 뿐이다. 다른 오크들도 허를 찔려, 뒤에서 달려드는 적을 제대로 보기도 전에 목숨을 잃었다. 투랄리온과 군대가 망치와 도끼, 검으로 전장을 휩쓸며 전진하자 요새에서 환호성이 터졌다. 알레리아와 순찰대는 쉬지 않고 말을 달리면서도 인간을 초월하는 속도로 활시위를 메기고 당기며 정확하게 조준해 연이어 화살을 쏘았다. 투랄리온은 놀랍도록 짧은 시간 안에 네더가드의 거대한 성문에 이르렀고, 그가 다가가자 성문이 활짝 열렸다. 투랄리온은 전장을 돌아보며 잠시 망설였다. 알레리아와 눈이 마주친 그는 성문으로 손짓을 했다. 그녀는 얼굴을 조금 찌푸렸다. 그녀 역시 투랄리온만큼이나 전투가 한창인 전장을 떠나고 싶지 않았지만, 부대의 지휘관인 투랄리온과 알레리아는 최대한 빨리 요새의 사령관과 대화를 나눠야 한다는 것을 잘 알고 있었다.

알레리아가 고개를 끄덕이자 투랄리온은 말에 박차를 가해 성문을 통과하며 따라붙는 오크를 후려쳤다. 알레리아는 어느새 옆에 와 있었다. 어찌나 가까웠는지 둘의 다리가 서로 스쳤다. 그들이 성 안으로 들어가자 성문은 다시 닫혔다.

"아아, 알레리아. 딱 때맞춰 투랄리온을 데리고 왔군요."

목소리가 나는 방향으로 돌아선 투랄리온은 카드가를 알아보고 미소를 지었다. 그들은 거칠게 포옹했다. 투랄리온은 2차 대전쟁 당시 카드가와 함께 싸우면서 그를 좋아하고 존경하게 됐다. 친구가 반가웠지만, 이런 상황에서 재회하지는 않기를 바랐었다. 알레리아는 마법사에게 살짝 고개를 숙여 보였다.

"최대한 빨리 왔어."

대답하던 투랄리온은 아는 얼굴이 하나 더 있는 것을 알아차리고, 안도의 미소를 지었다.

"다나스, 무사해서 다행이군."

그는 부관에게 인사를 건네고는 주위를 두리번거렸다.

"그런데…… 부하들은 어디 있나?"

"죽었습니다." 다나스가 짤막하게 대답했다.

"빛이시여…… 전부 다 말인가?"

투랄리온이 숨죽여 물었다. 다나스는 스톰윈드 병사의 절반을 데리고 떠났었다. 다나스가 이를 악물었다.

"저희가 계곡에 도착했을 때 오크들이 함정을 준비해뒀습니다. 놈들은 반응할 틈도 주지 않고 우리 아이들을 도륙했습니다. 녀석들은 제가 이곳으로 달려가 카드가에게 호드가 돌아왔다는 사실을 알릴 수 있도록, 자신들의 목숨을 희생했습니다."

다나스의 목소리가 희미하게 갈라졌다. 우리 아이들. 투랄리온은 다나스가 자책하고 있다는 것을 알았다.

"그 친구들은 옳은 일을 한 걸세. 자네도 그렇고. 휘하의 부하들을 잃은 건 끔찍한 일이지만, 네더가드에 알리는 게 무엇보다 중요했네."

투랄리온은 친구이자 부관인 다나스를 위로하고는 굳은 얼굴로 카드가를 바라봤다.

"카드가, 놈들이 왜 지금 공격에 나섰는지 알아내야 해."

"뻔하지 않아? 아제로스 전체를 차지하려면 반드시 이곳을 지나가야 하니까 그런 거겠지."

카드가의 대답에 투랄리온은 단호하게 고개를 저었다.

"아니, 그건 말이 안 돼. 생각해봐. 이 요새를 점령하기에는 머릿수가 모자라고. 그건 저들도 잘 알고 있을 거야. 이건 필시 호드의 전군이 아닐 거라고. 그럴 리가 없지. 그렇다면 나머지는 어디 있을까? 어째서 병력의 일부만으로 공격을 하는 거지?"

카드가의 젊고 형형한 눈 위의 하얀 눈썹이 가운데로 모였다.

"일리 있는 얘기야."

"알아낼 방법은 하나뿐입니다. 오크 한 놈을 잡아오면 제가 놈에게서 정보를 빼내겠습니다."

다나스가 단호하게 말했다. 이를 악물고 말하는 그의 어조에, 투랄리온은 움찔했다. 다나스의 얼굴에서 오크에 대한 알레리아의 증오를 본 것이다. 놈들이 이 세상에 아무리 큰 고통과 피해를 끼쳤다 하더라도, 투랄리온은 다나스의 심문을 받게 될 오크가 측은하게 느껴졌다. 그는 그 오크가 스스로를 위해서라도 최대한 빨리 아는 대로 털어놓기를 바랄 뿐이었다.

모두 투랄리온의 허락을 기다리고 있었다. 그는 마지못해 고개를 끄덕이고 알레리아에게 돌아섰지만, 그가 입을 채 열기도 전에 그녀는 탑으로 올라갔다. 그녀는 아래의 병사들에게 명령을 내리고 대답을 기다린 다음, 섬뜩하게 웃으며 말했다.

"오래 걸리진 않을 거예요."

투랄리온은 그녀가 다시 내려오리라 예상했다. 그러나 알레리아는 길고 우아한 활에 화살을 메기고 조준하더니, 바로 그 자리에서 공격하기 시작했다.

알레리아의 말이 맞았다. 3분도 채 지나지 않아 밖에서 함성 소리가 들렸다.

"잡았습니다!"

육중한 성문이 다시 열렸다. 투랄리온의 부하 둘이, 의식을 잃은 오크를 질질 끌며 말을 타고 들어왔다. 병사들은 오크를 장군의 발아래로 던졌다. 머리털 하나 없는 녹색 머리는 피투성이였고, 눈은 감겨 있었다. 오크는 바닥에 내동댕이쳐지는 순간에도 꼼짝하지 않았다.

"아직 살아 있는 오크입니다! 머리를 맞았지만 죽진 않을 겁니다. 적어도 당분간은요."

부하 중 하나가 보고를 마치자 투랄리온이 고개를 끄덕인 후 부하들을 보냈다. 두 사람은 경례를 붙이고는 말을 돌려 다시 성문을 빠져나갔고, 곧장 전장으로 뛰어들었다.

"어디 봅시다……."

다나스가 중얼거렸다. 그는 오크의 손발을 굵은 밧줄로 묶은 다음, 얼굴에 물을 부었다. 놈은 흠칫 놀라며 깨어났고 얼굴을 잔뜩 찌푸렸다. 그러고는 손발이 묶인 것을 알고 으르렁거리기 시작했다.

"왜 지금 우릴 공격하는 것이지? 어째서 전군이 모이기 전에 네더가드를 친 것이냐?"

다나스가 오크 위로 몸을 굽히며 물었다.

"힘을 보여준다!"

오크 전사가 결박에서 벗어나려고 몸부림을 치며 소리쳤다. 하지만 밧줄은 튼튼했다.

"말귀를 못 알아듣는구나."

다나스가 차분한 어조로 중얼거리고는 단검을 뽑아 오크의 얼굴 앞에서 아무렇게나 흔들었다.

"내가 질문을 했으니, 답을 하란 말이다. 왜 지금 네더가드를 공격하는 것이냐? 어째서 호드의 전 병력이 넘어오길 기다리지 않고 공격해 왔느냐?"

피와 침이 다나스의 얼굴로 튀었다. 그는 깜짝 놀라 물러서더니 천천히 침을 닦아냈다.

"장난은 이제 지긋지긋하군."

그는 단검을 움켜잡고 몸을 숙였다.

"잠깐!"

투랄리온의 목소리였다. 그는 원래 고문을 반대하는 입장이기도 했고, 다나스가 고문을 하도록 내버려둔다 해도, 고통을 잘 참는 오크가 쓸모 있는 말을 실토하진 않으리라는 생각이 들었다. 게다가 아마도 입을 열기 전에 기절하거나 죽을 공산이 컸다.

"정보를 빼낼 다른 방법이 있을지도 모르네."

다나스가 손을 거두었다. 그는 오크가 고통받는 것을 보고 싶어 하는 알레리아의 눈길을 느꼈다. 하지만 그것으로는 아무것도 해결되지 않는다.

투랄리온은 눈을 감고 호흡을 가다듬으며 내면 깊이 있는 고요한 웅덩이에 정신을 집중했다. 머릿속과 가슴속에서 노도가 일고 있을 때도 이곳에서는 평화를 찾을 수 있었다. 그 차분한 곳에서, 그는 빛에게 도움을 구했다. 살갗이 보드랍게 간질이는 느낌이 나더니 빛이 그의 기도에 응답하며 형언할 수 없는 힘과 은총을 내렸다. 그는 동료들이 마른침을 꿀꺽 삼키고 포로가 겁에 질려 비명을 지르는 소리를 듣고 눈을 떴다. 그의 손과 팔이 익숙하게 반짝이는 것을 보았다. 다나스와 카드가가 휘둥그레진 눈으로 그를 빤히 바라보고 있었다. 오크는 그의 발치에서 앞뒤가 맞지 않는 말을 늘어놓으며 공처럼 웅크리고 있었다. 투랄리온은 차분하고 침착한 목소리로 운을 뗐다. 이곳에 증오나 분노의 자리는 없었다. 이처럼 빛 속에 서 있을 때는.

"지금부터 너는 성스러운 빛의 이름으로, 질문에 사실대로 답할지어다."

투랄리온이 낮은 소리로 읊조리며 손을 뻗어 오크의 이마에 손바닥을 올렸다. 그 순간 눈부신 섬광이 뿜어져 나오고, 빛줄기가 살에서 살로 뻗어 나가는 것이 느껴졌다. 오크는 비명을 질렀고, 투랄리온이 손을 떼자 그 자리에는 타 들어간 듯한 검은 손자국이 있었다. 오크는 눈물범벅이 된 채로 벌벌 떨며 버둥거렸다. 투랄리온은 오크가 겁을 집어먹고 정신이 나간 건 아니기를 바랐다.

"왜 지금 공격하지?"

투랄리온의 물음에 오크가 흐느끼며 대답했다.

"주의를 이쪽에 집중시키려고, 그 틈을 타서 물건을 훔치려고 그런 거요."

조금 전까지만 해도 굳게 입을 다물고 있던 오크가 이제는 말을 하지 못해 안달이었다.

"넬줄에게 필요한 물건이 있소. 유물이라더군. 넬줄이 우리에게 요새를 공격하라 지시했소. 얼라이언스를 이곳에 묶어두라고."

카드가가 풍성한 턱수염을 쓰다듬고 있었다. 여전히 투랄리온을 멍하니 바라보고 있는 다나스보다 충격에서 빨리 벗어난 모양이었다. 투랄리온이 슬쩍 알레리아를 보자, 그녀 역시 아연실색하여 믿지 못하겠다는 표정으로 그를 바라보고 있었다. 둘의 눈이 마주치자 알레리아는 얼굴을 살짝 붉히며 눈을 돌렸다.

"단순한 계획이지만, 가끔은 단순한 게 최고지. 그런데 유물이라, 어떤 유물이지? 그리고 왜 그쪽 세상이 아니라 우리 세상에서 유물을 찾는 것이냐?"

카드가의 질문에 오크가 벌벌 떨며 고개를 젓자 투랄리온이 말했다.

"모르는 모양이다. 알았다면 이야기했겠지."

빛의 낙인이 찍힌 이상 오크는 거짓말을 할 수 없었다.

성문이 삐걱 열리고, 엘프 둘이 비집고 들어왔다. 성문은 곧장 다시 닫혔다. 둘 다 기진맥진한 것을 보고 투랄리온은 미간을 모았다.

"무슨 일이지?"

"스톰윈드입니다. 누군가 왕실 도서관에 침입했습니다. 경비대가 문 앞을 지키던 경비병 두 명과 안쪽을 지키던 경비병 한 명의 시체를 발견했습니다. 오크의 도끼에 죽은 것으로 보입니다."

엘프 하나가 대답했다.

"오크라고? 왕실 도서관에?"

투랄리온이 휙 돌아서서 카드가를 보고는 다시 오크를 쳐다보았다. 오크는 움찔하며 몸을 피했다.

"유물이라······."

그는 혼잣말을 하며 단편적인 정보들을 짜 맞춰보려 했다.

"완벽한 양동 작전이야. 젠장, 단순한 계획이 제대로 먹혔군. 여기서 우리가 오크들과 싸우는 동안 누군가 도서관에서 유물을 빼돌린 거야. 그래서 정확히 무엇이 없어졌지?"

카드가가 마지못해 인정하며 엘프들에게 물었다. 엘프 정찰병들의 표정이 한층 더 어두워졌다.

"안타깝지만 그 말씀이 맞습니다. 없어진 것이 하나 있습니다."

"그게 무엇이지?" 투랄리온이 물었다.

"메, 메디브의 책입니다." 엘프가 목을 가다듬으며 답했다.

"빛이시여."

투랄리온은 속이 뒤틀리는 느낌이었다. 메디브의 책이라고? 세상에서 가장 위대한 마법사이자 오크들이 어둠의 문을 건설하는 데 일조한 마법사가 남긴 주문서? 천재적인 마법사의 비밀이 고스란히 담긴 그 책이 오크들의 손에 넘어갔다고?

옆에 있던 카드가도 충격을 감추지 못했다.

"투랄리온…… 나도 그 책이 필요해! 문을 닫으려면 필요하다고!"

"뭐라고?" 투랄리온이 놀라며 물었다.

"메디브와 굴단이 문을 만들었잖아. 그 주문서를 통해 문을 닫는 방법을 알 수 있을지도 모른다고! 게다가 오크들이 그 책을 손에 넣었다면 그걸 어디다 쓸지 알 수 없어. 큰일이야. 정말이지 이건 큰일이라고."

투랄리온이 고개를 저으며, 내면의 고요한 웅덩이에 집중했다.

"그렇군. 하지만 지금은 그것까지 걱정할 여유가 없어. 성문 바로 앞에 오크들이 있고, 이 공격이 양동 작전이든 아니든 위험한 건 마찬가지야. 일단은 이 요새를 지켜내고, 오크들이 이곳을 지나가지 못하도록 막아야 해. 그런 다음에…… 그때 다시 생각하지."

투랄리온이 동료들을 둘러보자, 모두 천천히 고개를 끄덕였다. 그는 알레리아의 녹색 눈이 찬성의 뜻으로 반짝이는 것을 보았다고 생각했다. 그녀는 다시금 활을 들어 화살을 쏘기 시작했다.

"맞는 말이야, 장군. 일단은 요새를 지켜야지. 살아남지 못하면 퍼즐을 풀 수도 없으니까."

카드가가 고개를 기울이며 말했다.

투랄리온은 피로와 걱정이 담긴 미소를 짓고는, 다시 말에 올라 전장의 혼돈 속으로 뛰어들었다.

10장

"이제부터는 둘로 갈라져 움직인다."

고어핀드가 펜리스와 타가르, 죽음의 기사들에게 지시했다. 주위에서는 오크들이 야영의 흔적을 재빨리 치우고 있었다.

"나는―"

말을 하려던 고어핀드가 문득 입을 다물고 위를 보았다. 데스윙이 완벽한 인간의 모습으로 다시 나타났다. 그는 고어핀드와 눈이 마주쳤다.

"뭐지? 내가 돌아오지 않으리라 생각한 건가?"

"아닙니다, 당연히 아니죠."

위대한 용은 이 말이 심기에 거슬리는지 미간을 찌푸렸다. 고어핀드는 그 말이 오만하게 받아들여질 수도 있었다는 걸 깨닫고 황급히 덧붙였다.

"전 그대의 말씀을 절대적으로 신뢰합니다, 데스윙 님."

용은 화가 누그러진 듯했고, 고어핀드는 말을 이었다.

"저희는 알터랙으로 갔다가 다시 달라란으로 가야 합니다. 그대 동족의 힘을 빌려도 되겠습니까?"

"물론이지. 지금 불러주마."

데스윙이 고개를 뒤로 젖히고, 진짜 인간이라면 불가능할 만큼 입을 쩍 벌리며 고함을 쳤다. 그 소리는 파문처럼 진동하며 귀를 자극하고 소리의 잔상을 만들어내면서, 마침내 죽음의 악취가 나는 찬바람을 만들어냈다. 오크 몇몇이 움찔했고, 검은용군주에게 응답하기라도 하듯 대지가 발아래에서 우르릉거리며 흔들리기 시작했을 때, 고어핀드마저 침착한 표정을 유지하느라 애를 써야 했다.

마침내 데스윙이 입을 다물었고 얼굴도 정상적인 비율로 돌아왔다.

"됐다. 이제 곧 올 것이다."

그는 오크와 죽음의 기사가 쩔쩔매는 모습이 재미있다는 듯 웃으며 말했다.

"감사합니다."

고어핀드가 허리를 깊이 숙이며 절을 하고는 두 오크 족장에게 돌아섰다. 스스로도 내키지 않는 부탁을 해야 했고, 오크들이 기겁을 할까 걱정이었다. 그래도 해야만 했다.

"까다롭지만 극히 중요한 임무를 맡기겠다. 그대들은 살게라스의 무덤으로 가줘야겠다."

타가르는 신음을 뱉었고, 강인한 펜리스조차 크게 당황하며 받아쳤다.

"우리를 사지로 보내려는 건가!"

"그럴 리가. 넬쥴이 원하는 유물이 그곳에 있다. 죽음의 기사 중 한 명인 라그노크를 함께 보내지. 그가 힘을 보태고 무엇을—."

고어핀드가 말을 채 끝내기도 전에 펜리스가 그의 말을 끊었다.

"굴단, 그 강하다는 굴단도 그곳에서 죽었다! 굴단이 그 섬을 바다에서 들어 올렸다가, 그 끔찍한 곳을 지키는 괴물에게 공격을 받았다는 이야기를 들었다. 대부분이 그곳에서 고통스럽게 죽었고, 빠져나온 자가 얼마 되지 않는다는 이야기도…… 그곳의 어둠 속에는 악마가 살고 있다, 고어핀드!"

죽음의 기사는 그 와중에도 잠시 재미있다고 생각했다. 이쪽 세상의 인간들은 오크가 괴물이고 악마라고 생각하기 때문이었다.

"성공하지 못할 거라면 내가 그대들과 내 기사를 그곳으로 보내겠는가?"

오크들도 할 말이 없어 서로 불안한 눈빛만을 주고받았다. 고어핀드는 일그러진 미소를 지었다.

"이제 좀 낫군. 이야기했다시피 유물을 하나 찾아와야 한다. 라그노크가 자세히 설명해줄 것이다. 그 유물을 찾고 나면 되도록 빨리 어둠의 문으로 돌아와 합류해라. 전쟁노래 부족도 얼라이언스를 계속 잡아두긴 힘들 테니."

두 족장은 조금 전보다 자신감이 생긴 듯 고개를 끄덕였다. 고어핀드는 둘을 잠시 바라보았다. 타가르는 강한 전사였지만 지능은 기대하기 힘들었다. 하지만 펜리스는 영리하고 예민했으며, 그의 태도를 보면 해골이빨 족장을 능히 통제하고도 남을 듯했다. 고어핀드는 만족스레 용군주에게 돌아섰다.

"위대하신 데스윙이여, 이들을 무덤으로 데려가 주실 수 있습니까?"

데스윙이 고개를 끄덕이며 말했다.

"네가 말하는 그 섬을 알고 있다. 이제 내 아이들이 오는구나. 그곳이라면 가고도 남을 것이다."

이 말이 데스윙의 입술에서 떨어지기 무섭게, 고어핀드의 귀에 시끄러운 소리가 들려왔다. 폭우가 공기를 가르며 바위와 흙으로 거센 비가 떨어지는 듯한 소리였다. 고어핀드가 하늘을 보자 별이 뜬 하늘 곳곳에 검은 선이 있었지만, 빗방울은 분명 아니었다. 발아래에서는 대지가 다시 진동했다. 선의 크기가 점점 커지면서 다이아몬드 모양이 되자, 주홍빛 점이 나타났다. 고어핀드는 휘둥그레진 눈으로 그 주홍빛이 괴수들의 어마어마한 턱 안에서 타오르는 마그마라는 것과 점점 커지는 소음은 날갯짓 소리라는 것을 깨달았다.

고어핀드는 날아 내려오는 용들을 경외감에 젖어 바라보았다. 막강한 용들이 내려앉는 순간 대지가 뒤흔들리고, 턱에서는 용암이 뚝뚝 떨어져 바닥에서는 뜨거운 김을 올라왔다. 그들은 무시무시하면서도 아름다웠다. 한밤중의 물웅덩이처럼 매끄러운 비늘은 별빛을 받아 반짝였고, 흙바닥이나 바위를 움켜쥐고 있는 발톱은 잘 연마한 무쇠 같았다. 용들은 마치 살아 움직이는 대지 같았다. 용들은 차례대로 내려앉아, 날개를 접고 꼬리를 꿈틀거리며 흑단 같은 눈으로 오크들을 바라보았다. 고어핀드는 먹잇감을 가만히 지켜보다가 아무렇지 않게 숨통을 끊어놓는 표범을 떠올리며 부르르 몸을 떨었다.

"내 아이들이 왔구나. 아제로스에서 가장 위대한 존재지!"

데스윙이 자랑스러운 목소리로 말하며 용을 가리켰다. 유난히 덩치가 크고 이마에는 두 개의 커다란 뿔이 솟아 있는 용이었다.

"사벨리안이다."

데스윙이 이름을 부르자 용은 머리를 낮추었다.

"매사에 내 부관 역할을 하고 있지. 사벨리안과 동료들이 너희 오크들을 그 섬으로 데려갈 것이다. 알터랙에는 내가 직접 데려다주지."

"영광입니다."

고어핀드가 입을 뗐지만 데스윙이 손을 저어 말을 막았다. 그는 숯처럼 이글거리는 눈으로 말을 이었다.

"우쭐해하지 마라, 죽음의 기사. 너에게 존중을 보여주려는 게 아니라,

성공을 확보하려는 것이다. 너희가 실패하면 내 계획은 수포로 돌아간다. 그러니 살아남고 싶다면 실패하지 마라. 최소한 지금만큼이라도 살아 있고 싶다면 말이지."

데스윙은 나직이 웃더니 껄껄거리기 시작했다. 그 소리는 평범한 인간의 웃음소리였다가 점점 어둡고 무시무시한 소리로 바뀌었다. 그가 고개를 젖히고 양팔을 들자, 바람이 일어 고어핀드와 일행을 뒤쪽 바위로 밀쳐냈다. 뭘 하려는 거지? 고어핀드는 순간 이 모든 것이 끔찍한 장난은 아니었을까, 데스윙이 지루해져 장난을 쳤던 게 아닐까 생각했다. 꺼져가던 모닥불의 불길이 갑작스런 질풍에 흔들리며, 괴기스럽게 춤을 추는 그림자를 드리웠다. 미친 듯이 웃는 남자 뒤에서, 데스윙의 그림자가 마치 살아 있는 듯 꿈틀거리며 점점 부풀어 올랐다. 그림자는 솟구치며 형태가 바뀌고, 거대한 날개를 펼치더니 산맥을 덮고 검은용들과 주위의 땅까지 뒤덮었다. 그날 밤 세 번째로 대지가 뒤흔들렸고, 이번에는 오크들이 바닥으로 쓰러졌다. 곧이어 땅이 쩍 갈라지면서 균열이 생기고, 뜨거운 증기가 솟아올라 주위의 공간이 일그러져 보였다. 땅 밑의 심연에서는 용의 아귀에서 뚝뚝 떨어지던 용암처럼 시뻘건 마그마가 들끓었다.

그림자가 일어나 형태를 갖춰가는 동안 데스윙의 인간 육신도 뒤틀리기 시작했다. 마치 그림자에 흡수되는 것처럼 가장자리가 희미해졌다. 유일하게 선명한 눈은 점점 길어지고 기울어지더니 눈동자에 비친 불길처럼 불그스름하게 변하다가 마침내 활활 타올랐다.

그림자는 멈추지 않고 계속 거대해지면서 육신을 뒤덮었다. 이제 그림자는 그 자체로 실체를 얻어 바위를 밀어내며 솟구치는 것 같았다. 데스윙의 육신 역시 길어지면서 부피가 늘어났고 빠른 속도로 그림자와 비슷해졌다. 검은용, 바로 그 검은용이었다. 가장 막강하며 가장 위험한 검은용군단의 아버지.

고어핀드는 그가 검은용 중에서도 가장 완벽하리라 생각했지만, 형체가 점점 선명해지는 동안, 그는 데스윙이 자식들처럼 검고 아름답지 않다는 것을 깨달았다. 거대한 금속판이 용의 척추를 따라 꼬리에서 길고 좁은 머리까지 뒤덮었다. 고어핀드는 그 아래에서 빛을 발하는 선형의 붉은색, 금색, 흰색의 빛을 보았다. 마치 밖으로 새어 나오려는 용암을 금속판이 막고 있는 것처럼 보였다. 단절되고 조화롭지 못한 모습. 고어핀드는 문득 데스윙이 인간의 형상일 때 왜 그렇게 외모를 깔끔하게 관리하는지 그 이유를 알 것 같았다. 용의 형상에 결함이 있기 때문이었다.

파충류의 얼굴에서 붉은 눈동자가 활활 타올랐다. 데스윙은 날개를 활짝 폈다. 넓은 가죽 표면은 별이 없는 밤하늘처럼 검었고, 노파처럼 주름투성이였다. 타오르는 불길에서 열기가 뿜어져 나오듯, 용에게서 거대한 힘이 뻗어 나왔다.

"오너라, 죽음의 기사. 그럴 용기가 있다면."

데스윙이 우르릉거리는 목소리로 명령했다. 그는 고개를 바닥까지 내렸고, 고어핀드는 그 자리에 꼼짝없이 얼어붙어 있다가 가까스로 몸을 움직였다. 그는 덜덜 떨면서 갑주를 걸친 용의 목과 어깨 사이로 기어 올라갔다. 다행히도 금속판을 붙잡자 올라가는 게 그리 어렵지 않았다. 나머지 오크들도 그를 따라 모두 용에 올라탔다.

데스윙은 경고 없이 땅을 세차게 박차고 날개를 내리쳐 공중으로 솟구쳐 올랐다. 그저 근력만으로 하늘 높이 날아오른 것이다. 고어핀드는 멀어지는 땅을 내려다보며 단단히 매달렸고, 데스윙은 세차게 날갯짓을 했다. 마침내 거대한 용은 잎사귀처럼 가볍게 기류를 탔다. 사벨리안과 부하들은 중간에 갈라져서 밤의 장막 아래로 사라졌고, 데스윙은 알터랙을 향해 오른쪽으로 방향을 틀었다. 오른쪽 날개가 어찌나 아래로 기울어졌는지, 고어핀드는 날개가 땅에 스치는 줄 알았다.

자신의 왕궁에 연금되어 있는 알타랙의 왕, 에이든 페레놀드는 화들짝 잠에서 깼다. 꿈을 꾸던 중이었다. 커다랗고 검은 파충류가 위에서 자신을 내려다보며 비웃는 모습이 희미하게 기억났다. 내 운명을 상징하는 건가, 그는 씁쓸하게 생각했다.

그는 얼굴을 문지르며 악몽을 쫓아버리려고 했지만, 잠은 다시 오지 않았다. 페레놀드는 투덜거리며 침대에서 일어났다. 포도주를 마시면 숙면을 취할 수 있을지도 모른다. 그는 피처럼 검붉은 액체를 잔에 따라, 자신을 이런 신세로 몰아넣은 선택을 곱씹으며 홀짝였다.

그때는 너무나 간단해 보였다. 현명하고 옳게 느껴졌다. 오크들은 전진하는 길에 있는 모든 것을 파괴했다. 그는 백성을 구하기 위해 협상을 했던 것이다. 그는 오그림 둠해머와 나눈 대화가 생각나 유리잔을 보고 얼굴을 찡그렸다. 틀어질 수가 없는 일이었다. 그런데 틀어졌다. 그의 '배신'은 발각됐고 오크들은 유일하게 잘하는 것으로 보였던 한 가지, 파괴 행위에 실패했다. 덩치만 크고 어리석은 녹색 머저리들 같으니.

그 순간 침실 문이 쾅 열리는 바람에 페레놀드는 깜짝 놀라 잠옷에 포도주를 온통 쏟고 말았다. 커다란 형체들이 뛰어 들어왔다. 그는 방금까지 생각하던 덩치만 크고 어리석은 녹색 머저리들이 내실로 뛰어 들어오자, 아직도 꿈을 꾸나 싶어 멍하니 쳐다만 볼 뿐이었다. 오크들이 그를 붙잡아 문 쪽으로 밀자 상황은 더욱더 비현실적으로 느껴졌다. 왜 내 왕궁에 오크가 있는 것이냐? 정신을 조금 차린 페레놀드는 몸을 틀어 달아나려 했지만, 오크 하나가 성큼성큼 걸어와 왕을 자루처럼 어깨 위에 걸치더니 그대로 걸음을 옮겼다. 그들은 경비병들의 시체 옆을 지나 몰래 왕궁을 빠져나간 후 성문을 통과했다. 그제야 오크들은 페레놀드를 다시 내려놓았다.

"안 됩니다! 제발! 전—"

페레놀드의 비명이 목구멍에서 잦아들었다. 왕궁만큼이나 커다란 생물이 우뚝 버티고 있었던 것이다. 검은 비늘과 번뜩이는 금속판, 가죽 날개로 이루어진 거대한 형체였다. 그의 체구만 한 머리가 불쑥 다가와 붉은 눈동자를 번뜩이며 그를 뜯어보았다.

"페레놀드 왕."

메마른 목소리는 송곳니가 잔뜩 솟은 용의 입에서 나오는 것 같지 않았다. 페레놀드는 그 괴물이 혼자가 아니라는 걸 깨닫고 흠칫했다. 누군가가 괴물의 목에 걸터앉아 어깨에 기대어 있었다. 아니, 기수의 타오르는 눈과 두건이 달린 망토, 기묘하게 칭칭 감은 팔다리를 보니 누군가가 아니라 무언가일지도 몰랐다. 2차 대전쟁 때 저런 존재에 대한 이야기를 들은 적이 있지 않았던가? 호드의 하수인이라고 했던가? 기수가 다시 입을 열었다.

"페레놀드 왕, 그대와 이야기를 나누고자 왔다."

"네? 저, 저 말입니까?"

페레놀드는 간신히 대답했지만 목소리가 제대로 나오지 않았다.

"넌 전쟁 중에 호드와 조약을 맺었었다."

"네? 아, 네!"

페레놀드는 그제야 질문을 알아듣고 재빨리 대답했다.

"그렇습니다. 둠해머와 조약을 맺었죠! 전 호드의 동맹이었습니다! 당신들 편이라고요!"

"메디브의 책은 어디 있지? 책을 내게 넘겨라!"

기묘하게 생긴 기수가 위협하듯 말했다.

"네? 그 책을요? 그 책을 왜……?"

뜬금없는 질문에 페레놀드는 잠시 공포를 잊었다.

"너와 실랑이할 시간이 없다."

기수는 싸늘하게 대꾸하더니 한 손으로 손짓하며 무엇인가를 중얼거렸고, 갑작스러운 고통이 페레놀드를 엄습했다. 곧이어 그의 온몸이 경련을 일으켰다.

"그건 내가 할 수 있는 일의 극히 일부일 뿐이다. 당장 그 책을 넘겨라!"

정체불명의 기수가 목소리를 높였다. 고통이 온몸을 휘감는 가운데 그 말은 아득하게 멀리서 들려오는 것처럼 느껴졌다.

페레놀드는 고개를 끄덕이려 했지만, 무릎을 털썩 꿇으며 엎드렸다. 그 순간 고통이 사라졌다. 그는 팔다리를 벌벌 떨며 간신히 일어나, 눈앞의 무시무시한 두 존재를 번갈아 바라보았다. 용의 활활 타는 눈빛에 영혼이 타 들어가는 것 같았다. 그럼에도 그 눈길이 조금 전보다는 덜 무섭게 느껴졌다. 고통 때문인지 머리가 맑아지고 정신이 또렷해졌다. 정신만 차린다면 이건 기회일 수도 있었다.

"제가 그 책을 갖고 있습니다. 아니, 정확히 말하자면 사람을 시켜 책을 스톰윈드에서 훔쳐냈고, 지금은 그게 어디 있는지 알고 있습니다."

그는 잠옷에 묻은 포도주 얼룩을 무심코 문지르며 말을 이었다.

"협상 카드로 사용할 수 있겠다 싶었습니다. 지난번 전쟁에서 당신들의 일족을 도왔다는 이유로, 제 왕좌와 왕국을 얼라이언스에 빼앗겼으니까요."

페레놀드는 기수를 찬찬히 살폈다. 뒤늦게 죽음의 기사라는 단어가 기억났다. 그렇다. 죽음의 기사가 분명했다. 그렇다면 호드에서 꽤 중요한 자리에 있을 터였다.

"책을 넘겨 드리지요…… 하지만 조건이 있습니다. 얼라이언스가 제 왕국에 군대를 주둔시켜 저를 감시하고 있습니다. 그들을 궤멸시켜준다면 책을 넘기지요."

페레놀드는 신중하게 말했다. 기수는 아무 말이 없었지만, 자세로 보아 귀를 기울이고 있는 듯했다. 기수는 한동안 꼼짝도 하지 않았다. 그러고는 마침내 고개를 끄덕였다.

"알겠다. 그렇게 하지. 일이 끝나면 돌아올 테니, 책이 어디 있는지 말해라."

죽음의 기사가 검은용에게 무언가 속삭이자, 용은 하늘로 훌쩍 솟구쳐 올라 높이 날아갔다. 사방에서 바스락거리는 소리가 들려 페레놀드는 화들짝 놀랐다. 검은 그림자 몇 개가 연이어 하늘로 날아올랐다.

페레놀드는 검은용들이 시야에서 사라질 때까지 멍하니 쳐다보다가 껄껄 웃기 시작했다. 이렇게 간단하단 말인가? 어차피 직접 쓰지도 못할 낡아빠진 주문서를 일신의 자유, 그리고 왕국의 독립과 맞바꾸다니? 그는 자신의 웃음소리가 얼마나 광적으로 들리는지 잘 알면서도 계속 웃을 수밖에 없었다.

"무슨 일이십니까?"

갑자기 목소리가 들려왔다. 페레놀드는 흠칫 놀랐지만, 곧 장남의 목소리인 것을 깨달았다.

"저, 저건 용 아닙니까……? 죽음의 기사도 있었고요! 저들과 무슨 이야기를 하신 겁니까? 뭐라 하셨기에 그냥 가버린 거죠?"

장남 앨리든은 충격이 역력한 목소리로 물었지만, 페레놀드는 웃음을 멈출 수가 없었다.

"젠장, 아버지!"

앨리든은 분노가 폭발한 나머지 아버지의 턱을 후려쳤고, 페레놀드는 그대로 나자빠졌다.

"2년 동안 아버지가 가문의 이름에 먹칠한 것을 극복하려고 노력했습니다. 2년 동안이나! 이 어리석고 이기적인 노친네! 아버지 때문에 다 망했단 말입니다!"

앨리든은 눈물을 흘리며 바닥에 널브러진 아버지를 노려보았다. 페레놀드는 고개를 저으며 일어서려다가 아들의 비난 위로 다른 소리가 들려오자 그대로 얼어붙었다. 무슨 소리지? 이건 꼭…… 그래, 노포가 탄약을 쏘는 소리다. 탄약이 공기를 가르고 날아가서 둔탁하게 부딪치는 소리. 그는 연이어 들리는 소리에 귀를 기울이며 소리가 도시 저편의 고개 너머에서 들려온다는 것을 깨달았다. 바로 얼라이언스 군이 징발한 병영 근처에서 들려오는 소리였다. 그는 그 소리의 정체를 깨닫고 또다시 미친 듯이 웃기 시작했다.

용들이 공격을 시작한 것이다.

앨리든은 아버지에게서 눈을 떼고 소리가 나는 쪽을 살펴보다가, 다시 아버지를 돌아보았다. 근심이 얼굴 가득 드리웠다. 그가 따져 물었다.

"아버지, 무슨 짓을 하신 겁니까? 대체 무슨 짓을 했는지 말해보시란 말입니다!"

하지만 페레놀드는 대답할 정신이 없었다. 대신 그는 바닥에 털썩 주저앉아, 죽음과 파괴의 소리에 귀를 기울인 채 껄껄거리며 웃어댔다.

평생 이렇게 듣기 좋은 소리는 처음이었다.

"이쪽이다. 배다."

사벨리안이 공중을 선회한 후 우아하게 지상에 내려앉았다.

"배?"

라그노크가 거대한 검은용의 목에 매달린 채로 밤새 날아오며 계획을 설명했을 때, 타가르가 되물었다.

"용들이 그 섬까지 데려다줄 줄 알았는데."

그러나 죽음의 기사는 두건을 쓴 머리를 가로저으며 설명했다.

"바로 날아가기엔 너무 멀어. 메네실 항구까지 용을 타고 간 다음, 배를 구해서 섬으로 간다."

그 말에 펜리스는 얼굴을 찌푸리며 낮게 중얼거렸다.

"메네실이라…… 이쪽 세상의 왕가 이름인데."

"맞다. 그곳은 얼라이언스의 전초기지다. 하지만 그 섬과 가장 가까운 항구이기도 하지."

라그노크가 대꾸했다.

펜리스는 그 계획이 마뜩잖았지만, 어쩔 수 없다고 생각했다. 용들은 일행을 항구와 가까운 언덕배기에 내려주었다. 그곳에서 항구로 가려면 작은 개울을 건너야 했다. 펜리스는 용에서 미끄러져 내려와 가만히 검은 개울을 응시했다. 고요해 보였지만 여기저기 빛이 보였다. 항구에는 필시 경비대가 있을 터였다. 그는 전사들에게 손짓을 하고 항구를 가리킨 다음, 손가락 하나를 들어 입술에 댔다. 펜리스는 최대한 소리 없이 물속으로 들어가 헤엄치기 시작했고, 임무를 마친 용들은 하늘로 날아올랐다. 용들은 발각되지 않는 선에서 최대한 가까이 날아온 것이었다. 마을 전체가 깊이 잠들어 있다고는 해도, 용이 몇 마리씩 근처에 내려앉으면 잠에서 깰 수밖에 없었다.

오크들은 대부분 방어구를 걸치지 않아 헤엄이 빨랐지만, 판금이나 사슬, 가죽 갑옷을 걸친 이들은 고생해야 했다. 오크들은 물을 뚝뚝 떨어뜨리며 개울에서 나왔다. 펜리스가 일행을 흘끗 보았다. 녹색 얼굴들이 희미한 빛을 받아 창백하게 반짝였다. 펜리스는 미간을 찌푸리더니 흙을 한 움큼 집어 얼굴에 바르기 시작했다.

"몸에 진흙을 발라라. 빠르고 조용하게, 발각되지 않게 움직여야 한다."

펜리스는 타가르와 나머지 오크들에게 조용히 지시했다. 일행 모두가 지시에 따랐다. 펜리스는 갈색으로 변해가는 동료들의 얼굴을 보며 문득 추억에 잠겼다. 한때 그의 피부는 이런 색이었다. 오크들의 피부는 모두 흙이나 나무껍질처럼 건강한 색이었다. 그때 그렇게 상황이 나빴던가? 그 후로 우리가 손에 넣은 것은, 우리 세상을 잃어가면서까지 얻을 가치가 있는 것이었나? 그는 가끔 그런 생각에 잠기곤 했다.

펜리스는 상념을 떨쳐버리고 다시 동료들을 하나하나 살펴보았다. 어둠 속에서 불분명한 갈색으로 보이는 것을 확인하고 고개를 끄덕였다.

"배는 많이 필요 없다. 물가에 가장 가까이 있는 세 척을 가지고 간다. 빠르게 움직이고, 방해되는 놈이 있으면 죽여라."

펜리스는 타가르를 노려보며 덧붙였다.

"방해되는 놈만 죽여야 한다. 타가르, 부하들을 잘 단속해라. 누군가 경보를 울리면 곤란하니 소리 없이 죽이도록."

"그깟 경보 울리라고 해! 물에다 놈들의 뼈를 뿌려주겠다!"

타가르가 큰소리를 치자 펜리스는 날카롭게 받아쳤다.

"안 돼! 고어핀드의 말을 기억해라! 우린 조용히 들어갔다 나오는 거다. 그게 다야!"

타가르는 투덜거렸지만, 펜리스가 노려보자 결국 고개를 끄덕였다.

"좋아, 가자."

펜리스가 도끼를 움켜쥐었다. 자루가 짧고 날이 좁은 도끼였다.

그들은 무기를 준비하고 축축한 흙 위를 소리 없이 움직였다. 맨 앞의 오 크들이 나무 잔교에 도착하는 순간, 드워프 하나가 지나갔다. 순찰 중인 것이 분명했다. 아직은 오크들을 보지 못했지만 언제 발견하더라도 이상 하지 않은 상황이었다. 펜리스는 앞에 있던 두 전사에게 고개를 끄덕여 보 였다. 그중 하나가 쏜살같이 뛰어나가 드워프의 머리를 붙잡고 도끼로 목 을 긋자 머리가 완전히 잘려나갔다. 시체는 힘없이 쓰러졌고, 놀란 표정을 미처 다 짓지도 못한 머리가 옆으로 데굴데굴 굴러갔다.

그들은 펜리스가 선택한 배를 향해 나아갔다. 이번에는 인간 경비병이 다가왔는데, 타가르의 전사 하나가 머리를 후려쳐 쓰러뜨렸다. 펜리스는 고개를 끄덕였다. 광포한 해골이빨 오크들이 걱정이었는데, 생각만큼 야 만적이거나 자제력이 없진 않은 모양이었다. 그가 계속 전진하려는 순간, 기묘하게 우두둑거리는 소리와 이어서 짧고 절박한 비명 소리가 들려왔 다. 펜리스가 재빨리 돌아섰다. 해골이빨 전사가 방금 쓰러뜨린 인간 옆에 웅크리고 앉아 우두둑거리는 소리를 내고 있었다. 그 오크가 무슨 짓을 하 는지 깨닫는 순간, 짧았던 비명이 외침으로 변했다.

"으악! 내 다리! 이 괴물이 내 다리를 먹는다!"

인간 경비병이 고통스럽게 소리를 질렀다.

고함 소리에 이어 건물에 하나둘 불이 켜지기 시작했다. 인간과 드워프 들이 순식간에 쏟아져 나왔고, 펜리스는 조용히 빠져나가긴 틀렸다는 걸 깨달았다. 그는 이 싸움을 빨리 끝내고 싶어 맹렬하게 공격했다. 부하들도 모여들어 주위의 인간들을 재빨리 해치웠다. 하지만 적들이 곧 부둣가에 득시글거리게 될 터였다.

"배에 타라!"

펜리스가 도끼를 높게 들며 소리쳤다. 일행은 배 세 척에 나누어 타고,

해골이빨 하나가 잔교 아래로 인간의 시체를 떨어뜨린 다음, 도끼로 닻줄을 끊었다. 꼴사납긴 했지만 오크들은 배를 부두에서 밀어내 만으로 나가는 데 성공했다. 하지만 일행이 부두를 뒤로하고 나아가는 동안, 봉화에 불길이 치솟았다.

"여긴 바라딘 만이다. 쿨 티라스 함대가 이곳을 순찰하지. 그들이 봉화를 보고 곧 도착할 거다."

"도착하기 전에 가야겠군."

라그노크의 말에 펜리스가 굳은 목소리로 대꾸했다. 그는 배 양쪽 벤치 사이에 있던 길쭉한 상자에서 노를 꺼내, 가장 가까이 있던 전사에게 던졌다.

"노를 저어라! 온 힘을 다해 저어!"

펜리스는 노를 더 꺼내서 나누어주었다. 나머지 배들도 곧 뒤따랐고, 오크들의 완력으로 속도를 더한 배들은 빠르게 수면 위를 나아가기 시작했다.

하지만 역부족이었다. 커다란 배들이 빠르게 다가오고 있었던 것이다.

"쿨 티라스 함선이다! 프라우드무어 제독은 오크들을 증오한다. 우리의 숨통을 끊어버리려고 수단과 방법을 가리지 않을 것이다!"

배의 윤곽을 관찰하던 라그노크가 소리쳤다.

"싸울 수 있을까?"

펜리스의 물음에 죽음의 기사는 고개를 저었다. 사실 죽음의 기사가 고개를 젓기 전에 펜리스 스스로도 이미 대답을 알고 있었다.

"선상 전투 훈련을 받은 자들이다. 게다가 우리보다 빨라. 승산이 없다!"

펜리스는 별이 드문드문 박힌 하늘을 올려다보고는 고개를 끄덕였다.

"승산이 없겠지. 하지만 가능할 수도 있다. 계속 노를 저어라!"

그들의 배는 빠르게 움직였지만, 라그노크의 예상대로 추격하는 쪽이 더 빨랐다. 인간들의 배가 가까이 다가오자, 펜리스는 녹색 옷을 걸친 남자들이 엄숙한 표정으로 배의 난간에 서 있는 것을 알아볼 수 있었다. 그 중에는 활을 들고 있는 자, 검과 도끼, 창을 든 자들도 있었다. 육지에서라면 인간의 수가 더 많아도 오크 전사들이 가뿐히 쓰러뜨릴 수 있겠지만, 바다에서는 훨씬 불리했다.

그러나 다행히 그들에게는 동행이 있었다.

선두에 있던 인간의 배가 서로 얼굴이 보일 만큼 가까이 다가온 순간, 검은 형체가 하늘에서 날아 내려와 배 사이를 가로막았다. 거대한 날개를 퍼덕이자, 배가 뒤로 밀려나고 인간들이 넘어졌다. 용은 지체 없이 아귀를 쩍 벌렸고, 불길이 뿜어져 나와 뱃머리를 휘감았다. 타르를 칠한 나무에는 쉽게 불이 붙었고, 얼마 지나지 않아 배 전체가 활활 타올랐다. 찢어질 듯한 비명과 불길 소리에 펜리스는 사기가 끓어올랐다.

그러나 인간들은 도망치지 않았다. 배들이 다시 거리를 좁혀오자 검은 용이 또 한 번 배 사이를 가로막고 배와 선원들을 불태웠다. 인간들은 한 번 더 시도했지만, 그들의 무기는 용의 질긴 가죽을 뚫지 못한 채 튕겨져 나왔고, 또 한 척의 배가 잿더미로 변해버렸다. 마침내 인간들은 오크들을 쫓지 않고 물러나기 시작했다. 오크들 사이에서 환호성이 터져 나왔다.

"놈들이 포기했다!"

타가르가 뱃머리에서 환호성을 지르자 펜리스가 그 말을 바로잡았다.

"용에게는 상대가 안 된다는 걸 아는 거겠지. 하지만 포기하진 않았을 것이다."

"다른 배에서는 불길이 보이지 않나? 일부러 지핀 불 말이야."

라그노크의 물음에 펜리스가 후퇴하는 함선들을 살피더니 말했다.

"있다. 봉화와 연기가 보이는군."

"경고를 하는 거다. 우릴 기다리고 있겠군."

그러자 타가르가 뱃머리에서 껄껄 웃었다.

"경고해봐야 너무 늦을 거다. 인간들이 용기를 내서 다시 우리를 쫓는다 해도, 우린 이미 물건을 챙겨 사라진 후겠지."

타가르가 도끼날에 묻은 피를 핥으며 큰소리치자 펜리스는 고개를 끄덕였다. 그는 처음으로 해골이빨 족장의 말이 맞기를, 자신의 생각이 틀렸기를 간절히 바랐다.

11장

대마법사이자 키린 토의 수장인 안토니다스는 서재에 앉아 얼마 전에 도착한 두루마리를 읽고 있었다. 실로 암울한 소식이었다. 오크들이 메네실 항구에서 배를 몇 척 훔쳤다는 프라우드무어 제독의 보고였다. 뿐만 아니라 그 뒤를 쫓던 프라우드무어의 함선을…… 용들이 막아섰다고 했다. 검은용이. 안토니다스는 지끈거리는 관자놀이를 문질렀다. 2차 대전쟁 때도 호드는 용케 붉은용을 동원했는데, 차원문이 복원되고 나자 검은용과도 손을 잡은 모양이었다. 믿을 수가 없었다. 용군단이 둘이나? 어떻게 얼라이언스가 그런 적을 상대할 수 있겠는가?

그때 누군가 조용히 문을 두드렸다.

"들어오게, 크라서스."

이 늦은 시각에 찾아온 자가 누구인지 마력을 통해 파악한 안토니다스가 외쳤다.

"절 찾으셨다고요?"

마법사가 들어와 문을 닫으며 말했다. 아름다운 이목구비였지만 일부러 무표정을 유지하고 있었다. 아마도 안토니다스의 화를 돋우지 않으려는 심산이었겠지만, 성공하지 못했다.

"그래, 그랬지. 몇 달 전에 말이야! 지금까지 어디 있었나?"

안토니다스는 군데군데 하얗게 센 턱수염 사이로 말했다.

"다른 용무가 있었습니다."

크라서스는 안토니다스의 책상 가장자리에 걸터앉으며 얼버무렸다. 그의 은발은 붉은 등불이 비치자, 마치 반짝이는 금속처럼 보였다.

"다른 용무라니? 자네는 키린 토일세, 크라서스. 내가 굳이 지적하지 않아도 잘 알고 있어야 하는 사실이지. 키린 토의 본분을 다하는 것이 그토록 힘들다면, 자네 자리에 다른 사람을 임명하는 게 나아."

안토니다스가 미간을 찌푸리며 말했다. 하지만 그의 예상과 달리, 훤칠한 마법사는 고개를 깊이 숙이며 조용히 말했다.

"정 그러기를 바라신다면 제가 물러나야겠지요. 하지만 저는 남고 싶습니다. 그리고 지금은 달라란과 키린 토에 온전히 집중하고 있다고 단언할 수 있습니다."

안토니다스는 그를 잠시 뜯어보다가 결국 고개를 끄덕였다. 크라서스를 잃고 싶지는 않았던 것이다. 이 수수께끼 마법사가 지닌 힘과 지식은 실로 놀라웠다. 그리고 가끔씩 모호하게 행동하긴 해도, 크라서스가 키린 토를 진심으로 위한다는 것을 느낄 수 있었다.

"이걸 보게."

안토니다스는 들고 있던 두루마리를 크라서스에게 불쑥 내밀며 말했다. 두루마리를 읽는 크라서스의 표정에 충격과 경악이 스쳐 갔다.

"검은용군단이라니……."

크라서스는 숨죽여 중얼거리고는, 마치 그 위의 글자들이 공격을 해올까 두렵다는 듯 두루마리를 다시 말아 책상 위에 조심스레 올려놓았다.

"제가 조사를 해본 결과, 붉은용은 전투나 폭력을 좋아하지 않습니다. 아마도 강압에 못 이겨 호드에게 복종한 듯합니다. 하지만 검은용이라니! 이 조합이 더 논리적이고 계획적인 것 같군요. 게다가 훨씬 더 위험하기도 하지요."

"내 생각도 같네. 크라서스, 자네는 용 전문가가 아닌가. 용들을 막을 방법이나, 아니면 최소한 그 위력을 제한하는 방법이 있을 것 같나?"

"전—"

그 순간 날카로운 소리가 밤의 정적을 갈랐다. 두 마법사는 잠시 눈이 마주쳤다. 둘은 그 소리가 무슨 의미인지 알았다. 경보였던 것이다. 크라서스가 조용히 기다리는 동안 안토니다스는 그것의 정체를 파악하려 했다. 고대 주문 중 무엇인가…… 그것인가, 아니면……?

"비전 금고일세! 누군가 침입했어!"

안토니다스가 마침내 눈을 크게 뜨며 소리쳤다.

크라서스도 안토니다스만큼 기겁한 듯했다. 비전 금고는 보랏빛 성채의 심장부 근처에 있었고, 마법사들이 개발한 보호 마법 중에서도 가장 강한 마법이 걸려 있었다. 달라란에서 가장 강력한 유물들과 마법사들이 직접 사용하지는 않지만 다른 사람의 손에 들어가면 위험한 물건들도 보관되어 있었다.

크라서스가 한 손을 뻗었다. 안토니다스가 그 손을 움켜잡자 둘은 비전 금고로 순간이동했다.

주위의 세상이 흐릿해졌다. 아늑한 안토니다스의 서재에 빽빽하게 꽂혀 있던 책이 사라지고, 눈 깜짝할 사이 그 자리에 커다란 석실이 나타났다. 바닥과 벽은 흙을 다듬어 만들었고, 천장은 둥근 모양이었다. 창은 없고 문은 하나뿐이었다. 하나뿐인 출구 주위를 제외하면, 석실의 나머지 공간은 물건으로 가득한 선반과 상자, 책장이 빈틈없이 들어서 있었다.

그리고 먼지와 유물들 사이에 몇 사람이 서 있었다. 적어도 안토니다스는 그들이 인간이라 생각했다. 그때 그의 감각이 그중 한 명의 주위에서 일렁이는 암흑의 기운을 감지했다. 상대가 돌아서서 두건의 그림자 아래 번뜩이는 눈을 드러내기도 전에, 안토니다스는 그들의 정체를 알아차렸다. 알아차리고 동요했다.

죽음의 기사다.

죽은 오크 흑마법사들의 힘으로 일어나 움직이는 인간의 시체는 암흑 마력으로 가득했다. 안토니다스가 경악으로 아찔해질 정도의 힘, 마법사들이 이곳에 쳐놓은 강력한 결계를 뚫을 정도의 힘이었다. 그들은 철통같은 방비를 뚫고 이곳까지 와서…… 대체 무엇을 하고 있는 거지?

이곳에는 수많은 유물들이 보관되어 있었고, 그중에는 이 전쟁에서 죽음의 기사들이 승리를 쟁취할 수 있도록 해줄 만한 온갖 무기도 있었다. 그런데도 그들은 그 값진 물건을 챙기려 하지 않고, 중앙의 누군가를 중심으로 원을 그리고 서 있을 뿐이었다. 안토니다스는 그 누군가가 손에 쥐고 있는 물건에 정신을 집중했다. 그것은 어마어마하게 강력했으며, 그 마력의 맛은 어째서인지 익숙하게 느껴졌다. 중앙에 있던 죽음의 기사가 손을 들어 올리고 빛이 그 물체에 반사되며 사방으로 보랏빛 광선이 뿜어져 나오자, 그제야 안토니다스는 죽음의 기사들이 손에 넣은 물건이 무엇인지 깨달았다.

"놈이 달라란의 눈을 가졌다!"

안토니다스가 소리치고는, 한 손을 들어 신비로운 화살을 시전하며 나머지 한 손으로는 키린 토 마법사들을 소환했다. 비전 금고에는 몇 명밖에 들어오지 못하겠지만, 적어도 그와 크라서스가 마법 결투에 뒤따르는 압도적인 피로로 나가떨어질 때쯤에는 지원군이 도착할 터였다.

하지만 이건 공식적인 결투가 아니지, 라고 안토니다스는 생각했다. 그의 신비로운 화살이 한 죽음의 기사의 몸통을 꿰뚫었고, 적은 가슴에 난 구멍에서 연기를 뿜으며 벽으로 밀려났다. 그때 또다른 죽음의 기사가 보석이 박힌 봉을 들어 올리자 안토니다스는 얼음처럼 차가운 손아귀가 심장을 움켜쥐는 느낌을 받았다. 그는 양손을 가슴에 대고 힘껏 눌러 칼날처럼 후벼 파는 고통을 밀어내며 가까스로 주문을 외웠다. 순식간에 보랏빛 광채가 피어올라 추위를 흩어버렸다. 안토니다스의 감각에, 연기로 이루어진 거대한 손처럼 생긴 공격 주문이 보였다. 그가 주문을 후려쳐서 주인에게 돌려보내자 죽음의 기사는 그대로 나자빠졌다.

그와 동시에 키린 토 마법사 하나가 순간이동해 안토니다스 곁에 섰다. 길고 검은 머리의 엘프 여인이었다. 가냘프고 하얀 손이 안토니다스의 가슴에 닿았고, 나머지 한 손은 무시무시한 침입자들에게로 향했다. 안토니다스는 흐릿해지는 정신으로 석실 안에 하나둘씩 나타나는 형체들을 보았다. 안토니다스는 흘러 들어오는 축복의 온기를 느꼈다. 그의 폐가 확장되고 심장이 다시 뛰는 것을 느끼며 숨을 들이켜는 순간, 죽음의 기사 둘이 고통으로 몸부림치기 시작했다. 그들의 팔다리와 몸통, 머리에서 화르륵 불길이 일었다. 다른 죽음의 기사 둘이 갑작스레 물러섰다. 안토니다스는 그들이 탈출을 시도하고 있다는 걸 깨닫고 눈을 크게 떴다. 불길에 휩싸여 죽어가던 죽음의 기사들이 드리운 그림자가 스스로 움직이기 시작하더니 동료들의 몸뚱이를 감싸 집어삼켰다. 얼마 후 그 자리에는 안개 같은 기억만 남았다.

포위당한 죽음의 기사들이 살아남을─이런 표현이 적절한지는 몰라도—가능성은 없어 보였으나, 죽음의 마지막 포옹을 순순히 받아들일 생각은 없는 모양이었다. 공격에 맞서 싸우느라 힘을 소진한 안토니다스는 불길에 휩싸인 죽음의 기사들이 돌아서서 조금 전 자신을 구한 엘프 여인을 공격하는 모습을 속수무책으로 지켜보는 수밖에 없었다. 엘프 여인 사테라의 폐에서 공기가 빠져나가는 동안, 그녀의 하얀 얼굴이 뒤틀리고 검은 머리카락은 마치 수의처럼 몸을 타고 흘러내렸다. 우두둑거리는 소리와 함께, 점점 강해지는 힘이 그녀의 가슴을 부수고 뼈를 으스러뜨렸다.

"사테라! 안 돼!"

안토니다스는 고개를 돌려 캘타스 왕자를 바라봤다. 그의 잘생긴 이목구비가 친구이자 동료인 사테라의 죽음에 분노하며 일그러져 있었다. 엘프는 양손을 들어 좌우로 넓게 벌렸다. 그러자 석실 반대편에서 죽음의 기사 하나가 몸을 뒤틀며 비명을 질렀다. 그야말로 사지가 갈기갈기 뜯기고 있었다. 이 충격적인 광경에 안토니다스는 정신을 차렸다.

"캘타스! 캘타스!"

안토니다스는 비틀비틀 일어나 아수라장을 향해 외쳤다. 그제야 엘프 왕자는 고개를 돌려 강렬한 눈빛으로 안토니다스를 응시했다.

"놈들이 순간이동을 한다. 막아!"

안토니다스는 고함을 치며 한 손으로 급히 보호막을 쳤다. 다음 순간 날아온 죽음의 화살이 보호막에 부딪혀 산산조각 났다. 엘프 왕자는 머리를 비우려는 듯 고개를 젓고는 분노로 타오르는 눈빛을 침입자에게 고정시킨 채 손을 움직이며 주문을 시전하기 시작했다.

그러자 죽음의 기사들 중 우두머리로 보이는 자가 캘타스를 노려보며 소리쳤다.

"죽음의 기사들이여, 나에게 오너라!"

그자는 달라란의 눈을 높이 들고 외쳤다. 얼마 남지 않은 죽음의 기사들이 이에 복종하며 서로 바짝 붙어 서서 원을 이루고는 우두머리와 전리품을 지키기 위해 중앙을 등지고 섰다. 캘타스가 주문을 외며 마법을 완성해가는 동안, 침입자들을 감싼 그림자는 사방으로 흩뿌려지는 달라란 눈의 빛을 받아 자주색을 띠었다. 죽음의 기사들의 형체가 흐릿해지더니 순식간에 사라졌다. 캘타스는 엘프어로 욕설을 내뱉었다.

사냥감은 사라졌다. 하지만 놈들을 뒤쫓아 다음 목적지에서 잡는 것은 가능하다. 안토니다스는 죽음의 기사들을 쫓아가기 위해 조금 변형된 순간이동 주문을 시전했다. 다음 순간 안토니다스는 넓은 발코니에 서 있었다. 보랏빛 성채의 상층이었다. 죽음의 기사들은 모두 한쪽에 모여 있었고, 우두머리가 사슬 장갑을 낀 손에 달라란의 눈을 들고 자랑스럽게 우뚝서 있었다. 곧이어 크라서스와 캘타스, 다른 마법사들이 따라왔다.

캘타스와 안토니다스는 준비를 마친 상태였다. 이미 머릿속과 혀끝에 있던 주문이 성공했다. 죽음의 기사 우두머리가 획 돌아서서 험상궂은 눈길로 안토니다스를 노려보았고, 대마법사는 살짝 미소를 지었다.

"금고에서는 너희가 빨랐지만 여기서는 우리가 빠르다. 이 발코니에는 너희의 순간이동 주문을 막는 결계가 걸려 있지. 달아날 곳은 없다."

안토니다스가 죽음의 기사들의 우두머리를 바라보며 소리쳤다. 이제 죽음의 기사들을 사로잡거나 죽인 후, 한 놈만 산 채로 붙잡아 추궁할 수 있을 터였다. 그리되면 새로 등장한 호드의 지도자와 계획에 대해 많은 것을 알 수 있겠지.

"그럴지도 모르겠군. 하지만 순간이동을 할 수 없다면 날아가면 되지."

우두머리가 낮은 목소리로 말했으나 똑똑히 들려왔다.

그 말이 끝나기가 무섭게 발코니 너머에서 바람이 일었다. 어찌나 강한

지 안토니다스는 잠시 비틀거렸다. 그와 함께 휘파람 같은 소리가 점점 커지더니, 밤하늘의 조각 같은 새카만 어둠이 발코니 앞에 뚝 떨어졌다. 어둠이 서서히 갈라지고 길고 구불거리는 형체들이 그 자리에 나타났다. 그것들은 발코니 난간 바로 앞 공중에서, 검고 번뜩이는 얼굴과 무자비한 눈으로 마법사들을 노려보았다. 안토니다스는 덮칠 듯이 밀려드는 열기를 느꼈고, 셔츠는 금세 땀으로 젖었다.

"어리석은 인간이군. 우리만 왔을 거라고 생각했나?"

우두머리가 껄껄 웃으며 말했다.

안토니다스가 지금껏 봤던 용 가운데 가장 거대한 용이 발코니로 훅 다가와 길고 가시 돋친 턱을 난간에 걸쳤다. 그 모습을 본 크라서스가 창백해지더니 숨죽여 한마디를 내뱉었다.

"데스윙."

자신의 이름을 들은 거대한 용이 고개를 돌려 호기심 어린 눈빛으로 크라서스를 응시했다. 크라서스는 그 눈길을 마주하고도 꼼짝하지 않았으나, 안토니다스는 그만 휘청거렸다.

데스윙이? 여기에?

죽음의 기사는 난간을 디디고 올라서서 데스윙의 등에 올라탔다.

"물건은 손에 넣었습니다. 출발하십시오!"

안토니다스는 가까스로 충격을 딛고 멀어지는 형체들을 향해 번개를 날렸으나, 그들의 보호막에 맞고 튕겨 나왔다. 순간이동은 불가능했다. 그들은 너무 빠른 속도로 움직이고 있었고, 죽음의 기사들과 용이 지나치게 밀착되어 있었다. 캘타스와 다른 마법사들도 고개를 저었다. 그들이 아무리 빠르다고 해도, 성채 전체를 잿더미로 만들어버릴 수도 있는 검은용을 자극하지 않고 죽음의 기사들만 공격하는 것은 불가능했다.

그런 걱정을 눈치라도 챈 것처럼 데스윙의 양쪽에 있던 용 두 마리가 갑자기 성채를 향해 날아와 입을 쩍 벌렸다. 마법사들은 가까스로 보호막을 쳤다. 한껏 벌어진 아귀에서 붉은빛과 금빛의 용암이 쏟아져 나와, 발코니를 덮치고 그 뒤에 있던 방의 커튼과 두루마리를 불살랐다. 안토니다스는 죽음의 기사들이 하나둘 용의 등에 올라타 하늘로 솟구쳐 사라지는 모습을 지켜보며 나지막이 욕설을 내뱉었다. 용들은 그가 쳐놓은 결계를 간단히 찢고 지나갈 터였다. 결계를 만들 때는 이처럼 거대한 존재를 염두에 두지 않았으니까.

안토니다스는 문득 절망감을 느꼈다. 그와 키린 토는 달라란과 주민들을 지키는 임무를 맡았건만, 오늘은 그 임무에 실패했다. 안토니다스는 언제나 마법사라면 자신의 한계를 알아야 한다고 말했지만, 오늘 밤엔 안토니다스 자신이 한계에 봉착했다. 그는 하늘을 바라보며 침입자들의 흔적을 찾았지만, 모두 사라지고 없었다. 게다가 놈들은 이 도시에서 가장 강력한 유물 중 하나인 달라란의 눈을 가지고 사라져버렸다.

죽음의 기사는 물건을 손에 넣었다고 말했다. 안토니다스는 그 물건이 무엇인지 너무나 잘 알았다. 문제는 '왜 달라란의 눈이어야만 했는가' 하는 것이었다.

12장

펜리스는 혼란에 빠진 채로 기기묘묘한 건물을 올려다보았다. 살게라스의 무덤에서 무엇을 보리라 기대했는지는 몰라도, 이것은 아니었다. 처음에 그가 조각이라 생각했던 것은, 오랜 세월 바다에 잠겨 있는 동안 건물 외벽에 들러붙은 온갖 바다 생물의 껍질, 뼈, 가시였다. 마치 심해의 밑바닥이 그대로 육지 위로 떠올라 누군가 살 수 있는 구조물로 바뀐 것 같았다. 그리고 이 기묘한 건물로 들어가는 문은 활짝 열려 있었다.

"이곳에 유물이 있다는 건가?"

펜리스는 미간을 잔뜩 찌푸리며 물었다. 그는 이 우툴두툴한 건물에 넬줄이 이야기한 경천동지할 유물이 잠들어 있다는 사실을 받아들이기 힘들었다. 하지만 죽음의 기사는 추호의 의심도 없는 모양이었다.

"여기 있다. 저 안쪽 깊은 곳에 있는 것이 느껴진다."

라그노크가 확신에 찬 목소리로 대꾸하자 타가르가 목소리를 높였다.

"그럼 어서 가야지! 왜 멍하니 서 있는 거야? 빨리 들어갈수록 빨리 나올 수 있다!"

펜리스는 해골이빨의 신임 족장인 타가르가 항상 거슬렸지만, 이번에는 그 말에 동의했다. 펜리스 역시 이 일을 어서 끝내고 싶었다. 그는 휘하의 오크들에게 손짓하고는 라그노크, 타가르와 해골이빨 전사들을 따라 안으로 들어갔다. 건물의 어디를 보나 물속에 수백, 수천 년 동안 잠겨 있었던 흔적이 보였다. 가장자리와 모서리는 물과의 끊임없는 마찰로 둥그스름하게 닳아 있었고, 그 위에는 온통 이끼와 산호, 조개가 자라 있었다. 바닥에는 곰팡이와 해초가 깔려 있었다. 벽에 걸린 장식은 물에 잠겨 있던 세월 동안 파괴되었거나, 오랫동안 쌓인 온갖 부유물로 덮여 있었다. 여기저기 물이 고여 있었고, 창문이 없어서 빛도 들어오지 않았지만 그건 문제가 아니었다. 라그노크가 한 손을 들자 그의 머리 위에 노란빛이 생겨났다. 그 빛은 복도에 어지럽게 그림자를 드리웠지만, 적어도 그 덕분에 계속 안으로 들어갈 수 있었다.

점점 깊이 들어가자 펜리스는 벽이 입구 근처보다 깨끗하다는 걸 알아차렸다. 그저 덜 더럽기만 한 게 아니라, 덜 부식되고 덜 퇴화되어 있었다. 벽과 바닥을 장식하는 조각도 덜 닳았고, 사원의 전성기 모습을 짐작케 하는 요소도 곳곳에 남아 있었다. 아마도 그의 상상을 초월할 만큼 아름답고 우아하며 웅장했을 터였다. 그런 곳의 복도를 걷다 보니 펜리스는 자신이 거칠고 야만적인 짐승이 된 느낌이 들었고, 다른 전사들도 비슷한 기분을 느끼는 것 같았다. 타가르와 해골이빨 오크들은 사원의 아름다움에 감흥이 없는 모양이었지만, 그들이야 어차피 죽음과 파괴 외에는 그 무엇도 중요하게 여기지 않는 족속 아니던가. 라그노크는 온전히 임무에만 집중하는 것 같았다.

그래서였는지 갑자기 발길을 멈추고 벽과 바닥이 만나는 곳을 가리킨 것은 타가르였다.

"저것 봐라!"

해골이빨 족장이 말했다. 그의 손가락을 따라간 펜리스는 조각 장식 위로 거무스름한 자국을 보았다. 그건 꼭—

"피다."

타가르가 틀림없다는 듯 단언했다. 그는 그 자국 곁에 무릎을 꿇고서 냄새를 킁킁 맡고 혀도 살짝 대보고는 일어서며 말했다.

"오크 피다. 몇 년 됐어."

"굴단이나 흑마법사들의 피겠군. 가까워지고 있다!"

라그노크가 말했다. 이 모험의 끝이 가까워지고 있다는 뜻이라 해도, 듣기 좋은 말은 아니었다.

"정신 똑바로 차려라."

펜리스가 휘하의 오크들에게 말하자 모두 고개를 끄덕였다.

"겁이 나나, 펜리스? 저 안에 있는 게 무서운가?"

타가르는 펜리스에게 얼굴을 바짝 들이밀며 조롱했다.

"당연히 겁이 나지, 멍청한 놈!"

펜리스가 거칠게 받아치는 바람에 그의 엄니가 타가르의 얼굴을 긁었다.

"굴단은 어리석은 배신자였지만, 그래도 호드에서 가장 강력한 흑마법사였다! 그리고 이 안에 있는 그 '무엇'이 그와 부하들을 모조리 죽였어! 미친놈이나 바보가 아닌 이상 겁이 나는 게 당연하지!"

"나는 겁 따위 나지 않아!"

타가르의 대꾸에 펜리스의 전사 몇이 큭큭 웃었다. 펜리스는 고개를 내저으며 왜 이런 멍청이와 함께 파견됐을까 새삼 생각했다. 하지만 바로 그 멍청함 때문이겠지, 라고 자답했다. 누군가는 언제 무엇을 할지 판단할 만큼 명석해야 했고, 누군가는 설령 자살행위라 해도 계속 나아갈 만큼 아둔

해야 했던 것이다. 펜리스가 피식 웃으며 말했다.

"좋다. 그럼 네가 먼저 가라."

그 말에 타가르는 씩 웃으며 복도 저편까지 쩌렁쩌렁하게 울리는 함성을 질렀다. 그러고는 조금도 주저하지 않고 성큼성큼 앞장섰다. 나머지 일행은 그의 뒤를 따랐다.

사원 깊이 내려갈수록 벽과 바닥의 상태는 점점 나아졌다. 그 아름다움은 숨이 막힐 정도였다. 복도가 서로 교차하는 지점에서 라그노크는 갈피를 못 잡겠다는 듯 잠시 멈춰 서더니 이쪽저쪽으로 몸을 돌렸다. 펜리스가 미간을 찌푸렸다.

"왜 그러지?"

"아무것도 아니다. 난—"

죽음의 기사 라그노크는 다시 주저하더니, 고개를 끄덕이고는 한쪽 복도로 성큼성큼 걷기 시작했다. 펜리스는 고개를 절레절레 저으면서도 뒤를 따랐다.

복도 끝에는 널찍한 방이 있었다. 그 방의 벽에는 놀랍게도 아무 장식 없이 매끈하고 깨끗했다. 그 극적인 대조 때문에 방은 더욱 삭막하고 엄숙해 보였다. 방의 맞은편에는 새카만 무쇠로 만들어진 육중한 금고 문이 벽의 대부분을 차지하고 있었다.

"이것이다."

라그노크가 숨을 삼키며 문을 활짝 열었다. 그러고는 경악하며 그대로 얼어붙었다.

문 뒤에는 칠흑 같은 어둠이 깔려 있었다. 마치 밤 자체가 농축되어 빛이 결코 찾지 못하는 곳에 숨어 있는 것처럼.

그리고 그 어둠 속, 문간 바로 앞에 악몽에서 튀어나온 듯한 괴물이 있었다.

괴물은 키가 컸다. 어찌나 큰지 문 너머의 공간에서 구부정하게 몸을 웅크리고 있었다. 비늘과 혹으로 뒤덮인 살갗은 파문이 이는 물처럼 일렁거렸다. 어깨와 팔뚝, 가슴, 그 외의 여러 부분에 뿔이 돋아나 있었다. 지나치게 긴 팔 끝에는 갈고리 같은 손톱이 달린 거대한 손이 있었다. 얼굴 아래는 너무 좁고 위는 너무 넓었으며, 비스듬한 눈은 노란빛으로 이글이글 타오르고 조그만 입은 수많은 이빨로 가득했다. 뒤쪽에는 채찍 같은 꼬리가 꿈틀거렸다.

손톱이 돋은 손에는 창처럼 기다란 막대가 들려 있었고, 나무 자루의 양 끝에 은 세공 장식이 달려 있었다. 끝 부분을 감싼 가시 안에 하얗게 반짝이는 커다란 보석이 자리 잡고 있었으며, 그 광휘가 무덤 속의 어둠을 조금이나마 쫓아주었다. 보석 안에서는 이따금 작은 번갯불이 번뜩이고 다시 어둠 속으로 사라졌다.

살게라스의 홀. 넬쥴이 일행을 보내 찾아오라고 한 유물이다.

이제 그것을 빼앗기만 하면 된다. 펜리스가 생각하기에 악마가 틀림없는 저 괴물에게서.

"여긴 못 지나간다. 이 무덤은 이미 필멸자들에게 더럽혀졌다. 그런 일은 한 번으로 족하다!"

악마의 쉭쉭거리는 음성이 기름진 파도처럼 그들을 덮쳤다.

"우린 지나가려는 것이 아니다. 네가 휘두르고 있는 그 홀이 필요할 뿐이다."

펜리스가 목구멍으로 넘어오는 욕지기와 공포를 삼키며 대답했다.

악마는 뼈를 문지르는 듯한 소리로 큭큭거리며 웃고는 성큼 앞으로 다가섰다. 갈고리 같은 발톱이 대리석 바닥에 깊이 박혔다.

"그러면 어디 빼앗아 보거라. 실패하면 너희들의 몸뚱이를 찢고 그 영혼을 마셔주마."

"내 이빨로 네 뼈를 부수고 골수를 마셔주마!"

타가르가 악마에게 고함쳤다. 그가 이해하는 언어는 이런 것이었다. 그는 도끼를 높이 들고 돌진했다.

타가르를 멍청한 놈이라고 욕하면서도, 펜리스는 무기를 들고 동료 족장 곁으로 뛰어갔다. 서른 명 남짓의 천둥군주 전사들과 해골이빨 전사들이 그 뒤를 따랐다.

수가 많다 해도 힘든 싸움이었다. 악마는 강했다. 일행 중 누구보다도 강하고 빨랐다. 악마의 갈고리 같은 손톱은 살과 뼈를 아무렇지도 않게 가르며, 오크들을 낙엽처럼 찢어발겼다. 악마의 손에 들린 홀은 오크의 두개골을 단번에 바스러뜨리고도 흠집 하나 나지 않을 만큼 강하고 무거웠다. 악마의 꼬리도 무기였다. 악마가 꼬리로 해골이빨 전사 하나를 후려치자 타가르가 분노의 고함을 내질렀다. 꼬리 끝의 길쭉한 가시는 불운한 오크의 가슴을 뚫고 나가 등으로 튀어나왔고, 그 끝에서 피가 뚝뚝 떨어졌다.

하지만 악마의 가장 무시무시한 공격 무기는 이빨이었다. 악마의 비현실적인 아가리가 물리적으로 불가능한 수준으로 쩍 벌어지면서, 빽빽하게 돋은 이빨을 드러냈다. 펜리스는 악마가 오크 전사의 머리 절반을 물어뜯는 모습을 보았고, 전투의 흥분에 사로잡힌 상태에서도 구역질이 올라왔다.

하지만 그 흥분이 그들을 구했다. 펜리스는 평소 피의 욕망을 달갑게 여기지 않았지만, 지금은 그것이 축복이었다. 그 흥분이 없었다면 자신을 비롯해 많은 오크들이 절망적인 공포 앞에서 달아났을 것이다. 그러나 머리는 쿵쿵 울리고 시야는 흐릿하고 피가 들끓는 상태로, 그들은 공격하고 또 공격했다. 악마가 강하고 빠르다고는 해도, 그 많은 전사들이 지칠 줄 모르고 돌아가며 공격을 가하자 악마도 당해낼 수 없었고, 팔다리가 잘리면 동작이 둔해질 수밖에 없었다.

결국 악마의 꼬리와 팔 하나, 다리의 일부가 잘려 나가고 나머지 팔 하나가 바스러져 뱀처럼 흐느적거릴 때, 펜리스와 타가르는 동시에 공격을 가해 각자의 도끼로 악마의 굵은 목을 내리쳤다. 두 족장은 온 힘을 다해 양쪽에서 도끼를 휘둘렀고, 그 와중에 서로의 도끼날에 손가락을 베였다. 하지만 양쪽에서 목을 베인 악마는 결국 바닥으로 쓰러졌고, 머리는 라그노크의 발치에 떨어졌다.

펜리스가 몸을 숙여 홀을 들었다. 생각보다 가벼웠지만, 그 안에서 희미하게 맥동하는 힘이 느껴졌다. 그가 돌아서며 말했다.

"이곳에 온 목적을 달성했다. 이제 돌아가자."

"뭐라고? 여긴 살게라스의 무덤 아닌가! 방금 그 수호자를 죽였고!"

놀랍게도 토를 단 것은 라그노크였다.

"수호자 하나를 죽였을 뿐이다. 내가 장담하는데 더 있을 거야."

펜리스가 대꾸하며 홀을 들어 빛에 비추었다.

"이 땅굴 속으로 더 들어갈 필요는 없지."

"모르는 소리."

라그노크가 펜리스에게 바짝 다가서며 말을 이었다.

"우린 홀을 손에 넣었다. 살게라스의 눈도 차지해야 한다. 아까 내가 갈피를 잡지 못했던 걸 기억하겠지? 두 가지 유물이 모두 느껴졌기 때문이었다! 상황을 파악하는 데 시간이 걸렸던 거야. 하지만 이제 살게라스의 눈이 어디에 있는지 정확히 안다. 저 맞은편 복도를 따라가면 있어. 굴단이 찾고자 했던 유물이 우리 코앞에 있다고!"

라그노크의 이글거리는 눈이 분노로 가늘어졌다.

"한심한 것들. 나는 생각만으로 너희의 숨통을 끊어놓을 수 있다! 나와 함께 눈을 가지러 가지 않겠다면—"

"않겠다면 뭐? 좋을 대로 해라. 지금 이 자리에서 우릴 죽이고 혼자서 눈을 가지러 가라. 어느 쪽이든 우린 어차피 죽을 테니까."

펜리스가 지지 않고 받아쳤다. 그는 라그노크가 허세를 부린다는 확신을 갖고 자신의 결정을 밀어붙였다. 라그노크가 분노를 못 이기고 모두를 죽일 수도 있었다. 하지만 눈을 찾으러 간다 해도 그 유물을 지키고 있을 악마에게 모두 죽을 것이 뻔했다.

라그노크가 양손을 들어 올리자 순간 펜리스는 가슴이 철렁했다. 하지만 다음 순간 죽음의 기사가 팔을 내렸다. 역시 허세였던 것이다.

"멍청한 것들."

라그노크가 험상궂은 표정으로 뇌까렸지만 그 목소리는 패배감에 젖어 있었다.

"그럴지도 모르지. 하지만 우리는 살아남는 멍청이다."

펜리스는 군말 없이 돌아섰다. 그의 부족인 천둥군주가 뒤를 따랐고, 타가르와 해골이빨 부족도 그 뒤를 따랐다. 잠시 후 그는 라그노크가 대열에 합류한 것을 알아차리고 일말의 만족감을 느꼈다.

"가지고 왔느냐?"

펜리스는 용의 등에서 미끄러져 내려와 쩍쩍 갈라진 땅을 두 발로 딛고 서서, 황급히 다가오는 고어핀드의 눈과 마주쳤다. 오크들이 뭍에 배를 대자 용들이 기다리고 있다가, 그들을 고어핀드가 기다리고 있는 저주받은 땅으로 데려왔다.

"가지고 왔다. 이제 어떻게 해야 하지?"

펜리스가 천으로 감싼 살게라스의 홀을 들어 보이고는 고어핀드에게 건 냈다. 속이 다 시원했다.

"이제 차원문을 다시 통과한다."

고어핀드의 손이 꾸러미를 소중하게 감싸 쥐는 것을 보고, 펜리스는 몸서리가 쳐지는 것을 가까스로 억눌렀다.

"이곳에서 해야 할 임무는 끝이 났다. 아제로스는 이제 우리에게 중요하지 않아. 이 골치 아픈 세상은 인간들과 놈들의 동맹에게 넘겨주는 거지."

펜리스가 자세히 물어보려고 입을 떼는 순간, 우르르 요란한 소리가 들려왔다. 어깨 너머로 보니 오크들이 끄는 커다란 수레 몇 개가 계곡으로 들어오고 있었다. 그는 검은바위 산에서 나누었던 대화를 떠올리고, 데스윙이 차원문 너머로 수송하겠다던 화물이겠거니 생각했다. 그는 검은용이 다른 세상으로 옮기려고 할 만큼 중요한 것이 무엇일까 문득 궁금해하다가 모르는 편이 낫겠다는 생각이 들어 그만두었다.

하지만 다른 오크 하나는 펜리스보다 호기심이 강했다. 그 오크는 수레를 향해 다가갔다. 펜리스가 고함을 치기도 전에, 검은 형체가 하늘에서 훅 내려왔다. 오크는 얼굴을 부여잡고 비명을 지르며 바닥에 쓰러졌다. 손가락 사이로 피가 뚝뚝 떨어졌다.

"물러서라! 수레에 가까이 가지 마!"

펜리스가 소리쳤다. 오크들을 이곳까지 데려왔던 용들도 화물을 지키려고 하늘로 날아올랐다. 몇 마리는 기수들이 완전히 내렸는지 확인조차 하지 않았다.

"고어핀드!"

그때 펜리스도 잘 아는 목소리가 들려왔다. 그런 고함 소리는 전쟁노래 족장의 목소리일 수밖에 없었다. 그롬 헬스크림이 네더가드 요새에서 얼라이언스를 괴롭히다가 이제 막 군을 이끌고 돌아온 모양이었다. 그는 여전히 계곡 저편에 있었지만 목소리는 똑똑히 들렸다.

"자네가 이 용들을 데려왔나?"

"그렇네! 검은용은 이제 우리의 동맹이야!"

그롬의 물음에 고어핀드가 대답했다. 목소리는 낮았지만 잘 들렸다.

그롬이 순간적으로 몸을 숙여 아슬아슬하게 머리를 비껴가는 검은용의 발톱을 피하고는 눈살을 찌푸렸다.

"대단한 동맹이군! 저 날개 달린 친구들을 어떻게 좀 해보게! 사고가 생기거나 저들이 우리를 다 죽이기 전에!"

그롬이 큰 소리로 외치자 고어핀드는 하늘을 올려다보며 용들을 관찰했다. 잠시 뒤 고개를 끄덕이고는 소리쳤다.

"데스윙이여! 제가 맹세코 수레와 화물을 지키겠습니다! 용들을 계곡 가장자리로 물려주십시오!"

펜리스는 끊임없이 움직이고 이리저리 방향을 트는 용들 사이에서 데스윙을 분간할 수는 없었지만, 잠시 후 용들이 하나둘씩 선회하더니 계곡 바닥을 둘러싸고 있는 벼랑에 내려앉았다.

"좀 낫군."

그롬이 다가오며 말했다. 그는 펜리스에게 고개를 숙여 보였고, 펜리스도 고개를 숙여 답례했다. 둘은 언제나 죽이 잘 맞았다. 펜리스는 그롬이 호드 최고의 족장이자, 뛰어난 전사라고 생각했다.

"물건은 가져왔나?" 그롬이 둘에게 물었다.

"가져왔지."

고어핀드가 군말 없이 대답했고, 그롬은 수레 안을 들여다보았다.

"저건 뭐지?"

"화물이다."

고어핀드가 짧게 대답했다. 수레는 모두 튼튼한 통나무로 만들어졌고 옆면이 높았으며, 두꺼운 방수포로 빈틈없이 덮여 있었다. 펜리스는 방수포의 모양새를 보고 수레가 가득 찼다는 걸 알았지만, 그 외에는 아무것도 알 수 없었다.

"우리가 가져가야 하는 건 유물뿐인 줄 알았는데."

"계획이 바뀌었네. 걱정할 만한 일은 아닐세."

그룸이 낮게 중얼거리자 고어핀드가 별일 아니라는 듯 대답했다. 그러고는 목소리를 높였다. 모종의 마법이라도 걸었는지 그의 목소리가 계곡 전체에 울려 퍼졌다.

"이 수레는 내가 직접 감독한다! 수레를 막으려 하거나 들여다보려는 자가 있으면 직접 책임을 물을 것이다!"

몇몇 오크들이 슬쩍 위를 보다가 깜짝 놀랐고, 가장 뒤에 있는 수레를 향해 다가가던 오크 둘은 황급히 물러났다.

펜리스가 어깨를 으쓱했다. 그는 임무를 다했고, 고어핀드가 무슨 장난을 치든 그건 넬쥴이 알아서 할 일이었다. 펜리스가 고어핀드를 보며 물었다.

"우린 언제 저 문으로 들어가면 되지?"

"너희 부족의 일부는 남아서 잠시 문을 지켜줘야겠다. 나머지 인원과 그대는 지금 문을 통과해도 좋다. 타가르, 그대도 마찬가지다. 해골이빨 전사들은 남기고 가라."

펜리스는 미간을 찌푸리면서도 고개를 끄덕였다. 부족이 모두 함께 돌아가길 바랐지만, 고어핀드의 지시는 납득이 됐다.

"우린 어떻게 하면 되지?"

고어핀드에게 묻는 그룸의 목소리에 펜리스가 돌아섰다. 전쟁노래 부족이 무슨 명령을 받든 자신과는 상관없는 일이었다. 펜리스는 부관인 말그림 스톰핸드에게 손짓을 했고, 둘은 함께 말그림의 지휘 아래 이곳을 지킬 오크 열두 명을 선발했다. 오크들은 토를 달지 않았다. 천둥군주 부족은 호드의 지시를 따를 것이었다.

"문으로 간다!"

나머지 천둥군주 부족은 계곡을 행군하며 새로 우뚝 솟은 어둠의 문을 향해 다가갔다. 그들 바로 앞에 방수포로 덮인 수레가 있었고, 펜리스는 죽음의 기사 몇몇이 계곡 전체에 포진한 부대에서 빠져나와 정체불명의 수레 곁으로 다가가 자리 잡는 것을 보았다. 고어핀드도 앞쪽에 서 있었다.

타가르는 해골이빨 부족에게 소리치며 인원을 나누고 있었고, 전투를 앞둔 오우거들은 흥분한 채 포효했다.

"나 부순다!"

오우거 하나가 신이 나서 고함을 쳤다. 펜리스가 들은 바에 의하면 전쟁노래 부족은 전원 이곳에 남는 모양이었다. 그 정도면 문의 방비는 충분할 터였다. 그 역시 마음 한구석에는 이곳에 남아야 한다는 생각이 있었지만, 사실은 너무 지친 나머지 고향으로 돌아가고 싶다는 생각뿐이었다. 나중에 기운을 차린 오크들과 함께 이곳에 주둔 중인 전사들과 교대하면 될 것이다.

펜리스는 경사로를 따라 올라가 어둠의 문과 마주했다. 기묘하게 물결치는 마력을 보니 여전히 불안했다. 문의 크기는 걸어서도 주위를 돌 수 있을 정도였고, 폭은 가장자리의 굵은 돌기둥보다 좁았다. 저렇게 작은 문이 두 세상 사이를 연결한다니 왠지 꺼림칙했다. 문이 갑자기 무너져 내리고 그 안에 갇힌 자를 짓이기는 건 아닐까 여전히 의심스러웠다. 하지만 펜리스는 걸음을 재촉해 문으로 뛰어 들어갔다. 드레노어에서 넘어왔을 때처럼 기묘하게 거슬리는 감각이 느껴졌다. 어마어마한 거리를 억지로 끌려가는 느낌이었다. 피부가 따끔거리고 섬광이 스치는 순간, 펜리스는 드레노어의 낯익은 붉은 하늘을 바라보고 있었다. 그는 안도의 한숨을 내쉬고 문과 한참 거리를 둔 후에야, 멈춰 서서 부족을 기다렸다.

뒤편에서는 이미 다른 부족의 오크들이 쏟아져 나왔고, 고어핀드는 곧장 수레를 끌고 자리를 떠났다. 펜리스는 명령을 완수했고, 이제 넬쥴이 새 지시를 내릴 때까지 기다리면 될 터였다. 그때까지 천둥군주 전사들은 고향에 있을 것이다. 흉계와 기만, 음모는 이제 지긋지긋했다.

13장

　카드가는 네더가드에서 완공된, 몇 안 되는 공간 중 하나인 회장에 있었다. 계속 흉벽에 있으면서 방어를 돕고 싶었지만, 잠시 쉬며 요기를 하라는 투랄리온의 설득에 결국 수긍했다.

　"대마법사고 뭐고, 배가 고프거나 피곤해서 쓰러지기라도 하면 아무 쓸모가 없거든."

　친구의 말이었다. 일리가 있는 말이었기에, 카드가는 이곳으로 와서 누가 앞에 놓아주는 대로 스튜를 한 그릇 먹었다. 기억이 거기까지인 것으로 보아 잠이 든 모양이다. 그는 꿈을 꾸었고, 꿈은 달콤씁쓸했다. 꿈에서는 그의 외모가 젊었기 때문이다.

　카드가는 깔끔하게 면도한 얼굴을 밤하늘로 향한 채 달빛을 받았다. 바람이 불어와, 흰색 가닥 하나를 제외하면 온통 검은 그의 머리를 헝클었다. 그는 손을 들었다. 옹이도 반점도 없이 젊고 강인한 손이었다. 그는 거인처럼 로데론을 성큼성큼 걸었다. 머리는 구름에 닿았고, 한 걸음을 뗄 때마다 몇 십 리를 갔다. 밤이었지만 그는 조금도 머뭇거리지 않고 대담하게 걸었다. 달라란으로 가는 길은 익히 알고 있었다. 그는 한 걸음에 호수를 건너 마법사들의 도시 옆에 섰다. 밤이 늦었는데도 보랏빛 성채의 방 하나에서 빛이 쏟아져 나왔고, 카드가는 그곳에 정신을 집중했다. 그는 둥실 떠올라, 방으로 다가가면서 점점 작아졌다. 발이 발코니에 닿았을 때는 다시 평소의 몸집으로 돌아와 있었다. 문은 열려 있었고, 벌레를 막고 달빛은 통과시키는 얇은 커튼을 젖히며 안으로 들어섰다.

"잘 왔다, 카드가. 이리 와서 앉거라."

카드가는 안토니다스를 보고도, 이곳이 키린 토 수장의 방인 것을 알고도 놀라지 않았다. 그는 안토니다스가 권하는 대로 의자에 앉은 후 포도주 한 잔을 받아 들었다. 하얗게 세기 시작한 갈색 턱수염을 만지는 안토니다스가 이번만큼은 자기보다 나이 들어 보인다는 것이 재미있었다. 실제로는 안토니다스가 몇 십 년을 더 살았는데도, 처음 보는 사람들은 보통 턱수염이 눈처럼 하얀 카드가를 노마법사라 생각했기 때문이었다.

둘이 잠시 포도주를 홀짝인 다음 카드가가 입을 열었다.

"감사합니다. 이것 말입니다."

그는 자신의 앳된 얼굴과 청년답게 튼튼하고 늘씬한 몸을 가리켰다.

안토니다스는 조금 어색한 표정을 지었다.

"이 만남을 최대한 즐겁게 만들고 싶었지."

"그리웠습니다. 젊음 말이죠. 물론 다시 그때로 돌아간다 해도 똑같이 할 겁니다. 메디브를 막아야만 했으니까요. 대개는 아무렇지도 않습니다. 그런데 가끔은…… 그립더군요."

"……그렇겠지."

"이건 보통 꿈이 아니겠지요?"

카드가가 주제를 바꾸며 질문을 던지자 안토니다스는 고개를 끄덕였다.

"안타깝지만 그렇지. 암울한 소식이 있어. 검은용군단이 호드와 손을 잡았더군."

카드가는 삼키던 포도주에 사레가 들지 않으려고 애를 써야 했다.

"검은용군단이요? 붉은용군단은 어쩌고요?"

두 용군단은 철천지원수였다. 안토니다스가 어깨를 으쓱하며 말을 이었다.

"붉은용들은 한동안 보이지 않더구나. 마침내 호드의 굴레에서 벗어났을지도 모르지. 하지만 오크들이 새로운 동맹을 찾았고, 이번에는 검은용이 자의로 돕고 있는 것으로 보인다."

"검은용들이 네더가드로 오는 겁니까?"

"그건 알 수 없다. 어쩌면 그럴지도 모르지. 이곳에는 이미 다녀갔고 알터랙에도 나타났으니까. 놈들이 달라란의 눈을 훔쳐갔다, 카드가."

어두웠던 안토니다스의 얼굴이 험상궂게 변했다.

"달라란의 눈이요? 호드에게 그게 왜 필요하죠?"

카드가는 이 상황이 달라란에게 얼마나 큰 타격인지 잘 알고 있었다.

"나도 모른다. 하지만 놈들은 처음부터 눈을 목표로 하고 왔어. 죽음의 기사 몇몇이 우리의 방어를 뚫고 눈을 훔친 후 용을 타고 달아났다. 그 용들은 곧장 알터랙으로 날아가 그곳을 감시하는 얼라이언스 군을 궤멸했지. 반역자 페레놀드의 명이 있었던 게 분명하다."

"페레놀드가 어떻게 그런 수를 썼을까요?"

카드가가 오만상을 찌푸리며 물었다.

"그것 또한 수수께끼다. 네가 이미 많은 책임을 지고 있다는 건 알고 있다, 카드가. 그래도 알려야 한다고 판단했다."

"고맙습니다. 네, 아는 편이 낫습니다."

카드가는 진심으로 말했다. 그는 미간을 찌푸린 채 생각에 잠겨, 턱수염을 쓰다듬으려고 손을 올렸다가 매끈한 턱이 만져지자 잠시 당황했다.

"그리고 어쩌면 왜 이런 일이 일어났는지도 알 수 있겠지요. 처음엔 메디브의 책, 이번엔 달라란의 눈이라…… 왜 하필 그 두 가지일까요?"

그는 포도주 잔을 안토니다스의 책상 위에 내려놓고 내키지 않는다는 듯이 일어섰다.

"이제 돌아가야겠습니다."

다시 노인의 육신에 갇힌 청년으로 돌아가야 했다. 누가 보더라도 함께하면 더욱 강인하고 행복할 게 분명한 알레리아와 투랄리온이 고독에 빠져 서로를 거부하고 상처를 주고받는 고통스러운 연극을 상연하는 곳으로, 오크와 싸우고 차원문을 닫고 부자연스럽게 늙어버린 어깨에 세상의 무게를 짊어지는 생활로 돌아가야 했다. 그는 깊은 한숨을 내쉬었다.

"그렇게 하거라. 행운을 빌마, 얘야."

안토니다스가 손을 흔들었다. 잠에서 깨어난 카드가는 네더가드 회장의 식탁에 앉아 있었다. 다시 노인의 몸으로 돌아온 그는, 메마른 손과 길고 하얀 턱수염을 뜯어보며 잠시 아쉬움에 젖었다.

카드가는 자리에서 일어나 달콤씁쓸한 꿈과 회장을 뒤로한 채 밖으로 나갔다. 투랄리온과 사람들이 정문에 모여, 새로 사로잡은 포로를 에워싸고 있었다. 그가 다가가자 모두 올려다보고는 물러섰다. 대마법사 카드가는 한때는 인간이었을 괴물의 썩어가는 얼굴과 붉게 이글거리는 눈을 보고 몸서리쳐지는 것을 간신히 참았다.

"카드가! 안 그래도 사람을 보내려던 참이었어."

투랄리온이 친구를 보고 외쳤다.

"이놈을 처리하는 데 도움이 필요한가 보군. 빛은 안 통했나?"

그러자 투랄리온은 답답한 표정을 지었다.

"그 반대야. 반응이 너무 극단적이라 이러다 죽는 건 아닐까 겁이 났거든. 혹시 네가—"

"물론이지."

카드가는 포로 곁에 웅크리고 앉아 그것의 이글거리는 눈길과 마주했다.

"이름이 있나, 죽음의 기사?"

그것은 으르렁거리며 결박에서 벗어나려고 꿈틀거렸다. 하지만 결박은 꼼짝도 하지 않았다.

"그렇게 나오겠다면야……."

카드가가 어깨를 으쓱이며 말했다. 그는 마력을 불러낸 다음 그것에 집중하자 가느다란 광선을 뿜었다. 주문은 투랄리온의 빛이 그랬던 것처럼 호드 괴물의 방어를 손쉽게 뚫었지만, 죽음의 기사를 끝장낼 정도로 고통을 주진 않았다. 놈은 곧 실토할 터였다.

"이름은?"

죽음의 기사는 살기를 띠고 그를 노려봤지만, 놈의 입이 저절로 열려 말을 하기 시작했다.

"가즈 소울리퍼다."

"좋아. 자, 호드가 문을 어떻게 다시 열었지?"

카드가의 물음에 투랄리온과 다른 사람들이 주위로 바짝 모여들었다.

"넬쥴. 넬쥴이 굴단의 해골을 사용해 균열을 다시 열었다."

"그런 것이 가능한가?"

투랄리온의 물음에 카드가가 고개를 끄덕이며 말했다.

"가능하지. 이제 앞뒤가 맞기 시작하는군. 알다시피 처음에는 굴단이 메디브와 손을 잡고 어둠의 문을 열었지. 놈의 유해에 문과의 연결 고리가 남아 있었을 테고, 그래서 균열을 제어하는 데 도움을 준 것이겠지. 메디브의 책도 마찬가지고."

넬쥴은 균열을 다시 열기 위해 굴단의 해골이 필요했던 것이다. 그리고 그 해골이 없으면 카드가도 문을 완전히 닫을 수 없었다. 이제 그는 균열이 왜 남았는지 이해했다. 굴단의 해골 없이는 균열을 영원히 닫는 것이 불가능할 터였다. 그리고 책이 없으면 올바른 주문을 쓰고 있는지 확인할 수가 없었다.

누군가 그의 어깨를 두드렸다. 투랄리온이 잠시 이쪽으로 오라며 손짓을 하고 있었다. 카드가가 어리둥절해하며 다가가자 투랄리온이 말했다.

"좋은 소식이 있어. 우리 군대가 호드를 어둠의 문으로 다시 밀어냈어. 프라우드무어 제독에게서도 전갈이 왔는데, 그쪽에서도 오크들이 달아나고 있다더군. 호드 오크 한 무리가 최근에 검은용의 도움을 받아 메네실 항구에서 배를 몇 척 훔쳤다나? 믿기 힘든 얘기지만!"

카드가는 안토니다스와 꿈속에서 나눈 대화를 떠올리고 한숨을 내쉬었다.

"믿을 수 있어. 난…… 잠깐, 배라고?"

"그래. 배를 타고 남서쪽의 대해로 갔다더군."

카드가가 투랄리온의 튜닉을 움켜잡았다.

"남서쪽이라고? 제기랄!"

"왜 그래, 카드가?"

"놈들은 달아난 게 아니야. 배를 타고…… 살게라스의 무덤으로 간 거야! 굴단도 전에 그랬다가 죽었지!"

"오크들이 왜? 메디브는 죽었고 살게라스도 사라졌어. 무덤은 비었잖아. ……아니야?"

투랄리온의 눈이 커졌다.

"살게라스는 없지."

모든 게 맞아 들어갔다. 카드가가 천천히 말을 이었다.

"하지만 그렇다고 무덤이 비어 있는 건 아니야. 우린 이제 오크들이 유물을 찾는다는 걸 알게 됐어. 살게라스가 그곳에 뭔가 남겼다면? 그 무덤에는 아제로스의 생물을 통과시키지 않는 보호막이 있어. 하지만 오크들은 이곳 출신이 아니라고! 놈들에게 결계는 아무 의미가 없을 거야. 굴단이 들어가서…… 그래, 이제 알겠어!"

카드가가 죽음의 기사를 돌아보며 그 옆에 한쪽 무릎을 꿇었다.

"넬쥴이 왜 살게라스의 무덤에 오크들을 보냈지?"

그가 추궁하자 소울리퍼는 큭큭 웃었고, 죽은 폐에서 나온 악취가 카드가의 얼굴을 덮었다. 그 틈에 정신을 가다듬었는지 입을 열지 않을 모양이었다. 카드가는 눈살을 찌푸리고, 이번에는 아무런 기교 없이 다시 마력을 끌어올렸다. 주문의 빛이 소울리퍼의 이마를 창처럼 찔렀다. 죽음의 기사는 고통으로 몸을 비틀면서도 침묵을 지켰다.

"말해라!"

"너희, 너희 세상 따위 관심 없다!"

소울리퍼는 두 손을 꽉 쥐며 씹듯이 말했다. 카드가가 다시 손가락을 미묘하게 움직이자 이번에는 참지 못하고 소울리퍼가 울부짖었다.

"그것으론 어림도 없다, 아악!"

살아 있는 시체가 고통에 젖어 입술을 깨물자, 썩은 살점에 이빨이 박혔다.

"우리의 운명은…… 너희의 상상을 초월할 만큼 위대하다, 인간!"

카드가의 심장이 빨라졌다. 반쪽짜리 진실과 단서들. 현실은 무엇일까?

땀이 이마에 송골송골 맺혔지만 힘이 들어서는 아니었다. 그가 주먹을 꽉 쥐자 소울리퍼가 경련을 일으켰다.

"카드가……." 투랄리온이 움찔하며 말했다.

"나는 이 짓을 온종일 할 수도 있다, 소울리퍼."

카드가가 말했다. 대답이 없자 카드가는 왼손도 오른손처럼 들어 올렸다.

"유물이다! 무덤에 유물이 있다. 살게라스의 무덤에!"

죽음의 기사가 비명을 지르듯 말했다.

"좀 낫군. 그게 어쨌다는 거지?"

"그것과 메디브의 책, 달라란의 눈이 있으면 넬쥴은— 안 돼!"

카드가는 소울리퍼의 필사적인 저항에 깜짝 놀랐다. 그도 투랄리온만 큼이나 고문을 싫어했지만, 이제 조금만 더 하면…….

"넬쥴이 뭐? 말해라!"

"넬, 넬쥴이 드레노어에서 다른 세계들로 통하는 문을 열 수 있다."

카드가는 고문을 즉시 중단했다. 놈은 몸을 뒤집더니 엎드려서 숨을 고르고 있었다. 카드가는 잠시 아연실색하여 앉아 있다가 투랄리온을 보았다. 그가 느낀 감정과 동일한 경악이 투랄리온의 얼굴에 어려 있었다.

"다른…… 세계들이라고? 아제로스와 드레노어…… 두 세계가 전부가 아니라는 말이냐?"

투랄리온은 충격으로 맥이 빠진 듯 물었다. 그는 죽음의 기사를 바라보며 입을 열었지만, 목소리는 한참 뒤에야 나왔다.

"세계들…… 우리 세상 외의 세계들…… 끝없는 세계에서 죄 없는 생명들이 수도 없이 죽어간단 말인가…… 빛이시여, 저희를 구원하소서."

카드가가 고개를 끄덕였다.

"이해하기 힘든 말이라는 건 알아. 우리가 상대한 호드는 절망과 허기로 반쯤 미쳐 있었지. 자신들의 세상이 죽어가고 있었기에 우리의 세상을 빼앗아야 했던 거야. 이제 다른 세계들의 문도 열 작정이고. 똑같은 이야기가 또…… 계속해서 반복되겠지.”

투랄리온에게는 친구의 목소리가 거의 들리지 않았다. 귓속에서 쿵쿵거리는 자신의 심장 소리에 묻혀 목소리가 흐릿했다. 소울리퍼의 흉측한 얼굴도 흐릿해지며, 성기사의 머릿속에서 느리지만 꾸준하게 반짝이는 하얀빛에 묻혀버렸다.

그는 얼라이언스와 이 세상의 모든 생명체를 굶주린 오크들이 자행하는 파괴로부터 구하려는 열망으로 타올랐었다. 그것만으로도 엄두가 나지 않는 일이었다. 그런데 세계들이라니! 대체 몇 개의 세계를 말하는 것인가? 하나? 둘? 이백만 개? 하얗고 텅 빈 공간에 앉아 광기의 가장자리에서 줄을 타며 불가해한 것을 이해하려고 애쓰는 동안, 가슴속에서 분노와 절망이 차올랐다. 죄 없는 사람들을 지키는 것이 그의 임무였다. 투랄리온은 그 임무를 완수해야만 했다. 하지만 대체 어떻게 해야 그것이 가능하단 말인가? 그렇게 많은—

심장 박동이 갑자기 멈추었다. 그는 순수하고 찬란한 빛이 있던 자리에서, 빛 그 자체인 형체를 보았다. 그것은 공중에 떠서 반짝이고 있었다. 마치 결정같이 단단하면서도 동시에 눈물같이, 용서같이, 그리고 알레리아의 하얀 피부같이 부드럽고 폭신한 무엇처럼 빛을 발했다. 그 존재에는 금빛 가닥이 수없이 드리워 있고, 처음에 투랄리온은 금빛 가닥이 그 존재에게서 나오는 건인지 그 존재에게로 들어가는 것인지 분간할 수 없었다. 다음 순간 투랄리온은 그 두 가지 모두 해당된다는 것을 알아차렸다. 만물이 곧 이 존재였고, 이 존재가 곧 만물이었다. 그는 차오르는 경외감을 느끼며 이 아름답고 찬란한 존재를 마음껏 바라보았다. 그러자 마치 빈 그릇이 된 것처럼 마음속에 희망과 고요가 차올랐다.

절망하지 마라. 맑은 종소리 같기도 하고, 바다의 한숨 같기도 한 목소리가 들려왔다. 빛이 너와 함께하리라. 우리가 너와 함께하리라. 어둠이 아무리 크다 해도 빛이 흩어버리리라. 어느 세계나, 어느 생물에게나 빛이 그 자리에, 그 영혼 속에 있다. 그리 알고 기쁜 마음으로 나아가거라, 투랄리온.

마치 이에 대답하기라도 하듯 투랄리온의 심장이 다시 뛰기 시작했다. 그는 그제야 심장이 멈춘 적이 없었다는 걸 깨달았다. 얼어붙은 듯 길게 느껴지던 그 희열의 순간이 사실은 찰나의 순간처럼 짧았던 것이다.

카드가는 투랄리온에게 이 상황을 받아들일 시간을 주었다. 마침내 투랄리온이 고개를 들었다. 그의 눈은 맑고 또렷했으며 얼굴은 결의로 가득 차 있었다.

"놈들을 막아야 한다. 죄 없는 세상들이 이런…… 이런 고통을 당하도록 놔둘 수는 없어. 이 일은 여기서, 아제로스에서 끝난다. 어느 누구도 우리와 같은 고통을 겪어서는 안 된다. 빛은 이곳뿐만 아니라 다른 세상도 비추며, 빛은 우리의 도움이 필요하다."

투랄리온이 단호하게 선언했다.

카드가의 귀에 투랄리온의 부하들이 지긋지긋하다는 듯 중얼거리는 소리가 들렸다. 투랄리온도 눈살을 찌푸리는 걸 보니 그 소리를 들은 모양이었다.

"말하고 싶은 게 있으면 당당하게 말해라."

투랄리온이 명령했다. 두런거리던 병사들이 눈길을 주고받더니 그중 하나가 걸어 나왔다.

"장군님…… 놈들을 그냥 놔두면 안 됩니까? 놈들이 새 세상을 차지하면 더는 우리를 괴롭히지 않고 가버릴 것 아닙니까?"

"설령 그것이 실제로 그리 간단하다 해도, 그건 용납할 수 없다. 모르겠느냐? 우리가 놈들을 막아야 한다. 우리 세상을 구하겠다고 다른 세계의 수많은 생명들을 저버릴 수는 없어!"

그 순간 맑은 목소리가 들려왔다. 알레리아가 먼지와 땀, 자기 것이라기엔 너무 검은 피로 범벅이 된 채 다가오고 있었다.

"게다가 그들이 다른 세계에서 약탈을 하고 살이 오르면 이곳으로 다시 돌아오지 못할 이유가 있느냐?"

알레리아는 그 날카로운 청각으로 이야기를 전부 들은 것이 틀림없었다. 카드가는 알레리아가 평소보다 조금 창백하다고 생각했지만, 그녀는 으스스할 만큼 침착했다.

"2차 대전쟁 때보다 규모가 두 배는 더 크고 하나로 똘똘 뭉친 호드와 싸우고 싶은가? 그것도 아제로스에서 어느 세상이든 차원문을 열 수 있는 호드와?"

카드가는 투랄리온의 눈에 깃든 실망을 보았다. 성기사는 부하들보다는 알레리아가 자신의 말을 납득해주길 바랐던 것이다. 하지만 알레리아는 여전히 오크들을 향한 증오에 사로잡혀 있는 것 같았다. 다른 세상들이 어찌 되든 개의치 않았다. 그저 자신의 손으로 오크들을 사냥해 처단하고 싶은 것뿐이었다. 남에게 그 잔인한 쾌락을 넘겨주고 싶지 않은 것이었다. 그녀는 투랄리온을 향해 돌아섰고, 양쪽 볼이 잠시 붉게 물드는가 싶더니 다시 창백해졌다.

"장군님, 싸우다가 이상한 광경을 보았습니다. 한 무리의……."

카드가에게는 알레리아의 그 음악 같은 목소리가 거의 들리지 않았다.

뭔가가 자꾸 마음에 걸렸다. 뭔가 이상해. 그 순간 카드가는 그것이 무엇인지 알아차리고 놀란 숨을 삼켰다.

"난 바보야!"

카드가가 소리를 지르는 바람에 알레리아의 말이 뚝 끊겼다.

"놈들은 지고 있는 게 아니야! 퇴각하는 거야! 유물을 모두 찾아서 드레노어로 돌아가는 거라고! 이 침략 자체가 우리의 주의를 분산시키기 위한 양동작전이었어. 이제 목적을 이룬 거야!"

소울리퍼의 이글거리는 눈에는 충격과 공포가 가득했다. 그 눈으로 카드가를 잠시 바라보더니 느닷없이 벌떡 일어나 손발과 가슴을 팽팽하게 묶은 밧줄을 물어뜯기 시작했다. 공포 덕분인지 마력도 솟구치는 모양이었다. 소울리퍼는 카드가의 창을 튕겨 내고 보호막을 쳐서, 대마법사가 자신을 제압하려고 반사적으로 외운 주문을 막아냈다.

"너희는 방해하지 못한다! 네놈들이 우리 운명을 바꿔놓을 순 없어!"

소울리퍼가 소리치고는 카드가에게 달려들어 사슬 장갑을 낀 손으로 대마법사의 목을 조르기 시작했다.

죽음의 기사는 손아귀에 힘을 주었고, 카드가는 숨을 헐떡이며 눈앞이 아득해지는 와중에도 놈을 밀쳐내려고 했다. 눈앞에서 온갖 빛이 정신없이 점멸하는 가운데, 시야의 가장자리가 검게 변하기 시작했다. 손을 밀어낼 수도 없었고, 주문을 외울 만큼 정신을 가다듬을 수도 없었다.

그때 갑자기, 미친 듯이 소용돌이치는 빛의 향연을 가르며 새하얀 섬광이 비추었다. 빛은 카드가의 눈을 마비시키면서도, 그의 기관을 옥죄고 피를 차단하는 손아귀에서 느껴지는 고통과 극단적인 대조를 이루는 온기와 평온으로 그를 감쌌다. 카드가는 자신이 이미 죽고도 미처 깨닫지 못한 걸까 생각했다.

빛은 점점 팽창하다가 사라졌다. 카드가의 목을 감싼 소울리퍼의 손이 발작하듯 조여드는가 싶더니, 일순간 악력이 사라졌다. 카드가는 하얀빛 때문에 부신 눈을 깜박이며 비틀거렸다. 폐가 전신에 공기를 전달하려고 애쓰는 동안, 기침을 하며 숨을 헐떡였다.

"괜찮아?"

투랄리온이었다. 부드럽게 빛나고 있는 그의 손이 카드가를 일으켰다. 아래를 내려다본 카드가는 보랏빛 로브가 회색 먼지로 뒤덮인 것을 알아차렸다. 가즈 소울리퍼의 잔해였다. 그는 투랄리온의 힘에 아직도 어안이 벙벙한 채로 친구를 바라보았다. 투랄리온이 그 눈빛의 의미를 알아차리고 멋쩍게 웃었다. 카드가는 친구의 팔을 붙잡았다.

"고맙다."

"내가 아니라 빛이 한 거야."

투랄리온이 그답게 겸손히 대답했다.

"당신의 망할 빛이 놈을 너무 빨리 죽였군요. 내가 본 수레에 대해 추궁했어야 했는데."

알레리아가 뇌까리듯 말했다. 그 목소리에 어린 독기에 카드가조차 두 눈을 끔벅였다.

"수레? 자세히 이야기해보십시오."

카드가의 물음에 알레리아가 돌아섰다. 투랄리온이 아닌 카드가와 이야기하게 되어 차라리 마음이 편하다는 기색이었다.

"오크들이 차원문을 통과하는 걸 봤습니다. 검은용과 함께였죠. 천으로 덮인 수레들이 있었습니다. 자기들 세상으로 뭔가를 옮겨가고 있었어요."

"놈들은 기념품이 아니라 유물을 가지러 왔을 텐데. 수레는 왜 필요한 거지?"

카드가가 신음하듯 중얼거리자 알레리아가 어깨를 으쓱했다.

"저도 무슨 상황인지는 모르지만 알려야겠다고 생각했습니다."

"이제야 좀 알겠다고 생각하던 차에 퍼즐 조각이 또 하나 늘었군요."

카드가는 역겹다는 듯이 로브를 탁탁 털고는 둘을 바라보았다.

"할 일이 많습니다. 드레노어로 원정대를 보내야 합니다. 넬줄이 차원 문을 더 열기 전에 처단하고, 유물들을 되찾아야 합니다. 특히 메디브의 책과 굴단의 해골을 찾아내 어둠의 문을 영원히 파괴해야 합니다."

카드가의 말에 투랄리온이 고개를 끄덕이고는 군사령관다운 손짓으로 정찰병을 불렀다.

"얼라이언스 왕들에게 전갈을 보내라. 호드가—"

그림자가 태양 아래를 지나가는 통에 그의 말이 끊겼다. 그는 손으로 차양을 만들어 빛을 가린 채 하늘을 올려다보고는, 껄껄 웃기 시작했다. 그림자는 여러 개의 날개 달린 형체로 갈라져서 그들을 향해 선회하며 내려왔다. 화살처럼 곧은 용의 그림자가 아니었다. 더 넓고 땅딸막하고 폭신하며, 금색과 하얀색의 털과 깃털로 덮여 있었다.

"왜 이렇게 늦으셨습니까?"

투랄리온이 카드가와 함께 웃으며 소리쳤다. 와일드해머 드워프의 수장인 쿠르드란 와일드해머가 창피하다는 얼굴로 고개를 절레절레 젓는 것이 그리핀 아래에서도 잘 보였다.

"바람이 안 좋았소."

드워프가 자신의 그리핀 스카이리를 착륙시키며 말했다. 거대한 짐승은 우아하게 내려앉으며 까악 하고 울고서는, 기수가 내리기 전에 마지막으로 날갯짓을 했다. 그 긴박한 상황에서도 카드가는 빙그레 미소를 지었다. 정정하고 무뚝뚝한 쿠르드란을 보니 반가웠다.

"때마침 잘 오셨습니다."

카드가는 성큼 다가가 드워프에게 손을 내밀며 말했다. 쿠르드란은 카드가의 손을 덥석 잡고 열심히 흔들었다.

"긴히 전해야 하는 전갈이 있던 참입니다."

"그렇소? 나와 부하들에게 초록 가죽을 잡을 기회만 준다면야 전갈은 얼마든지 환영이지."

쿠르드란이 휘하의 와일드해머 드워프들에게 손을 흔들자, 그들이 서둘러 달려와 차려 자세로 섰다.

"여러 수장에게 각각 전갈을 보내야 합니다."

투랄리온이 웃음을 지우고 얼굴을 굳히며 말했다. 카드가는 그 모습을 지켜보며, 투랄리온이 필요할 때면 얼마나 근엄한 얼굴이 되는지 그 스스로도 알까 생각했다.

"이렇게 전해주십시오. 오크들이 드레노어로 퇴각하고 있지만, 다른 세계들로 통하는 차원문을 여는 수단을 손에 넣었다고 말입니다."

드워프들은 눈을 휘둥그레 뜨면서도 말을 끊지 않았다.

"오크들은 무언가를 수레에 실어 저쪽 세계로 가져가고 있습니다. 놈들에게는 값진 물건인 게 틀림없지만 그게 무엇인지는 아직 모릅니다. 우리는 놈들을 뒤쫓아 어둠의 문을 넘어가려고 합니다. 차원문을 열고자 하는 것을 막을 작정입니다. 무슨 수를 써서라도."

"확실하오?"

쿠르드란이 나지막이 묻자, 투랄리온은 고개를 끄덕였다. 잠시 침묵이 흘렀다. 모두들 투랄리온이 올바른 판단을 내렸다는 걸 알면서도, 믿을 수 없는 상황에 할 말을 잃은 것이었다.

"자, 서두르십시오. 그리핀을 타고 소식을 전하십시오."

투랄리온의 지시에 그리핀 정찰병들은 고개를 끄덕인 후 경례를 붙이더니 각자 그리핀을 타고 하늘로 날아올랐다. 투랄리온은 친구들을 향해 돌아서서 엄숙하게 말했다.

"자, 우리는 이 세상을 떠날 준비를 하러 가죠."

14장

정신없이 계획을 세우는 동안 그날 오후와 저녁이 흘러갔다. 누가 가야할까? 누가 남아야 할까? 어떤 물자를 챙겨가야 할까? 얼마나 오래 기다려야 할까? 논의는 토론에서 논쟁으로 변했고, 심지어 고성이 오가기 시작했다. 그리핀을 활용하는 방도를 놓고 설전이 벌어졌을 때 투랄리온은, 알레리아와 쿠르드란이 주먹다짐을 하는 건 아닐까 걱정하기도 했다.

하지만 마침내 모두가 만족하는 계획이 완성됐다. 알레리아를 비롯한 몇몇은 바로 출발하고 싶어 했다.

"내 순찰자들은 오크만큼이나 밤눈이 밝습니다. 달빛이 있으니 인간도 문제없을 테고요."

"안 됩니다. 우리가 당신만큼 시력이 좋은 건 아닙니다, 알레리아. 게다가 다들 지쳤어요. 밤에는 오크들이 유리할 겁니다. 지금은 오크들이 공세를 취하고 있지도 않고요."

투랄리온이 그녀의 의견에 반대하자 알레리아의 눈이 가늘어졌다.

"맞아요. 아마 기운을 차리고 아침에 덤비려고 쉬고 있겠죠."

투랄리온은 그 말에 대꾸하지 않고 잠시 뜸을 들였다. 스스로 투랄리온의 주장에 힘을 실어주었다는 사실을 깨달은 알레리아가 아무 말 없이 눈살을 찌푸리자, 카드가가 끼어들었다.

"투랄리온 말이 맞습니다. 우린 지쳤어요. 녹초가 됐죠. 이 계획의 목적은 함성을 지르며 달려들어 오크들을 되는대로 잡아 죽이는 게 아니라, 최대한 많은 병력을 데리고 문을 통과하는 겁니다. 현재 문을 지키고 있는 녀석들보다 더욱 강한 적을 상대해야 하니까요."

투랄리온은 이 말이 딱히 알레리아를 겨냥한 말은 아니라고 생각했지만, 그녀는 정곡을 찔린 모양이었다. 알레리아의 얼굴이 빨개졌다가 다시 종잇장처럼 하얘졌고, 그녀는 조용히 방에서 나갔다. 투랄리온은 자기도 모르게 따라가려 했지만 카드가가 그의 팔을 붙잡았다.

"놔둬. 지금 이야기해봐야 상황을 악화시킬 뿐이야. 지금은 알레리아도 우리만큼 지쳐서 사리 분별이 명확하지 않아. 그녀가 먼저 널 찾아올 때까지 기다려."

그녀가 먼저 널 찾아올 때까지 기다려. 투랄리온은 늘 그렇듯 카드가가 어디까지 아는 걸까 궁금했다. 그 말은 계산에서 나온 걸까, 아니면 아무 생각 없이 나온 걸까.

"베라나, 잠시 얘기 좀 해."

알레리아는 부관과 함께 회장을 나와 할당받은 막사로 향하며 말했다. 알레리아는 부관에게 따라오라고 손짓한 후 달과 별이 보이는 산책로로 걸음을 옮겼다. 베라나는 말없이 따랐다. 알레리아가 다음 날 문을 통과하는 쪽을 이끌 생각이냐고 물은 것 외에는 지금까지 아무 질문도 없었다. 베라나와 몇몇 엘프가 뒤에 남아, 일이 틀어질 경우에 대비해 로서의 후예들을 돕는다는 계획이었다. 베라나가 질문하듯 고개를 돌리자 알레리아가 운을 뗐다.

"특별히 맡길 임무가 있어. 부관으로서의 의무를 넘어서는 일이야. 내가 돌아오지 못할 수도 있다는 말, 그저 감상적인 소리만은 아니겠지. 아무도 돌아오지 못할 수도 있어. 문 너머에서 무슨 일이 생길지 모르니까."

알레리아와 몇 십 년째 친구처럼 지낸 베라나는 걱정스러운 표정이었지만 고개를 끄덕였다.

"뭐든 말만 하십시오."

"내가 돌아오지 않으면…… 고향으로 돌아가지 못한다면 우리 가족에게 전해줘. 내가 쿠엘탈라스의 복수를 위해, 우리 종족을 앞으로 있을 공격으로부터 지키기 위해 오크들의 세상으로 갔다고."

알레리아는 투랄리온의 확고하고 열띤 말을 떠올렸다. 호드가 부른 참상을 다른 세상의 죄 없는 생명들이 당하도록 놔둘 수는 없다는 말. 갑자기 목이 메어왔다. 그녀는 거친 목소리로 말을 이었다.

"내가 다른 세상도 구하러 갔다고 전해줘. 우리가 겪은 고통을 결코 알지 못하는 이들을 구하러 갔다고. 내가 스스로 선택한 일이라고, 그리고 무슨 일이 있어도…… 내 마음만은 함께 있다고 전해줘."

알레리아는 주머니 속을 뒤져 작은 목걸이 세 개를 꺼냈다. 목걸이에는 저마다 영롱하고 아름다운 보석이 박혀 있었다. 에메랄드와 루비, 사파이어. 베라나는 보석을 알아보고는, 숨을 삼키며 그녀를 올려다보았다. 알레리아는 고개를 끄덕이며 수긍했다.

"그래. 부모님이 주신 목걸이에 있던 거야. 스톰윈드에서 그걸 녹여 세 개의 펜던트를 만들었어. 난 이걸 가져갈 생각이야."

그녀는 에메랄드를 집어 자신의 목에 걸고는 아랫입술을 깨물었다.

"나머지 두 개는 베리사와 실바나스에게 전해줄 생각이었지. 부탁이야. 그럴 수 있는 상황이 되면 이걸 가지고 고향으로 가서, 내 동생들에게 전해줘. 이렇게 하면 무슨 일이 있어도…… 우린 늘 함께일 거라고 꼭 말해줘."

베라나의 눈이 반짝이는가 싶더니 눈물이 뺨을 타고 흘러내렸다. 알레리아는 그 눈물이 부러웠다. 베라나는 목걸이에 새겨진 문구를 살펴보았다. 알레리아는 토씨 하나까지 외우고 있는 문구였다.

실바나스에게, 언제나 널 사랑하는 언니 알레리아가.

베리사에게, 사랑을 담아, 언니 알레리아가.

"당신은 반드시 돌아와 동생들에게 이걸 직접 전하실 겁니다. 하지만 돌아오실 때까지는 제가 잘 보관하겠습니다. 맹세하지요."

베라나가 알레리아를 꼭 끌어안았고, 알레리아는 자신도 모르게 굳어버렸다. 형식적인 의례를 제외하고는 그 누구도 자신의 몸을 건드리지 못하게 했던 것이다. 그날 이후로는…….

알레리아는 베라나를 한참 안고 있다가 놓아주었다. 베라나는 경례를 하고 눈물을 훔치더니 막사로 서둘러 돌아갔다. 알레리아는 시원한 공기를 마시며 마음을 가라앉히고자 뒤에 남았다. 그때 한쪽 귀가 꿈틀거리더니 어렴풋이 발소리가 들려왔다. 투랄리온을 알아본 알레리아는 미간을 찌푸리며 얼른 그림자 속으로 몸을 숨겼다. 그는 벽으로 걸어와서 기대섰다. 달빛 속에서 그의 넓은 어깨가 구부정해 보였다. 알레리아의 예민한 귀에, 그가 자신의 이름을 속삭이는 소리가 들렸다. 예민한 눈에는 반짝이는 눈물이 보였다. 그녀는 돌아서서 소리 없이 왔던 길로 사라졌다. 베라나와 그런 대화를 나눈 것만으로도 이미 동요하고 있었다. 지금 투랄리온과 이야기를 했다가는 지난 2년간 그토록 힘겹게 쌓아왔던 것이 와르르 무너질 것만 같았다. 그런 위험은 감당할 수 없었다.

얼라이언스 군사령관 투랄리온은 달빛 속에 혼자 서 있었다. 부하들에게는 푹 자두라고 명령했지만, 정작 본인은 잠을 이룰 수 없었다. 카드가의 말과 알레리아의 표정이 자꾸만 떠올랐고, 그의 기억은 지난 2년간 수도 없이 그랬듯 자신의 세상이 완전히 뒤바뀐 그날 밤으로 돌아갔다.

야전 막사 위로 쏟아지는 빗소리를 뚫고 부드러운 속삭임이 들렸다. 알레리아가 "투랄리온?"이라고 속삭이는 소리를 들었을 때, 투랄리온은 그 목소리가 자신의 간절함 때문에 들리는 환청이라고 생각했다. 그가 고개를 들자, 화로의 노란 불빛을 받으며 그녀가 막사 안에 서 있었다.

"알레리아! 빛이시여, 흠뻑 젖었잖아요!"

투랄리온은 얇은 아마 반바지 차림으로 간이침대에서 벌떡 일어나 다가갔다. 엘프는 덜덜 떨며 말없이 그를 올려다보았다. 두 눈은 동그랗게 뜨고 아름다운 금발은 머리에 찰싹 달라붙어 있었다. 수천 가지 질문이 투랄리온의 입안에 차올랐다. 알레리아가 언제 돌아왔지? 무슨 일이 있었던 거지? 무엇보다 이런 시간에 그녀가 왜 혼자서 내 막사에 찾아온 거지?

질문은 미뤄둬야 했다. 알레리아가 푹 젖은 채 떨고 있었으니까. 그는 알레리아의 망토를 풀려고 손을 뻗었다가 호수에 빠지기라도 한 것처럼 그녀의 망토가 흠뻑 젖어 있는 것을 알아차렸다. 그가 축축한 망토를 던지며 말했다.

"이쪽으로 와요. 화로 옆으로. 마른 옷가지를 가져올게요."

투랄리온의 무미건조한 말투에 기운이 났는지, 알레리아는 고개를 끄덕이고 이글거리는 잉걸불의 온기를 향해 조그마한 손을 뻗었다. 그는 트렁크를 뒤져 셔츠와 반바지, 휘장과 망토를 찾아냈다. 알레리아에게는 터무니없이 크겠지만, 마른 옷이라는 게 중요했다. 그가 돌아설 때까지 알레리아는 우두커니 서 있었다. 뭔가 크게 잘못된 것이 틀림없었다.

"이리 와요."

그는 나지막이 말하며 알레리아를 트렁크 앞으로 데려와 그 위에 앉혔다. 언제나 도도하고 절제되어 있던 그녀가 지금은 꼭 절망에 빠진 아이 같았다. 투랄리온은 입술을 깨물며 온갖 질문을 삼키고는, 무릎을 꿇고 그녀의 장화를 벗겼다. 안에는 물이 잔뜩 고여 있었고, 발은 얼음장처럼 차가웠다. 그는 가냘프고 창백한 그 발을 열심히 문질렀다. 잠시 뒤 발이 조금이나마 따뜻해지자, 그는 일어나서 알레리아를 일으켜 세웠다.

"마른 옷가지예요. 옷을 갈아입는 동안 따뜻한 음료를 가져올게요. 그런 다음에 얘기하죠."

그가 알레리아를 다시 화로 쪽으로 당기며 말했다.

투랄리온은 옷가지를 억지로 떠안기고 얼굴을 붉히며 등을 돌렸다. 등 뒤에서 바스락거리는 소리가 들렸다. 그는 알레리아가 이제 돌아서도 된다고 말해주길 가만히 기다렸다.

조그마한 두 손이 뒤에서 허리를 감싸 안는 순간, 그는 너무 놀라서 숨을 삼켰다. 가냘픈 몸이 그의 등 뒤에 와 닿았다. 투랄리온은 잠시 가만있다가 천천히 그 차가운 손을 쥐고 부드럽게 들어 올려, 자신의 심장에 댔다. 심장은 미친 듯이 뛰고 있었다. 차디찬 입술이 어깨에 부드럽게 입맞춤하는 것을 느낀 그는 전율하며 가만히 눈을 감았다.

얼마나 오랜 시간 기다려온 일이던가? 얼마나 긴 시간 동안 꿈꾸었던가? 그는 알레리아에게 흠뻑 빠졌다는 사실을 진작 알아차렸지만, 그 마음을 돌려받으리라고는 상상도 하지 못했다. 하지만 지난 몇 주간, 알레리아도 그와 함께 있기를 원하는 것 같았고, 비록 놀리는 듯한 행동이었지만 그와 더 자주 닿으려고 애쓰는 것 같았다. 그리고 지금…….

"추워. 너무 추워." 그녀가 잠긴 목소리로 속삭였다.

더 이상 참을 수 없었던 투랄리온은 알레리아에게 안긴 채로 돌아서서, 실오라기 하나 걸치지 않은 그녀의 등으로 손을 미끄러뜨렸다. 전쟁으로 거칠어지고 못이 박힌 그의 손 아래에서, 그녀의 하얀 피부는 얼마나 매끄러웠던가. 백조처럼 길고 우아한 목에 건 목걸이의 보석 세 개가 화로의 침침한 불빛에 반사되어 반짝이며 그녀의 피부를 따스한 금빛으로 물들였다. 알레리아가 고개를 들어 그를 바라보자 그의 시야가 흐릿해졌다. 그의 영혼을 뒤흔드는 바람에 감정이 북받쳐 눈물이 흐르려 했고, 그는 눈을 깜박이며 애써 눈물을 억눌렀다.

"알레리아, 내가 따뜻하게 해줄게요. 당신을 아프게 하고 당신을 두렵게 하는 것이 무엇인지는 몰라도 내가 없애줄게요. 당신이 고통스러워하는 건 참을 수가 없어."

투랄리온이 길고 뾰족한 귀에 대고 속삭였다. 그는 팔에 힘을 주어 그녀를 끌어당기고는 꼭 안았다.

그 이상의 행동은 하지도 않을 것이고 바라지도 않을 생각이었다. 그는 당장이라도 알레리아가 침착함을 되찾고는 그저 가지고 놀았을 뿐이라고 할까 봐 두려웠다. 정중하게 거리를 유지한 채 전술이나 전략만 논의하게 될까 봐 두려웠다. 하지만 그녀가 원한다면 기꺼이 따를 것이었다. 알레리아가 평소의 모습을 되찾고, 이 무시무시한 고요에서 벗어나 그 눈에 깃들어 있던 빛과 생기를 되찾는 데 필요한 일이라면 아무래도 좋았다.

하지만 그녀는 멀어지지 않았다. 대신 손을 뻗어 그의 얼굴을 만졌다.

"투랄리온, 벤델오 에라누."

그의 이름과 함께 알레리아가 모어로 속삭이자 투랄리온 역시 답하듯 양손으로 그녀의 볼을 감싸 쥐고, 섬세한 얼굴의 윤곽을 느꼈다. 대단한 기량과 활기, 열정을 지니고도 알레리아는 연약했다. 전에는 결코 연약한 모습을 보여준 적이 없었다. 그녀의 뺨을 타고 물방울이 흘러내리자, 그는 잠시 알레리아가 운다고 생각했다. 하지만 그 물방울은 푹 젖은 머리카락에서 떨어지는 빗방울이었다. 그는 천천히 고개를 숙여 그녀에게 입을 맞추었다. 그녀 역시 그의 목에 팔을 감고 열정적으로 입을 맞추었다. 투랄리온은 어지러움을 느끼며 물러섰고, 그녀는 속삭였다.

"추워, 너무 추워……."

그는 한없이 가벼운 무게에 놀라며 그녀를 번쩍 들어 올려 간이침대에 눕히고, 모피를 덮었다. 그렇게 둘은 따뜻해졌다.

투랄리온은 따갑고 피곤한 눈을 문지르면서 피로 때문이라 우기며 눈물을 억눌렀다.

함께 하룻밤을 보내고 다음 날 일어나보니, 알레리아는 사라진 후였다. 막사에서 나온 그는, 뼛속까지 충격적인 소식을 들었다. 알레리아와 순찰자들은 정찰 임무에서 돌아온 참이었다. 그 잿빛 아침, 투랄리온은 연민과 고통으로 찢어지는 가슴을 느껴야 했다. 호드가 쿠엘탈라스를 초토화했다는 소식을 들었기 때문이다. 알레리아가 사촌과 고모, 삼촌, 조카를 비롯해 열여덟 명의 친척을 잃었다는 소식과 함께.

희생자 중에는 그녀의 남동생도 있었다.

투랄리온은 급히 알레리아를 찾아갔지만, 그녀는 어깨를 잡는 그의 손을 밀쳐냈다. 이야기를 해보려 했지만 그녀는 간단히 무시해버렸다. 마치 연인이었던 적이 없었다는 듯…… 아니, 친구였던 적도 없다는 듯이. 그 순간 투랄리온의 가슴속에서 무언가가 망가졌다. 하지만 그는 장군이자 수장이었으며, 개인적인 고통에 마냥 빠져 있을 수는 없었기에 투랄리온은 그 상처를 모른 척하고 흉터가 생길 때까지 방치했다.

하지만 그날 스톰윈드에서 또 한 번 뼛속까지 젖은 알레리아를 보고 그는 생각했다. 아니, 소망했다. 소망한다면 바보겠지만, 그렇다면 차라리 죽는 그날까지 바보이고 싶었다. 무슨 일이 있었든 투랄리온은 알레리아 윈드러너를 언제까지나 사랑할 것이었고, 둘이 함께했던 그 하룻밤을 짧은 일생에서 가장 밝고 아름다웠던 밤으로 기억했으니까.

"오는군."

렉사르의 목소리는 낮고 차분했다. 그롬은 오우거 혼혈 렉사르가 가리키는 방향을 보고 고개를 끄덕였다.

"그렇군."

그롬은 피의 울음소리를 움켜쥐고는 다가오는 학살의 시간을 기대하며 눈빛을 반짝였다. 다른 오크 부족들이 아제로스를 떠날 때 뒤에 남은 군대는 결코 명목상 남은 것이 아니었다. 얼라이언스는 오늘 무시무시한 적을 상대하게 될 터였다.

붉게 타오르는 그의 눈이 죽어가는 땅을 뒤덮은 얼라이언스 군대를 바라보며 가늘어졌다. 분명 대규모였다. 위험을 알리겠다며 부하들을 버린 채 도망쳤던 지도자는 어디 있지? 그롬은 특히 그자를 죽이고 싶어 안달이 났다.

주인 곁에 있던 늑대 하라사가 흥분한 듯 컹 짖었고, 렉사르는 늑대를 보며 킬킬 웃었다.

"오너라, 조그만 얼라이언스야. 피의 울음소리가 굶주렸다."

그롬이 나직이 중얼거렸다.

일행이 작은 분지를 둘러싼 언덕을 넘자, 투랄리온은 고삐를 당겨 말을 세우고 어둠의 문을 바라보았다. 오크들이 퇴각하고 있는 것이 사실이라 해도, 뒤에 남은 자들이 많았다. 문까지 이르는 길이 쉽지 않을 것 같았다. 줄지어 늘어선 녹색 가죽의 괴물들과 그 옆에서 싸우는 거대하고 하얀 괴물들과 싸워 길을 뚫어야 할 모양이었다.

두 명의 전사가 특히 투랄리온의 흥미를 끌었다. 그중 하나는 오크가 맞는지 확실하지 않았다. 오크를 닮긴 했지만, 피부색은 녹색이 아니라 황토색이었고 다른 오크들에 비해 키가 훌쩍 컸다. 체격도 조금 달랐다. 그자 옆에는 주인만큼이나 위험해 보이는 검은 늑대가 함께 있었다. 강력한 전사가 분명했지만 대장은 아니었다.

저기, 저자다. 웬만한 오크보다 덩치가 크고, 검고 숱진 머리를 틀어 올렸으며, 턱이 검고 눈은 붉게 타올랐다. 기묘한 기호가 새겨진 묵직한 팔 방어구를 착용한 자. 그자는 머릿수가 압도적인 얼라이언스 전사들을 대담하게 바라보고 있었다.

둘의 눈길이 뒤얽혔다. 투랄리온과 눈이 마주친 오크 대장은 인사의 의미로 거대한 도끼를 들어 보였다.

"이번에는 네놈들과 싸울 준비가 되어 있다."

다나스가 형형하게 타오르는 눈빛을 빛내며 전투를 학수고대하고 있었다. 그뿐 아니라 그곳의 모든 병사들도 마찬가지였다.

"로서의 후예들이여! 공격하라!"

투랄리온이 고함쳤다. 그의 군대는 저마다 함성을 내지르며 사방에서 쏟아져 내려갔다. 전투가 시작됐다. 계획은 간단했다. 어둠의 문을 향해 그대로 직진하여 오크들을 최대한 많이 죽인다. 투랄리온은 맹렬하게 싸우면서, 망치를 좌우로 휘둘러 길을 막아서는 적들을 물리쳤다. 가까운 곳에서 알레리아가 싸우고 있었다. 언제나처럼 학살에서 비틀린 쾌감을 느끼는 듯했다. 그때 투랄리온의 육감이 발동했고 어느 한곳을 바라보는 순간, 오크 하나를 검으로 내려치던 알레리아의 뒤에서 다른 오크가 불쑥 튀어나와 무시무시한 곤봉을 들어 올렸다. 그녀는 미처 눈치채지 못했는지, 냉혹한 얼굴로 녹색 시체에 박힌 검을 뽑고 있었다. 알레리아는 복수에 너무 열중해 있었다.

"알레리아!"

투랄리온은 외마디 고함을 지르고는 군마에게 힘껏 박차를 가하며 그녀에게 달려갔다. 그의 눈앞에서, 알레리아가 휘둥그레진 눈으로 금빛 머리를 돌려 피투성이 검으로 공격을 막는 광경이 느릿느릿 펼쳐졌다. 하지만 너무 느렸다. 어찌나 느린지 그가 도착하면 이미 늦은 후일 것만 같았다.

기도가 입을 떠나는 순간, 그는 양손을 힘차게 앞으로 뻗었다. 새하얀 빛이 뿜어져 나가 오크의 가슴을 정통으로 후려쳤다. 오크는 바닥으로 쓰러졌고, 곤봉은 손아귀에서 맥없이 떨궈지며 땅에 뒹굴었다. 아주 짧은 순간 투랄리온의 눈과 알레리아의 눈이 만났고, 그녀는 곧바로 다음 오크와 싸우기 시작했다. 그 역시 곧장 방향을 틀어 다시 난장판으로 뛰어들었다.

투랄리온의 눈길이 아까 눈여겨본 오크 대장에게 닿았다. 그자는 춤이라도 추듯 얼라이언스 군 사이를 누비고 있었다. 육중한 도끼는 공기와 살점을 가르며 울부짖었고, 그 소리는 수많은 희생자들의 비명과 신음 위로 울려 퍼졌다. 그자는 가끔 멈춰서 고함을 치며 지시를 내렸다.

하지만 그자가 강하다고는 해도 오크들은 머릿수로 밀리고 있었고, 표정으로 보아 스스로도 그 사실을 아는 듯했다. 얼라이언스는 파도처럼 가차 없이 밀려들어 문을 향해 전진하고 있었고, 오크 대장은 결단을 내린 듯했다. 그자는 돌아서서 어둠의 문 곁에 있던 망토를 두른 형체에게 뭔가 외쳤고, 그 형체는 고개를 끄덕였다. 대장은 또다시 고함을 질렀고, 계곡에 가득하던 오크들이 즉각 복종하며 얼라이언스에게서 물러나 문을 향해 퇴각했다.

또 하나의 움직임이 투랄리온의 시선에 잡혔다. 망토를 두른 형체 하나가 손을 아래로 뻗어, 문의 가장 오른쪽에 있는 기둥에서 뭔가를 꺼냈다. 그게 무엇인지는 알아볼 수 없었으나, 빛을 받아 번뜩이는 것으로 보아 금속이었다. 그자가 그 물체를 만지작거리는 모양새를 보니 투랄리온은 괜히 초조했고, 노움 메카토크와 나누었던 대화가 떠올랐다.

그게 얼마나 안전합니까?

언젠가는 노움 발명품 사상 최고로 안전해지리라 장담하지.

맞서 싸우던 오크들이 퇴각하며 문을 통과하려 하고 있었다. 카드가가 장담하길, 오크들이 유물을 모두 손에 넣었으니 이제 아마도—

"제기랄!"

투랄리온이 욕설을 내질렀다. 그는 자신의 생각이 틀렸기를 바랐다. 그는 격렬하게 싸우는 인간과 오크의 바다 너머로 카드가와 마법사들을 확인한 후, 그쪽으로 말을 몰아 방금 본 광경을 전했다. 카드가는 미간을 찌푸린 채 귀를 기울였다.

"나라도 이 상황에서는 고향으로 돌아가겠지. 하지만 우선 아무도 방해하지 못하도록 문을 파괴할 거야."

"내 생각도 그래. 그건 기계 장치 같았어. 노움이 만들 만한 그런 물건 말이야."

"아니면 고블린이겠지."

카드가가 말했다. 얼라이언스와 확고한 동맹이었던 노움과 달리, 최근에 만난 고블린들은 기계 장치를 양쪽 모두에 팔아넘겼다.

"지난번 문은 우리가 파괴했으니, 놈들도 이 문을 파괴할 수 있을 거야. 그리고 메디브의 책과 굴단의 해골이 없으면 내가 다시 열 수 있을지 장담할 수 없어."

"그럼 가지. 내가 놈들을 막아주겠어."

투랄리온은 문을 향해 돌진할 태세로 말을 돌리며 말했다. 카드가도 곧장 뒤를 따랐다. 투랄리온은 신들린 사람처럼 오크들을 후려치며 길을 뚫었다. 카드가는 문 옆에서 그 금속 물체를 만지작거리는 형체를 향해 돌진했다. 그런 다음 안장 앞쪽으로 몸을 내밀며 그 형체를 베었다. 그자는 마지막 순간 돌아섰지만, 목으로 들어오는 타격을 피할 만큼 빠르지는 못했다. 상대를 단번에 죽일 만큼 강한 공격은 아니었으나, 망토를 두른 형체는 고통스럽게 신음하며 양손으로 목을 붙잡느라 기계 장치를 떨어뜨렸다.

카드가는 말에서 뛰어내려 그 수수께끼 장치를 집어 들었다. 작은 방패 크기였고 기계 장치가 분명했다. 그리고 재깍재깍 소리가 났다. 그는 재빨리 장치를 분석했지만, 구조가 너무 생소하여 작동을 멈출 수 있는 방법이 무엇인지 알지 못했다. 그것의 기능이 무엇인지는 몰라도 곧 작동할 것 같았다. 카드가는 끙 하고 물건을 들어 올린 후, 마법으로 근력을 강화하여 최대한 멀리 던졌다. 기계 장치는 호를 그리며 계곡을 가로질러 반대쪽 벼랑에 튕겨져 나올 듯이 멀리 날아갔다.

그 순간 폭발이 일어났고, 계곡은 송두리째 뒤흔들렸다.

그롬은 욕설을 내뱉으며 머리를 숙이고 손으로 얼굴을 가렸다. 산산조각 난 바위의 파편들이 날아드는 통에 등과 어깨가 따끔거렸다. 그는 끓어오르는 분노로 위를 올려다보고는, 무시무시한 기세로 흑마법사에게 성큼성큼 다가갔다. 크라쿨은 그롬만큼이나 충격을 받은 얼굴이었고 그롬의 주먹이 날아오자 움찔했다.

"이 배신자! 우릴 죽이려는 것이냐!"

"아니, 아닙니다. 맹세컨대 그 물건이 방패라고 들었습니다. 우릴 지켜줄 방패라고요! 이럴 줄은 몰랐습니다!"

한껏 움츠러든 흑마법사를 한 손으로 잡고 흔드는 그롬의 눈앞에서 붉은색이 오락가락했다. 이 오크의 숨통을 끊고 머리를 뽑아서, 인간 노인이 장치를 던진 것처럼 던져버리고 싶었다. 그롬이 들은 이야기와는 달리, 그들을 지켜주기는커녕 거의 죽일 뻔한 기계 장치처럼.

"누구에게 들었지? 그자는 어디 있느냐? 놈의 심장을 뜯어버려야겠다!"

그는 피의 욕망을 애써 억누르며 흑마법사를 거칠게 흔들었다.

"모릅니다. 말코르가 와서 전해줬어요. 그게 방패라면서—"

그롬은 욕설과 함께 쓸모없는 오크를 밀쳐내고 다시 전장으로 뛰어들었다.

그롬도 사실 그 장치가 마지막 순간에 전쟁노래 부족을 안전하게 탈출할 수 있도록 도와줄 방패라고 들었다. 그건 거짓이었다. 권력을 가진 누군가—고어핀드? 넬쥴?—가 뒤에 남은 전사들이 살아서 돌아오지 못하도록 손을 쓴 것이었다.

그롬은 이 승산 없는 전투에서 반드시 살아남아, 그 누군가의 죗값을 치르게 하겠노라 맹세했다.

오크들은 폭발에 동요했다. 얼라이언스가 오크들보다 먼저 정신을 차렸고, 그롬은 분기충천하여 오크들이 동물 떼처럼 남서쪽으로 몰리는 것을 그저 바라만 보았다. 속수무책이었다. 한쪽에서 한 무리의 인간 부대가 달려들었고 다른 한쪽에서는 또 다른 부대가 퇴로를 막는 바람에, 오크들은 좁은 계곡 어귀로 밀려났다. 문에서 멀리, 고향에서 멀리.

"좋다."

그롬은 뇌까리듯 말했다. 이번엔 얼라이언스가 승리할지 몰라도, 그 승리를 순순히 내주지는 않겠다. 그는 고개를 젖히고 턱을 쩍 벌려 고함을 질렀다. 무기를 휘두르던 얼라이언스 전사 둘이 그대로 얼어붙었다.

"싸워라, 나의 전쟁노래여. 오크답게 싸워라! 전투의 욕망으로 피가 노래하게 하라! 적을 갈기갈기 찢어라! 호드를 위하여!"

"누군가 이곳에 남아 이 부대를 지휘해야 합니다."

투랄리온이 말고삐를 잡고서 알레리아와 카드가 옆으로 다가가, 쿠르드란이 대화가 들리는 범위 안으로 선회해 내려오기를 기다린 후 입을 열었다.

"이 계곡 어귀에 부하들을 일부 주둔시켜 오크들의 탈출을 막겠습니다. 그 외의 인원은 모두……."

투랄리온이 갑자기 말을 멈췄다. 카드가는 그가 부럽지 않았다. 어둠의 문을 통과해 저쪽 세상으로 넘어가고 싶은 사람은 없을 터였다. 물론 카드가를 마법사의 삶으로 인도했던 그의 내면 어딘가에서는 그 너머에 무엇이 있을지 매우 궁금해하고 있었다.

투랄리온은 마음을 다잡고 다시 말을 이었다.

"자, 이제부터 해야 할 일은 모두 아시겠지요. 각자 부하들에게 이건 자발적인 원정이라는 사실을 한 번 더 주지시키십시오. 원치 않는 병사를 저쪽 세상으로 끌고 갈 생각은 없습니다."

다나스는 고개를 끄덕인 후 말을 돌리고 고함을 치며 지시를 내렸다. 알레리아도 순찰대 쪽으로 돌아서서 음악 같은 언어로 나지막이 말했다. 카드가는 투랄리온을 안심시키려는 듯 빙그레 웃어 보였지만, 성기사 투랄리온은 미소로 답하지 않았다. 그는 조용히 카드가에게 말했다.

"알레리아가 죽을 뻔했어. 내가 아슬아슬하게 구하지 못했다면……."

"투랄리온, 알레리아는 노련한 전사야. 우리 둘이 덤빈대도 못 이길걸. 너도 알잖아."

카드가가 역시 조용히 대꾸했다.

"그걸 걱정하는 게 아냐. 나도 알레리아가 자기 몸 정도는 지킬 수 있다는 걸 알아. 그런데 점점 더 무모해져. 점점 더……."

그의 목소리가 작아졌고, 카드가는 투랄리온의 얼굴에 어린 고통을 보지 않으려고 고개를 돌리며 말했다.

"본인의 안전보다는 오크의 처단을 우선시한다는 거지. 무의미한 위험을 무릅쓰면서까지. 투랄리온, 이제 우린 적의 세상으로 넘어가잖아. 어쩌면 그게 알레리아에게 좋을지도 몰라. 너희 둘 모두에게."

투랄리온은 희미하게 얼굴을 붉혔지만 대답하지 않았다. 그는 다시 군대를 돌아보더니, 말을 몰아 군의 한복판으로 갔다. 그가 고함을 질렀다.

"로서의 후예들이여! 우리는 이미 전투를 겪었다. 상실과 패배를 겪고, 승리도 경험했다. 이제 우리는 미지의 세상을 마주하고 있다."

그는 카드가와 눈이 마주치자 살짝 웃어 보이고는 말을 이었다.

"이제 우리는 적의 세상에서 싸운다. 놈들이 다시는 우리를, 그리고 죄 없는 세상을 괴롭히지 못하도록 막아낼 것이다. 얼라이언스를 위하여! 빛을 위하여!"

투랄리온이 망치를 높이 들자 망치는 선명하고 맑은 새하얀 광채를 발하기 시작했다. 환호성이 일었다. 카드가는 조용히 고개를 끄덕였다. 카드가와 안두인 로서가 투랄리온을 처음 만났을 때 느낀 것이 바로 이것이었다. 이제는 마치 한평생 전의 일처럼 느껴졌다. 그때 이미 얼라이언스 사령관과 마법사는, 사제 출신의 성기사가 기대에 부응하리라는 사실을 알았다. 천진하리만치 올곧은 품성이 맹렬한 결의와 결합하여 사람들을 지켜내리라는 사실을, 선두에서 전군을 하나로 규합하여 전혀 다른 세상으로 넘어가리라는 사실을 알았다. 카드가는 투랄리온이 병사들에게 얼마나 큰 힘이 되는지 스스로 알고 있을까 궁금했다. 지금 이 순간, 특히 어느 누군가에게 큰 힘이 되었다. 엘프의 아름다운 얼굴은 드물게도 무방비한 표정이었고, 그녀는 그저 아무 말 없이 그를 바라보고 있었다.

투랄리온은 말을 돌리고 박차를 가해, 어둠의 문으로 향하는 석조 경사로를 올라갔다. 그의 말은 뒷걸음질 치며 버티려고 했지만, 투랄리온은 고삐를 단단히 틀어쥔 채 억지로 말을 전진시켰다. 그가 소용돌이치는 빛을 통과하자, 문의 녹색 광채가 투랄리온의 흰색 광휘를 집어삼키는 듯하더니 그의 모습이 기둥 사이로 완전히 사라졌다. 알레리아와 카드가는 바로 그 뒤에 있었다. 말과 씨름을 하며 균열 안으로 들어선 카드가는 기묘한 감각을 느꼈다. 강한 물살에 휩쓸리기라도 하듯, 일렁이는 추위가 그를 덮치며 어디론가 끌려가는 느낌이 들었다. 오한이 밀려왔고 공허와 소용돌이, 별들과 온갖 색이 한데 어우러진 섬광이 눈앞을 스쳤다. 다음 순간 그는 문을 통과해 나왔고 찰나의 순간 동안 차가워진 피부에 뜨거운 공기가 와 닿았다.

밝다…… 너무 밝다. 그는 자기도 모르게 손을 눈 위로 가져가 빛을 가렸다. 뜨겁고 건조한 열기가 인정사정없이 카드가를 덮쳤다. 그는 두 눈을 깜박이며 눈이 적응하길 기다리다가, 숨을 헉 들이켰다.

바위 위에 선 그의 눈앞에 거대하고 정교한 문이 우뚝 솟아 있었다. 그에 비하면 방금 들어온 문은 급조하여 간신히 형태만 갖춰놓은 수준이었다.

문의 양쪽에는 두건을 뒤집어쓴 남자의 석상이 서 있었고, 계단 아래 빈터 가장자리에서는 거대한 화로들이 타오르고 있었다. 꼭대기에서 불이 타오르는 기둥이 기이하게 만들어진 길 양쪽에 하나씩 서 있었다.

그 너머로 펼쳐지는 메마르고 갈라진 붉은 불모지는 왠지 저주받은 땅과 비슷했다. 그가 서 있는 곳에서도 메마른 땅이 갈라지는 것이 보였다. 그 틈새에서 마치 용이 알을 깨고 나오듯 불길이 땅 위로 솟구치며 날름거렸다. 그러나 카드가의 눈은 하늘에 고정되어 있었다. 하늘은 신선한 피처럼 검붉은색이었고, 높은 곳에서는 진홍빛의 성난 태양이 작열하며 열기를 내리쬐고 있었다. 빛이시여! 저 하늘조차도 눈에 익었다.

"아니야, 아냐. 여긴 안 돼! 이렇게는 안 돼!"

카드가가 갈라지는 목소리로 말했다.

"왜 그래요? 카드가! 왜 그래요?"

알레리아가 물었지만 그는 대답하지 않았다. 하늘도, 땅도 환영 속의 광경 그대로였다.

카드가는 잠에서 깬 듯 화들짝 놀랐지만, 눈앞의 끔찍한 광경은 사라지지 않았다. 그는 고개를 내저으며 억지로 웃음을 지어 보였다.

"아무것도 아닙니다."

거짓말이었다. 다음 순간 거짓이 얼마나 뻔했는지 깨닫고 덧붙였다.

"전에…… 이곳의 환영을 본 적이 있습니다. 이렇게 금방 마주하게 될 줄은…… 예상을, 아니 생각을 못 했죠. 그래서 잠시 혼란에 빠졌습니다. 죄송합니다."

알레리아는 걱정스러운 표정을 지었지만 카드가가 더는 이야기하지 않으리라는 걸 깨달았다.

"이건……."

알레리아는 적당한 말을 찾지 못하고 입을 다물었다. 그녀는 마치 실제로 통증을 느끼는 듯 가슴에 한쪽 손을 댔다. 그 모습에 카드가는 잠시나마 자신의 절망을 잊고 그녀에게 연민을 느꼈다. 알레리아는 숲과 나무, 건강하게 약동하는 땅의 자식인 엘프였고, 카드가만큼이나 당혹스러운 모양이었다. 난데없이 바람이 일었다. 땅을 다질 풀 한 포기도 없었기에, 탐욕스러운 바람은 메마른 흙먼지를 휩쓸어 그들을 덮쳤다. 모두 기침을 하며 눈, 코, 입을 가리려고 손을 뻗었다.

이것이다. 카드가는 문을 통과하는 순간, 먼 훗날의 일이기를 희망하던 운명에 스스로 발을 들였다는 사실을 깨달았다. 환영 속에서 그는 지금처럼 노인의 모습이었다. 그리고 그는 지금 이곳에 있었다. 젠장, 난 고작 스물두 살이야…… 그런데 여기서 죽는단 말이야? 그는 정신을 수습하려고 애쓰며 생각했다. 별로 살지도 못했는데…….

바람은 일어날 때처럼 빠르게 잦아들었다.

"흉측한 곳이군요."

다나스가 기침을 하며 옆으로 다가와 말했다. 카드가는 이 침착한 전사의 사무적인 태도에서 힘을 얻고 싶었다.

"이게 저만의 생각일까요, 아니면 정말 이곳이 저주받은 땅과 비슷하게 생긴 걸까요?"

다나스의 물음에 카드가는 고개를 끄덕였다. 다른 생각을 할 이유가 생겨서 좋았다.

"저들의, 아니 이 세상이 균열을 통해 우리 세상으로 새어 들어온 겁니다. 이곳이 이렇게 황폐해진 이유가 무엇 때문인지는 몰라도, 그것이 우리 세상에도 영향을 미치기 시작한 것이죠. 짐작하기로는 흑마법사들이 쓰던 흑마법 때문이 아닐까 싶습니다만."

그는 가까스로 마음을 다잡고 냉정한 눈으로 주위를 분석하기 시작했다. 이 세상은 그냥 죽은 것이 아니라, 완전히 메말라버린 것 같았다. 오크들이 이곳에 무슨 짓을 한 거지?

"다행히도 아제로스의 변화는 멈출 수 있었습니다. 하지만 이곳의 땅은 아주 오랜 시간 동안 그런 변화를 겪은 것 같군요. 아마 한때는 훨씬 더 살기 좋은 곳이었겠지요."

갑자기 알레리아가 미간을 찌푸리더니 아름다운 얼굴이 창백해지면서 분노로 일그러졌다.

"길이…… 저…… 괴물들이……."

투랄리온이 말을 몰아 옆에 섰다.

"무슨 일입니까?"

"길이…… 길이…… 온통 뼈로 되어 있어요."

알레리아는 제대로 말을 잇지 못했다. 일순 정적이 흘렀다. 알레리아가 착각한 것이 틀림없었다. 그녀가 가리킨 길은 오솔길이 아니었다. 수십 명이 나란히 말을 달려도 될 만큼, 거대한 병기가 지나다닐 만큼 넓은 도로였다. 스톰윈드 앞의 다리보다도 넓었고, 시야 너머로도 길게 이어졌다. 이런 도로를 뼈로 포장하려면 수백 구…… 아니, 수천 구의 시체가ㅡ

"빛이시여."

청년 병사 하나가 중얼거렸다. 청년의 얼굴은 새하얗게 질렸고, 뒤에서는 병사들이 웅성거리기 시작했다. 그들이 그 소름 끼치는 정보를 소화하려 애쓰는 동안, 적이 모습을 드러냈다. 그들이 어둠의 문을 지나왔을 때는 근처에 오크가 별로 없었다. 카드가는 적을 더 만나지 않길 바랐지만, 그 얼마 없던 오크들이 그사이 지원군을 부른 모양이었다. 뼈로 이루어진 길 너머 등성이에서, 수십 명의 오크들이 붉은빛의 무기를 번뜩이고 있었다.

균열과 함께 악몽이 시작된 이후 처음으로, 카드가는 얼라이언스 병사들이 패할지도 모르겠다는 생각이 들었다.

"규모는 작군."

카드가는 나지막이 중얼거렸다. 환영에도 오크들이 있었다. 등성이에 서서 노려보며 고함을 치고 욕설을 내뱉는 오크들.

"이쪽에도 군대가 있어요."

알레리아가 투랄리온을 바라보며 말했다.

"맞습니다."

투랄리온은 감정이 실려 갈라지는 목소리로 대답했다. 그 역시 이 세상을 처음 봤을 때 동요했지만, 지금은 강한 결의에 차 있었다.

"오크들이 죄 없는 생명들을 해치려 할 때, 이를 용납하지 않을 군대가 우리에겐 있습니다. 우리 세상이 이 황량한 곳처럼 고통받는 것을 좌시하지 않을 군대입니다."

그는 병사들을 돌아보며 소리쳤다.

"로서의 후예들이여, 우리는 이 싸움을 위해 태어났다! 우리는 그 어느 때보다도 지금, 우리의 세상을 위해 싸운다! 놈들이 이곳에서 저지른 짓을 우리와 또 다른 이들에게 저지르도록 용납해서는 안 된다! 스톰윈드를 위하여! 로데론과 아이언포지, 놈리건을 위하여! 아제로스를 위하여!"

투랄리온의 목소리는 지금 높이 들고 있는 망치처럼 빛을 발하며, 맑고 선명하고 강하게 전해졌다.

별수 없군. 카드가는 투랄리온 장군을 따라 아수라장으로 뛰어들었다.

15장

넬쥴은 지옥불 성채의 왕좌에 앉아 있었다. 부족들이 통합을 이룬 직후에 호드가 건설한 악몽 같은 요새였다. 그는 이곳이 질색이었다.

삐죽삐죽하고 흉측하며 지리멸렬한 건물로, 검은 돌과 복도, 통로가 미쳐버린 뱀처럼 서로 얽히고설킨 곳이었다. 아담한 건물과 오두막, 땅딸막한 탑으로 이루어진 전통적인 오크 마을과 닮은 곳이 있다 하더라도, 그것의 가장 뒤틀리고 비틀어진 형태에 지나지 않았다. 마치 오크들 스스로가 뒤틀리고 비틀어진 것처럼. 오크 오두막이 푸른 가지로 엮고 나무껍질로 덮어 만든다면, 이 건물들은 검은 돌을 거친 무쇠로 고정해 만든 것이었다. 건물 주위에는 번뜩이는 강철 가시가 돋친 기묘하게 생긴 기둥이 솟아 있어, 마치 손톱이 자란 손이 갈라진 땅에서 불쑥 나와 구조물을 받치고 있는 듯한 인상을 주었다. 지붕에서 지붕으로 배배 꼬인 통로가 연결되어 있었지만, 통로를 일부러 냈다기보다는 건물들이 녹아내리면서 서로 붙어버린 것 같았다. 뒤쪽에는 유난히 높고 뾰족한 탑이 솟아 있었다. 어둠의 의회는 이곳에 블랙핸드의 알현실을 마련하여, 가짜 왕좌에 허수아비 우두머리를 앉혀놓았다. 이제 이 왕좌와 흉물스러운 요새는 호드의 진짜 우두머리인 넬쥴의 차지였다.

넬쥴은 아치형의 창 너머로 차원문을 보지 않으려 했다. 한때 비옥했던 이 세계의 황량해진 모습에 새삼 충격을 받고 싶지 않았다. 하지만 피해봐야 별수 없지 않은가? 그의 손가락이 얼굴에 그려진 하얀 해골을 만졌다. 죽음. 이 세계의 죽음, 동족의 죽음, 자신이 추구하던 이상의 죽음. 그의 옹이 박힌 녹색 손에는 피가 묻어 있었다. 죄 없는 이들의 피. 자신을 믿었던 오크들, 그가 잘못된 길로 이끌었던 오크들의 피였다.

이제 그런 생각들은 그만둬야 한다. 머릿속에서 목소리가 들렸지만, 무시했다. 해골이 몸과 떨어져 있으면 죽은 굴단의 목소리를 무시하기가 더 쉬웠다. 하지만 그는 해골의 말에 신경 쓰지 않기로 맹세했으면서도, 조그만 탁자 위에 놓인 해골을 힐끗 쳐다보았다. 횃불이 노랗게 변한 뼈 위에서 너울거렸다. 그는 자기도 모르게 해골에게 말을 하기 시작했다. 마치 굴단이 그 말을 들을 수 있다는 듯이. 하지만 어떤 면에서는 실제로 그랬다.

"우리는 해를 많이 입혔다. 죽음을 초래하고 파멸을 불렀지. 하지만 이제 오크들을 구할 수 있다. 그리고 너의 해골…… 너의 해골이 이에 일조하리라, 나의 제자여. 너는 살았을 때보다 죽어서 오크들에게 쓸모가 있구나. 이제 넌 옛 스승에게 다시 돌아왔지. 우리가 함께하면 그들에게 새로운 기회를 줄 수 있을 것이다."

하지만 그건 당신이 진정으로 원하는 것이 아니지 않은가, 나의 스승이여?

"원하는 것이고말고! 나는 언제나 많은 이들에게 힘이 되고 싶었다! 내가 그들에게…… 죽음 그 자체였다는 생각을 하면 가슴이 타들어 간다. 그래서 이걸 그리는 것이지."

넬쥴은 눈을 끔벅이며 다시 얼굴에 그려진 해골을 만졌다. 눈앞에 있는 해골과 얼굴을 장식한 해골. 죽음의 손이다.

한때는 그랬을지도 모르지. 굴단의 부드러운 목소리가 위로하듯 마음속으로 스며들었다. 하지만 당신의 그릇은 그보다 크다, 막강한 넬쥴이여. 우리가 함께한다면—

그 순간 슥슥 스치는 소리가 들려와, 넬쥴은 억지로 해골에서 눈을 뗐다. 눈앞에는 고어핀드가 서 있었고, 그와 함께 넬쥴이 알아보지 못하는 인간 하나가 있었다. 키가 크고 훤칠하며, 검은색 고수머리와 턱수염을 깔끔하게 기른 남자였다. 낯선 인간은 호화로운 옷을 입었고, 우아하고 당당한 거동으로 보아 지도층인 듯했다. 그러나 어딘지 진실하지 못한 부분이 있었고, 넬쥴은 그자에게서 뿜어져 나오는 힘을 느끼고 미간을 찌푸렸다.

"유물을 손에 넣었습니다."

고어핀드가 거두절미하고 커다란 자루를 들어 보였다. 넬쥴은 솟아오르는 희망을 느끼며 죽음의 기사에게 손짓을 해 앞으로 불렀다. 고어핀드는 왕좌로 다가가, 자루에서 물건을 하나씩 꺼내 주군의 무릎에 놓았다.

넬쥴은 유물을 하나씩 살펴보며 감탄했다. 붉은색 표지에 놋쇠 테두리와 하늘을 나는 까마귀 장식이 달린 크고 무거운 책. 웬만한 남자의 머리만 하며, 중심부는 별처럼 세공되어 있고 가장자리는 진보랏빛을 띠는 수정. 은과 나무로 만들어지고 끄트머리에는 커다랗고 하얀 보석이 반짝이는 길고 가느다란 홀.

"그래. 이것을 이용해 새로운 문을 열 수 있다. 우리가 호드를 구할 것이야. 당장 일을 시작해야겠다. 이 정도 규모의 주문을 완성하려면 시간이 걸릴 테고, 하나하나 만전을 기해야 하니까. 하지만 이 세 가지 유물만 있다면 우리는 실패하지 않을 것이다."

넬쥴이 세 가지 유물 위에 두 손을 올리며 속삭이듯 말했다. 유물에서 뿜어져 나오는 어마어마한 힘이 느껴졌다. 세상과 세상 사이의 공간을 찢어 열고도 남을 힘이었다. 그는 자신도 모르게 미소를 지었다.

"제가 성공하리라 말씀드리지 않았습니까."

고어핀드가 절을 하고는 한 걸음 물러서서 함께 온 인간을 향해 돌아섰다.

"검은용군단이 없었다면 유물을 찾지 못했을 겁니다. 데스윙 님이 그들의 아버지이자 수장이십니다."

데스윙이라고! 넬쥴의 손이 왕좌의 팔걸이를 꽉 그러쥐었다. 해골에, 죽음의 기사에…… 이제 죽음이라는 이름의 막강한 존재까지 눈앞에 나타났다. 넬쥴은 용의 본모습이 아스라한 안개처럼 인간의 껍데기를 감싸는 것을 보고 내심 전율했다. 데스윙은 입꼬리를 올리며 따뜻함과는 거리가 먼 미소를 지었고, 조롱하듯 과장된 절을 했다. 넬쥴은 쿵쿵 뛰는 심장을 진정시키려 애썼다. 그는 이 또한 꿈에서 보았다. 죽음의 그림자를. 고어핀드가 말했다.

"데스윙 님께서 아이들의 힘을 빌려주셨습니다. 당신과 동족, 그리고 어떤 화물을 어둠의 문으로 통과시키는 조건으로 말이죠."

"화물이라고? 어떤 화물이지요?"

넬쥴은 간신히 말문을 열었지만, 귓가에 닿는 새된 소리에 움찔했다.

"네가 걱정할 만한 것은 아니다."

데스윙이 매끄럽고 차가운 목소리로 대답했다. 그 목소리에서 무시무시한 경고가 묻어났다. 횃불마저 날카로운 질풍에 휩쓸리듯 깜박였고, 용의 그림자가 인간의 육신 뒤에서 일어나 방을 가득 채웠다.

보이느냐? 너희 모두 자신도 모르게 용과 함께 날고 있다. 죽음의 그림자와 날고 있단 말이다, 넬쥴. 이를 받아들이지 않으려는 것이냐?

넬쥴은 두 손으로 귀를 막고 싶었지만, 그래 봐야 무의미하다는 걸 잘 알았다. 그는 심호흡을 하며 억지로 마음을 가라앉혔다.

"도와주셔서 감사합니다, 데스윙이여. 우리 모두 고맙게 생각합니다."

"데스윙 님이다."

"물론이지요, 데스윙 님. 저희가 또 도와드릴 것이 있습니까?"

인간 모습의 용은 이야기를 끝낼 생각이 아직 없다는 듯 그대로 서 있었다. 넬쥴은 이 존재가 어서 가버렸으면 싶었다.

용인간은 잠시 입을 오므린 채 긴 손가락으로 턱수염을 쓰다듬으며 생각에 잠겼다. 넬쥴은 어렴풋이 그가 괜히 고심하는 척하고 있다는 인상을 받았다.

"말만으로도 고맙구나, 고귀한 넬쥴이여."

잠시 후 데스윙이 빈정대는 투로 대답하며 덧붙였다.

"사실 저기 있는 네 해골에 매우 흥미가 동한다고 하지 않으면 거짓말이겠지."

말 자체는 정중하고 외교적이었지만, 당장이라도 넘쳐흐를 것 같은 힘으로 가득했다. 용의 눈에서 순간적으로 횃불이 무색하리만치 강한 불길이 타올랐다.

넬쥴이 침을 꿀꺽 삼켰다. 데스윙에게도 굴단의 목소리가 들리는 것인가?

데스윙은 큭큭 웃고는 깔끔하게 손질한 손을 내밀었다. 반지가 빛을 받아 번쩍였다.

"자, 넬쥴. 네 친구 고어핀드가 내 덕분에 이 물건들을 손에 넣었고, 그리하여 넌 목표를 달성하는 데 필요한 힘을 모두 얻었겠지. 해골은 이제 필요 없을 터. 난 그것이 갖고 싶구나."

넬쥴은 경악을 애써 억눌렀다. 데스윙의 말은 사실이었지만, 해골을 넘겨주고 싶진 않았다. 굴단은 그의 제자였고, 노랗게 바랜 이 해골에 대한 지식이 조금이나마 있다면 넬쥴이야말로 그 누구보다 해골을 손에 넣을 자격이 있었다.

"참을성이 바닥나려 하는구나. 내 참을성이 바닥나는 건 원치 않을 텐데. 안 그런가, 넬쥴?"

죽음이라 불리는 용의 비단처럼 매끄러운 목소리에 넬쥴은 고개를 가로젓고 대답했다.

"원하신다면 해골을 가져가십시오. 하찮은 물건이니까요."

이는 물론 거짓말이었고, 넬쥴도 용군주도 그렇다는 걸 잘 알았다. 데스윙은 날카로운 이를 드러내며 씩 웃고는 해골이 있는 곳으로 뚜벅뚜벅 걸어갔다. 해골이 살갗에 닿자 데스윙의 눈이 커졌고, 순간적으로 넬쥴은 그의 살갗이 있던 자리에서 뿔과 비늘, 금속판을 보았다고 생각했다. 또한 길쭉하고 세모진 그의 머리에서는 붉게 이글거리는 눈을 본 것 같았다.

"우리의 협력 관계가 만족스럽구나. 서로에게 이익이 되는 것 같거든. 우리가 필요하면 부르거라. 이제 돌아가마. 내 아이들이 남아서 마치 내게 복종하듯 너희에게 복종할 것이다."

목소리는 온화했다. 그는 넬쥴과 고어핀드를 둘러보며 고개를 끄덕인 후 긴 망토 아래로 늘어진 손에 해골을 들고 알현실에서 나갔다.

오크 주술사와 죽음의 기사는 그 뒷모습을 바라보았다.

"해골을 가져가지 않았다면 좋았을 텐데 말입니다. 뭐 어차피 우리에게 필요 없다면야, 그의 힘을 빌려 손에 넣은 유물에 비해 작은 대가겠지요."

용이 완전히 가버렸다는 확신이 들자 고어핀드가 말했다. 넬쥴은 마치 지금까지 숨을 멈추고 있었던 듯 심호흡을 했다.

"어떤 이유로 해골을 원하는지 짚이는 데가 있느냐?"

"없습니다."

고어핀드가 마지못해 인정했다. 둘의 눈이 마주쳤다. 붉게 타오르는 고어핀드의 눈동자 속에서, 넬쥴은 용의 존재만큼이나 꺼림칙한 무언가를 보았다. 바로 근심이었다.

"우리에게 주어진 시간은 짧다. 최대한 빨리 준비를 마쳐야 한다."

그들은 너무 늦기 전에 죽어버린 이 땅을 떠나야 했다.

16장

카드가는 이 세상의 밤하늘을 바라보는 것이 좋았다. 붉지 않기 때문이었다.

그는 한숨을 내쉬고 망원경을 조절하며 유난히 밝은 별 하나에 초점을 맞췄다. 그가 투랄리온의 망치라는 이름을 붙인 별자리에 조금 더 가까웠다. 만약에—

"얼마나 남았죠?"

카드가가 화들짝 놀라는 바람에 미끄러지다가 지붕을 꽉 잡았다.

"젠장, 알레리아. 그렇게 몰래 다가오는 짓 좀 그만둬요!"

아름다운 순찰자는 창에서 그를 바라보며 그저 어깨를 으쓱할 뿐이었다.

"조용히 움직이다 보면 어쩔 수 없어요. 게다가 어찌나 집중하던지, 오우거가 쿵쿵거리며 올라와도 몰랐을 거예요. 얼마나 남았어요?"

마법사는 한숨을 쉬고 눈을 문질렀다. 카드가는 명예의 요새라 이름 붙인 건물의 탑 지붕에 앉아 있었다. 토대를 마련하는 데만 몇 달, 외벽과 건물 한두 채를 완공하는 데 또 몇 달이 걸렸다. 이 탑도 그런 건물 중 하나였다. 그동안 그들은 여러 차례 호드의 공격을 막아내야 했지만, 다행히도 대부분 짧은 접전에 불과했다. 호드가 여기 있다는 것도, 전력을 다하지 않고 있다는 것도 분명했다. 왜 전력을 다하지 않는지, 그것을 알아내는 것이 카드가가 밤이면 밤마다 별을 보러 나오는 이유 중 하나였다.

지난 몇 달간도 쉽지만은 않았다. 오크들의 고향으로 넘어와 첫 전투에서 승리한 후로, 얼라이언스가 어둠의 문을 점유하고 있었다. 적어도 문의 이쪽에서는. 원정대가 문을 지나온 지 얼마 되지 않아, 병력과 물자가 뒤따라 문을 통과하는 광경에 환호성이 터져 나왔다.

"얼라이언스의 왕들께서 보내셨습니다."

그중 특히 반가웠던 것은 맥주 통 행렬로, 마그니 브론즈비어드가 보낸 것이었다.

하지만 작은 호사는 오래가지 않았다. 물자를 실은 다음 마차 행렬이 정해진 날에 나타나지 않자, 소부대의 병사들이 조사 임무를 띠고 문을 넘어갔다. 그들은 금세 돌아왔고 아제로스 쪽의 문을 오크들이 점유하고 있다는 소식을 전했다. 그리하여 이곳에서의 생활을 그나마 견딜 만하게, 아니가능하게 해주었던 물자가 아주 가끔씩만 넘어오게 되었다. 약속받았던 병력 역시 간간이 넘어올 뿐이었다. 투랄리온은 한 달 내로 공격에 나설 수 있으리라 낙관했었지만, 문의 주도권이 너무 자주 바뀌는 바람에 약속대로 병력을 공급받을 수가 없었다.

오크들의 본거지는 명예의 요새 서쪽에 있는 흉악하게 생긴 요새였다. 혐오스럽게 생겼을 뿐만 아니라 거대하고 방비가 삼엄했기 때문에, 공격이 성공하려면 아주 많은 고민과 준비가 필요할 터였다.

"얼마 안 남았습니다. 곧 시작입니다."

카드가가 알레리아에게 말했다.

처음에는 수수께끼였다. 그들이 도착해서 명예의 요새를 짓기 시작한 직후, 오크들이 공격을 시작했다. 그 자체만으로는 의외랄 것도 없었다. 의외의 사실은, 오크들이 공격을 멈추지 않았다는 점이다. 물론 매일 있는 일도, 잦은 일도 아니었지만 공격은 계속됐다. 또 하나 이상한 것은 오크들이 어둠의 문에는 아예 관심이 없어 보인다는 점이었다.

"다른 건 몰라도 호드가 멍청했던 적은 없습니다. 그런데 왜 계속 덤비는 걸까요? 요새를 빼앗기에는 머릿수가 너무 적은데도 말이죠. 게다가 문을 노리는 것도 아닙니다."

투랄리온이 어느 날 저녁 다나스, 알레리아, 쿠르드란, 카드가와 회의를 하던 중에 말했다.

"넬쥴이 다른 세계로 통하는 차원문을 이미 연 것 같지는 않습니다. 그런데 왜 아직 열지 않았는지 잘 모르겠군요. 필요한 유물은 다 손에 넣었는데, 필요한 게 더 있는 모양입니다."

카드가는 신중하게 말하며 거친 나무 의자에 등을 기댄 채 길고 하얀 턱수염을 쓰다듬었다.

"막대한 마력과 아주 복잡한 주문이 필요한 일 아닙니까? 지금까지 계획을 세우느라 시간을 끌었을지도 모르지요."

다나스의 말에 카드가는 여전히 수염을 쓰다듬으려 대꾸했다.

"그럴 가능성은 낮습니다. 복잡한 건 사실이지만, 부하들을 보내 유물을 찾는 동안 계획을 세웠을 겁니다. 홀과 책, 눈…… 또 무엇이 필요할까요? 넬쥴은 무엇을 기다리는 걸까요?"

그들은 사로잡은 오크들을 심문해보기도 했지만, 의미 있는 이야기는 전혀 듣지 못했다. 이 오크들은 죽음의 기사가 아니라 졸개에 불과했다. 넬쥴이 뭔가를 기다리는 동안 얼라이언스의 공격을 막으려고 보낸 희생양

일 뿐이었다.

카드가는 짐을 되도록 줄여야 한다는 걸 알면서도, 이곳에 몇 가지 물품을 챙겨왔다. 하나는 어떤 언어든 대화를 주고받을 수 있게 해주는 반지였다. 그 덕분에 으르렁거리는 듯한 언어를 사용하는 오크들을 심문할 수 있었다. 책도 몇 권 가져왔는데, 주문서와 메디브의 것이었던 책 한 권이었다. 이것은 마법과는 전혀 상관이 없었으며 드레노어의 하늘과 대륙에 대한 기록이었다. 카드가는 밤하늘을 바라보면 마음이 편해졌다. 하늘은 낮에만 밝았기에, 별자리를 찾아보며 넬쥴의 수수께끼를 곱씹는 것이 낙이었다. 어느 날 밤에도 그렇게 밤하늘을 보고 있을 때 답을 깨달았다. 마치 별에 답이 있는 것처럼. 그리고 실제로 그랬다.

"홀과 책, 눈입니다!"

카드가는 자신의 거처에서 급히 나서며 쿠르드란에게 소리쳤다.

"엉? 드디어 정신이 나간 거요?" 드워프가 깜짝 놀라 말했다.

"사람들을 불러주십시오. 이야기를 해야 합니다."

잠시 후 여러 군의 사령관들이 탑에 모였다.

"투랄리온, 너부터야. 이리 와서 망원경을 들여다보고 뭐가 보이는지 말해봐."

투랄리온은 당혹스러운 표정을 지으면서도 시키는 대로 했다. 그는 망원경을 보며 말했다.

"별…… 별이 보이는데. 뭘 보라는 거지?"

"별자리를 봐봐. 별이 모여서 이루는 모양 말이야. 무슨 모양이지?"

다른 사람들도 함께 있었지만 흥분한 카드가의 입에서 격식 없는 말이 그냥 굴러 나왔다.

"하나는 네모 같고, 또 하나는 길고 가느다란데. 그거 말고는 뚜렷한 형체가 안 보여."

"아니야, 보는 방법을 잘 몰라서 그래. 메디브는 여러 가지 분야에 빠삭했는데, 그중 하나가 점성술이었어. 내가 본 적도 없는 별자리의 성도가 실린 책들을 갖고 있었지. 그중에 이 세계의 별자리도 있었어."

"다 좋은데, 왜 저걸 들여다보라는 건지 얘기해주지 않으면 거기까지 기어 올라가지 않을 거요."

"이것 보십시오."

쿠르드란이 투덜거리자 카드가는 드워프의 손에 책 한 권을 들이밀었다. 알레리아와 다나스, 쿠르드란이 카드가가 떠안긴 책을 살펴보는 동안 투랄리온은 망원경을 계속 들여다보았다.

"별자리 이름이…… 지팡이…… 고서…… 선견자로군요."

다나스가 중얼거렸다.

"홀과 책, 눈. 그렇다면…… 넬줄이 이 유물들을 찾은 이유는 이 세계의 별자리와 일치하기 때문이란 건가요?"

알레리아가 나직한 음성으로 중얼거리고는 고개를 들어 경탄 어린 눈으로 카드가를 보았다.

"맞기도 하고 틀리기도 합니다. 더 중요한 게 있거든요. 547년마다 한 번, 이 세 개의 별과 관련이 있는 천체 현상이 일어납니다. 책 가운데 있는 불그스름한 점이 보이십니까? 저게 처음으로 나타납니다. 한 달쯤 후에는 혜성이 홀을 가로지르죠. 그리고 그다음 주기에는, 달이 눈의 한가운데를 지나갑니다. 이 기록에 따르면 꽤 장관인 모양이더군요."

카드가가 흥분을 감추지 못하자 투랄리온이 천천히 말했다.

"넬줄이 이 별자리에 상응하는 유물들을 손에 넣었군. 그리고 하늘에 있는 세 별자리에 극히 드문 현상이 일어날 때 그 유물들을 사용한다면……

힘이 강해진다는 얘기겠지?"

"천체가 서로 조화를 이루고 공명한다면, 그 힘을 사용하는 주문이 실패하는 건 불가능할 거야."

"언제지?" 투랄리온이 망원경에서 눈을 떼고 고개를 들었다.

"55일 남았어. 그리고 그 힘은 3일 동안 지속되지."

그들은 애를 태우며 늦어지는 지원군을 기다렸다. 적어도 이제는 기다릴 수 있는 시간이 얼마나 남았는지, 머릿수와 상관없이 공격해야 할 때가 언제인지는 알게 되었다.

카드가는 별 관찰을 방해한 알레리아를 돌아보며 한숨을 내쉬고는, 다시 창문을 통해 안으로 들어갔다.

"어제보다 하루 가까워졌죠. 저도 별을 재촉할 수는 없습니다, 알레리아."

"얼마 안 남았다, 얼마 안 남았다, 인내는 미덕이다, 이런 뻔한 말은 지긋지긋해요."

알레리아는 창을 넘어 방으로 들어오는 카드가를 보며 중얼거렸다.

"당신은 엘프치고 정말 인내심이 부족하군요."

"그러는 당신은 인간치곤 느려 터졌네요. 여기 틀어박혀 있으려고 넘어온 게 아니에요. 난 싸우고 싶다고요."

카드가는 갑자기 짜증이 끓어올랐다.

"알레리아, 당신은 싸우고 싶은 게 아니라 죽고 싶은 겁니다."

"그게 무슨 말이죠?"

"우리가 다 봤습니다. 당신은 피와 복수심에 눈이 멀어 전장으로 달려 나가죠. 당신은 무모합니다. 알레리아, 당신은 허점을 보이고 있어요. 전엔 그러지 않았죠. 그래서 투랄리온이 당신에게 멀리 가지 말라고, 때로는 아예 전투에 참여하지 말라고 지시하는 겁니다. 당신을 잃을까 두려워서요."

알레리아는 도도하고 차갑고 화가 난 눈빛을 띠었다.

"난 투랄리온의 것이 아니에요. 그가 잃고 말고 할 물건이 아니라고요. 난 그 누구도 아닌 나만의 것이에요."

카드가는 입을 다물어야 한다는 걸 알았지만, 그럴 수가 없었다. 지금껏 알레리아와 투랄리온을 보며 꾹 참아왔던 것이다. 둘은 서로 사랑하는 것이 뻔한데도 경계하는 개처럼 서로의 주위를 빙빙 돌고만 있었다. 이제 더는 참을 수가 없었다.

"당신은 당신 것도 아닙니다. 죽은 사람들의 것이죠. 그런다고 그분들이 살아나진 않습니다, 알레리아. 이 요새에는 당신에게 삶을 사는 법을 가르쳐줄 만한, 선하고 현명한 남자가 있습니다. 이제 한번 살아보는 게 어때요? 문을 쾅쾅 닫을 게 아니라, 소중하고 경이로운 살아 있는 세상을 향해 문을 열면서 말이죠."

알레리아는 서로의 얼굴이 코에 닿을 만큼 그에게 성큼성큼 다가갔다.

"어떻게 감히 나한테 그런 소리를! 당신과는 상관없는 일이에요! 내 삶은 내가 선택해요. 왜 당신이 신경을 쓰는 거죠?"

"나한텐 선택의 여지조차 없기 때문에 그래요!"

미처 막을 겨를도 없이 속마음이 튀어나왔고, 둘은 순간 아무 말도 못한 채 서로를 바라보았다. 카드가 스스로도 깨닫지 못하던 진실이, 그대로 튀어나와 벌거벗은 속살을 드러냈다.

"당신은 우리 인간의 인생이 터무니없이 짧다고 생각하는 걸 알아요. 우리의 청춘은 더욱 짧죠. 젊고 강한 시절…… 어느 때보다도 생생하게 살아 있는 시절이 고작 10년이나 될까요? 저에겐 그조차도 없었어요. 열일곱에 노인이 되어버렸으니까요. 알레리아, 전 투랄리온보다 젊단 말이에요! 이 얼굴을 보세요. 난 스물두 살이에요. 그런데 어느 스물두 살 먹은 여자가 이런 노인과 어울리려고 하겠어요?"

그는 화가 나서 자기 얼굴을 가리켰다. 자글자글한 주름, 눈처럼 하얀 수염과 머리카락. 알레리아는 작게 숨을 뱉고 물러섰다. 그녀의 얼굴이 연민으로 누그러졌다. 카드가는 문득 창피해져 눈을 돌렸다.

"전 그냥…… 저는 맛조차 보지 못한 것을 당신과 투랄리온이 그냥 내버리는 걸 보면, 가끔은 짜증이 나요. 죄송해요. 당신에게 분풀이할 일은 아니었는데."

"아뇨, 미안해요. 내가 생각이 짧았어요."

무겁고 어색한 침묵이 둘 사이에 내려앉았다. 마침내 카드가가 헛기침을 하며 입을 열었다.

"갑시다. 투랄리온과 다른 분들을 만나러 가야죠. 계획을 완성해야 하니까요. 왜냐하면 이제…… 아실 겁니다."

"얼마 안 남았으니까요."

알레리아가 말을 받고는 평소와 달리 부드러운 미소를 지어 보였다.

"어마어마하게 넓은 곳이에요."

알레리아가 설명했다. 투랄리온은 알레리아와 순찰대에 성채를 정찰하라는 지시를 내렸고, 얼마 뒤 투랄리온과 알레리아, 카드가, 쿠르드란, 다나스가 회장에 모여 정찰 결과를 의논하고 있었다.

"벽 위의 보도에만 오크가 수십 명은 들어갈 거예요. 감시탑은 여기 있고요."

알레리아가 지도에서 위치를 가리켰다.

"우린 이쪽, 여기서 공격해야 해요. 당신들이 그쪽에서 적의 주의를 끄는 동안, 제가 순찰대와 함께 보초들을 처리하죠. 그다음 성문을 열면, 조용히 진짜 전투 부대를 정문으로 들여보낼 수 있어요."

"좋습니다. 양쪽에서 공격하되, 한쪽에서는 적의 허를 찌른다…… 제대로 타격을 입혀야 합니다. 놈들을 물샐틈없이 에워싼 다음, 포위망을 좁혀 들어가며 저항하는 오크를 하나도 빠짐없이 베는 겁니다."

투랄리온의 말이 끝나자 쿠르드란이 덧붙였다.

"우리가 위에서 공격하겠소. 놈들의 정신을 쏙 빼놓으면 우리 그리핀 기수들이 돌진해서 일을 마무리하는 거지."

투랄리온은 고개를 끄덕였지만, 알레리아가 고개를 저었다.

"당신들도 그럴 여유는 없을 거예요. 저쪽엔 용이 있잖아요."

그들 모두 길고 검은 형체들이 거대한 새처럼 성채 위를 맴도는 광경을 목격한 바 있다.

하지만 쿠르드란은 코웃음을 쳤다.

"그렇긴 하지. 하지만 몇 마리밖에 안 되잖소! 우리가 눈 깜짝할 사이에 해치울 거요."

투랄리온은 와일드해머 수장의 자신감에 자기도 모르게 미소를 지었다.

"그래도 혹시 모르니까, 그리핀 기수들의 지원은 없으리라 생각하는 편이 안전하겠습니다."

쿠르드란이 알겠다는 듯 고개를 끄덕이자 투랄리온은 카드가를 보았다.

"흑마법사와 용들이 힘을 못 쓰게 만들 방법은 없을까?"

"분명 방법을 찾을 수 있을 거야."

카드가가 대답하며 쿠르드란 쪽을 보았다.

"그리핀들이 더욱 유리하게 싸울 수 있는 방법과 병사들에게도 힘을 줄 수 있는 방법을 몇 가지 생각해뒀습니다."

투랄리온이 고개를 끄덕였다. 계획의 윤곽이 드러나기 시작했다. 이제 가장 하기 싫은 부분이 남았다. 그는 심호흡을 했다.

"후퇴해야 할 경우에 대비해서, 여기 남아 명예의 요새를 지켜줄 자가 필요합니다. 알레리아, 당신이 남아줬으면 합니다."

"뭐라고요?" 알레리아는 입을 다물지 못했다.

"제가 믿는 사람이 이곳에 남아야만 합니다. 이곳은 우리의 기지니, 혹시라도 적이 군대를 나눠서 이곳을 치기라도 하면—"

"공격대에는 제가 필요할 텐데요."

"말했다시피 이곳에는 당신이 필요합니다. 순찰대를 보내서 보초를 처리해주십시오."

알레리아가 금발 머리를 흔들었다.

"아뇨, 아니에요. 이곳에 있는 병사라면 누구나 이 요새를 지키는 방법 정도는 알아요. 순찰대는 내 지휘를 따르죠. 당신들과 함께 보내지 않겠어요. 나한테 남으라고 명령한다면요."

"합리적으로 생각하십시오."

투랄리온이 운을 뗐지만 알레리아가 말을 끊었다.

"합리적? 난 당신이 살아온 세월보다 더 오랜 시간 전장에서 싸웠어요, 투랄리온!"

정말 하고 싶지 않은 말이었지만 투랄리온에게는 선택의 여지가 없었다.

"알레리아, 당신은…… 당신은 너무 무모해요. 전에도 내가 당신의 목숨을—"

"그리고 난 당신들 목숨을 여러 번 구했죠!"

"신사분들, 두 분 다 제가 말했던 천체 현상을 보고 싶으시겠지요."

카드가가 나직이 말하며 쿠르드란과 다나스의 어깨에 손을 올리고 계단을 향해 이끌었다.

"오호, 물론이오."

쿠르드란의 대답과 함께 셋은 재빨리 회장에서 나갔다.

투랄리온은 알레리아에게 너무 집중한 나머지, 단둘이 남았다는 사실을 미처 알지 못했다.

"알레리아, 당신은 이제 현명하게 싸우지 않습니다. 제가 당신을 구하려고 계속 지켜볼 수는 없잖아요!"

"난 복수할 권리가 있어! 놈들이 내 가족…… 우리 민족을 학살했으니까……."

"리라스가 살아 있었다면 당신이 이런 식으로 목숨을 내버리길 바랐을까? 그게 정말 동생의 삶을 올바르게 기억하는 방법이라고 생각해?"

투랄리온이 알레리아의 동생 이야기를 입에 올린 건 처음이었다. 그 이름에 알레리아의 입에서 나오던 격한 말이 얼어붙었다. 그녀가 다시 말문을 열기 전에 투랄리온이 말했다.

"당신이 훌륭한 전사인 건 알아. 하지만 지금은…… 그렇지가 않아."

"리라스와…… 사람들…… 난 함께 있지 않았어. 있었다면 손을 써볼 수도 있었겠지. 하지만 난 없었어. 모두가 죽어가는 동안 나만 안전한 곳에 있었어. 그래서 난 차선책을 택한 거야. 살인자들을 쫓는 것. 그게 도움이 됐어. 그렇게, 밀려드는 고통을 계속 밀어냈어."

알레리아의 밝은 녹색 눈동자에 눈물이 어렸고, 투랄리온은 숨을 삼켜야 했다. 그녀가 죽은 동족을 생각하며 우는 모습은 본 적이 없었다. 투랄리온은 그녀를 조금 이해할 수 있었다.

"당신이 그날 밤 했던 말, 번역을 부탁해봤어."

그는 자신이 올바른 말을 하는 것이길 기도하며 잠시 망설이다가 속삭이듯 말했다.

"잊게 해줘."

고여 있던 눈물이 알레리아의 앙상한 광대뼈를 타고 흘렀다.

"하지만 난 잊고 싶지 않았어. 떠나보내기 싫어. 내가 애도하지 않으면…… 진짜로 가버린 게 아닌 것 같았으니까."

투랄리온의 눈에도 눈물이 어려 눈이 시려왔다. 알레리아가 안쓰러워 가슴이 찢어지는 것 같았다. 그래도 그녀에겐 필요했다. 그녀는 슬퍼하며 망자를 애도해야 했다. 오크들을 죽이는 것으로는 더 이상 치유되지 않았다. 이제 그것으로는 고통을 막을 수 없었고, 알레리아는 그 고통을 억누르느라 망가지기 시작했다.

"난 뒤에 남을 수 없어. 남으라고 하지 말아줘. 지난번에도 내가 남았잖아. 내가 안전한 곳에 틀어박혀 있는 동안 사랑하는 사람이 사지로 가는 건—"

갑자기 그녀가 투랄리온을 안고는 머리를 가슴에 묻었다. 투랄리온은 그녀를 꼭 끌어안았다. 알레리아의 가느다란 몸이 너무 오래 억눌렀던 울음으로 흔들렸고, 그녀는 물에 빠진 사람처럼 그를 붙잡았다. 투랄리온은 금빛 머리카락에 입맞춤을 하고 소나무와 흙, 꽃의 향이 어린 그녀의 체취를 느꼈다.

"절대 당신을 두고 가지 않을게." 그가 맹세했다.

알레리아는 눈물로 젖은 얼굴을 들어 투랄리온을 바라봤다. 입맞춤을 하려는 그에게 그녀가 속삭였다.

"나도 당신을 절대 떠나지 않을게."

17장

"끝났다!"

넬쥴은 다시 왕좌에 몸을 묻고 잠시 눈을 감았다가, 무릎에 펼쳐져 있는 두루마리를 힐끗 내려다보았다. 몇 달에 걸친 조사와 계획, 연구, 집중을 요한 주문이 마침내 완성됐다! 천체의 정렬이 일어나면 넬쥴은 여러 세계로 통하는 문을 열 수 있을 테고, 그의 동족도 마침내 생기 넘치는 세계를 차지할 수 있을 터였다. 그리고 그 모든 게 넬쥴 덕분이리라.

"잘됐군. 이제 며칠 후면 정렬이 이루어진다. 드디어 이 저주받은 곳을 인간들에게 떠넘기고 우리 동족은 재건을 시작할 수 있어!"

근처에 서 있던 킬로그가 울리는 목소리로 말했다.

넬쥴은 생각에 잠긴 채 외눈의 노전사를 바라보았다. 그는 오래전부터 킬로그의 전투 기량뿐 아니라 기민한 머리와 뛰어난 전술 감각에도 감탄하고 있었다. 그래서 피눈물 족장이 절뚝이며 문을 넘어오는 순간부터, 넬쥴은 그를 다시 전장으로 내보내는 것은 낭비라고 판단했다. 게다가 이제 피눈물 전사는 얼마 남지도 않았다. 인간들과 그들의 동맹으로부터 숨어

지내는 2년 동안, 한때 규모가 컸던 이 부족도 타격을 입은 것이었다. 넬쥴은 킬로그를 곁에 두고 피눈물 부족을 호위병으로 삼고자 결심했다. 넬쥴 휘하의 어둠달 부족은 그런 결정에 불만을 품었지만, 그들은 아직 얼라이언스를 대적할 만큼 수가 많았다. 게다가 그는 이제 어둠달의 족장이면서 호드의 대족장이기도 했기에, 대놓고 편애할 수는 없었다.

"우선 가야 할 길이 있다."

넬쥴은 킬로그를 힐긋 보고는 주위의 성채를 향해 손짓했다.

"주문은 절대 실패해선 안 된다. 이제 하늘이 우리와 협조하고 있지만, 땅의 협조도 받아내야만 하지. 지맥을 최대한 많이 확보해야 한다. 드레노어의 죽어버린 손아귀로부터 우릴 해방시키는 주문에 대지가 힘을 보태도록 말이지. 그런 일에 제격인 곳은 한 군데뿐이야. 카라보르 사원이다."

킬로그의 한쪽 눈이 휘둥그레졌지만, 그 외에는 표정이 전혀 변하지 않았다.

"검은 사원 말인가?"

그가 숨죽여 말하자 넬쥴이 고개를 끄덕였다. 그는 애써 혐오감을 숨기고 있었다. 드레나이와의 전쟁을 생각할 때면 아직도 반감과 약간의 죄책감이 느껴졌다. 한때 드레나이의 사원이었던 곳에 들어간다 생각하니 등골이 서늘했지만, 킬로그와 호드의 나머지 오크들은 생각이 다르다는 걸 알고 있었다. 그들에게 드레나이의 파멸은 여전히 영광스러운 승리였고, 검은 사원은 귀한 전리품이었다. 이제 넬쥴도 호드를 올바르게 이끌기 위해서는 그렇게 생각해야만 했다.

"그곳에서 의식을 거행하면 성공은 확실하다."

"그렇다면 바로 출발 준비를 하도록 하지."

"출발? 어딜 가려고?"

갑작스럽게 카르가스가 쿵쿵거리며 들어오더니 큰 소리로 물었다. 으스러진손 족장의 왼쪽 어깨에는 부러진 화살대가 꽂혀 있었다. 그는 손을 뻗어 끙 소리와 함께 화살대를 빼냈다. 넬쥴이 카르가스에게 얼라이언스 요새를 공격하는 책임을 맡기자, 이 바보는 소규모 부대를 직접 지휘해 전장으로 나갔다. 대부분의 전투에서는 인간들을 직접 상대하지도 않았고, 얼라이언스 궁수들이 위에서 화살 비를 퍼부으면 카르가스가 견디다 못해 퇴각을 명령하기 일쑤였다. 하지만 적어도 그 덕분에 얼라이언스와 카르가스가 딴 데 정신을 팔게끔 만들 수 있었다.

"별들이 정렬을 이룰 때 검은 사원에 가서 주문을 외우고 문을 열어야 한다."

넬쥴이 설명하면서 두루마리를 말아 허리띠에 매달린 주머니에 잘 넣었다. 그는 일어나 무심코 왕좌를 쓰다듬었다. 지금껏 앉아본 자리 중 가장 편하다고는 할 수 없어도, 가장 위압적인 것은 사실이었다. 다음 세계로 가면 왕좌를 새로 제작해야겠군.

"부대를 집결시키겠다."

카르가스가 대답과 동시에 돌아서서 나가려고 했지만, 넬쥴이 멈춰 세웠다.

"아니다. 아직이야. 대신 덴타그와 고어핀드를 불러라. 여기서 너희 넷과 이야기를 나누고, 각자에게 지시를 내릴 생각이다. 당장!"

카르가스가 잠시 주저하자 넬쥴이 호통을 쳤고, 카르가스는 낫이 달린 손을 들어 경례를 하고는 급히 나갔다.

"나는 그롬에게 소식을 전하겠다."

"안 된다."

돌아서서 나가려던 킬로그가 넬쥴을 돌아보았다.

"그들은 아직 아제로스에 있다. 그롬과 전쟁노래 부족에게도 명령을 내려야 할 텐데."

"아니, 그럴 필요 없다. 그롬 헬스크림에게는 이미 명령을 내렸다. 그도 이 계획의 일부다."

킬로그가 꺼림칙하다는 표정을 짓자, 넬쥴은 일어나서 몸을 꼿꼿이 세웠다.

"내 지혜를 의심하는 것이냐, 킬로그?"

팽팽한 긴장감이 한동안 흐른 끝에, 결국 킬로그가 고개를 숙였다.

"물론 아니다, 주술사여."

"가서 전사들을 모아라. 곧 출발할 터이니 준비하라 이르도록."

킬로그가 고개를 숙이고 나가자, 넬쥴은 방을 서성거리기 시작했다. 고어핀드가 장담한 대로 폭탄이 작동했을까? 분명 그랬으리라. 그롬이 붉은 눈을 번뜩인 채로 피를 요구하며 쳐들어오진 않았으니까. 잘된 일이었다. 그롬 헬스크림은 언제나 다루기 쉽지 않은 존재였지만, 자기 몫은 해주었다. 이제 그는 필요가 없었다.

킬로그는 금세 돌아왔고 고개를 살짝 끄덕여 전사들을 준비시켰다는 뜻을 전했다. 고어핀드도 얼마 후 도착했고, 카르가스와 덴타그 역시 알현실로 들어왔다.

부관들이 모두 모이자 넬쥴이 말했다.

"좋다. 내가 주문을 완성했다."

이 말을 들은 고어핀드와 덴타그가 웃음을 지었다.

"해내실 줄 알았습니다!" 덴타그가 말했다.

"검은 사원으로 가시는 겁니까?"

고어핀드가 빙그레 웃으며 묻자 넬쥴도, 덴타그도 깜짝 놀랐다. 넬쥴은 진작 예상했어야 했는데, 하고 생각했다. 고어핀드는 공감 능력까지는 몰라도, 능력으로나 인지력으로나 넬쥴이 보았던 젊은 주술사 중 가장 전도유망했다. 죽기 전에도 이미 강력하고 자신만만하며 명민한 흑마법사로 성장해 있었으며, 죽음의 기사로 돌아온 후에는 그 힘과 지혜가 늘었으면 늘었지 줄지 않았다. 곧 위험해질 인물이었다.

"그렇다. 그런 주문을 시전하기에 제격인 곳이니."

"해가 질 때까지는 호드 전사들이 준비를 마칠 것이다. 소수의 병력을 남겨서 이곳 성벽을 지키고, 나머지는 당신을 호위하여 그곳으로 갈 것이다."

카르가스의 보고를 듣고 있던 고어핀드가 고개를 저었다.

"얼라이언스가 곧 계략을 간파할 겁니다. 그리고 우리가 지금껏 그들을 요새에 가둬놓을 요량으로 공격했다는 걸 알면, 전군을 동원해 이곳을 치겠지요."

넬쥴이 고개를 끄덕였다. 그 역시 그렇게 생각하던 터라 카르가스에게 지시를 내렸다.

"네가 부족을 데리고 여기 남아라. 우리가 검은 사원으로 가는 동안 얼라이언스 군의 공격을 막아내라. 난 시간이 필요하다. 네가 최대한 오래 놈들의 발을 묶어둬야 한다. 살아남는다면 그곳으로 오거라."

카르가스는 낯빛이 조금 흐려지는가 싶더니 곧 표정을 다잡고 고개를 끄덕였다.

"이 벽 너머의 평원에는 놈들의 시체가 높이 쌓일 것이다!"

그는 낫 손을 들며 다짐하고는 나머지 셋에게 인사를 한 후 밖으로 나갔고 곧이어 고함을 치며 명령을 내리는 소리가 들려왔다.

"저들이 이길 수는 없을 텐데요." 덴타그가 말했다.

"이길 필요는 없다. 내가 주문을 완성할 때까지만 얼라이언스가 우리 뒤를 쫓지 못하도록 잡아두면 족하다. 이 성채는 튼튼하고, 으스러진손 전사들은 강인하지. 그들은 훌륭하게 싸울 것이다. 우리들은 으스러진손의 이름으로 세계를 정복하고 이를 기릴 것이다."

넬쥴이 어깨를 으쓱하며 나무라듯 말하자 덴타그는 쉽게 받아들였다.

"알겠습니다. 카르가스의 충성심이나 전사들의 기량을 의심하는 것은 아닙니다. 그들은 끝까지 싸울 테지요."

"그렇다. 그리고 너도 그와 함께 싸우거라."

넬쥴이 어둠달 오우거 마법사를 응시하자 이번엔 덴타그가 깜짝 놀라 뒷걸음질 쳤다.

"네? 하지만 주인님, 검은 사원에는 제가 필요합니다! 제가 있을 자리는 주인님 곁입니다!"

넬쥴의 가슴속에 느닷없이 뜨겁고도 순수한 분노가 차올랐다.

"네가 있을 자리는 내가 있으라고 명하는 곳이다!"

넬쥴이 낮아진 목소리로 을러댔고, 그와 동시에 덴타그의 눈이 커졌다.

"주인님, 얼굴이…… 해골이……!"

넬쥴의 분노가 잦아들면서 그는 하얀 물감을 칠한 얼굴에 손을 댔다. 언제나처럼 똑같이 느껴졌다. 그는 한결 부드러워진 목소리로 말했다.

"인간들에게도 마법사가 있다. 자기 몸을 챙길 만한 마력을 지닌 누군가가 남아서 인간 마법사들을 막아야 한다. 내가 믿을 수 있는 누군가 말이지. 그 누군가가 바로 너다."

넬쥴은 앞으로 나아가 한 손을 오우거의 어깨에 올렸다. 덴타그가 뒷걸음질을 치는 바람에 손이 떨어졌다.

"왜 저자가 남지 않는 겁니까?"

덴타그가 고어핀드를 힐끗 보며 물었다.

"나는 너보다 균열과 차원문에 대한 지식이 훨씬 깊기 때문이지. 나도 여기 남아 인간들에게 마법을 한 수 가르쳐주고 싶지만, 넬쥴 님이 의식을 치르려면 내 힘이 필요할 것이다."

고어핀드의 말에 덴타그의 작고 돼지 같은 눈이 다시 넬쥴에게로 향했다.

"맞다. 고어핀드가 필요하다. 마음 같아서는 너도 데려가고 싶지만, 너는 이곳에서 카르가스에게 마법 능력을 보태주는 편이 훨씬 큰 도움이 될 것이다."

넬쥴이 자상하다 못해 사과하듯 말하자 오우거 마법사는 마침내 고개를 끄덕였다.

"명령대로 따르겠습니다, 주인님. 인간 마법사들을 막겠습니다. 제가 살아남는다면 검은 사원에서 뵙지요."

사원을 직접 보고 싶다는 마음이 덴타그의 목소리에 솔직하게 묻어났다.

"좋다. 검은용들을 이곳에 남겨 전투를 돕게 하겠다. 이제 가서 카르가스와 의논하거라."

덴타그가 살아남을 확률이 희박하다는 건 넬쥴도, 덴타그도 알고 있었다. 넬쥴은 오우거 마법사가 고개 숙여 절하는 걸 곁눈으로 보고, 곧이어 알현실에서 나가는 소리를 들었다. 쿵쿵거리는 발소리가 멀어지자, 넬쥴은 킬로그와 고어핀드를 향해 돌아서며 지시했다.

"전사들과 죽음의 기사들을 집결시켜라. 당장 떠난다."

한 시간이 채 지나지 않아 넬쥴은 킬로그와 전사들에게 둘러싸인 채, 늑대를 타고 지옥불 성채에서 나왔다. 고어핀드와 죽음의 기사들은 되살아난 말을 타고 앞길을 정찰하는 중이었다. 뒤에서는 카르가스와 오크들이 성채 벽에서 넬쥴의 이름을 연호하며 환호성을 질렀다. 호드의 지도자는 한 손으로는 주머니를 더듬어 두루마리가 잘 있는지 확인하고, 한 손으로는 늑대의 두꺼운 털가죽을 움켜잡고서 앞으로 나아갔다.

넬쥴은 단 한 번도 돌아보지 않았다.

18장

알레리아는 그날 밤 투랄리온과 함께였다. 둘은 한참, 아주 한참 동안 이야기를 나누며 둘 사이에 벌어졌던 틈을 메웠다. 더는 말할 수가 없게 되자, 그들은 마음과 몸으로 치유를 이어갔다. 둘은 다음 날 아침 투랄리온의 거처에서 함께 나왔다. 알겠다는 듯 씩 웃는 친구들의 눈길을 받으면서도, 둘은 앞날에 진짜 행복이 있다는 걸 알았다. 오늘은 함께 죽음을 마주하더라도, 살아남는다면 더욱 큰 기쁨이 기다리고 있으리라는 걸 알고 있었다.

그리고 둘은 살아남을 작정이었다. 서로를 되찾은 지금, 투랄리온은 절대로 그녀를 놓지 않을 생각이었다.

투랄리온은 알레리아에게 강렬한 입맞춤을 했고, 그녀는 날이 새기 전 순찰대와 함께 조용히 떠났다. 그들은 신호에 대해 의논하고, 마침내 시간도 결정한 것이었다.

"감시탑을 점령하면 심장이 열 번 뛰는 시간만큼 불을 껐다가 다시 지필게. 해가 지평선 위로 완전히 올라올 때까지 신호가 없으면, 그냥 와. 어차피 한 시간 정도 지나면 적에게도 당신의 동태가 훤히 보일 테고, 그러면 이 계획은 수포로 돌아갈 테니까.”

알레리아의 설명에 그는 고개를 끄덕였다. 투랄리온은 이제 알레리아가 보이지 않는 곳에서 싸운다는 것이 불안하지 않았다. 이제 그녀가 불필요한 위험을 무릅쓰지 않으리라는 것을 알았기 때문이다. 알레리아는 다시 그녀 자신으로 돌아왔다.

다나스가 이끄는 부대가 미끼가 되어 호드 군과 교전을 시작하면, 투랄리온이 본대를 이끌고 출발한다는 계획이었다. 다나스와 부하들은 머릿수로 밀리겠지만 오래 버틸 필요는 없었다. 투랄리온은 잠시 주저하면서도 단호하게 말했다.

“한동안은 힘들 거야. 다 계획대로 될 거라고 믿어야만 하네. 문 앞에서 벌어졌던 그 전투처럼 느껴질지도 몰라, 다나스.”

다나스는 강철 같은 눈으로 사령관을 바라보았다.

“아니요, 아닙니다. 이번에 그 녹색 잡놈들의 허를 찌르는 쪽은 우리 병사들이니까요. 투랄리온 장군을 믿습니다. 죽은 아이들의 영혼이 우리와 함께 싸울 겁니다. 오크들을 두 전선 사이에 가두면 그때는 아이들도 안식에 이를 수 있겠지요.”

“다나스…….”

투랄리온은 몸서리를 쳤지만 다나스는 손을 저어 말을 끊었다.

“전 죽을 생각 없습니다. 그건 걱정하지 마십시오. 언젠가 이 병사들을 데리고 고향에 반드시 돌아가고 말 겁니다. ‘삼가 조의를 표합니다’라는 말이 들어가는 편지는 이제 쓰고 싶지 않습니다.”

투랄리온은 부관의 어깨를 붙들고 고개를 끄덕였다. 본대가 파도처럼 오크들을 덮칠 때까지, 다나스가 적의 발을 묶어주리라 굳게 믿었다.

쿠르드란과 그리핀 기수들은 카드가를 비롯한 마법사들과 함께 그 파도에 합류할 것이다. 투랄리온은 2차 대전쟁 때부터 늘 함께했던 카드가와 떨어지는 것이 아쉬웠고, 그와 나란히 전투에 참여하지 못한다는 것이 이상하게 느껴졌다. 하지만 일이 순조롭게 풀린다면 조만간 다시 만나 승리를 축하할 것이다.

지금 그는 서늘한 새벽녘에 신호를 기다리고 있었다. 다나스의 기병대는 옆으로 돌아가 후방에서 함성을 지르며 공격할 것이고, 투랄리온의 보병대는 신호가 보일 만큼 가까우면서도 밤의 장막 아래 숨을 수 있을 만큼 거리를 둔 위치로 조심스레 이동할 것이었다. 그는 길고 튼튼한 성벽을 바라보았다. 성벽에 드문드문 놓인 거대한 화로가 기분 나쁘게 타오르며, 성채에 솟은 철 가시의 윤곽을 어렴풋이 드러냈다. 삐죽삐죽하고 강해 보이는 검은 건물의 존재감은 실로 굉장했다. 투랄리온은 왠지 성벽 안에 있는 오크들, 즉 살아 있는 오크와 죽음의 기사들은 물론이고 성채 그 자체도 쓰러뜨려야 한다는 생각이 들었다. 성채는 단단하면서도 유기적이고 흉측했다. 마치 살점이 군데군데 녹아내려 날카로운 뼈를 드러내고 있는 짐승 같았다.

투랄리온은 눈이 시리도록 감시탑을 노려보았다. 됐다. 화로 하나가 꺼졌다. 그리고 다시 타오르기 시작했다. 마지막 불이 꺼졌다가 다시 불타오르는 순간, 고함을 지르는 인간 병사들의 목소리와 천둥 같은 말발굽 소리가 들려왔다. 그는 당장이라도 뛰어들고 싶은 마음을 억누르며 기다렸다. 순찰대가 문까지 오려면 시간과 기회가 필요했고, 그러려면 문에 배치된 오크들이 다나스의 부대와 싸우기 위해 이동해야 했다.

한순간 한순간이 고통이었다. 마침내 무기와 무기가 부딪치는 소리와 함께 오크들의 함성이 부하들의 함성과 섞이자, 그는 때가 되었다고 생각했다. 투랄리온은 망치를 들어 올렸다. 망치의 금속 머리가 이른 아침의 빛을 받았다.

"성스러운 빛이 우리에게 힘을 주시리라."

투랄리온이 조용히 말하자 주위에 모여 있던 부하들이 고개를 끄덕였다. 투랄리온의 망치가 번쩍이며 안에서부터 빛을 발하기 시작하자 웅성거리는 소리가 퍼져 나갔다.

"빛이 우리를 승리로, 명예로, 영광으로 이끄시리라."

그 순간, 망치가 하얀빛으로 만들어진 듯 눈부시게 빛났다. 그 빛은 앞으로 뻗어 나가며 파도처럼 그들을 뒤덮었고, 투랄리온은 이제 모두가 자신처럼 힘과 평화를 느낀다는 걸 알 수 있었다. 망치와 그들 하나하나에게 깃든 희미한 기운 덕분에 주위의 붉은색 바위가 한층 어두워 보였다. 그는 빛의 축복이 보여주는 분명한 징표에 미소를 지었다.

투랄리온은 부하들을 이끌고 벽을 따라 달렸다. 눈앞에 높이 솟은 성채는 다가갈수록 점점 거대하고 압도적으로 다가왔다. 곧이어 흉물스러운 얼굴의 벌어진 입 같은 성문이 보였다.

그때 돌진이 너무 일렀던 것일까 하는 불안감이 엄습하려는 순간, 성문이 열리기 시작했다.

"그분이 해내셨습니다."

부하 하나가 숨죽여 말하자 그는 부드럽게 대꾸했다.

"당연하지. 알레리아 윈드러너니까."

빛이시여, 전 그녀를 너무나 사랑합니다.

하지만 성문이 열리는 걸 알아차린 건 그들뿐만이 아니었다. 알레리아와 순찰대원들이 투랄리온의 부대와 합류하려고 달려 나오는 동안, 오크 몇몇이 그 뒤를 쫓았다. 투랄리온은 어슴푸레한 빛 아래에서 알레리아의 금빛 머리를 알아보고, 전력으로 질주하기 시작했다. 그의 망치가 저절로 움직이듯 올라가서 다시 빛을 발하기 시작했다. 하얀빛이 투랄리온의 머리 위를 밝혔다. 순찰대원들을 쫓던 오크 하나가 그 빛을 보고 방향을 틀어 돌진해왔다. 투랄리온은 잠시 그 오크가 무기도 없이 달려드는 줄 알고 정신이 나간 자라 생각했다. 그런데 그자의 손이 있어야 할 자리에는 낫이 달려 있었다.

"로서의 후예들을 위하여!"

소리 없이 움직일 필요가 없어지자 투랄리온이 있는 힘껏 외쳤다. 그는 망치를 내리쳐 오크의 두개골을 후려쳤다. 첫 번째 오크가 쓰러지는 순간, 투랄리온은 망치를 뒤로 휙 돌려서 앞에 있던 오크를 스치듯이 치고, 두 걸음 너머에 있던 오크는 온 힘을 다해 휘갈겼다. 오크 하나가 그쪽으로 달려들었지만, 놈의 왼쪽 눈에서 갑자기 화살이 튀어나오더니 그대로 소리 없이 쓰러졌다. 또 다른 오크가 으르렁거리며 옆구리에 찼던 곤봉을 휘둘렀지만, 알레리아는 앞으로 뛰어 공격을 피하고는 검을 내질렀다. 검날은 녹색 괴물의 목을 꿰뚫고 머리 뒤로 튀어나왔다. 투랄리온은 몸을 빙글 돌려 방금 기절시킨 오크의 숨통을 끊고 전속력으로 계단을 달려 올라갔다. 알레리아와 순찰대, 투랄리온의 부하들이 그 뒤를 바짝 따랐다.

투랄리온이 계단을 반쯤 올라가서 굽이도는 순간, 오크 한 부대가 앞을 막아섰다. 몸집이나 힘, 위치로는 오크들이 유리했지만, 투랄리온에게는 추진력과 결단력이 있었다. 그는 양손으로 망치 머리 바로 아래를 잡고, 공성추처럼 망치를 사용해 오크들을 그대로 밀어붙였다. 투랄리온 자신도 그 충격으로 휘청하는 바람에 뒷걸음질 치지 않으려고 안간힘을 써야 했지만, 오크들은 옆으로 밀려나 벽에 부딪히거나 계단을 굴러 바닥으로 고꾸라졌다. 가까스로 정신을 차리고 투랄리온에게 반격을 가하려던 오크들은 알레리아와 순찰대원들의 활약 덕분에 화살투성이가 되었고, 투랄리온이 기절만 시키고 죽이지 않은 오크들은 그의 뒤를 따라 계단을 올라오던 부하들의 손에 끝을 맞이했다.

투랄리온은 마침내 꼭대기에 다다랐다. 단 몇 분처럼 느껴졌지만 아마 그보다 길었으리라. 성채의 흉벽이 눈앞에 뻗어 있었다. 명예의 요새보다 흉벽이 길었지만 그보다 덜 평평하고 더 혼란스러우며 기괴했다. 흉벽 위에 있던 오크들이 무거운 창을 들고 정문으로 다가오는 군대를 향해 던질 태세를 취하고 있었지만, 호드의 대부분은 정문으로 쏟아져 나가 얼라이언스와 정면에서 붙고자 뛰어가고 있었다. 투랄리온은 하늘을 선회하는 길고 검은 형체들을 보며 검은용들이 싸움에 끼어들기 좋은 순간을 기다리고 있다는 걸 깨달았다.

"얼라이언스여!"

투랄리온이 망치를 높이 들고 흉벽의 앞쪽 난간으로 달려가며 소리쳤다.

"얼라이언스여!"

아래쪽 부대의 선두에서 말을 달리던 다나스가 검을 들어 올려 응답했다. 그는 피와 살덩이로 뒤덮여 있었지만, 그중에 인간의 피는 없었다. 게다가 부하도 잃지 않았다. 빛이 진실로 함께한다!

그때 위에 남아 있던 오크들이 투랄리온 앞으로 달려왔고, 투랄리온은 정신없이 흉벽의 보초들과 맞서 싸웠다. 사방이 전투의 소음으로 가득했다. 금속과 금속이 맞부딪치고, 돌과 판금이 부딪치고, 살과 살이 부딪치는 소리가 으르렁거리는 포효와 고함, 함성과 섞여들었다. 오크의 녹색 육신과 인간의 분홍빛 육신, 말의 갈색, 금색, 검은색 몸뚱이가 한데 얽히고, 갑옷의 번뜩이는 광채와 도끼 그리고 망치의 흐릿한 광채도 한데 뒤섞였다. 마침내 주위를 살필 겨를이 생긴 투랄리온은 다시 다나스를 찾아내 그가 달려드는 오크 하나를 검으로 꿰뚫고 그 검을 뽑아 휙 돌아서서 다른 오크의 목을 베는 광경을 보았다.

투랄리온이 마지막 오크를 후려쳐 쓰러뜨리는 찰나, 위에서 새된 소리가 들려왔다. 하늘을 올려다보자, 구름 하나가 뜨거운 바람을 몰고 성채를 향해 내려오고 있었다. 투랄리온은 갑작스레 밀려드는 습한 열기에 씩 웃었다. 구름은 흩어지면서 연무가 되어 성채 위에 내려앉았고, 안개가 윤곽을 가리고 형체를 숨겼다.

안개는 소리에도 장난을 쳤다. 그래서 커다란 함성이 들렸을 때 투랄리온은 그 소리가 어디서 나는지 분간할 수가 없었다. 용들도 마찬가지였는지 하늘을 빙빙 돌면서 목을 구부리고 고개를 이쪽저쪽으로 돌리며 소리가 나는 곳을 찾으려고 했다. 하지만 오래 찾을 필요는 없었다. 조그만 형체 하나가 안개 속에서 쏜살같이 튀어나왔고 당황한 용을 향해 바윗덩이처럼 곤두박질쳐 떨어졌다. 용과 부딪친다 싶은 순간 형체는 커지면서 날개를 폈고, 급강하하던 기세를 몰아 날카롭게 방향을 바꾸었다. 그리핀이 분명한 그 형체는 허를 찔린 용 주위를 선회했다. 용이 마치 곤충을 잡으려는 개처럼 마구 이빨질을 했지만, 반은 사자이고 반은 수리인 그리핀이 너무 빨랐다. 그리핀은 검은용의 거대한 턱을 아슬아슬하게 피하며 용 아래로 날아갔고, 용은 그 뒤를 쫓았다. 검은용이 몸을 젖히자 주둥이에서 활활 타는 마그마가 길게 뿜어져 나왔다.

이번에도 그리핀과 기수는 몹시 빨랐다. 날랜 그리핀에게 정신이 팔린 용이 실수로 아군에게 불을 뿜는 바람에, 오크 여남은 명이 고통으로 비명을 질러댔다.

용이 화가 나서 포효하며 성채를 들이받자 어마어마한 소리와 함께 튼튼한 성벽에 금이 갔다. 용이 정신을 가다듬고 다시 공격하기 전에, 와일드해머 드워프가 그리핀의 박차를 밟고 서서 무시무시한 괴물에게 폭풍 망치를 날렸다. 망치가 용의 눈을 맞히자, 안개를 가르고 벼락이 떨어지며 밝은 햇빛이 새어 들어왔다. 와일드해머 드워프는 함성을 지르며 날아오는 망치를 손으로 받아냈다. 다시 위로 솟구치는 그리핀의 깃털이 햇빛을 받아 반짝였다. 혼이 쏙 빠진 용은 달아나려 했지만, 무자비한 와일드해머 드워프는 신이 나서 그 뒤를 쫓아가며 상처 입은 눈을 계속해서 망치로 가격했다. 마침내 반쯤 눈이 먼 용은 몸을 가누지 못한 채 또다시 성벽에 부딪혔고, 그 충격으로 벽이 무너졌다. 용이 바닥으로 미끄러져 떨어지자 거대한 사체의 무게에 땅이 뒤흔들렸다.

남아 있는 용들은 분노의 포효를 내지르며 그리핀 기수를 향해 날아왔다. 기수는 분을 못 이기고 저돌적으로 날아오는 용들을 향해 그리핀을 돌려세웠다. 거리가 가까워지는 순간, 위에 있던 구름에서 다른 그리핀들이 재빨리 나타나 용들을 덮쳤다. 용 한 마리의 몸집은 그리핀의 네 배였지만, 빠르고 날랜 그리핀들은 주위를 선회하며 용들을 요새로 유인했다. 용들은 공중에서 춤을 추는 신출귀몰한 그리핀들을 잡으려고 헛되이 애를 쓰다가 엉뚱한 곳에 불길을 뿜거나 자기들끼리 부딪혔다.

투랄리온은 이 광경을 지켜보며 쿠르드란의 장담이 실현되는 걸까 생각했다. 와일드해머 드워프들이 용을 능수능란하게 상대하는 것을 보면, 곧 그 괴물들을 처치하고 본대에 힘을 보태는 것도 불가능하지만은 않아 보였다.

그때 그리핀 하나가 대열에서 떨어져 나와 투랄리온을 향해 날아왔다. 그 그리핀에는 몸집이 큰 기수와 작은 기수 두 명이 타고 있었다. 그리핀이 넓은 보도 위, 공중에서 멈춰 서자 그중 몸집이 큰 기수가 보랏빛 로브를 휘날리며 뛰어내렸다. 투랄리온은 자기도 모르게 빙그레 미소를 지었다. 카드가다!

마법사는 자신을 데려다준 와일드해머 드워프에게 손을 들어 감사를 표했고, 그리핀은 힘차게 날개를 치며 아수라장이 되어버린 하늘을 향해 날아갔다. 카드가는 눈을 가늘게 뜨고서 탑을 바라봤다.

"이쪽 일이 끝나면 도우러 올게."

카드가는 한쪽 손으로는 지팡이를 부여잡고 다른 손으로는 옆구리에서 칼을 뽑았다.

"안에 오우거 마법사가 있어. 난 그놈부터 처리해야겠어."

카드가의 말에 투랄리온은 고개를 끄덕였다. 그 역시도 지난 몇 년 동안 마법이라면 볼 만큼 보았기에, 마법에 대해서라면 카드가의 의견을 존중하는 게 옳다는 걸 알았다. 그때 저쪽 계단을 지키던 병사 둘이 활짝 웃으며 다가왔다. 투랄리온이 이유를 묻기도 전에, 그 방향에서 발소리가 들려왔다. 계단을 따라 몇몇 형체가 뛰어 올라왔다. 얼라이언스 갑옷을 입은 병사들이었고, 그중 하나가 다가오며 외쳤다.

"장군님! 북쪽 구역을 확보했습니다!"

투랄리온은 고개를 끄덕이며 병사들의 경례에 답했다.

"좋다. 그곳에도 몇 명을 배치하지."

그가 알레리아를 바라보자 그녀는 바로 활을 준비했다.

"나머지 인원은 나와 함께 가자. 성채를 깨끗하게 청소한 다음, 성문을 활짝 열어 나머지 병력을 들여보낸다."

모두가 환호성을 질렀고, 투랄리온은 앞장서서 카드가가 방금 지나갔던 보도로 발을 내디뎠다. 일행은 보도의 중간에 있는 좁은 계단으로 접어들어 아래로 내려갔다. 투랄리온이 바란 대로 그 계단은 오크 요새의 심장부로 이어졌고, 투랄리온은 곧 안에 남아 있던 오크들과 싸우느라 카드가 걱정은 싹 잊어버렸다.

카드가는 보도를 따라 천천히 걸어가며 감각을 뻗어 앞에 있는 장소를 살폈다. 오우거가 아직 그곳에 있는 건 확실했지만, 그자는 아무것도 하지 않았다. 주문을 외우지도 않았고 의식을 거행하지도 않은 채 그저 기다리고 있을 뿐이었다. 오우거는 그를 기다리고 있었다.

카드가는 보도의 끝에 있는 탑으로 들어섰다. 그가 들어간 방은 넓고 기묘했다. 건설했다기보다는 무언가를 깎아서 만든 것처럼, 둥글지 않고 불규칙하게 모가 나 있었다. 방 저편에는 커다란 뼈를 이어 붙여 만든 괴물 같은 왕좌가 자리하고 있었다. 그는 저런 뼈가 어떤 짐승에게서 나온 걸까 생각하며 몸서리를 쳤다. 높은 등받이는 돔 모양의 천장에 닿을 듯이 솟았고, 양쪽에서는 횃불들이 활활 타올랐다. 하지만 왕좌는 비어 있었다.

"주인님은 가셨다."

우르릉거리는 목소리가 들려오고, 거대한 형체가 그림자 속에서 나와 그를 막아섰다. 카드가도 오우거를 본 적이 있었지만, 그때는 마법사들과 흉벽 위에 서서 전장을 공격할 때였다. 이렇게 가까이서 오우거를 보는 것은 처음이라 꿀꺽 침을 삼키고는 눈을 위로…… 더 위로 향했다. 오우거의 머리는 거의 천장에 닿았고, 이목구비는 짐승처럼 생겼지만 깊이 박힌 눈동자는 총기로 반짝였다.

카드가는 그제야 오우거가 무슨 말을 했는지 깨닫고는, 그 말을 이해할 수 있도록 도와주는 반지에게 감사했다.

"갔다고?"

카드가가 되묻자 오우거는 씩 웃으며 작고 날카로운 이빨과 커다란 송곳니를 드러냈다.

"그렇다. 얼마 전에 떠나셨다. 너희 얼라이언스가 성채를 지나가려고 싸우는 지금도, 의식을 거행하러 가시는 중이다. 우리는 죽을지도 모르지만, 우리의 죽음으로 호드는 살아남아 끝없는 세상들을 정복하리라!"

괴물은 인상을 찌푸리며 턱을 꽉 다물었다.

"제길!"

카드가는 상황을 알아차리고 욕설을 내뱉었다. 오크들에게 속았다! 놈들은 넬쥴에게 빠져나갈 틈을 주려고 이 공격을 허용했을 뿐이었다.

"그래도 우리가 빨리 쫓아가면 잡을 수 있을지도 모르지 않느냐."

카드가가 짐짓 거만하게 말했다.

"그럴 수도 있겠지. 하지만 나부터 쓰러뜨려야 할 것이다."

오우거는 두 손을 들어 올렸다. 한쪽 손만 해도 카드가의 머리보다 컸고 피부 아래에서 피어오르는 듯한 역겨운 녹색 빛을 머금기 시작했다.

"나는 어둠달 부족의 덴타그다."

명예를 건 결투라는 얘기군.

"달라란의 카드가다."

카드가가 대답과 함께 지팡이를 들자, 끄트머리가 밝은 보랏빛 광채를 내뿜기 시작했다.

오우거가 어설프게 절을 하고는 공격해 왔다. 거대한 두 손이 카드가를 물리적으로 밀쳐내듯 뻗어 나왔다. 녹색 빛의 파동이 뿜어져 나와 인간 마법사를 옥죄어버릴 기세로 밀려들었다. 카드가가 지팡이를 들자 보랏빛 광채가 한층 강해졌고, 녹색 파동은 양쪽으로 갈라져서 부글거리며 사라져버렸다.

카드가는 지체 없이 지팡이로 오우거의 가슴을 겨누었다. 보랏빛 광채는 오우거의 심장을 노리고 창처럼 날아갔다. 하지만 덴타그는 양손으로 마력의 광선을 쳐냈다. 손에는 여전히 녹색 빛이 어려 있어 공격을 막아주고 있었다.

"막상막하겠군."

오우거가 이렇게 말하고는 양손을 맞부딪쳤다. 그러고는 손을 쩍 벌리자 그 사이에서 어둠이 부풀어 오르며, 알현실 전체에 검은 장막을 드리웠다.

"정말 그럴까?"

카드가는 어둠이 내리는 동안 꼼짝하지 않았고, 잠시 후 그는 주위의 모든 것과 마찬가지로 어둠에 가려 보이지 않게 되었다. 하지만 카드가는 다른 감각을 통해 오우거의 위치를 파악하고, 상대가 자신을 찾고 있다는 걸 알아차렸다. 카드가는 미동도 없이 기다린 다음, 지팡이로 바닥을 내리쳤다. 충격파가 어둠을 가르자, 어둠은 검게 변한 유리처럼 금이 가더니 바닥에 파편을 남겼다. 그 충격으로 오우거도 넘어지고 말았다. 덴타그가 바닥에 쓰러지는 순간, 카드가가 일으킨 충격파만큼이나 강한 진동이 일어났고 오우거는 고통으로 신음했다.

카드가는 재빨리 덴타그에게 다가갔다. 지팡이의 빛이 강해지면서 광선으로 변했다. 보랏빛이라기엔 너무 밝았지만 여전히 보랏빛을 띠고 있었다. 그는 일어나려던 오우거의 목을 광선으로 둘러싸인 지팡이로 후려쳤다. 덴타그가 비명을 질렀다. 지팡이가 닿은 오우거의 살점에서 연기가 솟았다.

그때 오우거를 구한 것은 마법 공격이 아니라 본능적인 공격이었다. 그는 카드가를 들어 밀쳐내고 다시 일어섰다. 목에는 검게 그을린 선이 남아 있었다. 덴타그는 송곳니를 드러내고 으르렁거리며 머리를 숙인 채 카드가에게 달려들었다. 하지만 인간 마법사는 슬쩍 움직여 공격을 피하고, 옆으로 지나가는 오우거에게 검을 휘둘러 팔꿈치 위를 베었다.

덴타그의 목소리가 분노의 고함에서 고통의 비명으로 바뀌었다. 녹색 빛이 다시 그의 손에 어렸지만, 이번에는 빛이 군데군데 깜박이고 진홍빛이 점점이 보였다. 덴타그는 다시 손을 마주해 마력을 모았고 곧이어 증오로 꿈틀거리며 요동치는 순수한 마력의 구체를 만들어냈다. 덴타그는 그 구체를 카드가에게 온 힘을 다해 던졌다.

카드가는 빠르게 다가오는 구체를 차분하게 관찰했다. 그는 검을 집어넣고 한쪽 손바닥을 앞으로 뻗었다. 구체가 그의 살에 닿으며 손바닥을 정면으로 후려쳤다. 그러고는 카드가의 몸속으로 흔적도 없이 사라졌다.

"고맙구나. 몸이 훨씬 가벼워졌어."

카드가는 경악하는 오우거에게 감사 인사를 건네고는 한쪽 발을 구르자, 작은 충격파가 또다시 덴타그를 넘어뜨렸다. 오우거는 털썩 무릎을 꿇고 고개를 숙여, 상대의 우위를 인정했다. 카드가는 덴타그에게 더 이상의 굴욕은 주고 싶지 않았다. 그는 검을 뽑아 들고 온 힘을 다해 오우거의 목을 내리쳤다. 살과 뼈가 깔끔하게 분리됐고, 오우거의 머리가 바닥에 구르며 피를 뿌리자 카드가는 뒤로 물러섰다.

카드가는 덴타그의 말이 진실인 것을 알면서도, 잠시 숨을 고르며 알현실을 둘러보았다. 그는 오우거의 시체를 내려다보며 고개를 끄덕인 후, 서둘러 투랄리온을 찾아 나섰다. 신속히 움직여야 했다.

"좋은 소식이야! 성채를 점령했어!"

카드가를 발견한 투랄리온이 외쳤다.

"우리가 속았어. 넬줄은 여기 없어. 공격이 시작되기 한참 전에 떠났다고. 물론 유물도 가지고 갔겠지. 해골도 가져갔는지 궁금하군."

카드가가 단도직입적으로 말했다. 투랄리온은 그를 멍하니 바라보았다.

"그러면 이게 다 눈속임이었다는 거야?"

"그래. 우리는 그 속임수에 넘어갔고."

카드가의 대답에 투랄리온은 눈살을 찌푸리며 상황을 낙관해보려고 했다.

"그래도…… 이곳에 남아 있던 병력이 호드 전사의 대부분이었겠지. 그리고 그 병력을 우리가 궤멸했어! 게다가 성채도 빼앗았잖아. 넬쥴이 없었다고는 해도 여기가 호드의 본거지야. 그걸 손에 넣은 거라고. 놈들의 군사력은 이제 완전히 무너졌어."

"맞습니다. 이제 더는 군대를 보내지 못하겠지요."

마침 다가오던 다나스가 투랄리온의 이야기를 듣고 말했다. 그의 갑옷은 군데군데 찌그러졌고 팔과 다리, 얼굴에도 베인 상처가 있었지만, 부상따위 상관없다는 듯 고삐를 당겨 말을 세우고 내렸다. 투랄리온은 부관이 살아남은 것을 보고 기뻐하며 그의 어깨를 붙잡았다.

"잘해주었네. 하지만 카드가가 나쁜 소식을 가져왔어. 넬쥴이 우리 공격을 예견하고 우리가 오기 전에 달아났다는군. 유물도 챙겨갔을 테고."

알레리아와 쿠르드란도 합류했고, 투랄리온은 그 둘에게도 소식을 전했다.

"그럼 뒤를 쫓아가야겠군, 그렇지 않소?" 쿠르드란이 되물었다.

"그들이 어디로 가는지 아시나요?" 알레리아가 물었다.

"모릅니다. 하지만 알아내면 되죠. 전 지난번 전쟁에서 만났던 굴단의 마력을 기억하고, 달라란의 눈도 잘 압니다. 그 두 가지의 흔적을 쫓으면 됩니다."

카드가는 잠시 미소를 짓더니 눈을 감고 숨죽여 무언가 중얼거리자 모두들 일제히 물러섰다. 카드가 주위의 공기가 희미하게 반짝이기 시작했고, 난데없이 바람이 불어와 그들의 옷자락과 머리카락을 당겼다. 다음 순간 마법사가 눈을 번쩍 떴다. 눈동자가 순간적으로 하얀빛을 발했고, 그 안에서는 기묘한 영상들이 춤을 추었다. 투랄리온은 몸서리를 치며 시선을 돌렸다. 그가 다시 돌아섰을 때는 친구의 눈동자가 평소대로 돌아와 있었다.

"찾았습니다. 쉽지는 않았지만요. 굴단의 해골과 달라란의 눈은 서로 다른 곳에 있습니다."

카드가가 지팡이에 몸을 기대자 알레리아가 믿을 수 없다는 듯 고개를 저었다.

"따로 있다고요? 넬쥴이 무슨 이유로 둘 중 하나를 놓고 가겠어요?"

"모릅니다. 하지만 분명 사실이에요. 해골은 북쪽으로 갔지만, 눈은 남서쪽으로 갔습니다. 아마 테로카르 숲이라는 곳인 듯합니다. 메디브의 책도 그곳에서 느껴졌으니, 넬쥴이 그쪽으로 간 게 분명해요. 제가 차원문을 닫으려면 책과 해골이 필요한 터라 넬쥴의 의식에도 해골이 필요할 줄 알았는데, 해골은 다른 곳으로 보낸 모양이군요. 이유는 짐작도 못하겠지만."

"넌 두 개가 다 필요한 거야? 해골과 책 둘 다?"

"맞아. 균열을 완전히 닫으려면 그 두 가지가 다 필요하지."

카드가의 대답에 투랄리온이 고개를 끄덕였다.

"그렇다면 둘 다 찾아야겠군."

투랄리온이 결단을 내렸다. 그는 사람들을 둘러보며 머릿속으로 이런저런 방법을 따져보았다.

"다나스, 자네는 오크를 좀 더 처리하고 싶겠지."

"그렇습니다, 장군님."

투랄리온이 한숨을 쉬었다. 그가 아끼는 이들이 복수심에 물든 모습을 보니 고통스러웠다. 하지만 어찌 다나스를 나무라겠는가? 도륙당하는 부하들을 뒤로하고 도움을 청하고자 도망친 사람은 투랄리온이 아니었다. 알레리아가 마침내 그랬듯, 다나스도 자기만의 방식으로 그 고통을 받아들여야 할 터였다. 그는 증오심을 품지 않고도 싸울 수 있다는 것을, 무언가와 맞서 싸우는 게 아니라 무언가를 위해서 싸울 수 있다는 것을 깨우쳐야 했다.

"그렇다면 넬쥴을 쫓는 임무를 맡기지. 넬쥴이 먼저 출발했으니 쿠르드란, 당신과 그리핀 기수들이 미리 정찰을 해서 넬쥴과 그의 일행들을 찾아주십시오. 놈들이 눈에 띄는 대로 공격해서 처리하거나 속도를 늦추고, 다나스에게 결과를 전하십시오. 다나스가 지상군을 이끌고 뒤를 따를 테니까요."

"정찰 임무에 제 순찰대원들을 데리고 가세요."

알레리아의 말에 투랄리온은 감사의 표시로 미소 짓고는 다나스에게 말했다.

"자네의 임무는 넬쥴을 처단하고 세 개의 유물을 찾아오는 걸세."

다나스는 고개를 끄덕인 후 경례를 붙이고는 부하들을 집결시켜 여정을 준비하고자 자리를 떠났다. 쿠르드란도 투랄리온의 지시에 따르겠노라 대답하고는 그리핀들을 향해 돌아섰다.

투랄리온은 다시 알레리아와 카드가를 바라봤다.

"그 해골을 손에 넣고 차원문을 닫는 건 내게 주어진 임무야. 카드가, 그 망할 물건을 찾을 수 있는 건 너뿐이고. 그리고 알레리아…… 당신을 절대 두고 가지 않겠다고 약속했지."

"그랬지, 내 사랑. 약속을 안 지켜도 내가 봐줄 거라고 기대하진 마."

투랄리온이 부드럽게 미소를 지으며 한 손을 내밀자, 알레리아가 그 손을 잠시 꼭 쥐었다. 이제 둘은 결코 떨어지지 않을 것이다. 마지막 작별을 제외한다면.

아니, 어쩌면 그 순간조차 함께할지도 몰랐다.

"자, 가자." 그녀는 빙그레 웃었다.

세 친구는 조금 전 정복한 성채와 멀리 있는 차원문을 등졌다. 죽는 한이 있더라도, 균열을 영영 닫아버릴 그 음산한 유물을 찾아내고야 말리라.

19장

"놈들이 우릴 따라잡고 있다."

넬쥴이 킬로그를 힐끗 보았다.

"그럼 더 빨리 움직여야겠군."

넬쥴의 말에 피눈물 족장 킬로그는 앓는 소리를 내며 고개를 저었다.

"이미 늑대도 우리도 쓰러지지 않는 선에서 최대한 빨리 가고 있다. 여기서 더 서두르면, 내 전사들은 얼라이언스가 우릴 따라잡기도 전에 죽어 버리겠지. 그러면 누가 그대를 지키겠는가?"

킬로그가 씁쓸한 목소리로 지적했다.

그들은 일주일째 행군하는 중이었고, 처음 며칠은 아무 일 없이 흘러갔다. 그들은 별 탈 없이 테로카르 숲에 도착했고, 조금은 안도하며 키가 크고 비틀어진 나무들 아래로 발을 디뎠다. 숲은 언제나 그랬듯 어둡고 음울했다. 빽빽한 나무의 검은 잎이 머리 위를 뒤덮어 햇빛을 거의 차단하다시피 했고, 땅에는 검고 고운 이끼와 앉은뱅이 관목을 제외하면 아무것도 없었다. 그럼에도 뜨거운 햇볕 아래 며칠을 행군한 터라 그늘에 들어선 것만으로도 기운이 솟았다. 숲은 시원하고 평화로워 보였다.

그러던 중, 넬쥴 일행 가운데 한참 뒤에서 후방을 정찰하던 킬로그의 전사 하나가 야영지로 달려왔다. 전사는 숨을 가쁘게 몰아쉬고 땀을 뻘뻘 흘리며 말했다.

"얼라이언스입니다! 바로 뒤까지 쫓아왔습니다!"

"예상보다 빨리 지옥불 성채를 점령한 모양이군. 망할 카르가스! 얼라이언스의 발을 묶어놓기로 했으면서!"

고어핀드는 화가 난 듯 언성을 높였지만 킬로그는 언제나처럼 침착했다.

"수는 얼마나 되더냐?"

"제대로 셀 수는 없었지만 많습니다. 우리보다 많은 건 확실합니다. 그리고 전속력으로 쫓아오고 있습니다."

"놈들은 스스로를 극한으로 밀어붙이고 있다. 증오심에 불타면 빨라지는 법이지."

킬로그가 무심코 눈이 있던 자리의 흉터를 쓰다듬으며 중얼거렸고, 고어핀드는 다급히 물었다.

"놈들이 우릴 따라잡으려면 얼마나 걸리겠느냐?"

"이틀쯤 뒤처져 있는 것 같습니다. 하지만 놈들의 대장이 정신없이 병사들을 다그치는 통에 모두들 빠르게 거리를 좁혀오고 있습니다."

"일행을 깨워라. 모두 일어나야 한다. 밤새 행군해서 거리를 벌려야겠다. 움직여라!"

킬로그가 결단을 내렸고, 잠시 뒤 넬쥴 일행은 이동하기 시작했다. 그이후로는 잠깐씩밖에 쉬지 않았다. 테로카르 숲의 반짝이는 개울이나 강옆에 잠시 멈춰 서서 물을 채우고 숨을 돌리는 게 전부였다. 그럼에도 얼라이언스는 끊임없이 움직이며 거리를 좁혀오고 있었다.

하기 싫은 선택을 해야 할 때가 왔다.

"맞서 싸울 수도 있네."

고어핀드의 제안에 외눈박이 킬로그는 단호하게 고개를 저으며 눈살을 찌푸렸다.

"머릿수로 밀리네. 그것도 제법 차이가 크지. 말하기 싫지만, 혹시라도 놈들과 맞선다면 속수무책으로 도륙당할 걸세. 나와 내 부족 모두 기꺼이 호드를 위해 목숨을 바치겠지만, 그리되면 넬쥴 님과 자네는 검은 사원에 도착할 수 없겠지."

"하지만 이대로는 따라잡히고 마네. 사냥감이 코앞에 있는데 놈들이 포기할 리 없잖은가."

고어핀드의 말이 끝나기 무섭게 넬쥴이 입을 열었다.

"잠시 몸을 숨기는 방법도 있다. 그곳이라면—"

넬쥴이 운을 뗐지만 킬로그가 그의 말을 끊었다.

"그곳은 며칠 더 가야 한다. 벌써부터 고려할 필요는 없지 않은가?"

킬로그의 미간에 땀이 송골송골 맺히자 넬쥴은 용기와 배짱으로 이름 높은 킬로그 데드아이가 겁을 먹었다는 사실에 놀라면서도 흥미를 느꼈다.

하지만 지금은 사소한 일을 물고 늘어질 때가 아니었다.

"그 방법뿐이다. 놈들은 아직도 우릴 따라잡는 중이다. 달아날 수도 싸울 수도 없다면 숨는 수밖에 없지. 그리고 이 숲에서 그럴 만한 곳이라고 는—"

넬쥴은 킬로그가 함부로 끼어들지 못하도록 날카로운 어조로 말했지만, 이번에는 하늘이 그의 말을 끊었다. 공기가 변하면서 폭풍이 몰려오듯 벼락이 허공을 갈랐다. 하지만 그것은 벼락 이상으로 격렬했으며 그들의 머리 위로 곧장 떨어졌다. 넬쥴은 본능적으로 바닥을 향해 몸을 날렸다.

바로 다음 순간, 그의 머리가 있던 곳에 뭔가가 지나가며 번갯불의 궤적을 남겼다. 흐릿하고 검은 것이 공중으로 솟아올라 나무 사이를 날다가, 땅딸막한 형체의 손에 탁 들어갔다. 그 형체는 날개 달린 짐승에 올라앉아 그들을 향해 곧장 내려오고 있었다.

"그리핀이다! 숨어라!"

킬로그가 도끼를 머리 위로 치켜들며 고함쳤고, 아수라장이 벌어졌다. 오크들은 나무둥치 뒤로 몸을 웅크리고, 근처의 강으로 미끄러져 들어가 강둑을 끌어안았다. 모두 어둠 속에서 허겁지겁 달아나고 넘어지고 허우적거리며, 위에서 어렴풋하게만 보이는 형체들을 피했다.

또 한 번 번갯불이 나무 사이로 내리꽂히며 넬쥴의 시야를 마비시켰다. 순간적으로 눈부신 하얀빛밖에 보이지 않았고, 그 빛이 사라지고 나자 번뜩이는 잔상만 남았다. 그 순간 천둥소리가 숲을 뒤흔들어, 나무들이 요동치고 오크 전사들이 우르르 넘어졌다.

와일드해머의 공격이 성공한 것이었다.

와일드해머 드워프들은 그리핀을 타고 내려와서 좌우로 폭풍망치를 날렸다. 표적을 빗맞힌 망치도 있었지만 그 저주받은 망치들은 다시 주인에게 돌아갔고, 드워프는 또다시 복수심에 물든 영혼처럼 망치를 던져 보냈다. 번갯불이 계속 공기를 갈랐고, 천둥은 그칠 줄을 모르고 사방에서 울렸다. 망치를 던지지 않을 때는 그리핀이 바닥을 스치듯이 날며 오크들을 공격했다. 오크의 손바닥만 한 발톱으로 목을 가르고, 무시무시한 부리로 눈알을 쪼거나 두개골을 깨뜨렸다. 넬쥴은 섬광 사이로 한데 뭉쳐 있는 오크들을 보았다. 뭉치면 살아남으리라는 심리였겠지만, 실은 더 쉬운 표적이 되고 있었다. 아니나 다를까, 세차게 망치가 날아와 여남은 명의 오크들을 흩어버렸다. 천둥과 번개가 지나가자 꿈틀거리기라도 하는 오크는 그중 하나뿐이었다.

"놈들이 우릴 학살한다! 어떻게든 해봐라!"

넬쥴이 뒤에 웅크리고 있던 고어핀드에게 다급히 말했다.

죽음의 기사는 넬쥴을 노려보더니, 썩어가는 얼굴에 계산적인 웃음이 떠올랐다.

"땅딸막한 가짜 인간과 웃자란 새 몇 마리일 뿐이잖습니까. 막강하신 넬쥴이라면 이렇게 한심한 공격쯤은 처리할 수 있을 줄 알았습니다. 하지만 상관없습니다. 당신이 못하시겠다면 제가 하죠."

고어핀드가 조심스럽게 자리에서 일어났다.

건방진 것! 넬쥴의 생각이 굴단의 해골과 나누었던 대화로 돌아갔다.

오만한 것! 놈이 당신에게 저런 말을 해선 안 되지.

안 되고말고.

"내게 그런 말을 해선 안 된다, 테론 고어핀드. 다시는 그런 짓을 용납하지 않겠다."

넬쥴은 얼음같이 차가운 목소리로 말했다. 고어핀드는 그 어조에 깜짝 놀라 눈을 끔벅였다. 넬쥴은 분노에 차 일어섰다. 그는 주먹을 움켜쥐고서 그 사이의 땅과 주위의 공기에 정신을 집중했다. 주술이 다시 한 번 그를 이 세계와 하나로 만들어, 원소들을 자유자재로 부릴 수 있는 힘을 주었다. 그러나 넬쥴이 킬제덴에게 충성을 맹세한 후로, 원소들은 그의 부름에 따르지 않았다. 그의 종족을 모조리 물들인 악마의 마력에 원소들이 혐오감을 느끼기라도 한 듯이. 그래서 그는 새로운 기술을 익혔다.

공격의 함성과 죽어가는 오크들의 비명을 제외하면 고요하던 숲에서, 난데없이 바람이 일었다. 발톱을 뻗고 부리를 열어 성난 소리를 지르며 매끄럽게 강하하던 그리핀이 미친 듯이 깍깍거리며 마구 요동쳤다. 마치 보이지 않는 거대한 손에 붙잡힌 듯한 모습이었다. 기수는 떨어지지 않으려고 안간힘을 썼지만, 결국 실패하고 바닥으로 쿵 떨어지고 말았다. 몸이 가벼워진 그리핀은 하늘로 솟구쳤다. 넬쥴이 양손으로 명령하듯 손짓하자, 바람이 메마른 회색 모래를 잡아채듯 들어 올려 드워프와 그리핀을 세찬 모래바람으로 휘감았다. 와일드해머 드워프는 피부가 뼈에서 떨어져나가기 시작하자 고통의 비명을 질렀다. 넬쥴의 귀에는 듣기 좋은 소리였다. 그리핀도 마찬가지 신세였다. 소용돌이 속에서 깃털과 핏방울이 마구 날아다니고 있었다. 잠시 뒤 숲의 흙바닥에 남은 것은 번들거리는 고깃덩이 두 개뿐이었다.

하지만 넬쥴은 아직 끝나지 않았다. 넬쥴이 왼손을 휘젓자, 발아래 땅이 파문을 일으키면서 그의 머리만 한 바위들이 솟구쳐 올랐다. 넬쥴은 나머지 와일드해머 드워프들에게 시선을 돌렸다. 바닥에서 더 많은 바위들이 솟구쳐 올라 하늘로 날아갔고, 그리핀들과 기수들은 저절로 움직이는 듯한 바윗덩이를 피하려고 애썼다. 와일드해머 드워프들은 바위를 피하느라 오크들을 향한 공격을 멈출 수밖에 없었다.

넬쥴은 우월감에 가득 찬 미소를 띤 채 고어핀드에게 돌아섰다. 죽음의 기사는 놀란 듯했지만 금세 침착함을 되찾고 말했다.

"잘하셨습니다. 이제 제가 이 혼란을 가중시켜보지요."

죽음의 기사는 잠시 가만히 서서, 머리 위를 날아다니는 형체들을 관찰했다. 그가 마침내 드워프 하나를 가리키며 말했다.

"저기 있군요. 2차 대전쟁 때 본 적이 있는 녀석입니다. 놈들의 우두머리지요."

고어핀드는 일어서서 양손을 높이 들었다. 손에 맥동하는 녹색 빛이 어리는가 싶더니, 그대로 위로 솟구쳐 그리핀과 기수를 후려쳤다.

그리핀은 고통스레 비명을 지르며 날개를 접은 채 곤두박질쳤다. 그 기수 역시 경련하며 안장에서 떨어졌다. 맥없이 바닥으로 추락하던 그리핀은 가까스로 고통을 떨쳤는지, 아슬아슬하게 날개를 펼쳐 활공했고 힘껏 날갯짓을 하며 나뭇가지 위로 날아올라 그림자 속으로 사라졌다. 기수는 운이 좋지 않았다. 드워프는 바닥에 쿵 떨어져 꼼짝 없이 누워 있었다. 고어핀드와 킬로그는 이미 그쪽으로 달려가고 있었고, 넬쥴이 뒤를 따랐다.

넬쥴이 드워프를 가까이서 보는 건 처음이었다. 그는 기묘하고 작은 형체를 유심히 뜯어보며, 땅딸막한 근육질의 체격과 우락부락한 이목구비, 길게 땋은 턱수염과 머리카락, 피부 대부분을 덮은 문신을 하나하나 살폈다. 와일드해머 드워프는 몇 군데 상처에서 피를 흘리고 있었지만, 가슴은 여전히 규칙적으로 들썩였다.

"훌륭하군. 포로가 생겼어."

킬로그는 허리춤에 차고 있던 주머니에서 가죽끈을 꺼내 드워프의 양손을 등 뒤로 묶고 양발도 묶었다. 그는 손발이 묶인 드워프를 일으켜 세운 후 소리쳤다.

"꺼져라, 날개 달린 짐승들아! 안 그러면 네놈들의 우두머리를 너희 눈앞에서 도륙하여 삼켜버리겠다!"

와일드해머 드워프들은 거기까지라고 판단한 것이 분명했다. 그리핀들은 부리를 맞부딪치며 깍깍거리고는, 선회하여 나무 위로 날아가더니 곧이어 시야에서 사라졌다. 이제 드워프는 킬로그의 포로가 된 단 한 명만 남았다. 하지만 이 평화는 오래가지 않을 터였다.

"손실을 파악하고, 정찰대를 배치해 얼라이언스 군의 동태를 살펴야 한다."

와일드해머 드워프들이 완전히 사라지고 나자 킬로그가 말했다.

"알아서 처리해라."

넬쥴이 고개를 끄덕이며 멍한 표정으로 말했다. 죽어도 인정하진 않겠지만, 넬쥴 스스로도 자신의 힘에 놀란 터였다. 힘은 너무나 쉽게 주어졌고, 너무나 강했다. 그리고 인상적인 결과를 만들었다. 그 느낌은…… 매우 흡족했다.

"병력의 사분의 일을 잃었다."

킬로그가 잠시 후, 커다란 나무에 기대선 넬쥴 옆으로 다가가 보고했다.

"드워프 놈들은 빠르고 효과적으로 공격하는 법을 알아. 게다가 나무를 아주 잘 이용했어."

마지못해 인정하는 말투였다. 발군의 전략가인 킬로그는 비록 적이라 해도, 훌륭한 전술을 알아보는 눈이 있었다. 그때 고어핀드가 다가왔다.

"나머지 병력이 아직 우릴 쫓고 있습니다. 우리에게 타격을 입혀 속도를 늦추려고 드워프들을 먼저 보낸 것이 틀림없습니다."

죽음의 기사는 넬쥴의 발치 옆에 누워 있는 포로를 향해 이빨을 드러냈다. 포로는 여러 번 신음했지만 아직 의식을 찾지 못했다.

"얼마나 뒤에 있지?" 넬쥴이 따져 물었다.

"하루 이틀은 걸릴 겁니다. 지금 상태로는 우리에게 승산이 없습니다."

"그렇다면 길은 하나뿐이다. 아킨둔으로 간다."

고개를 끄덕이는 넬쥴의 말에 킬로그는 짐작을 못한 것도 아닌데 흠칫 놀라 눈을 부릅떴다.

"아, 안 돼! 그럴 수는 없어! 거긴 안 돼!"

킬로그가 더듬거리며 소리를 지르자 고어핀드가 코웃음을 쳤다.

"낑낑거리지 말게. 방법이 없지 않나! 얼라이언스 군의 공격에 살아남아 검은 사원에 도착할 수 있는 방법은 그것뿐이네!"

하지만 외눈박이 킬로그는 완강하게 고개를 저었다.

"다른 방법이 있겠지! 분명 방법이 있을 거야! 아킨…… 거긴 갈 수 없어! 그랬다가는 모두 끝장이야!"

킬로그가 한 손으로는 넬쥴의 팔을, 다른 손으로는 고어핀드의 팔을 붙들었다.

"그렇지 않을 것이다. 아킨둔은 과거의 암울하던 시절을 기념하는 기분 나쁜 폐허일 뿐이다. 그뿐이야."

넬쥴이 팔을 빼내며 냉랭하게 말하고는 킬로그를 바라봤다.

사실 그게 전부가 아니었다. 넬쥴이 갓난아이에 지나지 않았을 때, 아킨둔은 이미 백 년의 역사를 가지고 있었다. 테로카르 숲 깊숙이 숨어 있는 아킨둔은 당시에도 드레나이의 영토였다. 노주술사가 말하기를, 오크 주술사가 조상들과 교감하는 것과 마찬가지로 드레나이는 그곳에 망자를 묻고 영혼과 교감하기 위해 돌아간다고 했다. 청년이 되자 넬쥴은 친구들과 함께 몰래 숲으로 들어가, 아킨둔의 기이하게 생긴 건물과 돌을 깎아 만든 돔을 구경하곤 했다. 돔의 정문에 해당하는 커다란 돌덩이에 뚫린 높은 복도를 달려가 안에 있는 물건을 만지고 돌아오는 내기를 하기도 했다. 하지만 그 누구도 감히 시도조차 하지 못했다. 넬쥴은 그나마 입구 앞까지 기어가서 복도를 이루는 거친 돌덩이를 쓰다듬긴 했지만, 도저히 더 들어갈 엄두는 나지 않았다. 부족의 주술사에 따르면, 그곳에 들어간 오크는 없다고 하면서 이렇게 덧붙였다.

"드레나이의 망자가 스스로를 지키거든."

그때 전쟁이 닥쳐왔다. 오크들은 부족 간의 알력을 접어두고 하나로 뭉쳤다. 오크들은 하나가 되어 평화롭게 살던 드레나이를 공격해 도륙했다.

넬줄은 그 파괴의 과정에서 자신이 했던 역할도, 조용히 살아가던 이웃 민족을 파괴하라는 명령을 내린 이글거리는 존재도 기억하지 않으려 애썼다. 그리고 넬줄이 자신의 민족을 그자의 지배 아래 두기를 거부하며 그자의 거창한 계획에 저항하자, 그는 밀려났다. 다름 아닌 그의 제자 굴단이 그 존재에게 자신을 바쳐, 그자의 뜻에 복종하고 그 대가로 어마어마한 힘을 얻었다. 굴단은 피에 굶주린 호드의 욕망을 채워주었고, 오크들을 오늘날과 같은 야만인으로 변화시켰다. 그리하여 그들은 드레나이와 그 문화를 말살했다. 극소수만이 탈출하여 오크들이 그곳까지 쫓아오진 않으리라는 희망을 품고 아킨둔으로 달아났다.

하지만 그것은 착각이었다. 힘을 향한 굴단의 욕망에는 끝이 없었고, 그의 주인은 드레나이를 그 세계에서 없애버린다면 상상조차 불가한 힘을 주겠노라 약속했다. 그래서 굴단은 어둠의 의회에 속한 흑마법사들을 보내 호드의 대족장 블랙핸드를 막후에서 조종했다. 그들은 아킨둔으로 진군했다. 승리를 자신하고, 그곳에 묻혀 있다는 유물들을 손에 넣어 막대한 힘을 거머쥐리라 확신하면서.

하지만 뭔가 잘못됐다. 유물을 찾긴 찾았지만, 그것에는 기묘한 존재가 갇혀 있었다. 비록 그것이 고의적이었는지, 오만과 부주의 때문이었는지는 아무도 모르지만 그들은 그 존재를 해방시켰다. 그 존재가 환희에 차서 탈출하는 와중에 아킨둔은 산산조각이 났다. 거대한 석조 돔은 무너져 내리고, 그 안에 있던 사원은 갈기갈기 찢어졌으며, 드레나이의 망자들이 잠들어 있던 지하 미궁은 폭발하면서 지상에 수많은 파편을 남겼다. 그 충격으로 사방 5킬로미터에 달하는 면적이 초토화되고, 아킨둔의 지하 무덤에 잠들어 있던 드레나이의 뼈가 황폐해진 땅을 뒤덮었다. 어둠의 의회는 극히 일부만 살아남아 탈출했으며, 굴단에게 돌아가 아킨둔은 사라졌으며 안에 있던 드레나이들도 죽었노라고 전했다. 그 후로는 아무도 그곳에 가지 않았고, 오크들은 아킨둔 주변에 붙은 이름인 '해골 무덤'을 피했다.

지금까지는.

"선택의 여지가 없다. 그곳으로 가는 수밖에 없어. 미궁이 아직은 남아 있을 것이다. 그 안에서라면 스스로를 지킬 수 있을지도 모른다. 그런 방비마저 없으면, 우리는 얼라이언스에게 몰살당할 테고 그와 함께 우리 종족도 씨가 마를 것이다."

넬쥴이 킬로그와 고어핀드를 차례대로 응시하며 재차 강조하자 킬로그가 알아듣기 힘든 말을 뇌까렸다. 고어핀드는 그를 경멸스럽다는 듯 바라보더니 붉은 눈을 가늘게 떴다.

"넬쥴 님의 말씀이 옳아. 선택의 여지가 없어. 하지만 조심스럽게 가야 하네. 우리가 대적할 수 없는 존재를 깨우고 싶진 않으니."

"그렇다면 결정됐다. 어떠냐, 킬로그? 너를 남겨두고 가긴 싫구나."

넬쥴의 말에 노족장 킬로그는 침을 꿀꺽 삼키며 고개를 숙였다.

"넬쥴이여, 살아 있는 것이라면, 싸워서 갈가리 찢을 수 있는 것이라면 나는 그 무엇도 두려워하지 않는다는 걸 알 것이다. 하지만 저곳은…… 피눈물 부족은 넬쥴이 이끄는 곳이라면 어디든지 간다."

킬로그는 깊은 한숨을 내쉬었다.

"좋다. 저 안에 무엇이 있든, 우리에게는 상대가 되지 않을 것이다. 이제 전사들과 죽음의 기사들을 집결시켜라. 최대한 빨리 해골 무덤에 당도해야 한다."

킬로그는 고개를 끄덕이고는 걸음을 옮겼다. 고어핀드가 그의 뒷모습을 잠시 노려보고는 넬쥴에게 절을 한 후 뒤를 따랐다. 그가 멀리 가기 전에 죽음의 기사들이 주위로 모여들었다. 넬쥴도 옆구리에 달린 주머니를 붙잡고, 안에 들어 있는 유물들을 확인했다. 자신 있게 말하긴 했지만, 그역시 아킨둔에 무엇이 있는지 알지 못하기에 몹시 두려웠다. 드레나이의 망자들이 아직 남아 있을까? 망자들은 옛 제자가 저지른 만행에 대해 그에게 책임을 물을 것인가, 아니면 굴단이 스승마저 배신했음을 알고 있을까? 그 폐허는 얼라이언스 군으로부터 그들을 지켜줄 것인가, 아니면 오히려 더 위험해질 것인가? 넬쥴도 알지 못했다. 하지만 다른 방도가 없었고, 그러니 직접 확인하는 수밖에 없었다. 넬쥴은 자신이 큰 실수를 하는게 아니기만을 바랐다.

호드 전사들은 멈춰 서서 앞을 멍하니 바라보았다. 무성하던 나무는 더이상 보이지 않았고, 눈앞에는 해골 무덤의 뼛조각들이 밭처럼 넓게 흩어져 있었고 잿빛의 흙이 뻗어 있었다. 아킨둔이 그 한가운데, 땅딸막하고 흉측하게 솟아 있었다. 산산조각이 난 돔의 잔해는 부러진 이빨처럼 삐죽했고, 그 안에 있는 사원의 폐허는 흠씬 두들겨 맞은 머리처럼 잿빛 땅에 반쯤 묻혀 있었다.

넬쥴도 멍하니 바라보았다. 어쩔 수가 없었다. 드레나이의 성스러운 안식처인 이곳을 마지막으로 봤을 때, 이곳은 두려운 곳이었지만 온전했다. 하지만 지금은 사원이 하늘을 향해 입을 벌리고 있었고, 요람처럼 이곳을 감싸고 있던 숲은 메말라버린 채 주변은 온통 뼈로 뒤덮여 있었다. 젊은 넬쥴에게 그토록 무섭게만 보였던 위압적이고 웅장했던 구조물과는 전혀 다른 모습이었다.

순간 주위의 바닥이 뒤흔들리는 것 같았다. 처음에 넬쥴은 고대의 무덤 도시를 보고 심장이 뛰면서 피가 맥동하는 소리라고 생각했다. 다음 순간 그는 그 진동이 외부에서 온다는 걸 알아차리고 주위를 둘러보았다. 오크들은 가만히 서 있거나 조용히 꿈지럭거릴 뿐이었고, 몇몇은 넬쥴과 마찬가지로 두리번거리고 있었다. 마침내 뒤를 돌아본 넬쥴은, 나무 사이에서 번쩍거리는 형체들을 보았다.

"얼라이언스가 바로 뒤에 있다! 숨어야 한다! 아킨둔으로! 서둘러라!"

넬쥴이 고함을 쳤다. 울창한 나무가 없으니 목소리가 쉽게 울려 퍼졌다.

"움직여라, 이 쓸모없는 멍청이들아!"

킬로그가 고함을 치며 근처의 고목을 도끼로 후려치자 밑동부터 덜덜 떨렸다. 그 소리와 움직임에, 전사들은 일제히 충격에서 벗어나 드레나이 건물의 무너진 입구로 달리기 시작했다.

삐딱하게 기울어진 거대한 문을 지나면서 넬쥴은 공포로 등골이 오싹했다. 그 오래전 처음으로 이곳에 다가갔을 때 느껴졌던 것처럼, 아직도 영혼들이 이 공동묘지를 지키고 있을까? 아니면 영혼들도 건물이 파괴될 때 모두 달아났을까?

하지만 그런 생각을 계속할 겨를이 없었다. 그는 급히 무너진 사원 깊이 들어가, 아귀를 쩍 벌린 입구를 지나서 미궁의 폐허로 내려갔다. 킬로그와 고어핀드가 옆에 있었고, 킬로그가 가장 아끼는 전사들이 앞뒤로 도열해 있었다. 아킨둔의 지하는 지상보다 더욱 화려하고, 조각 역시 한층 더 정교했다.

어느 정도는 흔적이 남아 있었다. 우아한 아치가 무너져 내린 채 계단 발치에 서 있었고, 그 위에는 실질적인 의미보다는 상징적인 의미로 새겨졌을 듯한 기묘하게 아름다운 도형들이 있었다. 한때는 사원의 높은 천장을 지탱했을 굵은 기둥들과 파편이 남아 있었다. 거칠고 장식이 없는 기둥의 표면은 주위의 화려한 벽과 대조를 이루었다. 벽에는 우묵한 벽감이 줄지어 있었고, 그 안의 하얗고 노란빛을 보니 무엇이 있는지 짐작할 수 있었다. 뼈였다. 아마 예전에는 벽마다 드레나이의 유해가 안치되어 있었을 테고, 그 뼈가 지금 해골 무덤에 흩뿌려진 것일 터였다. 한때 육중한 돌 아래 그늘에서 평화로이 안식을 취하던 드레나이의 선조들은 비바람을 맞고 있었다. 돌바닥은 조그만 타일이 서로 교묘하게 맞물려 무늬를 이루었으며, 넓은 계단이 각 층을 서로 연결했다.

넬쥴이 아래를 흘끗 보니 밑으로 최소한 여섯 층이 있는 것 같았다. 중앙부가 운명적인 폭발과 함께 떨어져 나가면서, 나머지 부분이 밖으로 드러나 있었던 것이다. 그때 앞서가던 오크들이 중앙의 공간에서 한쪽으로 이어지는 넓은 통로로 넬쥴을 이끌었다.

"이쪽 벽은 아직 온전하군."

킬로그가 주위를 두리번거리며 고개를 끄덕였다. 넬쥴은 흡족했다. 얼마 전까지만 해도 킬로그는 비합리적인 공포심을 드러내 그를 걱정시켰다. 하지만 막상 결단을 내리자, 킬로그는 차분하고 충성스러웠다.

"군데군데 무너지긴 했어도 천장은 대부분 남아 있고 바닥도 아직 지나다닐 만하다. 조금 더 들어가서 손상이 적은 장소가 나오면 그곳에서 전사들을 정비하면 되겠군."

킬로그는 그림자 속으로 뻗어 있는 통로의 안쪽을 가리켰다. 넬쥴도 그 말이 맞다는 걸 알 수 있었다. 안쪽은 잡석도 덜하고 천장도 멀쩡해 보였다.

"이곳에 튼튼한 방어 기지를 구축하면 된다. 일단 이곳에 틀어박히면 얼라이언스도 우릴 끌어내느라 고생깨나 하겠지."

"아래층의 통로도 아직 온전할지 모르네. 더 깊이 들어가기 전에 그쪽도 잘 살펴보는 게 좋을 거야. 그곳에 아무것도 없다면, 아래층이 더욱 안전한 요새가 될지도 모르네."

고어핀드의 말에 킬로그는 고개를 끄덕이며 전사 중 일부에게 이 통로의 안쪽을 수색하라는 지시를 내리고, 일부에게는 근처의 통로들을 수색하되 너무 멀리 가지 말라는 지시를 내렸다. 나머지 인원에게는 잡석을 통로 입구로 운반해서 최대한 튼튼하게 벽을 쌓으라고 일렀다. 그런 다음 킬로그와 고어핀드, 넬쥴은 자리를 잡고 전략을 세우기 시작했다.

몇 시간 후, 킬로그의 정찰병 하나가 돌아왔다. 전사는 눈을 크게 뜬 채로 희미한 미소를 띠고 있었다.

"보셔야 할 게 있습니다!"

"뭐지?"

넬쥴이 일어나 손을 허벅지에 털며 말했다. 그와 고어핀드는 모두를 구할지도 모를 궁극의 비상 대책을 세우던 참이었지만, 아직은 완성되지 않았다.

"제가, 저희가 뭔가 찾았습니다, 대족장님."

전사의 미소가 점점 커지더니 급기야 파안대소를 했고, 넬쥴의 기분도 좋아졌다. 뭘 찾았는지는 몰라도, 최소한 이 정찰병에게는 위험해 보이지 않는 무언가를 찾아낸 모양이었다. 넬쥴은 전사에게 앞장서라고 손짓을 한 후, 계획을 세우고자 자리 잡았던 석실에서 나와 그 너머의 긴 통로를 따라 갔다. 다른 전사들이 그곳에 모여 있다가 넬쥴이 다가가자 물러섰다.

"조상이시여!"

넬쥴의 떡 벌어진 입에서 외마디가 튀어나왔다. 눈앞에는 여러 형체가 서 있었다. 하나는 오우거고 나머지는…… 오크다! 하지만 넬쥴이 아는 얼굴은 없었고, 복장과 장신구도 그에게는 생소했다.

"누구냐? 대체 아킨둔에서 뭘 하는 것이냐?"

넬쥴은 낯선 무리로부터 몇 걸음 떨어진 채 멈춰 서서 따져 물었다.

오크 하나가 앞으로 나왔다. 그자는 굴단처럼 키가 작고 땅딸막했으며, 넬쥴은 그자의 이목구비와 자세에서 옛 제자의 흔적을 보았다. 이 오크의 둥근 머리는 정찰대가 복도에 꽂아둔 횃불을 받아 번쩍였고, 길고 텁수룩한 수염은 은색이 드문드문 섞인 검은색이었다. 기묘한 룬이 수놓인 검은색 로브를 걸친 채 한 손에는 화려한 지팡이를 들고 서 있는 그자의 주위에서 강한 힘이 느껴졌다. 그가 걸걸한 목소리로 나지막이 입을 열었다.

"넬쥴 님? 넬쥴 님이십니까? 굴단 님은 어디 계십니까?"

"배신자 굴단은 죽었다. 자신의 뒤틀린 야망 때문에 우리 모두를 죽일 뻔했지! 넬쥴 님이 다시 호드를 다스린다!"

킬로그가 하나밖에 없는 눈으로 오크를 노려보며 씹어 삼킬 듯 대답했지만, 정작 낯선 오크는 별로 놀랍지도 않다는 듯 고개를 끄덕였다.

"그렇다면 넬쥴 님, 그대에게 복종하겠습니다. 저는 보르필입니다. 어둠의 의회 일원이었지요. 몰라보실 수도 있겠습니다만."

그자는 한동안 말을 하지 않은 것처럼 뚝뚝 끊어지듯 말했다.

"보르필이라고!"

넬쥴은 어슴푸레한 빛에 눈을 가늘게 뜨고서 오크를 빤히 바라보았다. 맞다. 보르필이었다. 넬쥴이 전도유망한 천둥군주 주술사로 기억하는 젊은이였다. 하지만 그가 기억하는 보르필은 머리카락을 허리까지 길러 땋았고, 수염도 짧고 검었었다. 그사이에 이렇게 나이가 들고 이처럼 강하고 신비한 힘을 얻다니, 대체 무슨 일이 있었던 것일까?

고어핀드가 앞으로 나섰다. 그 역시 한때는 어둠의 의회 소속이었다. 그가 속삭이듯 물었다.

"보르필? 어떻게 자네가 여기 있는 건가, 친구?"

보르필뿐 아니라 다른 오크들도 당혹스러워했다. 그가 죽음의 기사를 뜯어보는 동안, 공포가 그의 뭉툭한 이목구비를 스쳤다.

"진정하게. 나일세, 테론 고어핀드."

고어핀드가 진정시키려는 듯 천천히 양손을 들며 말했다.

보르필은 한참 동안 고어핀드를 바라보았다. 그는 눈을 가늘게 뜨고서 죽음의 기사를 뚫어져라 응시했다. 잠시 후 그의 두 눈이 커졌다.

"테론 고어핀드라고? 그 모습은, 그래…… 꼭 썩어가는 고기에 갇힌 것 같군."

오크들은 무기를 내리고 불안한 눈빛으로 서로를 바라보았지만, 결국 우두머리의 말을 믿기로 했다. 보르필은 망설이며 앞으로 다가갔다.

"무슨 일이 있었던 건가? 대체 무엇의 시체를 망토처럼 자네의 영혼에 두르고 있는 건가?"

"나는 인간이라는 존재의 육신에 깃들어 있네."

고어핀드의 대답에 보르필이 멍하니 쳐다보자 덧붙였다.

"그 다른 세상, 아제로스에 갔을 때 만난 종족 중 하나지. 굴단이 문을 열었던 곳 말일세."

"다른 세상이라니?"

넬쥴은 초조해지고 있었다.

"우리 세상이 죽어가고 있을 때, 굴단이 아제로스라는 다른 세상으로 통하는 문을 열었다. 그곳에서 인간이라는 것들을 만났고, 고어핀드의 영혼은 그 인간의 시체에 깃들어 있는 것이지. 자세한 이야기는 나중에 하고, 지금은 너희 이야기를 들어보자. 지금 우리가 곤경에서 벗어나는 데 보탬이 될지도 모르니."

"무슨 곤경 말입니까?"

넬쥴이 아까 보았던 커다란 형체가 앞으로 나서서 대화에 끼어들었다.

"위험에 처한 겁니까?"

이 생물은 넬쥴이 이미 알아챘듯 오우거가 분명했지만 평범한 오우거는 아니었다. 횃불이 거대한 어깨 위에 있는 두 개의 머리를 비추었던 것이다. 머리가 둘인 오우거는 드물었고, 머리가 둘인 오우거 흑마법사는 더욱 드물었다. 넬쥴은 이 오우거에게서 뿜어져 나오는 암흑 마력을 통해 이자가 흑마법사라는 것을 느낄 수 있었다. 넬쥴의 기억으로 그런 오우거는 굴단의 측근 중 둘뿐이었다. 굴단의 오른팔인 초갈과—

"검은심장, 정말 자넨가?"

고어핀드가 넬쥴과 똑같은 결론에 도달하고는 속삭이듯 물었다.

오우거의 머리 둘이 고개를 끄덕였다.

"그렇네." 그중 하나가 대답했다.

"자네가 기억하는 모습과는 다르겠지만." 두 번째 머리가 덧붙였다.

그건 사실이었다. 굴단은 호드를 장악한 후 개인적으로 이 오우거 흑마법사를 고용했던 터라 넬쥴은 검은심장과 직접 대면한 적이 없었다. 그럼에도 전에 보았던 기억에 따르면, 전사답게 길게 땋은 머리와 상대를 꿰뚫는 듯한 검은 눈동자가 인상적이었다.

지금 그 눈동자는 온데간데없었다. 머리 하나의 오른쪽 눈에는 기묘한 금속 안대가 용접되어 있었고, 왼쪽 눈 주위에는 마력을 지닌 문신이 새겨져 있었다. 다른 쪽 머리는 꼭 맞는 두건을 썼고, 코 위로는 눈이 하나뿐이었는데 그 대신 눈동자 크기가 두 배였다. 생소하게 생긴 룬이 검은심장의 살갗을 뒤덮고 있었는데, 가슴에 커다란 인장이 하나 있었고 양쪽 팔의 완장 아래에는 각각 하나씩 인장이 있었다. 오우거는 양쪽 어깨에 헐렁한 로브를 걸쳤고, 배에는 띠를 둘러서 허리춤에 천 조각을 고정하고 있었다. 두꺼운 팔 보호구가 양쪽 손목을 덮었고, 커다란 한쪽 손에는 육중한 가시 망치를 들었다. 검은심장의 어마어마한 덩치와 힘은 언제나 압도적이었지만, 가까이서 보니 더더욱 무지막지해 보였다.

"다시 묻지요. 무슨 곤경 말입니까?"

오우거가 우르릉거리며 같은 질문을 던지자 킬로그가 대답했다.

"얼라이언스가 바로 뒤에 있다. 우리가 말한 인간들, 그리고 놈들과 손을 잡은 다른 종족들이다. 우리는 머릿수가 적어서 승산이 없다. 지원군이 없다면 말이지."

"우린 실패해선 안 되네. 넬쥴 님이 검은 사원에 가느냐 마느냐에 따라 우리 종족의 운명이 걸려 있어. 그곳에서 우리 모두를 구할 의식을 치르셔야 하네."

고어핀드가 덧붙였다. 설명은 거기서 그쳤지만 검은심장과 보르필은 고개를 끄덕였다.

"우리는 굴단 님에게 아킨둔을 약탈하라는 명을 받은 후 줄곧 이곳에 있었습니다. 이 통로 안에서 언젠가는 호드로 돌아가기를 바랐지요. 그리고 결국 호드가 우릴 찾아왔군요. 우리는 이 폐허를 몇 년이나 보금자리로 삼았으니, 이곳에 대해서는 빠삭합니다."

보르필의 설명에 뒤에 있던 나머지 오크들도 고개를 끄덕였다.

"우리가 당신들과 함께 그 인간들이라는 존재와 싸워 쓰러뜨리겠습니다."

"우리에게 맞서는 놈이 있다면 제가 뭉개버리지요."

검은심장이 맞장구를 치며 거대한 망치를 들어 올리자, 망치 위에 박힌 말뚝이 복도의 높은 천장을 스쳤다.

"우리가 놈들을 찢어버리지요!" 다른 머리도 호언장담했다.

"이처럼 중요한 때에 너희를 만나다니, 선조들께서 우리에게 미소를 지으신 모양이다. 다시 호드의 일원이 되어 우리의 승리를 함께하거라."

넬쥴의 말이 끝나기 무섭게 주위의 전사들이 환호성을 질렀고 "넬쥴!", "보르필!", "검은심장!", "호드!"를 연호했다. 넬쥴은 미소를 지었다.

과감하게 아킨둔으로 숨어들었던 판단이 옳았다. 새로 생긴 동지와 함께라면 검은 사원에 늦지 않게 도착할 것이다.

20장

다나스는 주먹으로 반대쪽 손바닥을 치며 소리쳤다.

"됐다! 이제 들어가서 잡기만 하면 됩니다!"

"맞습니다. 하지만 지금은 때가 아닙니다. 아침까지 기다려야 합니다."

탈트렛사가 대답했다. 알레리아 휘하의 순찰자인 그는 어쩌다 보니 호드를 추격하는 동안 다나스의 고문 역할을 하게 됐다. 그리고 그 고고한 태도에도 불구하고 다나스는 그가 마음에 들었다. 게다가 이 엘프의 말은 대개 옳았다.

"아침이면 놈들이 깊숙이 틀어박힌 후일 겁니다."

다나스가 적갈색 머리의 늘씬한 순찰자를 바라보며 반박하고는 거대한 폐허가 솟아 있는 뼈투성이 땅을 바라보았다.

"지금 공격하면 놈들이 자리를 잡고 방어를 구축하기 전에 덮칠 수 있습니다!"

"주위를 보십시오. 당신은 싸울 준비가 됐는지 몰라도, 부하들은 그렇지 않습니다. 날이 어두워지고 있고 다들 지쳤어요. 적이 매복해 있을 게 뻔한데, 너무 지쳐서 제 한 몸 지키지도 못할 사람들을 굳이 지하로 끌고 내려가시려는 겁니까?”

탈트렛사의 말에 다나스는 분노와 고뇌에 찬 얼굴로 목소리를 높였다.

“놈들이 쿠르드란을 죽였습니다!”

다나스의 지시에 따라 말도 안 되는 속도로 달려와 이미 지쳐 있던 병사들은, 그 소식에 크게 동요했다. 돌아온 와일드해머 드워프들은 존경하는 수장을 비롯한 다른 전사자들을 생각하며 눈물을 글썽이고 있었고, 다나스도 돌아설 수밖에 없었다. 이미 너무 많은 동료들을 잃었는데, 이번에는 그 화통하고 쾌활한 드워프까지 잃었다. 그 망할 녹색 놈들을 막을 때까지 얼마나 많은 이들이 더 죽어나가야 할까?

“압니다. 지쳐서 싸우지도 못할 병사들을 데리고 복수전에 나서는 건, 그분의 영혼에 누가 되는 일입니다. 병사들은 힘 한번 제대로 써보지 못하고 죽을 테니까요.”

탈트렛사가 조용히 말했다. 다나스는 눈살을 찌푸리면서도, 엘프의 말이 옳다는 걸 알았다. 그는 넬쥴의 군대를 따라잡겠다는 일념으로, 오크 성채에서부터 쉴 새 없이 부하들을 밀어붙였다. 겨우 따라잡았나 싶었는데 너무 지쳐버린 탓에 속수무책이라니 얄궂은 일이었다.

“하룻밤입니다. 딱 하룻밤만 야영을 하며 쉬고, 동이 트자마자 공격합니다.”

마침내 다나스도 탈트렛사의 말에 동의했다.

“현명한 선택입니다.”

탈트렛사의 대꾸에 다나스는 늘 그랬듯 이 말이 빈정대는 것인지 진지한 것인지 분간할 수가 없었다. 그리고 언제나처럼 엘프의 어조를 무시하고 말뜻 그대로 받아들이기로 했다.

"부하들에게 흩어져서 야영 준비를 하라고 전하십시오. 새벽에 공격합니다."

다나스는 부하들이 알아서 해주리라 믿고, 말에서 내려 목마르고 지친 말을 강가로 데려가 물을 먹였다. 먼지와 땀이 잔뜩 묻은 자신의 얼굴에도 물을 뿌리고 물을 벌컥벌컥 마신 다음, 막사로 돌아가 그대로 쓰러졌다.

몇 시간 후 다나스가 깨어났을 때, 그는 여기저기 자리한 막사뿐 아니라 널찍한 구획을 대강 표시해둔 장대들을 보고 깜짝 놀랐다.

"이게 뭐지? 하룻밤만 머물 계획이었는데."

그가 병장인 헤릭에게 묻자 병장은 어깨를 으쓱하더니 설명했다.

"보루를 세우기에 좋은 위치라고 하는 사람들이 있었습니다. 기둥을 세워서 터를 표시해두자고 하더군요. 저도 손해 볼 건 없다 싶어서 그러라고 했습니다. 엘프들이 거들어줘서 일을 빨리 마칠 수 있었습니다."

"드워프 친구들의 희생을 생각하면 바람직한 일이라 판단했습니다. 우린 얼라이언스 아닙니까. 요새를 함께 건설하는 것이야말로 우리의 결속을 상징하는 최고의 방법이 아닐까요?"

탈트렛사가 근처에 있던 나무 그늘에서 나와 다가오자 다나스는 엘프를 빤히 바라보았다.

"아까는 부하들이 피곤하다면서요! 그런데 다들 쉬기는커녕 나무를 베어 기둥을 세우고 있었단 말입니까?"

다나스가 언성을 높이자 탈트렛사는 미소를 지었다.

"기둥은 몇 개에 불과합니다. 여럿이 힘을 합치면 일도 빨라지죠. 결과를 직접 보십시오."

다나스는 그가 가리키는 쪽을 보았다. 드워프와 인간, 엘프가 삼삼오오 모여 두런두런 이야기를 나누고 있었다. 아직 다들 피곤해 보였지만 얼굴에는 미소를 띠고 있었고, 다나스의 부하들은 이야기를 나누며 엘프와 드워프의 어깨를 두드렸다.

"당신 부하들 말이 맞았습니다. 전략적인 가치가 있을 뿐만 아니라, 이 행성에서 지금껏 붉은 기운에 잠식되지 않고 생명력이 있는 땅은 이곳이 처음이기도 합니다. 적어도 이 숲은 아직 살아 있죠. 언젠가 우리가 다시 이곳으로 돌아와 오늘 여기서 시작한 일을 마무리한다면, 이곳에 알레리아 성채라는 이름을 붙일 겁니다. 적절하죠. 오크들이 쿠엘탈라스의 대부분을 파괴했으니, 대신 우리가 이 버려진 세상에서 유일하게 살아남은 녹지를 점령하겠다는 겁니다. 설령 우리가 돌아오지 못한다 해도, 이 기둥들이 우릴 대신해 상징이 되어줄 겁니다. 얼라이언스가 이 숲을 점령했다는 상징 말입니다."

탈트렛사의 목소리에는 그 어느 때보다도 열정이 담겨 있었다. 다나스는 부하들을 한 번 더 둘러보고는 고개를 끄덕였다.

"우선은 오크부터 처리합시다."

다나스는 헤릭 병장이 건넨 음식을 받아 들고, 모닥불 근처 조용한 곳에 자리를 잡고 먹기 시작했다. 식사를 마친 후에는 다리를 뻗고 팔짱을 낀 다음, 뒤에 있던 나무둥치에 기댄 채 다시 잠이 들었다.

다나스는 하이엘프어로 고함을 지르는 소리와 이상하고 으스스한 꺅꺅거리는 소리에 흠칫 놀라 잠에서 깼다. 그는 벌떡 일어났다.

"무슨 일이지?"

아수라장 속에서 아무도 대답하지 않았다. 소리가 나는 곳으로 달려간 다나스는, 새된 소리를 꺅꺅 지르는 동물 위에 엘프 여남은 명이 포개져 동물을 붙잡고 있는 광경을 보았다.

"물러나시오!"

다나스가 소리치자 엘프들은 마지못해 일어나 옷에서 먼지를 털었다. 엘프 둘이 다나스가 지금껏 본 것 중 가장 희한하게 생긴 동물을 꽉 붙들고 있었다. 침입자는 자주색 로브를 입었는데, 군데군데 찢어지고 피와 풀물로 얼룩져 있었다. 동물의 몸집은 인간만 했고 팔다리가 있었지만 공통점은 거기까지였다.

두건 아래로 튀어나온 것은 인간의 얼굴이 아니라 새의 머리였다.

얼굴은 길고 뾰족했으며 반들반들한 보랏빛 부리가 얼굴의 대부분을 차지했다. 치켜 올라간 타원형의 눈은 달빛을 받아 노란색으로 반짝였다. 두 눈 위에는 인간의 눈썹처럼 깃털 뭉치가 솟아 있었고, 붉은색, 보라색, 금색, 갈색 깃털과 이어지며 머리카락처럼 머리를 뒤덮었다. 생기 있는 눈 한쪽이 반쯤 감겨 있는 것으로 보아, 엘프들이 곱게 다루지는 않은 모양이었다.

"너는 무슨 동물이지? 우리 야영지에 숨어들어 뭘 하고 있었느냐?"

탈트렛사의 추궁에 다나스는 고개를 저었다.

"말해봐야 입만 아플 겁니다. 우리 언어를 이해할 리 없으니까요."

"하지만 그리직, 안다! 나쁜 마음 없다!"

동물의 목소리는 기이하게 높았지만, 전하고자 하는 말뜻은 분명했다. 다나스는 눈을 끔벅거렸다.

"훈련받은 앵무새 같은 겁니다. 소리만 낼 뿐 의미는 없죠."

부하 하나가 중얼거리며 주먹을 들어 새인간을 조용히 시키려고 하자 다나스가 만류했다.

"아니다, 잠시 기다려라. 다시 말해봐라."

"그리직! 나쁜 마음 없다, 없어! 그냥 알고 싶다. 너 누구인지? 왜 오는지?"

다나스가 탈트렛사를 힐끗 쳐다보자, 그는 어깨를 으쓱하고는 뒤로 물러나 다나스에게 심문을 일임했다.

"이름이 그리직인가?"

그 기이한 동물이 재빨리 고개를 끄덕이자 다나스가 말을 이었다.

"먼저 우리 질문에 답하면 우리도 답해줄 수 있을지 모른다. 너는 정체가 무엇이냐?"

"그리직, 아라코아다."

새인간이 대답했다. 그의 말은 희한하게 뚝뚝 끊어졌고, 중간중간 휘파람 소리와 한숨 소리가 섞여 있었다.

"오래된 종족. 어쩌면 세상에서 제일 오래된 종족이다. 그리직 궁금하다. 나쁜 마음 없다!"

"나쁜 마음은 없다고 하지만 왜 우릴 엿보고 있었지? 우리 언어는 어떻게 알고?"

"아라코아 똑똑하다. 현명하다. 그리직, 너희 따라와서 잘 듣고 빨리 배운다! 너 이상하다고 생각한다. 희한하다."

그리직이 자랑스레 말했다.

"아라코아는 호드 편이냐, 호드의 적이냐?"

이 질문에 아라코아는 매우 격렬하게 반응했다. 그리직은 겁먹은 새처럼 얼굴 깃털을 부풀리고는 몸을 웅크렸다. 곧이어 그리직이 몸서리를 치며 대답했다.

"그리직 그놈들 무섭고 싫다. 그렇다. 전에는 안 나빴다. 내가 봤다. 그런데 지금은……."

다나스는 그리직이 물리적으로 위협적인 상대는 아니라는 판단이 들었다. 그는 이 괴상한 침입자를 아직도 붙들고 있는 엘프들에게 고개를 끄덕이고는 지시했다.

"물을 주고 상처를 돌봐주시오. 그리직, 계속 설명해봐라."

"아라코아 고대 민족이다. 우리끼리 산다. 그런데! 평화로운 드레나이, 원시적인 오크 관찰한다. 아무도 몰랐다. 오크가 미쳐버린다는 것. 왜 그런지 우리는 모른다."

그리직이 무거운 로브를 입고도 벌벌 떠는 통에, 깃털이 불편하게 움직였다. 새인간은 안간힘을 쓰며 말을 이었다.

"오크와 드레나이, 안 친하다. 하지만 안 싫어한다. 존중한다."

"워워, 천천히 얘기해봐라. 오크와 드레나이라고? 드레노어와 관련이 있나?"

다나스가 한쪽 손을 들며 새인간을 진정시키려고 애썼다.

"드레노어, 드레나이가 세상에 붙인 이름이다. 긍지 높아서 세상에 자기들 이름 붙인다. 드레나이 강했다…… 전에는."

"오크가 미쳐버렸다고 했지? 오크가 그 드레나이라는 존재들을 배신했나?"

그리직이 고개를 끄덕였다.

"맞다. 드레나이 옛날에 아주 많았다. 드레나이는 환한 빛 쓴다. 여기 오래오래 산다. 자신들이 강하고 선하다고 생각한다. 아무도 드레나이 못 막는다, 아무도. 그런데 오크가—"

그리직이 갑작스레 휙 소리를 내면서 한쪽 팔을 들어 허공을 갈랐다.

"없어졌다. 이제 얼마 안 남았다. 긍지 높은 드레나이, 숨어 있다."

다나스는 등골이 서늘했다.

"오크들이…… 한 문명을 통째로 파괴했다고?"

그는 탈트렛사를 올려다보았다.

"호드가 아제로스로 넘어오기 전에 연습을 한 모양입니다."

"그런 것 같군요. 하지만 아제로스는 드레노어처럼 무너지지 않았지요. 우리가 더 강했습니다."

"운이 더 좋았던 건지도 모릅니다. 평화로운 민족의 문명이 그렇게 몰락하다니, 실로 안타까운 일이군요."

다나스는 굳은 얼굴로 고개를 젓다가 다시 아라코아를 바라보았다.

"계속 얘기해봐라. 드레나이는 평화롭지만 강했고, 오크들은 원시적이었다고 했지. 그런데 어떻게 놈들이 드레나이를 파괴해버린 거지?"

다나스의 질문에 그리직은 단어를 찾느라 잠시 머뭇거렸다.

"오크…… 뭉친다. 이제 따로따로 아니다."

"오크 부족이 여럿 있더군요. 처음부터 하나의 목표를 추구하는 호드는 아니었던 모양입니다."

탈트렛사의 말에 그리직이 신이 나서 깩깩거렸다.

"길쭉귀 말 맞다!"

이런 상황만 아니었다면, 다나스는 탈트렛사의 불쾌한 표정에 웃음을 터뜨렸을 것이다.

"오크 하나 아니었다. 강하고 잔인해진다. 피부…… 음, 이것에서 이것으로 바뀐다."

그리직은 갈색 깃털과 녹색 깃털을 번갈아가며 가리켰다.

"피부색이 바뀌었다고? 갈색에서 녹색으로?"

다나스가 한쪽 눈썹을 실룩이며 물었다.

"그렇다! 그다음에 녹색 오크, 드레나이 공격하고 쓰러뜨린다. 다음은 우리 아라코아다!"

그리직은 나무 사이로 보이는 거대한 폐허를 가리켰다.

"아킨둔. 드레나이 죽은 사람 저기서 잠잔다. 저기 성스럽다. 대부분—"

그리직은 말을 멈추고 땅을 두드렸다.

"대부분 땅 밑에 있다는 거냐?" 다나스가 물었다.

"땅 밑에 구불구불하다. 이제 다 죽었다."

그리직의 말에 다나스는 문득 생각 하나가 떠올랐다.

"저기 가봤단 말이냐? 아킨둔에? 그 구불구불한 통로에?"

그리직이 열심히 고개를 주억거렸다.

"안의 길을 아느냐?"

"나, 많이 내려갔다. 그런데…… 왜 거기 가고 싶지?"

"나는 얼라이언스의 다나스 트롤베인이다. 우리 세상에서 호드 오크들을 쫓아 이곳까지 왔다. 나는 내일 아침 놈들을 공격해 죽이고, 호드의 위험을 뿌리 뽑으려 한다. 놈들이 저 통로 속에 숨어 있지. 놈들을 찾는 데…… 네 도움이 필요하다."

탈트렛사는 못마땅한 눈빛으로 다나스를 바라보았지만, 그는 그 눈길을 무시했다. 그리직은 그다지 해로워 보이지 않았고, 호드를 싫어하는 게 분명했다. 그리직 덕분에 망자의 도시 아래에 있는 미궁에서 길을 잃게 되는 신세를 면할 수만 있다면, 마다할 이유가 없었다.

"내가 들어가는 길 안다. 거기 사는 오크들도 모르는 길이다. 오크들이 어디 사는지, 새로 온 오크들이 어느 길로 가는지 안다."

다나스와 탈트렛사는 다시 눈길을 교환했다. 다나스가 잠시 후에 말을 이었다.

"아주 귀한 정보로군. 우린—"

"아!"

갑자기 아라코아가 흥분한 듯 벌떡 일어나더니 나무 사이사이에 올라앉은 그리핀들을 바라보았다. 그리핀들은 각자 고른 나뭇가지에 발톱을 박고 한쪽 날개 아래에 머리를 넣은 채 자고 있었다. 그리직은 허둥지둥 그쪽으로 갔다.

"굉장하다!"

그리직은 손을 뻗어 가장 가까이 있던 그리핀의 어깨를 쓰다듬었다. 그리핀은 몸을 부르르 떨었지만 깨진 않았다. 다나스는 그리직의 손이 맹금의 발톱처럼 생겼다는 걸 알았지만, 그리핀의 깃털을 쓰다듬는 손길이 부드러웠다.

"어이, 뭐 하는 거냐!"

와일드해머 드워프 하나가 호통을 치며 그리직에게 뛰어왔다.

"괜찮습니다, 페르군."

길잡이가 되어줄 존재에게 드워프가 달려들면 곤란하다는 생각에 다나스가 만류했다.

"우리 세상의 동물, 그리핀이다. 우리 세상의 동물이지. 그리핀에게는 기수가 있어. 여기 페르군 같은 와일드해머 드워프가 바로 기수지."

다나스가 그리직에게 설명했다. 그리직은 제일 끝에 앉아 있던 그리핀에게 다가가 있었다. 위풍당당한 그리핀은 따뜻한 밤이었는데도, 추운 듯 몸을 떨고 있었다.

"슬퍼한다." 그리직이 그리핀의 어깨와 등을 쓰다듬으며 말했다.

"스카이리다. 쿠르드란 님의 그리핀이야."

페르군이 평소보다 걸걸한 목소리로 말했다.

그리직이 부리를 딱딱거리며 머리를 기울인 채 다나스를 바라보자 그가 설명했다.

"스카이리의 기수, 쿠르드란은 와일드해머 일족의 수장이었다. 오늘 전투에서 쓰러졌지."

"아. 포로구나. 봤다." 그리직이 고개를 끄덕였다.

"포로라고?" 다나스가 놀라서 소리쳤다.

"오크들, 아킨둔으로 포로 데리고 간다. 저 사람같이 생겼다. 턱에 빨간 색 털 있다. 살갗에는 파란색 그림 있다. 아주 시끄럽다."

그리직은 와일드해머 드워프 페르군을 가리켰다.

다나스는 차오르는 흥분을 느꼈다. 쿠르드란이 살아 있다고? 그는 탈트 렛사를 돌아봤다.

"구출해야 합니다."

"그분도 위험에 대해선 잘 알고 있었습니다. 개인적인 감정보다는 임무 가 우선이어야 하고요."

순찰자 탈트렛사의 단호하고 냉정한 대답에 다나스는 고개를 저었다.

"쿠르드란 님은 투랄리온 장군께서 신뢰해 마지않는 부관입니다. 게다 가 정말 살아 계신다면, 그분이 우리 군에 대해 귀한 정보를 알고 있다는 사실을 호드가 눈치채고 고문을 가할지도 모릅니다. 그런 일이 있기 전에 한시라도 빨리 구출해야 합니다. 그리고 이…… 아라코아가 그분이 잡혀 있는 곳으로 우릴 안내해주겠지요."

탈트렛사가 한숨을 내쉬며 그리직을 바라봤다.

"그리직, 우리를 돕는 건 위험한 일이다. 그런데 왜 돕겠다는 거지?"

"답은 쉽다. 당신들 호드에 맞서니까. 나도 호드 싫다. 그들이 아라코아 와 우리 세상에 저지른 짓 봐라."

그리직이 결연하게 부리를 맞부딪치며 말했다.

다나스는 그리직과 탈트렛사를 번갈아 보았다. 탈트렛사가 고개를 끄 덕였다. 이건 절호의 기회였다. 그리고 만에 하나 그리직이 배신을 한다면, 반드시 대가를 치를 터였다.

"해봅시다." 다나스가 말했다.

그리직이 아킨둔 안의 수많은 통로를 간략하게 지도로 그린 다음 점점 정확해지는 공용어로 길을 설명하자, 다나스는 소수의 인원을 데리고 들어가 쿠르드란을 구한다는 작전을 포기했다. 대신 훨씬 나은 계획을 세웠다.

지금 다나스는 손에 들린 횃불에 의지하여, 길고 어두운 통로를 따라 성큼성큼 걷고 있었다. 그리직은 열 걸음가량 앞서가고 있었고, 탈트렛사가 둘 사이에 있었다. 아라코아에게도, 엘프에게도 빛은 필요 없었다.

그리고 다나스 뒤로는 얼라이언스 군의 절반이 뒤따라오고 있었다.

"통로가 넓다. 얼라이언스 열 사람이 같이 갈 수 있다. 그리고 높다. 오우거도 살짝 구부리기만 하면 된다! 드레나이가 통로 잘 지었다. 중앙 통로를 파…… 파괴했던 폭발이 바깥쪽 통로에는 안 닿았다. 아직 마르고 깨끗하고 안전하다."

그리직이 장담했었고, 그 말에 다나스는 확신을 얻었다. 그리직과 함께 통로를 정찰하고 온 순찰자 렐리안이 다시 한 번 확신을 심어주었다.

"궁 안에 있는 긴 통로와 비슷합니다. 정확히 그리직이 말한 대로였고, 움직이는 건 전혀 없었습니다. 쥐 한 마리도요."

다나스가 결단을 내렸다.

"둘로 나뉜다. 전군의 절반은 나를 따라 통로로 들어가서 아킨둔으로 올라간다. 나머지 절반은 사원의 폐허로 몰래 내려가 호드를 위협하며 시간을 끌면, 우리가 뒤에서 치겠다. 자리를 잡은 다음, 양쪽에서 일제히 공격해 호드를 궤멸한다."

그리고 통로로 들어온 지 한 시간이 채 지나지 않아, 그리직은 멈춰 서서

벽에 있는 커다란 문을 가리키며 설명했다.

"이 뒤에 계단 있다. 아킨둔으로 통한다."

다나스는 눈살을 찌푸리며 아라코아가 그렸던 미궁의 지도를 떠올렸다.

"호드가 정확히 어디 있는지, 포로를 어디로 데려갔는지는 모른다고 했지?"

아쉽게도 새인간의 대답은 달라지지 않았다.

"내가 아킨둔으로 가는 길 안다. 하지만 그것 말고는 잘 모른다."

그 순간, 그리직의 두건이 길고 뾰족한 얼굴에 음산한 그림자를 드리웠다.

"우리 종족은…… 이곳에서 환영받지 못한다. 드레나이는 망자를 공경해서 침입자를 좋아하지 않는다. 나는 이곳을 돌아다니고 탐험하면서 알게 됐다. 하지만 조금밖에 모른다."

다나스는 고개를 끄덕였다. 아라코아가 쿠르드란이 있는 곳까지 데려다주길 바라는 건 역시 무리였던 모양이다. 하지만 호드 전사들이 도사리고 있는 통로를 정처 없이 배회하는 건 영 내키지 않았다.

그리직은 문으로 손을 뻗는가 싶더니 순간 뒤로 펄쩍 뛰었다. 놀라서 부리를 딱딱거리고 손톱을 세우며 몸을 한껏 웅크리는 동안, 문이 끼익 열렸다. 다나스도 방패와 검을 치켜들다가…… 그대로 얼어붙은 채, 열린 문으로 윤곽을 드러낸 형체를 멍하니 바라보았다.

21장

오크가 아니었다.

다나스가 난생처음 보는 종족이었다. 형체는 키가 크고 어깨가 넓었으며, 하늘색 피부가 어렴풋한 횃불 빛을 받아 반짝였다. 이목구비는 엘프처럼 강인하고 품위 있으면서도, 한층 다부졌다. 귀는 뾰족하지만 엘프보다는 작았고, 눈은 길쭉하고 치켜 올라갔다. 골이 파인 판금이 형체의 불룩한 이마부터 눈썹 바로 위까지 덮여 있었다. 턱에는 뭉툭하고 빽빽한 턱수염 양옆으로 굵은 촉수가 달려 있었다. 은색 머리카락은 머리 뒤로 흘러내려 어깨를 덮었고, 섬세한 자수로 장식되었으나 매우 낡은 로브를 늘어뜨린 채 손에는 길고 화려한 지팡이를 들었다. 로브의 해진 단 아래로 갈라진 발굽이 드러났고, 뒤에서 뭔가 살랑거리는 것으로 보아 꼬리도 있는 모양이었다.

형체가 깊고 부드러운 목소리로 말을 하며 지팡이를 들자, 지팡이 끝에서 어렴풋한 보랏빛이 뿜어져 나와 그의 눈에 비쳤다. 그 기이한 존재는 다나스 아래 웅크리고 있는 그리직을 보더니 눈살을 찌푸렸다. 그자는 다시 성난 어조로 무언가 말을 했고, 그리직이 같은 언어로 대답했다.

"이자는 무엇이지? 뭐라고 하는 거냐? 널 반기지는 않는 것 같은데."

다나스가 그리직에게 따져 묻자 새인간이 대꾸했다.

"내가 고귀한 전사들 데리고 왔다고 말했다. 그게 전부다."

낯선 존재는 돌아서서 다나스를 꿰뚫을 듯 바라보더니 뭔가를 중얼거리자 지팡이가 다시 빛을 발했다. 곧이어 그는 흠잡을 데 없는 공용어로 말을 했다.

"이…… 생물이…… 그대들을 이곳으로 데리고 왔다는군. 그대는 무엇이고, 망자의 안식처인 이곳에서 무엇을 하려는 것인가?"

다나스는 상대가 인간의 언어로 말을 꺼내자 당황하며 방패를 낮추고 검을 집어넣었다. 하지만 그자가 공용어를 어떻게 배웠는지 알아내는 것보다는, 이곳을 지나가게 해달라고 설득하는 것이 먼저였다. 다나스가 조심스럽게 입을 열었다.

"허락도 없이 들어와서 죄송합니다. 그대는 물론 망자들에게 폐를 끼칠 생각은 없습니다. 하지만 호드 오크들이 이 통로에 숨어들었으며, 우리의 동료까지 사로잡았습니다. 우리는 동료를 구출하고 오크들을 쓰러뜨리고자 합니다."

다나스는 그 존재가 드레나이의 일원이리라 짐작했다. 그리직이 설명하길 이곳은 드레나이의 사원이라고 했기 때문이었다. 드레나이는 호드라는 말에 인상을 썼지만, 다나스가 말을 마치자 고개를 끄덕였다.

"그렇다. 오크들이 우리 통로에 침입했다. 놈들이 아킨둔의 가장 깊은 곳, 손상이 가장 적은 곳인 어둠의 미궁을 차지했지. 그대들의 동료도 그곳으로 데려갔다. 호드 세력의 대부분이 그곳에 틀어박혀 있지."

그는 수긍하며 지팡이를 내려 바닥에 세웠다.

"대부분이라니요?"

다나스가 간절하게 몸을 숙이며 묻자 드레나이는 말을 이었다.

"최근에 들어온 오크들이 전부가 아니다. 폭발 직후부터 이곳에 있었던 무리가 있지. 놈들은 다른 통로에 살고 있다. 놈들이 이 사원을 너무 오랫동안 더럽혔어."

그는 품위 있는 얼굴에 분노와 슬픔을 띤 채로 고개를 저었다.

"우리가 곧 시정할 겁니다."

"목적은 밝혔으니, 이제 그대들이 무엇인지 말해보아라. 나도 견문이 적지 않으나 그대 같은 존재는 처음 보는구나."

"저는 인간입니다. 우리는 아제로스, 다른 세상에서 왔습니다. 오크들이 드레노어에서 차원문을 열어 아제로스를 침공했지만, 우리는 오크 군대를 격파하고 다시 밀어냈지요. 이제 그 문을 영원히 닫아서 우리의 고향과 민족을 지키고자 합니다."

드레나이는 커다란 눈을 깜박이지도 않고 그를 가만히 응시했다. 다나스는 저 드레나이가 말의 진실성을 가늠하고 있다는 걸 알 수 있었다. 마침내 드레나이가 고개를 끄덕였다.

"고결한 목표로군."

드레나이는 문간에서 나와 다나스 앞에 섰다.

"나는 네무란이다. 마지막 아키나이 중 하나지. 아키나이는 우리 민족의 사제로서 아킨둔에서 망자를 돌보았다."

드레나이가 자신을 소개하자 다나스도 자신과 탈트렛사를 소개하고 가볍게 목례를 했다.

"동료를 구출하고 호드의 오염을 정화하겠다는 그대들의 결의에 찬사를 보낸다. 그대들이 받아들인다면, 내가 도움을 주지."

"감사히 받겠습니다. 아킨둔에 대해 제가 아는 건 이게 전부입니다."

다나스가 솔직히 말했다. 그는 아키나이에게 그리직이 그린 지도를 보여주었다.

네무란은 조잡한 그림을 들여다보고는 씁쓸하게 큭큭 웃었다.

"저 녀석이 이것을 그린 것이냐?"

그는 촉수가 달린 턱으로 아라코아를 가리켰다. 그리직은 이제 움츠러들진 않았지만, 뒤로 물러나 얼라이언스 전사들 대열에 묻혀 있었다. 다나스가 고개를 끄덕이자 네무란이 말을 이었다.

"저 녀석은 몇 년 전부터 우리 전당을 배회하고 있다. 하지만 훔칠 만한 물건이 있는 곳 말고는 아는 게 별로 없지."

"나쁜 마음 없었다! 나는 아킨둔 안에 아직 누가 있는지 몰랐다! 그런 줄 알았다면 아무것도 가져가지 않았을 거다!"

그리직이 억울하다는 듯 소리치자 네무란이 말을 끊었다.

"들킬 줄 알았다면, 이라고 해야 맞겠지. 이 녀석을 조심해라. 아라코아는 언제나 기만을 일삼고 이기적인 종족이었으니."

네무란이 다나스에게 경고했다.

"지금까지 거짓말은 하지 않았습니다. 호드를 싫어한다는 말도 믿을 수 있겠더군요."

"맞다! 호드 싫다! 믿어줘라! 우리는 공동의 적 있다!"

그리직이 눈을 반짝이며 열띤 목소리로 말했다.

"그건 사실이지. 좋다, 아라코아. 지금부터 새롭게 시작하지."

네무란이 잠시 뒤 고개를 끄덕이고는 다나스에게 돌아섰다. 그는 양피지를 받아 들고 로브 속에서 조그맣고 검은 막대를 꺼냈다. 네무란이 재빨리 선 몇 개를 고치고 통로 몇 개를 서로 연결해서 지도를 손봤다. 그가 한

부분을 가리키며 말했다.

"오크들은 여기 있을 것이다. 따라오너라. 그곳으로 안내하지."

네무란은 두말없이 지도를 다나스에게 건네고는, 돌아서서 계단을 또 각또각 올라가기 시작했다.

다나스가 탈트렛사와 렐리안을 힐긋 쳐다보자, 둘은 고개를 끄덕여 보였다. 그는 심호흡을 하고 드레나이를 따라 아킨둔으로 걸음을 옮겼다.

"그동안 혼자 살았습니까?"

다나스는 네무란을 따라 넓은 복도를 지나고 복잡하게 얽힌 통로를 걸어가며 나지막이 물었다.

"다른 이들이 있다. 호드의 공격에서 살아남아 통로로 도망친 자들이 있었다. 그 후에 다른 드레나이들도 호드의 느닷없는 공격을 피해 안으로 들어왔지. 폭발이 일어났을 때 많이 죽었고, 그 후로도 계속해서 목숨을 잃었고 이제 극소수만 남아 있다."

네무란이 길을 밝히느라 지팡이를 들고 말했다. 다나스는 그들이 어디 있을까 생각하며 주위를 두리번거렸지만, 네무란이 고개를 저었다.

"그대에게는 보이지 않을 것이다. 그대들은 고결하고 진실해 보이지만, 그들을 위험에 노출시키는 건 현명한 일이 아니지. 설령 그대들이 나를 배신하더라도 우리 종족이 명맥을 이어가도록, 내가 그대들을 돕는 동안 그들은 숨어 있을 것이다."

"현명한 조치입니다. 저라도 그렇게 했을 겁니다."

그들은 한동안 걸어서 어떤 문 앞에 멈춰 섰다. 네무란이 설명했다.

"여기부터가 어둠의 미궁이다. 이 문 뒤에 호드가 있다."

그는 돌아서서 다나스를 유심히 살폈다. 표정은 엄숙하면서도 눈빛에 어린 것은…… 기대감일까? 기쁨일까? 그는 온화하게 말을 이었다.

"그대들이 받아들인다면 더 도와주고 싶구나. 하지만 내 도움이 꺼림칙한 이가 있을지도 모른다."

"그게 무슨 뜻입니까?"

다나스가 미간을 모으며 눈썹을 치켰다.

"나는 세상을 떠난 이들의 영혼을 지키고 있다. 곤궁할 때 선조들을 부를 수 있지. 지금 그리하려 한다. 그들도 이 전당에서 오크의 악취를 몰아낼 기회라면 기꺼이 응할 터이니."

아키나이는 고개를 조금 숙이고는 양손으로 지팡이를 감싸 쥐며 겸허하게 말했다.

다나스는 너무 당연하다는 듯한 그의 말투에 조금 놀랐다. 호드 죽음의 기사들은 인간의 몸에 깃든 오크의 영혼이니, 영혼이 사후에도 남아 있는 것은 확실했다. 그러나 다나스는 망자가 안식을 취하도록 보살펴야 한다고 배웠다. 하지만 망자의 수호자인 네무란이 괜찮다고 한다면…… 괜찮지 않겠는가? 다나스도 오크를 발견했을 때 전사한 부하들의 영혼이 함께 싸울 거라 투랄리온에게 말했지만, 그건 어디까지나 상징적인 의미였다. 하지만 드레나이의 세계에서는 그런 표현을 그대로 받아들이는 모양이다. 다나스는 마침내 어깨를 으쓱했다. 그런 의문은 심오한 정신세계를 추구하는 자들의 몫이다. 어쨌거나 군사적인 견지에서는 가능한 한 지원을 받아야 마땅했다. 다나스는 네무란에게 고개를 숙였다.

"영광입니다. 그대의 선조들께 누를 끼치거나 노여움을 사는 일이 아니라면 기꺼이 도움을 받겠습니다."

네무란은 다나스의 대답이 흡족하다는 듯 깊숙이 묵례를 한 다음, 자세를 바로 하고 지팡이를 높이 들었다. 보랏빛이 꽃처럼 피어나며 복도 전체를 채웠고, 이에 답하듯 천장 곳곳에 섬광이 나타났다. 섬광은 점점 밝아졌고, 보라색에서 파란색, 녹색, 금색으로 변하며 바닥으로 내려와 점점 커지면서 형체와 윤곽을 갖추었다. 다나스와 네무란에게 가장 가까이 있던 섬광은 위압적인 형체로 변했다. 드레나이인 것은 분명했으나, 네무란보다 건장하고 로브가 아닌 화려한 판금 갑옷을 입었으며 한쪽 어깨에는 거대한 전투 망치를 메고 등 뒤로는 긴 망토를 늘어뜨렸다. 형체들은 모두 선명해지면서 방을 가득 채웠다.

그들 모두 다나스와 부하들을 바라보고 있었다.

난데없이 바람이 일어 다나스의 망토가 바스락거리고 탈트렛사의 긴 머리카락이 나부꼈다. 뼛속까지 시린 추위를 느낀 다나스는 덜덜 떨기 시작했다. 유령 전사들이 아름답고도 준엄하게 다가오자, 다나스는 밀려오는 두려움에 그대로 얼어붙었다. 그중 우두머리로 보이는 자가 손을 뻗어 그의 이마를 스치듯이 만졌다. 비명을 지르는 다나스의 머릿속에 온갖 환영이 밀려들었다. 떠나기 전 마구간에 있던 젊은 파롤과 반. 반을 영원히 침묵시킨 오크의 곤봉. 죽은 자들에게 안식을 주고자 말에 바짝 엎드린 채 도망치는 자신. 기수 없이 돌아오는 스카이리. 시체들…… 너무 많은 시체들. 내 아이들아, 미안하다. 정말 미안하다…….

호드가 아제로스가 아닌 다른 세상의 비옥한 들판을 달리는 모습. 수백 개의 들판, 수백 개의 세상. 낯선 녹색 파도에 휩쓸려 말라가는 땅과 죽어가는 사람들. 그리고 다음 세상, 또 다음 세상…….

"네 영혼은 고통받고 있구나, 얼라이언스의 다나스 트롤베인이여."

영혼이 말했다. 그의 얼굴은 전혀 움직이지 않았다.

"너는 죽은 자들을 애도하는구나. 비록 그 마음에 비탄과 분노가 가득한 채로 이곳에 왔다 하나, 네가 나아가는 이유는 올바르고 정의롭다. 평안을 찾거라. 나는 한때 눈부신 빛이라 불린 볼스트란이다. 내가 군대와 함께 너희의 분투를 돕겠노라."

무시무시한 추위가 사라지고 기묘한 평안이 찾아들었다. 다나스는 눈을 깜박였다. 그는 다시 영혼을 바라보았다. 영혼의 눈과 눈썹에서도 순수한 금빛 광채가 번쩍이는 것을 알고 깜짝 놀랐다.

"큰 빚을 졌습니다."

다나스가 간신히 입을 뗐다. 말을 입 밖으로 내뱉는 것도, 영혼에게서 눈을 떼는 것도 힘들었다. 다나스는 이것이야말로 투랄리온이 얘기하던 성스러운 빛의 은총인 걸까 생각했다. 볼스트란과 유령 전사들이 더는 무섭지 않았다. 그들은 장엄하고 아름다웠으며, 찬란한 금빛으로 반짝였다. 다나스는 자신이 방금 시험에 들었음을 깨닫고, 드레나이 망자들이 얼라이언스 군을 보호하듯 주위에 떠 있는 것을 보고 밀려오는 안도감을 느꼈다.

다나스는 얼른 고개를 흔들어 머리를 비우고, 한쪽 팔에 방패를 끼웠다. 다른 팔로는 검을 뽑아 들면서 가죽이 감긴 칼자루를 단단히 잡았다. 그는 탈트렛사와 렐리안을 힐끗 보았다.

"문을 지나면 저와 함께 움직이십시오. 쿠르드란 님을 찾아야 합니다."

다나스는 둘에게 당부한 후, 휘하의 부하들을 돌아보며 말을 이었다.

"이 문 뒤에 오크들이 있다. 놈들은 우리가 여기 있는 걸 모르고, 아마 몇 시간 후인 새벽에나 공격해 오리라 짐작하고 있을 것이다. 기습이 주는 우위를 최대한 활용해라. 일단 문을 통과하면 각자 가장 먼저 눈에 띄는 오크를 공격해라. 온 힘을 다해 고함을 치고 걸리적거리는 물건은 걷어차라. 놈들을 혼란과 공황에 빠뜨려, 우리의 머릿수와 위치를 파악하지 못하게 하는 것이 목표다. 그러면 놈들은 우리 공격에 속수무책으로 당할 수밖에 없겠지."

다나스가 씩 미소를 짓자 부하들은 고개를 끄덕이며 각자 주먹을 들어

소리 없이 환호했다. 다나스는 문을 향해 돌아서서 준비 태세를 갖추고, 문을 열라는 뜻으로 네무란에게 고개를 끄덕였다.

아키나이는 문손잡이를 거머쥐고 어마어마한 힘으로 문을 활짝 열었다. 돌과 돌이 부딪치는 소리가 폐허의 닫힌 공간에서 천둥처럼 울려 퍼졌다.

"로서의 후예들을 위하여!"

다나스는 입구로 뛰어들며 외쳤다. 문 뒤로는 중간 크기의 통로가 뻗어 있었다. 오크들이 임시로 세운 벽에서 멀지 않은 곳으로, 여남은 명의 오크가 늘어져 있거나 잠을 자거나 장비를 수리하고 있었다. 다나스가 한복판으로 뛰어들자 오크들은 화들짝 놀랐다. 몇 놈은 허둥지둥 일어나며 무기를 찾았다. 하지만 너무 느렸다. 다나스의 첫 공격이, 침입을 알리려고 고개를 들던 오크의 목을 베었다. 그는 멈추지 않고 검을 휘둘러 다른 오크의 이마를 베고, 이리저리 고개를 돌리며 시야를 확보하려는 놈의 심장에 칼을 꽂았다. 부하들도 연달아 전투에 뛰어들었다.

뒤이어 금빛 광채를 발하는 망자들이 아름답고도 장엄하게 날아 들어왔다. 그들의 무기는 실체가 없는데도 치명적이었다. 그 모습을 본 오크들은 공포에 질린 채 경악하며, 기껏 들어 올린 무기를 떨어뜨리고 휘청거리며 넘어졌다. 놈들은 얼마 지나지 않아 숨통이 끊어졌다. 이곳에 있던 오크들 대부분이 무장을 제대로 갖추지 못한 상태였다.

다나스는 마지막 오크들까지 모두 쓰러지는 모습을 보고 부하들에게 소리쳤다.

"가라! 어서 가! 눈에 띄는 대로 오크들을 죽여 없애라!"

그는 볼스트란을 재빨리 돌아보았다.

"전사들을 함께 보내주십시오."

다나스의 말에 드레나이 사령관이 고개를 끄덕였고, 유령 전사들은 어느새 다나스의 부하들 쪽으로 날아가고 있었다.

"네무란, 포로가 있는 곳으로 안내해주십시오!"

아키나이는 고개를 끄덕이고 저쪽 벽에 있는 문을 열더니, 다나스와 엘프 순찰자 둘과 함께 짧고 좁은 복도로 들어갔다. 그리직이 그 뒤를 바짝 쫓았다. 그들은 복도 끝에 있는 커다란 석실로 들어갔고, 그곳에서는 오크들이 둘러앉아 음식을 먹거나 자고 있었다. 활을 미리 메겨두었던 순찰자들이 우아한 동작으로 화살을 날려, 오크들이 상황을 미처 알아채기도 전에 몇 놈을 처리했다. 지체 없이 다나스가 합세하여 검을 깊게 찌르자, 오크들의 비명과 신음이 그 너머의 석실에서 다나스의 병사들이 행하고 있는 살육의 소리와 뒤섞였다.

그리직도 놀고 있지는 않았다. 새인간은 펄쩍 뛰어 활공하듯 소리 없이 오크들 뒤로 다가가, 갈고리 같은 손톱을 훅 뻗어 순식간에 오크 하나의 목을 갈랐다. 옆에 있던 오크가 도끼를 높이 들고 돌아섰으나, 아라코아는 허리를 숙여 어설픈 공격을 피하고는 몸을 틀어 오크의 눈알을 쪼아 뽑은 다음 목까지 갈가리 찢어버렸다. 다나스는 소리 없이 신속한 학살의 현장을 얼핏 보고는 모르긴 몰라도 그리직이 평화주의자는 아니구나 생각했다.

"이쪽이다!"

석실을 지키던 오크들이 죽자, 네무란은 피투성이 방 맞은편 문으로 그들을 이끌었다. 이 아키나이는 아직 직접적으로 오크를 공격하진 않았지만, 존재 자체와 지팡이에서 발하는 빛만으로도 오크들을 혼란에 빠트려 손쉽게 처치하도록 만들어주었다. 이번 문은 훨씬 작은 방으로 통했고, 십자 모양의 기둥이 달린 탁자형 나무틀이 공간의 반을 차지하고 있었다.

그 기둥에 땅딸막한 근육질의 형체가 묶여 있었다. 발아래에는 피 웅덩이가 말라붙어 있었고, 살갗에도 피딱지가 앉아 있었다. 그는 의식 없이 나무틀에 축 늘어져 있었고, 산전수전 다 겪은 다나스조차 동료가 당한 잔혹 행위에 경악하며 잠시 넋을 놓고 보고만 있었다.

체격이 좋은 오크 하나가 가시 곤봉을 옆에 놓고 근처 벽에 기대 있었다. 포로를 지키는 임무를 맡은 녀석이 분명했다. 다나스가 방에 들어서자 오크는 아연실색하며 벌떡 일어났다. 두 눈이 휘둥그레지는가 싶더니 그 순간 엘프들이 놈의 가슴에 화살 두 발을 박아 넣었다. 마지막 화살이 미간에 정확히 꽂히자 오크는 말문도 열지 못하고 숨이 끊어졌다.

다나스는 이미 쿠르드란을 묶어놓은 밧줄을 풀고는 드워프를 붙잡고 악을 썼다.

"쿠르드란 님! 쿠르드란 님!"

탈트렛사가 음악 같은 언어로 무언가 중얼거렸지만, 다나스를 도와 쿠르드란을 탁자에 눕히는 이 침착한 엘프 역시 안색이 창백했다. 다나스는 아직도 충격에서 헤어나지 못했다. 쿠르드란의 두 팔은 부자연스럽게 구부러져 있었고, 근육질의 몸통에는 문신보다 칼자국과 채찍 자국이 더 많았다. 손과 발은 곤봉으로 으스러뜨린 것처럼 완전히 박살이 났다. 가슴이 희미하게 오르락내리락하지 않았다면 죽었다고 해도 이상하지 않을 터였다. 드워프는 흡사 푸줏간의 고깃덩이 같았다. 오크들이 대체 그에게 무슨 짓을 한 거지?

"빛이시여…… 어디부터 시작해야 할지 도저히 모르겠군요."

다나스는 피투성이의 망가진 몸뚱이를 보며 잠긴 목소리로 말했다.

"그대가 괜찮다면…… 나는 알겠구나."

다나스가 고개를 번쩍 들었다. 네무란이 빛나는 지팡이를 들고 다가와 있었다.

"나는 우리 민족의 사제다. 내가 최선을 다해 치유해보겠다. 그러나…… 이 동료의 영혼은 가까스로 생명을 붙잡고 있다. 치유해볼 수도 있고, 저세상으로 넘어가는 길을 편하게 해줄 수도 있지. 만약 보내주고 싶다면—"

"아닙니다! 이미 너무 많은 이들이 목숨을 잃었습니다. 부탁드립니다. 치유할 수 있다면, 해주십시오!"

다나스가 다급히 소리쳤다. 잠시 후 다나스와 탈트렛사가 물러서자 드레나이가 한쪽 손을 뻗었다. 네무란은 피가 말라붙은 쿠르드란의 이마에 자신의 손을 대고, 반대쪽 손으로 지팡이를 들었다. 그는 눈을 감고 기도하기 시작했다. 순수하고 부드러운 광채가 네무란을 감쌌고, 다나스는 조그맣게 숨을 뱉었다. 드레나이의 언어를 알아들을 수는 없었지만, 듣고 있으려니 마음이 차분해졌다. 광채는 쿠르드란의 이마에 닿아 있는 손에서 더욱 밝게 빛났다. 다나스는 점점 강해지는 광휘에 눈이 부셔 결국 눈을 감을 수밖에 없었다.

이런 광경이라면 이미 본 적이 있었다. 다른 세상에 사는 이 존재, 이 생소한 외형의 드레나이가 빛을 사용하고 있었던 것이다. 투랄리온이 그랬듯이.

그 순간 꿍 하는 소리에 다나스는 눈을 떴다.

"어? 뭐야? 이 초록 가죽 괴물들아, 하는 데까지 해봐라!"

쿠르드란이 머리를 휙휙 돌리며 소리쳤다. 그는 자신을 내려다보는 파란색 형체를 똑바로 바라보았다.

"괜찮습니다."

쿠르드란이 몸부림을 치기 전에 다나스가 드워프의 어깨에 손을 얹으며 말했다. 네무란은 미소를 지으며 뒤로 물러섰고, 주위에 어렸던 빛은 희미해지기 시작했다.

"이제…… 괜찮을까요?"

"할 수 있는 건 다 했다. 이제 어느 정도 나았겠지. 하지만 흉터를 모두 지울 수는 없고, 부서진 것을 모두 예전처럼 되돌릴 수도 없는 법이다."

"누가 부서졌다는 거요?"

쿠르드란이 코웃음을 치며 천천히 일어나 손발을 꿈지럭거리고 몸 여기저기를 만져보았다.

"허, 내 몸속에 피가 그렇게 많은 줄은 몰랐네."

그는 다나스를 올려다보고는 활짝 웃으며 소리쳤다.

"아, 다나스! 때맞춰 왔구먼! 걱정하지 마시오. 그 괴물 녀석들은 나한테서 한마디도 듣지 못했으니까. 내 망치는 가져왔소?"

"쉬어야 한다." 드레나이가 경고했다.

"흥! 쉬는 건 죽은 사람이나 하는 거요." 쿠르드란이 말했다.

"때로는 죽은 사람도 쉬지 않죠."

탈트렛사가 네무란을 힐끗 보고는 나지막이 말했다.

"이분은 와일드해머 드워프 쿠르드란이십니다."

다나스가 네무란에게 말했다. 더 설명할 방법이 생각나지 않았다.

"가져왔습니다, 쿠르드란 님. 여기 있습니다."

스카이리가 홀로 돌아왔을 때 그 위에 있던 망치를, 다나스가 선견지명을 발휘해 통로로 들어올 때 가져온 것이었다. 다나스는 무기를 넘겨주고, 드워프가 크고 무거운 망치를 받아 들어 올리는 모습을 보며 자기도 모르게 씩 웃었다. 비록 쿠르드란의 동작이 예전보다 느리고 뻣뻣하긴 했지만.

"좋군."

쿠르드란이 망치를 얼른 살펴보고는 만족스럽다는 듯 고개를 끄덕였다.

"자, 그럼 계획이 뭐요? 그리고 이 친구들은 누구요?"

그는 고갯짓으로 그리직과 네무란을 가리켰고, 다나스는 아라코아와 한 묶음이 되었다는 불쾌감이 아키나이의 얼굴에 스치는 것을 포착했다. 다나스가 재빨리 설명을 이어갔다.

"네무란은 아키나이입니다. 망자를 지키는 드레나이 사제지요. 이곳에 마지막으로 남은 수호자입니다. 당신이 목숨을 건진 건 이분 덕분입니다. 이분이 치유해주셨지요."

"아, 고맙소. 와일드해머는 이런 빚을 절대 잊지 않는다오."

쿠르드란이 상황을 파악하고 감사의 인사를 전하자 네무란이 우아하게 고개를 숙였다.

"그리고 저자는 아라코아 그리직입니다. 오크들이 싫다면서 이곳까지 우릴 안내했지요. 그리고 계획이라면, 우리 부대가 통로를 기습했습니다. 다른 곳도 곧 공격해서 오크들의 혼을 빼놓을 겁니다. 그리고 넬쥴을 찾아 장대 끝에 놈의 머리를 꽂고 돌아가면 됩니다."

"계획 한번 마음에 드는군. 그래, 그 오크 주술사는 어디 있소?"

둘은 동시에 네무란을 보았고, 그는 머리를 갸우뚱하더니 잠시 후 대답했다.

"방어하기에 가장 유리한 공간은 우리가 예전에 기도실로 쓰던 곳이다. 아마도 그곳에 있을 공산이 크지."

"그럼 앞장서십시오!"

다나스의 말에 네무란은 고개를 끄덕였다. 일행은 방에서 나와 짧은 복도를 따라 걷다가 섬세한 문양이 새겨진 크고 무거운 돌문 앞에 섰다. 네무란이 말했다.

"여기다. 이 문 뒤가 기도실이다. 우린 망자에게 예를 올리고 교감을 하기 위해 이곳에 오고는 했지."

슬픔이 그의 눈에서 반짝였다.

"잠겼습니다." 렐리안이 손잡이와 씨름하더니 말했다.

"물러서시오. 파편이 좀 튈지도 모르니까."

쿠르드란이 망치를 들며 말했다. 그는 아직 조금씩 휘청거리고 있었다. 다나스는 만류하고 싶은 마음이 굴뚝같았지만 그러지 않기로 마음먹었다. 쿠르드란은 싸울 수 있다는 자신감을 되찾아야만 했다. 다나스가 숨죽이고 지켜보는 가운데, 드워프는 자세를 취하더니 육중한 돌문을 향해 폭풍망치를 냅다 던졌다.

그 순간 울린 천둥소리에 다나스는 혼비백산해 넘어질 뻔했다. 뒤이어 쩍 갈라지는 소리와 함께 먼지구름이 일었다. 팔을 휘저어 먼지를 쫓은 다나스의 눈에 방금의 타격으로 산산조각이 난 문이 보였다. 문간 너머로는 넓고 둥근 방이 보였고, 중앙에 여러 형체들이 뭉쳐 있었다. 다들 어안이 벙벙한 얼굴로 문 쪽을 보았지만, 그중 둘은 쳐다보지도 않았다. 덩치 큰 외눈의 오크와 얼굴을 해골처럼 하얗게 칠한 고령의 오크였다. 저자가 넬줄이겠군.

그들의 눈길이 일순간 마주쳤다. 다음 순간 다나스가 미처 뛰어들기도 전에, 넬줄은 외눈의 오크에게 무언가 말하고는 돌아서서 방 반대편의 문으로 뛰기 시작했다.

"그렇게는 안 되지!"

다나스가 악을 쓰며 넬줄을 쫓으려 했지만, 외눈의 오크가 앞으로 성큼 나와 그를 막아섰다. 무지막지한 오크의 얼굴 한쪽에는 흉터가 길게 타고 내려갔고, 그쪽 눈은 안대가 덮고 있었으나 나머지 한쪽 눈은 다나스를 두려운 기색 없이 노려보았다.

"나는 킬로그 데드아이다."

오크가 억양이 강한 공용어로 자랑스레 말하며, 한쪽 손으로 가슴을 두드리고는 반대쪽 손으로 육중한 도끼를 들어 올렸다.

"나는 피눈물 부족의 족장이다. 숱한 인간을 쓰러뜨렸지. 네가 마지막은 아닐 것이다. 내가 너희를 막는 임무를 맡은 이상…… 너희는 지나가지 못한다."

다나스는 적을 찬찬히 뜯어보았다. 머리카락에 드문드문 섞인 백발과 얼굴의 주름으로 보아 다나스보다 나이가 많아 보였지만, 근육이 우람하고 타고난 전사처럼 유연하게 움직였다. 명예도 아는 것 같았다. 다나스는 자신도 그를 똑같이 대해야겠다는 생각이 들었다. 그는 검을 들어 상대에게 예를 표하며 말했다.

"나는 얼라이언스 군사령관, 다나스 트롤베인이다. 나는 숱한 오크를 쓰러뜨렸고, 네가 마지막은 아니겠지. 그리고 나는 반드시 지나가고 말겠다!"

그 말과 함께 다나스는 방패를 앞으로 들고 돌진하며, 무시무시한 기세로 검을 휘둘렀다.

킬로그는 도끼로 공격을 막았고, 도끼의 날과 손잡이 가시에 검날이 끼어버린 다나스는 검을 놓칠 뻔했다. 하지만 다나스는 속도를 늦추지 않고 온 힘을 실어 킬로그의 가슴을 방패로 들이받았다. 오크는 휘청거리며 한 걸음 물러났다. 다나스는 그 틈을 타 검을 빼내고, 이번에는 측면으로 낮게 휘둘렀다. 날은 킬로그의 허리 바로 위를 스쳤고, 상처에서 피가 흐르자 피눈물 족장은 끙 하고 신음을 뱉었다.

하지만 킬로그는 상처에 개의치 않고 공격에 나섰다. 그가 육중한 주먹으로 다나스의 방패를 후려치자, 단단한 금속에 흠집이 나고 다나스는 뒤로 밀려났다. 그러자 오크는 도끼를 휘둘러 방패 아래를 노렸다. 다나스는 뒤로 펄쩍 뛰어 두 동강 나는 신세는 면했지만, 도끼의 등날이 방패 안쪽을 후려치는 바람에 방패는 한구석으로 날아가 버렸다.

다나스가 위를 힐끗 보자, 둘의 눈이 마주쳤다. 킬로그가 고개를 끄덕였고, 다나스는 자신이 느끼고 있는 경탄과 똑같은 감정이 오크의 외눈에도 어려 있는 것을 보았다.

그때 문득 기온이 뚝 떨어졌고, 다나스는 사납게 씩 웃었다. 방 곳곳에서 고통과 공포에 질린 비명이 들려왔다. 아름답고도 무시무시한 볼스트란의 영혼 군인들이 얼라이언스 군을 도우러 온 것이었다. 탈트렛사와 렐리안은 화살을 쉬지 않고 날리며 급소를 공격해 오크들을 쓰러뜨렸다. 한편 쿠르드란은 방 앞쪽에 있는 오크들을 맡아, 망치를 휘두르고 던지며 혈혈단신으로 놈들을 막아내고 있었다. 오크들이 온갖 만행으로 그의 육신을 망가뜨렸지만 그의 투지만큼은 망가지지 않았다.

킬로그도 상황을 알고 있었다. 그는 분노의 포효를 내지르며 달려들었다. 하지만 이번에는 다나스가 아니라 그 옆에 있던 병사들이었다. 육중한 도끼가 번개 같은 속도로 떨어지더니, 병사 둘이 쓰러지면서 사방으로 피가 튀었다. 곁에 있던 동료들은 오크 수장의 분노로부터 살아남고자 필사적으로 뒤로 피했다. 드레나이 영혼들이 살의를 품고 킬로그에게 다가갔지만, 그는 공격을 능수능란하게 피하면서 인간들만 노렸다. 다나스의 병력이 오크들을 베는 만큼, 킬로그는 인간 병사들을 쓰러뜨리며 길을 냈다.

다나스는 문득 움찔했다. 크게 웅웅거리는 소리가 머릿속을 파고들었기 때문이다. 그러나 주위를 아무리 둘러봐도 소리의 근원을 찾을 수가 없었다. 다음 순간 그는, 그 소리가 넬줄이 방금 빠져나간 문 너머에서 들린다는 것을 알아챘다. 그 문 아래의 틈새에서는 빛이 새어 나오고 있었다. 다나스는 그것이 주문을 암송하는 소리라는 것을 깨달았다. 빛과 주문이라…… 다나스는 모골이 송연했다. 놈들이 마법을 준비하고 있는 것이다.

빛이시여, 설마 지금 차원문을 열고 있는 것인가? 그는 부하들에게 고함
을 쳤다.

"지금 당장 전진한다! 옆방으로 가라! 당장!"

하지만 킬로그가 아직 길을 막고 있었다. 오크 전사들은 모두 엘프와 드
워프, 인간과 드레나이의 협공에 쓰러지고 혼자 남았는데도, 킬로그는 포
기할 기색이 없어 보였다. 넬쥴에게 마법을 완성할 시간을 벌어주기 위해
서라면, 목숨을 버릴 각오도 되어 있는 듯했다.

갑자기 문 너머에서 고함이 들려왔다. 다나스는 으르렁거리는 언어를
알아들을 수 없었지만, 그럴 필요도 없었다. 넬쥴이 무엇을 하고 있었는지
는 몰라도 마침내 끝낸 것이었다. 희미하게 폭발하는 듯한 소리가 들리고
문 아래로 새어 나오던 빛이 일순 강해지면서 빛과 소리로 공간을 가득 채
웠다. 하지만 다음 순간 모든 것이 잦아들더니 순식간에 사라졌다. 방은
처음보다 더 어두워진 것 같았다.

하지만 쿠르드란이 용케 킬로그 뒤로 빠져나가는 데 성공했다. 그는 가
쁜 숨을 몰아쉬며 온 힘을 다해 어두워진 문으로 망치를 내던졌다. 문은
쩍 소리와 함께 산산조각이 났고, 와일드해머 수장은 그 파편들을 걷어차
며 작은 방으로 들어갔다. 돌바닥에는 룬 문자로 원이 그려져 있었고, 방
은 텅 비어 있었다.

킬로그도 힐끗 문 쪽을 돌아보고는 씩 웃었다.

"결국 지나가긴 했구나. 그건 인정하지. 너희도 잘 싸웠지만 결국은 실
패했다, 인간. 내 주인은 검은 사원으로 주문을 완성하러 갔다. 이제 너희
는 그를 막지 못한다. 수많은 세상들이 호드의 발아래 짓밟히리라."

"적어도 네놈은 따라가지 못할 것이다!"

다나스는 분노로 타오르며 공격 태세를 다잡았다. 그는 마구 공격을 퍼

부었지만 재빠른 노전사는 귀신같이 막아냈다. 킬로그는 한 손으로 방패를 잡아 옆으로 밀치고는 다나스의 검이 배에 닿기 직전, 도끼로 내려쳐 날려버렸다. 그러고는 길고 구부러진 엄니를 드러내며 큭큭 웃었다.

"그 정도로는 부족하지, 인간."

오크가 꾸짖듯이 말했다. 킬로그는 도끼를 양손에 잡고 다나스의 얼굴을 노리며 휘둘렀다가, 방향을 바꿔 또다시 휘둘렀다. 다나스가 물러서지 않았으면 머리가 날아갔을 터였다.

다나스는 몸을 숙여 공격을 피하고 방패를 힘껏 들어 올렸다. 방패는 킬로그의 팔을 세차게 가격했고, 그 바람에 팔이 올라가자 오크는 일순 균형을 잃었다. 그 순간 다나스가 검을 내질러 킬로그의 배를 깊숙이 찔렀다. 다나스는 공격이 먹혔다는 데 스스로도 조금 놀랐다.

킬로그는 포효를 내지르며 양팔로 방패를 내리쳤다. 방패를 머리에 맞은 다나스는 휘청거리며 뒤로 물러났다. 오크는 배에 난 상처에서 심하게 피를 흘리고 있었지만, 그것은 킬로그의 분노를 더욱 부채질할 뿐이었다. 킬로그는 다시 도끼를 번쩍 들고서 다나스의 방패를 정면으로 내리찍었고, 도끼날이 방패 깊숙이 박혔다. 오크가 도끼날을 홱 빼내자 방패가 끈에서 떨어져 나갔고 다나스는 무방비 상태가 되었다. 킬로그가 갈라진 방패에서 도끼날을 뽑아 내던지며 다나스에게 말했다.

"이제 날과 날의 싸움이로구나. 오직 하나만이 살아남아 길이길이 이 전투를 노래하겠지."

"환영하는 바다."

다나스가 이를 악물고 중얼거렸다. 그는 양손으로 검을 움켜쥔 채 한쪽 어깨 위로 높이 들고 킬로그에게 곧장 덤벼들었다. 그러나 오크 족장이 자세를 갖추는 순간, 다나스는 갑작스레 멈춰 서서 한쪽 발을 축으로 빙글 돌았다. 한쪽 손은 검에서 떼고, 나머지 한쪽 손을 바깥으로 휘두르며 반대쪽에서 공격을 가했다. 킬로그의 보이지 않는 눈이 있는 방향이었다.

번뜩이는 칼날은 허를 찔린 오크의 목을 갈랐고, 킬로그는 서서히 무너졌다. 두 손에서 도끼를 놓은 채 상처에서 콸콸 쏟아지는 피를 멈추려 했다. 하지만 피눈물 족장은 털썩 무릎을 꿇으면서도 웃고 있었다.

"나의 피로써…… 호드가…… 산다. 선조들이시여…… 제가 갑니다……."

외눈박이 오크는 피가래 끓는 소리로 힘겹게 속삭이듯 말했다. 킬로그 데드아이의 외눈이 생기를 잃는 순간, 기도실의 세공된 돌바닥으로 쿵 쓰러졌다. 다나스는 숨을 헐떡이면서도 검을 들어 적의 죽음에 예를 표했다.

"잘했소."

쿠르드란이 다나스 곁으로 다가와 팔을 토닥이며 말했다. 하지만 다나스는 고개를 저었다.

"전 실패했습니다. 이자의 말이 맞습니다. 이자는 맡은 일을 해냈습니다. 놈들이 빠져나갈 시간을 벌어준 것이지요."

다나스가 킬로그의 시신을 바라보며 씁쓸하게 말하다가 눈살을 찌푸리며 이를 악물었다.

"무슨 주문을 썼는지는 몰라도 놈들은 검은 사원이라는 곳으로 가버렸습니다! 이제 놈들을 어떻게 막겠습니까? 그곳이 어딘지도 모르는데 말입니다!"

그 순간 아라코아가 눈을 반짝이며 고개를 돌렸다.

"그리직이 안다! 데리고 갈 수 있다!"

"그게 어딘지 안다는—"

"사령관님!"

다나스의 부하 하나가 기도실로 뛰어 들어왔고, 네무란과 흐르듯이 움직이는 드레나이 망자들이 그 뒤를 따랐다.

"오크들이 달아났습니다! 그런데 일부는 통로 안으로 더 깊이 들어갔습니다! 사령관님?"

부하는 대답을 기다리는 듯 말을 멈추었다가, 다나스가 아무 말도 하지 않자 어리둥절한 얼굴을 했다. 쿠르드란이 다나스를 쿡 찌르며 나지막이 일러주었다.

"당신이 책임자 아니오? 실패했다는 기분이 들어도 병사들이 눈치채면 안 되지 않겠소?"

그 말이 맞았다. 다나스는 고개를 끄덕이고는 자세를 바로 했다. 그리고는 병사의 눈을 똑바로 응시했다.

"오크들은 도망치게 그냥 둬라. 넬쥴이 어디로 갔는지 알았으니 그쪽을 쫓는다. 검은 사원이라는 곳으로 갈 것이다."

"검은 사원이라고?"

목소리에 어린 노기에 놀라 다나스가 돌아서자, 볼스트란이 험상궂은 얼굴을 하고 있었다.

"그곳은 한때 우리 민족이 가장 신성하게 여기는 성지인 카라보르였다. 그런데 오크들이 그곳을 더럽혔지. 건드리는 것은 무엇이든 더럽히는 오크답게."

그의 손이 빛나는 망치를 거머쥐었다. 망치는 수없이 많은 오크들을 처치했는데도 티 하나 없이 깨끗했다.

"그곳에 가면 오크들을 성스러운 땅에서 몰아내다오."

볼스트란의 말에 다나스가 고개를 끄덕였다.

"그럴 계획입니다. 도와주셔서 감사합니다. 함께 싸워 영광이었습니다."

"우리도 마찬가지다. 너와 얼라이언스는 고결한 전사이자 명예로운 민족이다. 다나스 트롤베인, 너의 앞길이 순조롭길 빈다. 우리는 다시 불리기 전까지 안식에 들 것이다."

볼스트란이 절을 하며 대답했다. 그 말과 함께 볼스트란과 전사들은 희미해지기 시작하더니 부드러운 광채만 남았고 그마저도 결국 사라졌다.

다나스가 네무란 쪽으로 돌아서며 충동적으로 말했다.

"함께 가시지요. 이곳은 살 곳이 못 되고, 이곳을 떠나 세상으로 돌아가면 그대의 민족에게 힘이 될 수 있을 겁니다. 원하신다면 아제로스로 함께 가셔도 좋습니다."

"이런 민족을 낳았으니, 그대의 세상도 필시 경이로운 곳이겠지."

네무란이 미소를 지으며 말을 이었다.

"말은 고맙게 생각한다. 하지만 내가 있을 곳은 여기다. 우리의 망자들이 이 세상에 남아 있다. 명예롭게 아킨둔에서 안식에 들었거나 이 숲에 흩어져 있고, 심지어 오크들이 '영광의 길'이라는 발칙한 이름을 붙인 길을 온통 뒤덮고 있지. 망자들이 이곳 드레노어에 있는 이상, 나는 여기 머물며 그들을 보살필 것이다. 성스러운 빛이 우릴 이곳으로 이끈 데는 이유가 있을 테고, 언젠가는 빛이 승리하리라 믿는다. 그때까지는 내가 그대들을 도운 것과 그대의 민족 역시 빛을 섬긴다는 것으로 만족하지. 이제 바람이 쭉정이를 날리듯 용기와 힘으로써 오크들을 몰아내거라. 또 모르는 일 아니겠느냐? 언젠가는 우리 두 민족이 나란히 악과 맞서 싸울 날이 올지도. 가기 전에 당부 하나만 해도 되겠느냐?"

"말씀하시지요." 다나스가 고개를 끄덕였다.

"저자가 빛이 이룬 업적을 허사로 만드는 일이 없도록 해라. 물론 고결하고 용맹스러운 전사인 것은 분명하나, 전사에게는 용기뿐 아니라 지혜도 필요한 법이니."

네무란이 쿠르드란을 가리키자 드워프는 미간을 찌푸리며 살짝 얼굴을 붉혔다. 다나스는 걱정스러운 와중에도 살짝 미소를 지었다.

"노력하겠습니다. 하지만 이분 고집이 어지간해야지요."

"뭐요, 이게."

"갑시다, 걸어 다니는 부상자여. 검은 사원을 빼앗아야지요."

다나스가 쿠르드란에게 말했다.

다나스 트롤베인은 마지막으로 아키나이 네무란에게 고개 숙여 작별을 고한 후, 걸음을 재촉했다. 얼라이언스를 위한 네무란의 기도가 응답받기를 바라며.

22장

"걱정 마. 제대로 가고 있으니까."

일행이 잠시 쉬며 귀한 물을 마시려고 멈췄을 때, 카드가가 의무감으로 말했다. 그렇게라도 마음을 다잡아야 했다.

그들은 오크 성채에서 이동해 미개척지인 동쪽 해안선을 따라 북쪽으로 올라왔다. 풍경은 어둠의 문 주변만큼 메마르진 않았지만, 갈라진 땅과 먼 지투성이의 잿빛 흙, 시든 식물과 마른나무는 대체로 비슷했다. 간혹 초목이 자라는 곳도 있었지만, 드레노어는 대부분이 음울하고 황량하고 혹독했다.

어느새 주위의 지형이 울퉁불퉁해지면서 솟고 꺼진 곳이 두드러지기 시작했고, 사방에서 바람이 몰아쳤다. 산맥인 것이 틀림없어 보였지만, 지금까지 카드가가 알던 산맥과는 전혀 달랐다. 주위를 에워싼 절벽 여기저기에 돌 가시가 솟아 사방으로 뻗쳐 있었다. 마치 산봉우리 전체가 피를 갈구하는 듯한 모습이었다. 바위마저도 말라붙은 피를 연상케 하는 적갈색이었고, 하늘은 이와 대비되는 강렬한 진홍빛이었다. 카드가가 아는 곳

중 가장 척박한 곳이었다. 등골을 타고 소름이 돋는 이유가 가시 사이를 칼처럼 관통하는 바람 때문만은 아닐 터였다.

카드가는 무심코 손을 뻗어 바로 앞에 있는 가시를 만지려다 손이 닿기 직전에 멈추었다. 괜히 운명을 시험해봐야 좋을 것이 없었다. 그가 다시 말했다.

"해골이 있는 곳까지 얼마 남지 않았어."

"확실해?" 투랄리온이 물었다.

"내 말 믿어. 확실하다니까."

이제는 굳이 찾지 않아도 해골의 존재가 느껴졌다. 눈알 바로 뒤가 묵직하게 맥동하면서 눈을 감으면 보일 듯 말 듯했다. 가까이 있는 게 틀림없다.

"다행이네. 여긴 지긋지긋하던 참이거든."

투랄리온이 망치를 쥔 채로 가시들을 살펴보며 대답했다.

"아무래도—"

카드가가 운을 떼는 순간, 알레리아가 손을 들어 침묵을 지시했다.

"들어봐요!"

카드가는 귀를 바짝 세웠지만, 엘프만큼 귀가 밝지 않았다. 시간이 흘렀지만 들리는 건 바람 소리뿐이었다. 다음 순간, 뭔가 들렸다. 날갯짓처럼 퍼덕이는 소리였지만, 그가 아는 어느 새보다도 날카로운 소리였다. 카드가가 아는 동물 중 날아갈 때 이런 소리가 나는 건—

"용이다!"

카드가는 투랄리온을 붙들고는 아래로 홱 잡아당기면서 자신도 바닥에 엎드렸다. 바로 뒤에서 성난 듯이 쉭쉭거리며 울부짖는 소리가 들렸다. 그 순간 한쪽 팔에서 끔찍한 고통이 느껴졌다. 그가 고통으로 숨을 삼키는 순간에도 쉭쉭거리는 소리는 끊이지 않았다. 소맷자락에서 모락모락 연기가 피어오르고 구멍이 났다. 팔에는 심각해 보이는 화상을 입었다. 쉭쉭 소리는 저 아래에서 뭔가가 바위를 집어삼키는 소리이기도 했다. 마그마다. 크라서스에게 검은용은 마그마를 뱉는다는 이야기를 들은 적이 있었다.

카드가는 조그맣고 검은 형체들이 솟구치고 곤두박질치며 가시 사이로 오가는 광경을 보았다. 투랄리온이 벌떡 일어서며 외쳤다.

"방패를 들어라! 무기를 준비해라! 놈들은 다 자란 용이 아니니 충분히 승산이 있다!"

투랄리온의 말이 맞았다. 용들의 몸집은 기껏해야 말 정도의 크기였고 몸길이가 180센티미터가량에 날개폭은 좀 더 넓었다. 머리도 작고 등에는 가시가 두어 개밖에 없었다. 카드가는 저 용들이 미성숙한 용이라는 걸 깨달았다. 크라서스는 이런 용을 비룡이라 불렀다. 그렇다, 저건 비룡이다.

"비룡이군. 어린 용이야. 어미만큼 강하진 않아도 위험해."

그는 투랄리온에게 경고하면서, 지팡이를 들어 올리고는 하늘을 선회하며 공격 기회를 노리는 검은 비룡들을 주시했다. 투랄리온은 고개를 끄덕였지만, 여전히 용들을 바라보고 있었다. 이미 정신을 다잡고 군사령관다운 면모를 되찾은 후였다.

"궁수들이여, 사격하라!"

투랄리온이 고함을 쳤다. 그 옆에서는 알레리아가 작고 재빠른 비룡들을 향해 화살을 쏟아붓기 시작했다. 알레리아의 화살 하나가 비룡의 목덜미에 꽂혔다. 장궁의 힘은 새끼 용의 무른 비늘을 깔끔하게 뚫었고, 비룡은 고통스럽게 몸부림쳤다. 화살이 또 하나 날아가 놈의 눈과 머리를 관통하자 비룡은 꺽꺽거리며 바닥으로 곤두박질치더니 꼼짝하지 않았다.

이 광경을 보고 사기가 치솟은 병사들은 힘차게 무기를 휘둘러 비룡들을 공격하고, 몸을 숙여가며 비룡들이 뱉어내는 주먹 크기의 용암 덩이와 작지만 날카로운 발톱을 피했다. 비룡들은 그 옆을 쏜살같이 지나가더니 선회하여 다시 돌아왔다. 이제 수가 많이 줄었고, 상당수는 이미 가시 사이사이에 쓰러져 죽어 있었다.

투랄리온은 카드가에게 뭔가 말하려고 돌아서다가 갑자기 휘청했다. 그는 재빨리 자세를 바로잡아 코앞에 있던 돌 가시에 꿰뚫리는 신세를 가까스로 면했다. 다들 비틀거리며 똑바로 서려고 애쓰고 있었다. 마치 발아래의 땅이 춤을 추는 것만 같았다.

"빛이시여, 저건 대체 무엇입니까?"

투랄리온이 갈라지는 목소리로 중얼거렸다. 그는 카드가의 등 뒤 왼쪽을 바라보고 있었다. 보기 싫었지만 모르는 건 더 싫었던 카드가도 등 뒤를 힐끗 돌아보다가 너무 놀라 쓰러질 뻔했다.

돌 가시들을 밀쳐내며 쿵쿵 다가오는 괴물은 오우거보다도 무지막지하게 컸다. 큰 오우거보다 키가 두 배는 컸고, 거죽은 바위처럼 두껍고 거칠었으며, 팔과 어깨에는 곡선 모양의 무늬가 새겨져 있었다. 등 뒤로는 검은 가시가 조그만 산맥처럼 길게 돋아 있었고, 어깨와 팔뚝에도 가시가 돋쳐 있었다. 하지만 얼굴이 무엇보다도 끔찍했다. 오우거를 닮았지만 훨씬 똑똑해 보였다. 엄니는 없었지만 이빨은 길고 날카로우며 누렇게 변색되었고, 귀는 털북숭이에 뾰족했으며, 하나뿐인 눈은 형형하게 번쩍이며 그들에게 시선을 고정했다.

"침입자! 뭉갠다!"

괴수가 고함을 쳤다. 그 소리에 주위의 바위들이 쩍쩍 갈라졌다. 곧이어 동쪽과 서쪽의 돌 숲에서 한 무리의 오우거들이 모습을 드러냈다. 이들은 카드가가 알고 있는 일반적인 오우거와 다르지 않았다. 놈들은 으르렁거리고 껄껄 웃으며 얼라이언스 병사들을 향해 다가왔다.

"잠깐! 악의는 없었다!"

카드가가 소리쳤다. 다행히도 그것들은 멈춰 섰다. 빛이시여, 적어도 말이 통하긴 하는구나.

"악의 없다? 너희 살아 있는 게 악의다!"

거대한 괴물은 포효하듯 소리치고는 계속 전진했다.

"뭐라고 말해도 안 먹혀. 제길, 비룡들도 다시 오는군."

투랄리온이 중얼거렸다. 카드가는 용이 그렇게 반가울 줄은 몰랐다. 비룡들이 때마침 공격을 하러 돌아왔을 때는 감사 인사라도 하고 싶은 심정이었다. 비룡들이 인간이든 오우거든 상관없이 무차별적으로 마그마를 뿜기 시작하자, 오우거들과 놈들의 우두머리 괴수는 하늘에서 쏟아지는 공격에 완전히 정신이 팔렸다. 거인 괴수는 원뿔 모양의 곤봉을 들어 올렸다. 카드가는 그들이 산의 일부인 돌 가시를 부러뜨려 무기로 쓰고 있다는 걸 알아차렸다.

카드가는 기회를 포착할 줄 알았다. 그가 악을 썼다.

"비룡입니다! 비룡들을 공격하십시오!"

알레리아는 잠시 카드가를 빤히 보았고, 카드가는 그녀가 무슨 생각을 하는지 알았다. 비룡들이 오우거 무리와 그들의 우두머리를 공격하도록 놔두고 달아날 절호의 기회였던 것이다. 하지만 투랄리온이 빙그레 웃으며 고개를 끄덕이는 것으로 보아, 일단 비룡부터 해치워야 한다는 카드가의 속뜻을 알아차린 듯했다. 이제 얼라이언스 병사들도 날아다니는 파충류들에게 검과 화살을 퍼붓기 시작했다. 하지만 병사들의 공격은 오우거들의 만행에 비하면 아무것도 아니었다. 오우거들은 하늘을 나는 비룡을 간단히 후려쳐서 떨어뜨린 다음 무지막지한 발로 짓밟아 곤죽으로 만들었다.

어마어마한 덩치의 우두머리 괴수도 비룡을 죽였지만, 굳이 곤봉을 쓰지도 않았다. 친구가 던져주는 사과를 잡아채듯 손을 뻗어 날아가는 검은 비룡을 붙잡았다. 오우거들을 휘하에 두고 있는 이 우두머리 괴수는 빠져 나가려고 몸부림치는 비룡의 날개를 엄지손가락과 집게손가락으로 잡았다. 그러고는 비룡을 그대로 입으로 가져가 고개를 뒤로 젖히더니 비늘투성이의 몸뚱이를 한입에 넣었다. 그 동굴 같은 입속에 날개까지 들어오도록 몇 번이나 더 씹은 후에 꿀꺽 삼켜버렸다.

"그건…… 저, 저건……."

투랄리온이 간신히 입을 뗐지만, 방금 본 광경을 제대로 표현할 말을 찾지 못했다. 그는 자기도 모르게 검을 내리고 투구의 챙을 올렸다.

괴수 우두머리는 투랄리온을 지긋이 내려다보았다.

"용들 온다. 너희 달아나지 않았다. 남아서 우리와 함께 싸웠다."

땅이 울릴 만큼 깊은 목소리에는 놀라움이 담겨 있었다. 카드가는 저 괴물이 왜 놀라는지 이해할 수 있었다. 지금까지 위험을 무릅쓰며 이 괴물들을 도우려고 나선 이들은 아마도 없었을 것이다. 카드가는 기분이 조금 들떴다. 정확히 바라던 대로 흘러가고 있었다.

"아니, 우린 달아나지 않습니다. 우린 당신들의 적이 아니니까요. 그 저—"

카드가가 잠정적인 휴전을 협상하려고 숨을 들이마시는 순간, 바닥이 다시 뒤흔들리기 시작했다. 괴수는 자신이 지나온 길을 돌아보았다. 그러고는 느닷없이 잔뜩 웅크린 채로 넓은 가슴을 팔로 싸안더니, 흉측한 입에서 반쯤은 으르렁거리고 반쯤은 낑낑대는 소리를 내기 시작했다. 그 모습을 보던 카드가는 방금 용을 통째로 삼켜버린 이 괴물이 겁을 먹었다고 확신했다. 이런 괴물에게 겁을 주는 것은 대체 무엇일까, 그런 생각을 하며 카드가는 몸서리를 쳤다.

그 의문에 대한 답은 금방 드러났다. 산맥 쪽에서 괴물 하나가 더 나타난 것이었다. 이 괴물은 우두머리 괴수보다 더 컸고, 등과 팔에도 가시가 훨씬 많이 돋쳐 있었다. 살갗은 더 붉었고, 하나뿐인 눈은 어찌나 하얀지 흰자밖에 없는 것 같았으며, 이빨은 더 길고 더 날카로웠다.

그 하얀 눈에서는 지능의 흔적이 보였다. 그 눈이 카드가와 투랄리온, 인간 병사들을 응시했다. 그것이 무겁게 입을 열더니 추궁했다.

"너희 누구냐? 그리고 왜 아직 살아 있지?"

"저, 저희는 그냥 지나가는 중입니다."

카드가가 더듬거리며 대답하자 거대한 존재가 못 믿겠다는 듯 눈살을 찌푸렸다.

"저희는 적이 아닙니다. 그냥 보내주시면—"

"안 된다. 너희 살아서 가면 말한다. 그론 이야기한다. 그룰 이야기한다."

그 단호한 말에 카드가는 등골이 서늘했다. 아마도 그론은 종족명인 듯하고 그룰은 가슴을 두드리는 저 거대 괴수의 이름인 모양이었다.

"그러면 호드 온다. 너희 죽어야 한다. 비밀 지킨다. 그론 지킨다."

투랄리온은 지푸라기라도 잡는 심정으로 처음에 이야기를 나눴던 괴수를 쳐다봤지만, 뭔가를 기대하는 건 힘들겠구나 싶었다. 어마어마한 덩치의 괴물은 꾸지람이라도 들은 듯 한껏 웅크리고 있었던 것이다. 마치 혼쭐이 난 어린아이처럼. 그 순간, 카드가는 그게 바로 정답이라는 걸 깨달았다. 지금 나타난 거대한 괴수가 어미나 아비고, 이 괴물은 아이였던 것이다. 그는 다시 한 번 몸서리를 쳤다.

"비밀은 지키겠습니다! 저희는 당신 종족을 도와 용들과 싸웠습니다! 직접 이야기를 들으셔도 좋습니다!"

자신을 그룰이라 칭한 거대 괴수는 인상을 잔뜩 찌푸린 채 주위를 두리번거렸다. 그제야 산맥 여기저기 널브러진 검은 비룡의 시체가 눈에 들어온 모양이었다.

"너희가 용 죽였나?"

"그렇습니다." 카드가 절박하게 대답했다.

하지만 그룰은 그리 호락호락하지 않았다. 그는 무지막지한 머리를 뒤로 젖히고는 송곳니가 빽빽한 입을 쩍 벌리고 껄껄 웃었다. 호탕한 웃음소리가 주위의 절벽을 뒤흔드는 통에, 작은 가시 몇 개가 바닥에 떨어져 산산조각 났다.

"새끼 용 죽였겠지. 우리가 한다. 도움 필요 없다. 너희 죽는다."

그룰이 웃음기가 가시지 않은 얼굴로 죽이겠다고 말하자 카드가는 필사적으로 외쳤다.

"잠시만 기다려주십시오! 도움이 필요한 일은 없습니까?"

꼭 필요하다면 비룡이든 뭐든 더 죽일 수 있을지도 모른다. 그룰이 순식간에 진지해졌다.

"너희 너무 약하다. 도움 안 된다."

"도움이 될지도 모릅니다. 말씀해보십시오."

그룰은 잠시 묵묵히 있다가 엄숙한 목소리로 말했다.

"검은 날개 아비 죽인다."

카드가는 잠시 후에야 그룰의 말을 이해했다. 그는 휘둥그레진 눈으로 불쑥 물었다.

"데스윙 말입니까? 데스윙을 죽이라는 겁니까?"

"뭐라고? 데스윙? 데스윙이 여기 있단 말이야?"

투랄리온이 당황하며 언성을 높이자 알레리아도 가세했다.

"게다가 그걸 우리더러 죽이라고요?"

카드가의 충격도 둘 못지않았다. 그들은 검은용군단이 호드와 손을 잡았다는 걸 알았고, 몇 마리가 드레노어로 통하는 차원문을 지나가는 것도 보았다. 하지만 그건 용군단의 졸개들인 줄만 알았지 용군단의 수장, 위대하고도 무시무시한 데스윙이라니…… 생각지도 못했다.

"성채에 있던 오크들을 지키던 검은용들이 있었지. 나머지는 모두 이곳 산맥으로 데려온 모양이군."

투랄리온이 낮게 중얼거리자 카드가는 고개를 끄덕이다가, 기대감에 차 있는 그룰과 눈이 마주쳤다. 카드가는 심호흡을 한 후 몸을 꼿꼿이 세웠다.

"아, 실례했습니다. 걱정하지 마십시오. 저희가 데스윙을 처리할 수 있습니다. 우리에겐 별일 아닙니다."

카드가는 그룰을 안심시키듯 말했다. 그는 당혹스러워하는 동료들의 침묵을 애써 무시하고, 눈썹에서 뚝뚝 떨어지는 식은땀이 그룰에게 보이지 않기를, 설령 보이더라도 그 의미를 이해하지 못하기를 빌었다.

마침내 그룰이 고개를 끄덕이더니 육중한 입술을 일그러뜨리며 기괴한 미소를 지었다.

"잘됐다. 어리석지만 용감하구나! 그룰 마음에 든다. 이제 증명하거라."

그는 거대한 손을 들어 그리 멀지 않은 봉우리를 가리켰다.

"데스윙 있다. 죽여라. 그론과 함께 산에서 벌레들을 없애라. 그러면…… 보내준다."

불현듯 그룰의 미소가 사그라들면서 송곳니가 드러났다.

"아무한테도 말하지 마라!"

"알겠습니다."

카드가가 고개를 끄덕이며 대답했다. 자신의 목소리가 귓가에 들리는 것만큼 떨리지 않기를 바라며 말했다.

그룰은 돌아서서 산비탈을 걷기 시작했다. 산만 한 덩치의 그룰은 굳이 길을 찾으려 하지도 않았다. 무지막지한 발아래에서 바위가 박살 나고 두꺼운 피부에 부딪힌 돌 가시가 부러지면서, 지나간 자리에 길이 생겨났다. 덩치가 작은 어린 그론이 허둥지둥 뒤를 따랐고, 오우거들도 우두머리를 따라가기 시작했다. 카드가는 자기 키의 두 배인 오우거가 이젠 작게 느껴질 지경이었다. 그 뒤를 침울하게 걷던 카드가에게 갑자기 어떤 생각이 떠올랐다. 데스윙이 이곳에 있고, 해골도 이 방향에 있다라…… 그는 멈춰서서 눈을 감더니 잠시 후 씩 미소를 지었다.

"지금 뭐 하는 거예요? 데스윙한테 덤빌 게 아니라 굴단의 해골을 찾아야 하잖아요! 그 검은용의 힘을 알긴 하는 거예요?"

알레리아가 투랄리온과 함께 곁으로 다가와 걸으며 물었다.

"네, 잘 알지요. 하지만 데스윙이 해골을 갖고 있습니다."

"뭐라고?" 투랄리온이 깜짝 놀라 되물었다.

"해골도, 데스윙도 바로 우리 앞에 있습니다. 일이 이렇게 되지 않았더라도 어차피 대적해야 했을 겁니다."

"간단하네요. 이제 데스윙을 쓰러뜨리고 해골을 찾기만 하면 되니까! 차라리 호드의 전군과 싸우는 게 낫겠어요!"

알레리아가 몸서리를 쳤다. 카드가는 내심 맞장구를 쳤지만, 달리 방법이 없었다. 어쨌든 해골은 필요하고 데스윙이 해골을 갖고 있다. 카드가는 생각에 빠져 자기가 아는 주문들을 하나하나 되짚어보고 있는데, 투랄리온이 그의 팔을 붙들고 앞을 가리켰다.

"저것 봐." 그가 숨죽여 말했다.

그들은 문제의 봉우리로 이어지는 깊은 계곡에 도착해 있었다. 그론과 오우거들은 멈춰 서서 계곡의 언저리를 따라 흩어졌다.

알이다. 바닥이 알 천지였다. 길이는 1미터 정도였고, 안에서 붉은빛이 맥동하며 알껍데기에 흐르는 검은 핏줄을 비추고 있었다. 그리고 안에는 똬리를 튼 형체가 들어 있었다.

"알레리아가 봤다는 그 수레에 들어 있던 게 바로 이거였어. 그래서 용들이 그 위를 날며 지킨 거라고. 데스윙이 이것들을 드레노어로 가져온 거지. 알이 깨어나면 검은용이 이 세상을 뒤덮고 말 거야!"

투랄리온이 알을 빤히 바라보며 속삭이듯 말했다.

"그렇다면 깨어나지 않게 해야겠네."

알레리아가 눈썹을 치켜세우고는 시위에 화살을 메기며 말했다. 그러자 카드가는 알레리아의 왼팔에 손을 올려 저지하며 손가락으로 어딘가를 가리켰다.

"저것들이 먼저입니다."

그의 손끝을 따라간 일행은 계곡 저편에서 날아오는 검은 형체들을 보고 욕설을 내뱉었다.

다행히도 알을 지키는 용 중에는 덩치가 큰 용이 없었다. 그룰이 처음 날아온 비룡을 파리 잡듯 후려치자, 조그만 용은 계곡 저편의 절벽으로 날아가 부딪혔다. 돌에 금이 쩍 가고 용은 곤죽이 되어 바닥에 널브러졌다. 다음 용은 알레리아의 화살을 오른쪽 눈에 맞고 몸부림치다가 떨어졌고, 카드가도 재빨리 주문을 외워 한 마리를 꽁꽁 얼려버렸다. 하지만 이 세 마리는 선봉대일 뿐이었다. 계곡 곳곳에서 사나운 포효 소리가 울려 퍼지더니, 검고 빠른 용들이 또다시 나타나 하강하기 시작했다.

힘으로만 봤을 땐 오우거를 당해낼 수 없었다. 그론보다 덩치가 훨씬 작은 오우거라 해도, 하늘을 나는 비룡을 붙잡아 목을 부러뜨리거나 두개골을 부술 만큼은 컸다. 알고 보니 주문을 사용하는 오우거들도 있어서, 비전 마력이 실린 화살을 쏘아 용의 날개와 가죽을 그슬렸다. 하지만 그론과 얼라이언스 전사들이 협공을 펼치지 않았다면, 오우거들은 머릿수에서 비룡 떼에게 압도당했을 터였다. 투랄리온은 병사들에게 방패로 비룡의 발톱과 이빨을 막으면서 날개를 베라는 지시를 내렸다. 비록 질긴 가죽이라 해도 날개가 그나마 가장 약한 부분이었고, 날개가 찢어지면 바닥으로 고꾸라지면서 기동성을 잃기 때문이었다. 오우거들도 금세 이 전술을 습득했다. 그들은 날개를 통째로 뜯어내 던져버린 다음, 바닥에 떨어진 비룡들을 육중한 발로 납작하게 짓이겼다. 그 광경을 지켜보던 카드가는 욕지기와 함께 나비의 날개를 잔인하게 찢는 어린아이를 떠올렸다.

"우리가 싸워야 하는 적과 싸우고 있는 건지 잘 모르겠어."

투랄리온이 낮게 중얼거렸다. 카드가도 그 전술이 잔인하고 끔찍하다는 건 인정할 수밖에 없었지만, 효과 또한 부인할 수 없었다.

그룰과 그보다 덩치가 작은 그론—카드가는 둘 다 수컷이라 생각했다—은 계곡 바로 너머에 있는 벼랑에서 굵은 돌기둥을 골랐다. 둘이 그 기둥을 곤봉처럼 휘두르자 강한 바람이 일었고, 바람에 휩쓸린 비룡들은 서로 부딪히거나 오우거와 인간에게 쉬운 표적이 됐다. 운 나쁘게 곤봉의 범위 안으로 들어간 비룡은 순식간에 곤죽이 되어버렸고, 곧 계곡 바닥에는 비룡의 시체가 쌓였다.

"이제 저 알들을 처리할 차례야."

카드가의 말에 투랄리온은 알을 빤히 바라볼 뿐 주저하며 움직이지 않았다. 카드가가 미간을 찌푸리며 물었다.

"왜 그래?"

"용은 지성이 있는 동물이야. 생각을 하고 느끼기도 하지. 비룡과 싸우는 건 그렇다 치더라도, 이건 태어나지도 않은 배아잖아. 그냥…… 알이라고. 맞서 싸우지도 못하는 배아를 도륙하는 거잖아."

"투랄리온, 난 당신의 그런 마음을 사랑해. 하지만 이건 검은용이잖아. 지금 죽이지 않으면 앞으로 어떻게 되는지, 당신도 잘 알잖아."

알레리아의 말에 투랄리온은 우울하게 고개를 끄덕였다. 장군이라면 누구나 전투 중에 힘든 결정을 내려야 하는 법이다.

"알을 파괴해라!"

투랄리온은 고함을 치더니 가장 가까이 있던 알을 망치로 내려쳤다. 두꺼운 껍질은 쩍 소리와 함께 산산조각이 나고, 반쯤 형태를 갖춘 용의 배아에 망치가 닿자 퍽 소리가 났다. 배아의 크기는 몸집이 중간 정도인 개와 비슷했고, 살갗은 검붉으며 머리와 날개가 생길 자리에는 혹이 볼록 솟아 있었다. 용의 배아는 공격을 받고도 미미하게 경련만 할 뿐이었다. 산산조각 난 껍데기가 떨어져 나오자 깨진 알에서는 불그스름한 액체가 흘러나오고, 안에 있던 배아는 바닥으로 엎어져 꼼짝하지 않았다.

다른 얼라이언스 전사들도 그 뒤를 따랐다. 투랄리온이 마지막 알을 파괴하고 오우거들이 마지막 비룡을 죽였을 때, 위의 봉우리에서 크고 날카로운 포효가 들려왔다. 카드가가 해골의 존재를 마지막으로 느낀 바로 그곳이었다. 위를 힐끗 올려다본 카드가는 그림자 하나가 하늘로 날아오르는 것을 보았다. 그것의 날개는 온 계곡에 어둠을 드리웠고, 몸집은 그룰이 난쟁이처럼 보일 정도였다. 그룰은 계곡 끄트머리 벼랑에 붙어 몸을 웅크리고 있다가, 으르렁거리며 덤빌 듯 몸을 바로 폈다. 어린 그론과 오우거들은 그만큼의 강단은 없는 모양인지 공포에 질린 채 비명을 지르며 달아났다. 거대한 형체는 긴 목을 구부리고 턱을 쩍 벌린 채 곤두박질쳐 내려왔다. 햇빛이 그것의 살갗에 부딪쳐 번뜩였다. 순식간에 목구멍에서 용암이 뿜어져 나와 오우거와 인간, 비룡의 사체, 알의 파편 등, 불행히도 그 경로에 있던 것들을 모조리 태워 없앴다.

"물러나라! 계곡 끄트머리 절벽으로 돌아가라!"

투랄리온은 이미 허겁지겁 달아나기 시작한 부하들에게 고함을 쳤다. 잠시 뒤 카드가와 투랄리온, 알레리아를 필두로 모두들 절벽에 모여서 거대 용이 날아가는 광경을 지켜보았다. 카드가는 마른침을 꿀꺽 삼켰다. 물론 압도적인 존재이리라 예상은 했지만, 데스윙은 상상을 초월하는 크기였다. 그 거대한 아비에 비하면 아까 싸운 비룡들은 젖먹이에 불과했다. 카드가는 상황을 파악하는 게 버거웠다. 하지만 공포에 질린 와중에도 한 가지 희한하다는 생각이 들었다. 검은용군단의 아버지, 데스윙의 척추에는 은색으로 번뜩이는 금속판이 덮여 있었고, 그 금속판 아래로는 방금 뿜어낸 마그마처럼 붉게 일렁이는 선이 보였다. 데스윙의 무시무시한 발톱은 계곡의 바위를 깊이 파고들었는데, 왼쪽 앞발의 발톱만큼은 그렇지 않았다. 데스윙은 그쪽 발톱만 안으로 숨겨 높이 들고 있었다. 다쳤거나 뭔가를 들고 있는 것처럼.

"해골이야, 놈이 해골을 가지고 있어."

카드가가 투랄리온과 알레리아에게 속삭이자 투랄리온이 중얼거렸다.

"알아서 가져오다니 잘됐군. 그런데 저걸 어떻게 손에 넣지?"

데스윙은 근육질의 육신 뒤로 날개를 접고 넓적다리를 대고 앉았다. 그러고는 목을 치켜든 채 분노로 활활 타오르는 눈으로 그들을 매섭게 노려보았다.

"내 아이들이! 내 아이들이 죽임을 당했구나!"

용의 목소리는 마치 불타는 장작 아래에서 불길이 날름거리는 소리 같았고, 금속이 뼈를 스치는 소리 같았다. 데스윙의 목소리에는 분노와 함께 깊은 비탄이 담겨 있었다. 데스윙의 꼬리가 높이 치켜 올라가는가 싶더니 세차게 내려와 땅을 내리쳤고, 그러자 땅은 순식간에 쩍 갈라졌다.

"앞으로 나오너라, 역겹고 비열한 것들아. 무방비한 배아들을 살해하다니! 고통과 광기가 무엇인지 보여주마. 마지막엔 통째로 삼켜버리리라! 누가 제일 먼저 재가 되겠느냐?"

데스윙의 번뜩이는 눈이 가늘어지더니 살기 어린 눈으로 그룰을 주시했다.

"너."

속삭이는 듯한 데스윙의 목소리는 부드럽기까지 했지만, 천천히 내뱉는 한마디에는 끔찍한 고통에 대한 약속이 깃들어 있었다. 카드가는 그 무시무시한 눈빛이 일단 자기를 지나쳤다는 데 문득 고마운 마음이 들었다. 그런데 그룰은 의외로 기가 죽지 않았는지 버럭 소리를 질렀다.

"나! 나 가장 위대한 그룰이다! 여기 내 땅이다. 내 산맥이다. 넌 빼앗지 못한다! 당장 떠나라. 너, 네 아이들처럼 된다!"

"나의 아이들아!"

분기탱천한 데스윙의 포효에 카드가는 귀가 먹먹해지면서도, 고통스러운 듯 울부짖는 포효에 연민마저 느낄 뻔했다.

"완벽하고도 완벽한…… 아름답고 무방비한 나의 아이들……."

말은 점점 불분명해졌다. 데스윙은 포효하며 분노와 비탄에 젖은 채 몸부림쳤다. 턱에서 뚝뚝 떨어지는 마그마가 발아래의 바위를 녹여버리고, 퍼덕이는 날개는 태풍처럼 강한 질풍을 일으켰다. 카드가는 급기야 알을 파괴하자고 했을 때 주저하던 투랄리온의 뜻대로 할걸 하는 생각까지 들었다. 대체 무슨 생각이었을까? 이 괴물, 이 고대의 악, 이 무시무시한 분노의 결정체에게 맞서다니 나는 대체 무슨 생각이었나? 어떻게 우리 힘으로 이런 존재를 물리칠 수 있겠는가?

"참으로 용감하구나! 무방비 상태의 내 아이들을 껍데기째 파괴해서 죽이다니, 대단한 용기가 필요했겠지! 너희가 살아서 이 굉장한 공적을 떠벌리지 못하는 게 안타깝구나!"

데스윙의 비탄이 날카로운 경멸로 바뀌었다. 조금 전처럼 원초적이지는 않았으나 여전히 치명적인 감정이었다. 데스윙의 날개가 일순 펼쳐졌다 다시 내려오면서 강한 질풍이 일었고, 그 바람에 그룰은 뒤로 밀려나 절벽에 부딪혔다. 그룰 휘하의 오우거들이 공포에 질린 채 울부짖으며 물러나 절벽에 바싹 붙어 섰다. 저 오우거들이 그룰은 거들며 나설 리는 없어 보였다.

"보잘것없는 필멸자들! 내게는 긴긴 역사를 거치며 수많은 이름이 붙었다. 넬타리온, 작사스 등. 누구나 공포에 떨며 입에 올리는 이름이지. 그러나 데스윙이야말로 내게 가장 어울리는 이름이다. 나는 죽음의 날개다! 삶의 파멸이자, 역사 속의 그림자이자, 죽음의 군주이자, 파괴의 지배자다. 그런 내가 지금 말하노니, 이 세상은 내 것이다!"

"아니다!"

그룰이 버럭 악을 쓰더니 데스윙에게 달려들었다. 거대 그론이 무지막지한 용의 가슴을 들이받는 충격에, 주위 벼랑에 금이 가고 봉우리에서 바위가 우수수 떨어져 내렸다. 얼라이언스 군은 대부분 넘어졌고, 오우거들조차 무릎을 털썩 꿇었다. 계곡의 절벽을 따라 앉아 있던 용들조차 뒤로 한 걸음 물러나야 했다. 하지만 먼지가 가라앉자 그룰은 고개를 절레절레 저으며 정신을 차리느라 정신이 없었지만, 데스윙은 꿈쩍도 않고 서 있었다.

"그 위대하신 그룰이 겨우 이 정도냐? 고작 그게 전부냐고 물었다!"

데스윙은 코웃음을 치며 이마의 뼈 이랑이 그룰의 짙은 눈썹에 스칠 만큼 머리를 낮췄다. 앞발의 한쪽 발톱은 여전히 꼭 쥐고서 가슴에 붙인 채로, 나머지 한쪽 발톱을 들어 벌레라도 후려치려는 듯 그룰의 머리 위로 쳐들었다. 이것이 신호였다. 앉아 있던 용들이 일제히 전투의 포효를 내지르고는 훌쩍 날아올라, 절벽에 늘어선 인간들과 오우거들, 그론을 향해 우아하게 날아왔다. 오우거들은 그대로 얼어붙어 입을 쩍 벌린 채, 정면으로 날아드는 파멸을 멍하니 보고만 있을 뿐이었다.

"로서의 후예들이여! 공격하라!"

투랄리온의 목소리는 분명하고 강했으며, 이상하리만치 멀리 전해졌다. 그는 형형한 눈빛으로 망치를 들어 올리고 비룡들을 향해 돌진했다. 망치는 번쩍이며 호를 그리더니 첫 비룡의 두개골을 정확히 가격했고, 짐승은 돌덩이처럼 바닥에 곤두박질쳤다.

"쿠엘탈라스를 위하여!"

알레리아와 순찰대원들도 활을 쏘기 시작했다. 얼라이언스 병사들이 엘프, 인간 할 것 없이 함성을 지르자, 오우거들과 어린 그론은 공포를 떨쳐버리고 귀청이 떨어질 듯한 포효를 내지르며 가세했다. 용들은 아버지에 대한 자부심과 흥분에 도취되어, 급강하해 내려와 적에게 마그마를 토하거나 물어뜯었다. 오우거들과 그론은 아까 비룡과 싸웠다는 것이 새삼 기억난다는 듯 공중에서 비룡을 잡아채 날개를 뜯었다. 오우거 하나는 퍼덕이는 비룡을 절벽에다 어찌나 세차게 메다꽂았는지, 비룡의 몸뚱이가 그대로 곤죽이 되어서는 돌 파편, 먼지와 함께 흘러내리면서 미처 피하지 못한 이들을 묻어버렸다.

카드가는 데스윙과 그룰의 전투를 주시했다. 그룰은 용감하게 검은용에게 덤볐지만, 한참 밀리고 있었다. 카드가의 생각으로는 그룰이 지금까지 버틴 것은, 데스윙이 그를 가지고 놀고 있기 때문이 아닐까 싶었다. 자신의 소중한 자식들을 죽인 그룰을 끝까지 괴롭히다 죽이려는 속셈일 터였다.

그리고 그룰의 숨통을 끊고 나면…… 기필코 데스윙에게서 해골을 빼앗아야 했다. 기필코.

카드가는 지팡이를 높이 들고 주문을 읊조렸다. 다음 순간 번갯불이 뛰어나갔다. 그 눈부신 섬광에 카드가는 잠시 앞이 안 보였고, 눈을 깜박일 때마다 잔상이 남았다. 어마어마한 번갯불이 데스윙의 가슴에 곧장 꽂히자, 용은 몇 미터 주춤주춤 물러났다. 번개는 마치 달아오른 프라이팬에서 미끄러지는 물방울처럼 척추를 덮은 금속판 위로 튀었지만, 카드가는 데스윙이 타격을 전혀 입지 않았다는 것을 깨달았다.

"제법이구나, 조그만 마법사여."

데스윙이 인정했다. 하지만 긴 주둥이는 차가운 미소를 짓고 있었다.

"하지만 나는 너희 종족이 마법의 존재를 깨닫기 수천 년 전에 이미 그 주문을 익혔다. 내 살갗에 상처를 내고 싶다면 더욱 노력해야 할 것이다!"

그룰이 다시 한 번 아수라장 속으로 뛰어들었다. 이제 어떡해야 하나 절박해진 카드가도 그 광경에는 경탄을 금할 수 없었다. 데스윙은 그룰에게 주의를 돌렸고 거대 그론의 위력적인 공격을 아무렇지 않게 받아내고는 세찬 날갯짓으로 그룰을 날려 보냈다.

카드가는 용을 가만히 바라보았다. 마법사는 욕지기를 느끼며 재차 공격을 가했지만, 카드가 자신이었다면 뼛속까지 얼어버릴 위력적인 주문을 간단히 떨쳐내는 데스윙의 모습에 경악했다. 데스윙의 말이 맞았다. 카드가는 자신이 오만하고 어리석었다는 걸 깨달았다. 저런 갑주를 두른 용을 어찌 뚫어야 할지 도저히 알 수가 없었다.

갑주를 둘렀다라……

카드가가 미간을 모으고서 데스윙을 관찰했다. 검은용은 붉은 햇빛을 받으며 검은 놋쇠 혹은 피 웅덩이처럼 번뜩이고 있었다.

금속판이라…… 그 아래에는 마그마처럼 붉게 일렁이는 틈새가 있다.

불현듯 모든 것이 분명해졌다. 카드가의 얼음 주문이 효과가 없었던 것은, 데스윙이 온몸에서 뿜어내는 열기를 당해낼 수가 없었기 때문이었다. 검은용은 그야말로 용암으로 이루어져 있었던 것이다! 척추를 덮은 저 금속판, 가장자리와 이음새가 붉게 달아오른 저 금속판이 용의 형체를 유지하고 있었던 것이다.

번개도 효과가 없었다. 불과 얼음도 소용이 없었다. 가장 강력한 주문으로도 용에게 흠집 하나 내지 못했다. 그렇다면 가장 약한 주문은 어떨까? 달라란에서 가장 먼저 가르치는 마법, 어느 수련생이나 자유자재로 사용할 수 있는 여흥용 마술이라면?

고통스러우면서도 아찔한 희망이 카드가의 가슴속에서 피어올랐다. 이건 그가 쓸 수 있는 마지막 카드였고, 그래서 반드시 써야만 했다. 하지만 그러려면 가까이 가야 한다. 카드가는 마음을 단단히 먹고 어깨를 쫙 벌린 다음 앞으로 나아갔다. 투랄리온과 알레리아가 오우거 둘과 나란히 검은용과 맞서 싸우는 곳을 지나, 혈혈단신으로 데스윙에게 다가갔다.

다행히도 데스윙은 그룰에게 정신이 팔려 있어, 카드가가 고작 열 걸음 앞에 이를 때까지 겉늙어버린 인간의 존재를 알아차리지 못했다. 그룰은 데스윙의 육중한 발에 깔린 채, 빠져나오려고 기를 쓰고 있었다. 용이 그룰을 내려다보며 길쭉한 주둥이를 벌리는 순간, 카드가가 양손을 들고 주문을 외웠다.

마력을 느낀 데스윙은 주위를 살피다가 카드가를 보고 웃음을 터뜨렸다. 용은 만족한 고양이처럼 실눈을 뜨고서 그를 조롱했다.

"또 마법이냐? 참 재미있구나. 제아무리 강한 주문을 써봐야 날 해하지 못한다는 걸 아직도 모르겠느냐?"

그러나 용은 카드가가 읊조리는 주문의 내용을 알아차린 순간, 당황하며 눈을 부릅떴다.

"무엇이냐, 넌! 입을 다물게 해주마!"

데스윙은 그룰을 완전히 무시한 채 돌아서서, 살기를 띠고 카드가를 덮쳤다. 그 광경이 어찌나 섬뜩한지 카드가는 미처 주문을 마치지 못할 뻔했다. 그는 고개를 젓고 다시 힘을 끌어올려, 떨리는 목소리로 주문을 마무리했다.

눈앞의 용에게서 삐걱거리는 소리가 들려왔다. 데스윙은 괴성을 지르더니 고통스레 몸을 비틀었다. 몸뚱이를 뒤덮은 금속판이 구부러지면서 떨어져 나가기 시작한 것이다. 연결 부위가 뚝 하고 부러지더니 여러 장의 금속이 완전히 떨어져 나갔다. 그 자리에서는 화산이 분출하듯 마그마가 콸콸 뿜어져 나와 계곡 바닥으로 쏟아졌다. 그 갑주가 데스윙의 형체를 유지하고 있었으며, 카드가가 주문으로 금속판을 떼어내자 용은 형체를 잃기 시작한 것이다.

"안 돼!"

그런 일이 가능한지는 몰라도, 데스윙은 완전히 기겁한 듯했다. 검은용은 목을 비틀어 등을 굽어보았다. 뒤틀리고 구겨진 금속판과 철철 흐르는 마그마를 확인한 용은, 이글거리는 눈으로 카드가를 응시했다.

"이번 전투는 네가 이겼군. 그건 인정하지. 하지만 잘 듣거라. 난 널 보았다, 마법사."

카드가는 감히 시선을 피하지도 못한 채 꿀꺽 침을 삼켰다.

"내 기억 속에 너의 얼굴을 똑똑히 새겼다. 네가 꿈꿀 때나 깨어 있을 때나 괴롭혀주지. 너를 잡으러 가마. 그리고 마침내 그때가 오면, 너는 공포에 질려 죽여달라고 빌게 되리라."

데스윙의 목소리가 카드가의 뼈를 타고 울렸다.

데스윙의 강한 날개가 다시 펼쳐지고 발톱은 경련하며 그룰과 해골을 놓았다. 다음 순간 그는 하늘로 날아올라 힘껏 날갯짓을 하며 산맥에서 사라져갔다. 시종일관 덜덜 떨리던 다리에서 힘이 쭉 빠지더니 카드가는 바닥에 주저앉아 한참을 헐떡이며 끔찍하게 운이 좋았다는 사실을 절감했다.

아버지이자 수장인 데스윙이 가버리자, 남아 있던 검은용들은 기가 꺾여 우왕좌왕하기 시작했다. 그중 덩치가 비교적 크고 몸뚱이가 심한 상처로 뒤덮인 채 한쪽 날개가 부자연스럽게 꺾인 용 하나가 바로 싸움을 포기했다.

"아버지, 기다리십시오!"

어린 그론에게 꼬리를 꽉 붙들린 용이 뒤로 고개를 홱 돌렸다. 용은 그론의 손에 마그마를 뿜어, 그론이 마지못해 꼬리를 놓자 곧장 데스윙을 따라 날아올랐다.

공포의 대상이었던 데스윙이 퇴각하자, 오우거들과 그론은 미친 듯이 학살을 자행하기 시작했다. 그들은 미처 빠져나가지 못한 용들을 덮쳐 거대하고 묵직한 주먹과 이빨로 갈가리 찢어버리고, 목덜미를 베어 물고, 그래도 꿈틀거리는 비룡들의 몸뚱이는 하늘로 들어 올린 다음 돌 가시에 꽂아버렸다.

카드가는 혼란을 틈타 데스윙이 떨어뜨린 해골을 주웠다.

인간인가…… 그래도 강력하군. 어마어마한 잠재력이 느껴져! 하지만 메디브의 젊은 제자니 그것이 당연하겠지? 네 운명을 받아들일 용기만 있다면 너는 더욱 강해질 수 있다. 내 제자가 되는 게 어떠냐? 내가 가르쳐주지. 피와 학살이야말로 진정한—

"으악!"

카드가는 비명을 지르며 해골을 떨어뜨릴 뻔했다. 굴단이잖아! 그는 이를 악물고 정신의 문을 닫았다. 굴단은 죽어서도 위험한 모양이었다. 그는 재빨리 해골을 주머니 속에 쑤셔 넣고 투랄리온과 병사들이 아직 싸우고 있는 곳으로 서둘러 갔다.

"해골을 챙겼어."

그는 마침 숨통이 끊어진 용에게서 물러서고 있는 투랄리온에게 말했다.

"잘했어. 이제 여기서 빠져나간다. 퇴각한다! 당장!"

부하들은 신속히 집결했고, 알레리아도 순찰대원들을 모았다. 오우거들과 그론은 용들을 도륙하느라 정신이 없어서 그들이 떠나는 줄도 몰랐다.

투랄리온은 서둘러 모두를 이끌고 산맥을 빠져나왔다.

"네 도박이 성공했어, 카드가. 그것도 아주 대성공이야. 해골도 손에 넣었고, 용들도 처리했으니까. 한동안은 검은용군단도 호드를 돕겠다고 나서진 못하겠지."

학살의 현장인 계곡에서 멀어지자, 투랄리온이 친구에게 말했다.

카드가는 데스윙이 떠나면서 남긴 경고를 떠올리다가 자기도 모르게 부르르 떨었다. 그는 투랄리온의 낙관이 과연 타당한 것인지 확신할 수 없었다. 그럼에도 카드가는 그 말에 동의하듯 고개를 끄덕여 보였다.

"이제 남은 건 넬줄뿐이야. 그 책만 손에 넣으면 어둠의 문을 영원히 닫아버릴 수 있어."

남은 것은 하늘과 땅의 힘을 자유자재로 다루는 막강한 주술사가 수많은 세상으로 통하는 차원문을 열지 못하도록 막아내는 일뿐이었다. 어쨌거나 그들은 조금 전 터무니없이 강한 용을 상대로 타격을 입혔다. 결국

해낼 수 있을지, 누가 알겠는가. 한 가지만은 확실했다. 지금 오크들을 막지 않으면…… 영영 막지 못한다는 것을.

23장

"앞에 마을이 있습니다."

바라크가 양손으로 무릎을 짚고 숨을 고르려 애쓰며 보고했다. 카르가스가 으스러진손 부족에게 지옥불 성채를 버리라는 명령을 내린 후 동료들이 감아준 옆구리의 붕대에는 아직도 피가 말라붙어 있었다. 바라크는 그 무리 중에서 그나마 덜 다친 편이었다.

그들이 이곳에 있는 이유는 그 때문이었다.

"혼자 가겠다. 그 편이 빠를 테니."

카르가스가 바라크와 일행들을 둘러보며 말했다.

"빨리 치료해라. 내가 돌아오면 모두 검은 사원으로 간다."

카르가스는 걸으면서 어쩌다 여기까지 오게 됐을까 생각했다. 넬쥴이 지옥불 성채에 남아서 얼라이언스를 지체시키라는 지시를 내렸을 때, 넬쥴은 카르가스가 살아남으리라고는 생각지 않은 것이 분명했다. 카르가스는 물론 으스러진손 부족의 그 누구도 전투 중에 죽는 것을 두려워하지 않았다. 하지만 명예롭게 죽는 것과 무의미하게 죽는 것은 전혀 달랐다.

그리고 넬줄 일행을 얼라이언스에게 무방비로 노출시킨다면, 부족 전체의 불명예가 될 터였다. 이런 연유로 카르가스는 얼라이언스가 방어를 돌파하고 성채를 점령한 것을 확인했을 때 전사들을 닥치는 대로 모아 검은 사원으로 출발한 것이었다. 하지만 그 수는 기대에 훨씬 못 미쳤고, 그중 많은 전사들이 워낙 부상이 심했던 터라 하룻밤도 넘기지 못했다. 이제 살아남은 전사들은 극소수였고, 그마저도 부상이 없는 자는 하나도 없었다.

카르가스는 주위의 지형을 살피며 쉬지 않고 걸었다. 드레노어의 대부분이 지옥불 반도처럼 갈라지고 붉은 땅과 허허벌판이 펼쳐졌다. 그런데 이 지역은 어째서 이처럼 푸르른 걸까? 무성한 잔디가 발아래에 폭신하게 와 닿았고, 덤불숲이 아름드리나무와 번갈아 나타났다. 나그란드는 이 세상의 다른 지역과 달리, 황폐해지지 않았다. 하지만 왜일까?

일견 얄궂은 일이었다. 드레노어에서 가장 건강하고 푸른 땅이 하필이면 병들고 약한 오크들의 터전이라니. 그는 야트막한 언덕을 오르면서 눈앞에 펼쳐진 마을을 보았다. 촘촘하게 세운 벽과 둥근 지붕, 널빤지로 만든 문은, 카르가스의 마을은 물론 대부분의 오크 마을과 비슷했다. 카르가스는 순간 전사들을 데려와 주민들을 쫓아버리고 마을을 차지할까 생각했다. 전쟁이 끝날 때까지 모른 척할 수도 있을 것이다. 넬줄은 어차피 그들을 다시 만나리라 기대하지 않았으니, 이곳에 눌러앉더라도 놀라지 않을 터였다. 호드가 다른 세상으로 가든 말든, 이곳에서 가축과 작물을 키우면서 살 수 있을지도 모른다. 피의 욕망이 솟구칠 때면 숲 속에 사는 짐승들을 사냥하면 그만이었다.

안 된다. 카르가스는 스스로를 꾸짖었다. 그는 호드를 위해 싸우겠노라 맹세했다. 호드를 위해 전력을 다하지 않으면, 스스로 어떻게 견디겠는가? 또한 전사들의 눈을 어떻게 마주하겠는가? 게다가 이 마을을 차지하려면 이곳의 주민들과 싸워야 하는데 부하들 중 그 계획에 찬성하는 이는 없으리라 생각하며 고개를 저었다.

카르가스는 언덕을 걸어 내려가 조심스레 마을로 다가갔다. 느릿느릿 돌아다니는 오크 몇몇이 녹색을 배경으로 한 갈색 덩어리처럼 보였다. 그들은 아직 카르가스를 보지 못했다. 가장 가까이 있는 오두막을 백 걸음쯤 남겨두고, 카르가스는 걸음을 늦추다가 멈춰 섰다.

"게야여! 대모 게야여!"

카르가스는 고함을 쳤다. 숨을 깊이 들이켜느라 부상이 자극받았는지 밭은기침이 났다. 아까 보았던 오크들이 화들짝 놀라 돌아보더니 바로 앞의 오두막 안으로 자취를 감췄다. 카르가스는 씁쓸한 기분으로 달아난 오크들이 게야를 부르러 간 것이기를 바랐다. 다시 고함칠 기력이 남아 있는지 자신이 없었던 것이다.

잠시 후 오두막 하나에서 커튼이 바스락거리더니 걷혔다. 대모 게야가 밖으로 나오더니 햇빛에 실눈을 뜨고서 그에게 성큼성큼 다가왔다.

"누구냐?"

그녀는 언제나처럼 날카로운 목소리로 외쳐 물었다.

"으스러진손 부족의 족장, 카르가스 블레이드피스트입니다."

그는 게야가 다가오자 힘겹게 몸을 곧추세우며 말했다.

"카르가스라고? 오랜만이구나."

게야는 오두막과 카르가스 사이에서 멈춰 섰다. 게야의 눈은 여전히 보라색이었고, 길게 기른 머리는 백발이 드문드문 섞여 있긴 해도 아직 숱이 많았다. 병들어 보이진 않았다. 하지만 짜증이 난 표정이었다. 입술이 말려 올라간 것은…… 혐오감 때문인가?

"여긴 웬일이지?"

게야는 카르가스의 느낌을 증명이라도 하듯 날카롭게 따져 물었다.

"얼라이언스 군이 드레노어를 침략했습니다. 놈들이 지옥불 성채를 점령했고, 이제 곧 검은 사원으로 쳐들어갈 겁니다."

카르가스는 마음이 급했지만, 어린 시절 장로들에게 배운 대로 예를 갖춰야 한다는 생각이 들었다.

"그래? 그게 나와 무슨 상관이지? 어차피 거기나 저기나 전쟁을 기념하는 곳 아니더냐. 그런 곳은 없는 편이 낫다."

게야가 코웃음을 치며 빈정거렸다.

"전사가 필요합니다. 싸울 수 있는 오크는 당장 저와 함께 가야 합니다."

카르가스는 필사적인 심정이 드러나지 않기를 바라며 말했다. 그러자 게야는 휘둥그레진 눈으로 그를 빤히 보더니 불쑥 말했다.

"미쳤느냐? 이곳은 병든 자의 마을이다. 그걸 잊은 건 아니겠지?"

카르가스를 뜯어보던 그녀의 입가에 싸늘한 미소가 스쳤다.

"그래, 잊진 않은 모양이구나. 어디 오두막에라도 들어가서 이야기를 계속할까?"

카르가스가 불편하게 꿈지럭거리자 게야의 미소가 커지는가 싶더니 갑자기 눈을 부라렸다.

"생각대로구나. 넌 이곳에 누가 사는지 잘 알고 있어. 이제 이들마저 너희의 어리석은 전쟁에 끌어들여 고통을 가중시키려는 것이냐? 그들이 왜 싸워야 하지? 우리가 왜? 너희가 인간들의 세상을 침략하지 않았느냐. 이것이 그 대가다."

게야는 카르가스를 노려보았다. 카르가스의 분노가 걱정보다 커지기 시작하자 그는 자신도 모르게 이를 드러내며 날카롭게 맞받아쳤다.

"우리는 모두 호드의 일원입니다. 우리는 하나의 종족이며, 함께 살아남거나 함께 무너져야 합니다."

그는 잠시 게야의 눈치를 살피다가 전략을 바꿨다.

"넬쥴이 말하길, 우리가 이 지옥 구덩이에서 빠져나갈 수 있다고 합니다. 우리가 얼라이언스를 물고 늘어져 넬쥴이 검은 사원에 도착할 때까지 시간을 끌기만 하면, 다른 세상으로 통하는 차원문을 열 수 있습니다. 그러면 당신과 환자들은 온 세상을 차지할 수 있겠지요."

"이 세상이 어디가 어때서 말이냐? 나는 지금 이대로가 좋은데."

게야는 단호하게 답하며 주위의 푸른 풍경을 가리켰다.

"이 세상은 죽어가고 있습니다."

"일부는 그렇겠지. 너와 어리석은 흑마법사들이 오염시킨 곳들 말이다. 나그란드는 예전과 다름없이 생기가 넘친다. 이곳은 마그하르다. 타락하지 않았다는 뜻이지. 이곳에 사는 이들도 마찬가지야. 붉은 천연두에 걸려 죽어가고 있긴 해도, 반점으로 얼룩진 피부는 갈색이지. 호드의 흑마법에 더럽혀지지 않았다는 뜻이다."

게야는 자랑스러운 듯 우쭐한 표정이었다.

"이건 당신의 의무입니다! 이곳의 전사들은 모두 저와 함께 가야 합니다!"

카르가스가 고집을 부리자 게야는 그를 비웃었다.

"전사를 원하느냐? 그럼 직접 구해봐라. 그들을 병상에서 끌어낼 수만 있다면 너희의 전장으로 데려가도 좋다."

카르가스는 게야를 노려보았다. 어느덧 치밀어 오르는 분노가 걱정은 물론 모든 감정을 압도하고 있었다.

"별로 병들어 보이지도 않는군요."

그는 게야의 등 너머로, 그녀가 돌보는 병든 오크들이 오두막에서 나와 둘의 대화를 구경하는 모습을 보며 말했다. 몇몇은 다리를 절고 몇몇은 자세가 구부정하거나 꼽추라는 것이 거리를 두고도 보였으나, 적어도 사지는 온전해 보였다. 곤봉만 잡을 수 있다면 누구든 데려가고 싶은 심정이었다.

그가 마을을 향해 걸음을 떼는 순간, 오두막 앞에 있던 오크 하나가 그를 향해 다가오기 시작했다. 젊은 남자 전사였고, 카르가스는 다가오는 오크가 근육질이며 키가 크다는 걸 알 수 있었다. 그자 역시 발을 질질 끌며 절뚝거렸고, 창백한 갈색 피부 군데군데 고름이 붉게 부풀어 올라 있었다. 고름에서는 피라기보다 더럽혀진 눈물에 가까운 붉은 액체가 흐르고 있었다.

그러다 불현듯 카르가스는 흠칫 놀라며 그 젊은이를 알아보았다. 다름 아닌 그롬의 아들, 가로쉬 헬스크림이었다! 가로쉬는 게야 옆에 우뚝 멈춰 서더니 물었다.

"무슨 일입니까? 여기는 웬일이시지요? 호드 소식입니까?"

기묘한 표정이 젊은이의 얼굴에 드리웠다.

"혹시 우리—?"

그 순간 가로쉬의 목구멍에서 가래 끓는 듯한 소리가 나더니 말을 잇지 못했다. 가로쉬는 털썩 무릎을 꿇고 헐떡거리며 피와 위액을 토해냈다. 액체는 턱과 가슴을 타고 흘러내려 바닥의 잔디를 적셨다.

"무리하지 말라고 하지 않았니! 천연두가 아직 심하다. 넌 오두막을 떠나도 될 만큼 낫지 않았어!"

게야가 한 손을 가로쉬의 어깨에 올리고는 진정시키며 말했다. 환자를 직접 만지는 것도 개의치 않는 듯했다. 게야는 서늘한 미소를 띤 채 카르가스를 무섭게 노려보았다.

"이래도 이 아이를 전투에 데리고 갈 요량이냐? 이런 전사들을 구하러 온 것이야?"

가로쉬가 피를 토하기 시작했을 때 이미 움찔했던 카르가스는 슬슬 뒷걸음질 치고 있었다.

"아닙니다, 이들은 전사가 아닙니다. 이들은 이제 오크도 아닙니다! 아무 쓸모가 없어요."

그 목소리에는 혐오와 절망이 독기가 되어 묻어났다. 카르가스는 게야와 가로쉬를, 그 뒤에 서 있는 병든 오크들을 노려보았다. 그는 목청껏 악을 썼다.

"한심하고 나약한 것들! 너희는 여기서 죽는 편이 호드에게 낫다! 자기 종족을 지키지 못한다면 살아갈 권리도 없다!"

카르가스는 휙 돌아서서 걷기 시작했다. 남아 있는 전사들을 데리고 언덕 너머로 사라지는 수밖에 없었다. 이 머릿수로는 검은 사원에 가봐야 뾰족한 수가 없었다. 게다가 이미 지옥불 성채에서 버려진 이상, 넬줄에게 남은 빚도 없었다. 그래, 남아 있는 전사들을 데리고 틀어박힐 만한 곳을 찾아 재건해야겠다. 언젠가는 다시 강성해질 테고, 그러면 그곳을 근거지로 삼아 지옥불 성채와 드레노어를 되찾을 수 있을 터였다. 그리고 마침내 죽을 때가 오면 내 발로 서서 죽을 테다. 으스러진손 족장 카르가스는 등 뒤에 있는 병든 오크들을 생각하며 진저리를 쳤다. 무슨 일이 있어도 저런 꼴은 되지 않겠다.

"다시 침상으로 가거라."

이번에는 게야가 가로쉬를 한결 부드럽게 나무랐다. 가로쉬는 그녀의 손을 떨쳐내며 물었다.

"무슨 얘길 하던가요? 혹시 우리 아버지 얘기였습니까? 아, 아버지가 아직 살아 계십니까?"

그가 거친 목소리로 물었다. 그 많은 액체를 게우느라 목구멍이 아직도 경련하고 있었던 것이다. 게야는 청년의 눈에서 반짝이는 희망을 차마 볼 수 없어 눈길을 돌렸다. 그롬이 살아 있느냐고? 그녀도 알 수 없었다. 그리고 중요하지도 않았다. 지난 수년 동안 이미 그롬 헬스크림의 잔인성, 그리고 전투와 폭력을 향한 갈망에 대해서는 익히 들었다. 그롬은 맨 처음 호드와 굴단의 흑마법에 굴복했던 오크 중 하나이며, 그로 인해 완전히 타락해버렸다. 설령 아직 살아 있다 하더라도 구원은 불가능할 터였다.

"너희 아버지 이야기는 하지 않더구나. 아직 무사히 살아 있을 게다. 그게 아니라면 카르가스가 말을 했겠지."

게야는 다시 가로쉬의 팔을 꼭 잡으며 말했다. 가로쉬는 고개를 끄덕이며 기운이 다 빠진 채로 게야의 부축을 받아 걸음을 옮겼다. 게야는 가로쉬뿐만 아니라 이곳에서 자신의 손길이 필요한 모든 오크에게 연민을 느꼈다. 이들이 붉은 천연두를 이겨낼 수 있을까? 일부는 이겨낼지 몰라도 전부는 아닐 것이다. 그럼에도 가슴속 한구석에는, 그들의 죽음이 영혼까지 타락해버린 오크들의 죽음보다는 깨끗하리라는 생각이 자리하고 있었다. 그녀는 고개를 절레절레 젓고는 가로쉬와 나란히 걸으며, 녹색 피부의 카르가스가 떠나가는 뒷모습은 돌아보지 않았다.

24장

"어이, 친구들!"

투랄리온은 위를 올려다보고 깜짝 놀랐다. 짙은 구름 사이로 무언가가 빠른 속도로 하강하기 시작했다. 그 고함이 아니었다면 알레리아와 순찰 대원들은 곤두박질치는 형체를 향해 화살을 퍼부었을 테고, 투랄리온은 부하들에게 방어 태세를 취하라고 지시했을 것이다. 투랄리온은 뒤로 물러서서 양손을 허리에 대고 기다렸다. 스카이리가 날개를 펴고 내려앉자, 그의 입가에 미소가 걸렸다.

쿠르드란은 스카이리의 발톱이 흙을 파고들기 시작했을 때 이미 뛰어내려 투랄리온과 알레리아, 카드가가 기다리는 곳으로 성큼성큼 걸어갔다. 하지만 투랄리온은 드워프의 뻣뻣하고 느릿느릿한 걸음걸이를 보자 마냥 반갑기만 하던 마음이 가라앉았다. 그리고 쿠르드란을 뒤따라 내려 종종 거리며 다가오는 괴상하고 구부정한 동물을 보고는 어리둥절했다.

"아, 다들 반갑소. 초록 괴물들한테 잡혔을 때는 정말 위기일발이었지."

쿠르드란은 투랄리온과 카드가의 손을 번갈아가며 덥석 잡고, 알레리아의 손등에 입맞춤을 했다. 투랄리온은 미간을 찌푸린 채 땅딸막한 드워프 친구를 찬찬히 살펴보았다.

"빠져나오셔서 다행입니다."

"아니, 구출됐소. 그리고 적절한 치료를 받았지. 다나스가 날 빼내고 방대한 폐허를 급습했다오. 아킨둔이라고 했던가. 그곳에서 빛의 힘을 쓰고 치유에 대해 당신한테도 한두 가지 정도는 가르쳐줄 법한 희한하게 생긴 친구를 만났다오. 내 몸 상태가 썩 좋지 않았으니 참 다행이었지."

투랄리온은 새삼 경탄하며 친구를 바라보았다. 쿠르드란이 자기 입으로 몸 상태가 썩 좋지 않았다는 표현을 쓰다니, 그건 죽음의 문턱까지 갔었다는 고백이나 다름없었다.

"천만다행입니다." 투랄리온이 진심을 담아 말했다.

"아, 하지만 그다음부터는 그리 다행이 아니라오. 넬쥴을 놓쳤소. 넬쥴과 놈의 똘마니 죽음의 기사가 주문을 외워 검은 사원이라는 곳으로 가버렸거든. 우린 막지 못했다오."

투랄리온은 긴 숨을 내쉬며 쿠르드란의 어깨에 손을 올렸다.

"걱정 마십시오, 쿠르드란 님. 당신과 다나스가 최선을 다했다는 걸 압니다. 무엇보다 무사하시니 다행입니다. 검은 사원이라, 불길한 이름이군요. 그곳에 대해 알아내신 게 있습니까?"

"알아낸 건 별로 없지만, 요 깃털 달린 녀석이 데려다줄 거요."

쿠르드란이 엄지손가락으로 스카이리를 함께 타고 온 괴상한 존재를 가리켰다. 그 괴상한 존재는 비굴하게 절을 해보였다.

"그리직이요. 이 친구가 다나스를 아킨둔으로 안내해줘서 날 찾아내고 구해주었다오."

"그리직 안다! 내가 검은 사원 이야기해준다. 그게 뭔지, 어딘지 안다!"

그리직이 높고 새된 목소리로 말했다.

"이자가 당신의 은인인가요? 당신을 치료해줬다는 존재 말이에요."

알레리아가 물었다.

"아니, 아니. 그 친구는 드레나이요. 이야기가 좀 복잡하다오."

"그럼 너는 무엇이지?"

알레리아가 부드럽게 물었다. 투랄리온은 그녀의 눈이 그리직의 얼굴을 가린 두건의 그림자를 꿰뚫어 보았다는 걸 깨달았다.

"나 그리직, 아라코아다."

그리직은 두건을 걷었다. 투랄리온은 처음 보는 생물의 길쭉한 부리와 깃털 달린 머리를 보고 놀라움을 드러내지 않으려고 애를 썼다.

"우리도 오크처럼 이 세상에서 태어났다. 아라코아, 오랫동안 우리끼리 살았다. 오크도 드레나이도 상관없었다. 그런데 오크들 하나 되어 호드 만들었다. 드레나이 마구 죽였다."

"아킨둔은 드레나이의 장묘 도시라는군. 나도 그리직한테 들었다오."

쿠르드란이 설명하자 그리직이 덧붙였다.

"검은 사원도 드레나이 것이다. 그때는 그런 이름 아니었다. 거기서 드레나이 최후의 저항을 했고, 나와 동족들도 오크와 싸우러 갔다."

투랄리온은 그리직의 눈에서 반짝이는 것이 분노라 생각했지만, 악의도 어려 있는 듯했다.

"우리 실패했다. 무기 부족해서 아니다. 오크에게 마법사 굴단 있었다. 그자 아주 강하다. 땅을 마음대로 바꿔서 우리 있는 곳에 화산 솟게 만들었다."

이제 아라코아의 조그만 눈은 분노로 활활 타올랐다.

"굴단이라고? 굴단은 이제 이 꼴이 됐다. 이제 너희를 괴롭히지 않을 거야."

카드가가 어깨에 메고 있던 자루를 내려 해골을 꺼냈다가 다시 자루 안에 넣었다. 행여 들킬세라 안도의 기색을 얼른 숨기면서. 그리직이 눈을 크게 뜨며 속삭이듯 물었다.

"당신들 굴단 쓰러뜨렸나?"

"아니다. 누가 우리보다 먼저 굴단을 쓰러뜨렸지. 하지만 우리는 호드의 힘을 무너뜨리고 요충지에 있는 요새를 점령했다. 이제 검은 사원에 가서 넬쥴을 찾아 처단하면 끝이지."

투랄리온이 솔직하게 말하자 아라코아가 고개를 주억거렸다.

"내가 길 안내한다."

투랄리온이 쿠르드란과 눈이 마주치자, 와일드해머 수장은 어깨를 으쓱해 보였다. 투랄리온은 그게 무슨 뜻인지 알았다. 현명한 드워프 역시 이 아라코아를 믿어야 할지 말아야 할지 모른다는 뜻이었다. 하지만 달리 뾰족한 수가 없지 않은가? 그가 그리직을 보며 말했다.

"고맙다. 도움을 기꺼이 받아들이지."

투랄리온이 쿠르드란을 향해 돌아섰다.

"오늘 밤에 그리직의 정보를 바탕으로 대략적인 지도를 그려야겠습니다. 내일은 다시 다나스에게 가주십시오. 어디서 합류해 마지막 공격을 가할지 정한 후, 전해줘야 하니까요."

"그래, 좋은 계획이오. 자, 혹시 맥주하고 음식 좀 주실 분? 기운을 좀 차리고 나면 아킨둔 전투 이야기를 처음부터 끝까지 낱낱이 해드리겠소."

쿠르드란이 고개를 끄덕이며 호탕하게 말하자 투랄리온이 미소를 지었다.

"어서 듣고 싶군요."

진심이었다. 투랄리온은 알레리아와 눈이 마주쳤고, 그녀가 슬며시 그의 손을 잡자 웃어 보였다. 내일이면 다시 행군을 시작하겠지만, 적어도 오늘 밤에는 술잔을 주고받으며 쿠르드란의 파란만장한 이야기를 들을 생각이었다.

며칠 후 두 갈래의 야트막한 산맥 사이를 달리던 일행은, 넓은 골짜기가 눈앞에 펼쳐지는 것을 보았다. 그들이 지옥불 성채와 지옥의 문이 있는 곳에 거의 도착했을 때 쿠르드란이 다시 찾아왔다. 그리직은 그들을 남쪽으로, 그다음에는 동쪽으로 안내해서 '게걸스러운 바다'라는 곳의 해안을 따라갔다. 그 땅의 끄트머리, 노도가 몰아치는 바다를 향해 뻗어 있는 산맥들과 어둠달 골짜기가 만나는 곳에 검은 사원이 있었다. 다나스와 얼라이언스 군대가 그곳에서 그들을 기다리고 있었다.

고삐를 잡아 말을 세운 투랄리온은 다나스와 병사들이 그사이 부지런히 움직였다는 걸 알 수 있었다. 볼품은 없지만 기능적인 야영지가 골짜기의 남서쪽 변두리에 세워져 있었고, 그 둘레로는 두꺼운 통나무 벽이 이미 반쯤 올라간 상태였다.

"쿠르드란 님의 생각이었습니다. 골짜기 전체의 상황을 주시할 수 있는 장소가 필요하겠다고 하셨지요. 그런 면에서 이곳이 가장 적당하다는 데둘이 뜻을 모았습니다."

다나스가 다가와 투랄리온의 손을 반갑게 잡으며 말했다. 투랄리온은 고개를 끄덕였다. 실로 그랬다. 저기라면 한복판에서 연기와 용암을 사방으로 뿜어내고 있는 화산을 비롯해, 땅의 끝자락까지 훤히 보였다. 그때 쿠르드란이 곁으로 다가와 덧붙였다.

"그리고 저 땅에는 발을 들이지 않는 게 좋겠소. 혹시 안 보일까 싶어 말하는데, 저 용암은 녹색이고 바닥이 온통 용암 천지라오."

투랄리온은 고개를 끄덕이는 카드가의 표정에 고통이 어린 것을 보았다.

"지옥 마력입니다. 제가 본 것 중 가장 순수하군요."

대마법사 카드가가 거친 목소리로 말하며 고개를 내저었다.

"굴단이 무슨 주문을 썼기에 이렇게 됐는지 알고 싶지도 않군요. 이건 자연을 거스르는 행위입니다. 이 땅이 죽어가는 것도 당연하네요."

카드가는 미간을 찌푸린 채 쿠르드란을 바라봤다.

"그 누구도 저곳에 가급적 다가가지 않도록 해주십시오. 그리고 반드시 필요한 일이 아닌 이상, 골짜기에 들어가선 안 됩니다."

"아, 알겠소. 가까이 가지 않겠소. 좋은 소식도 하나 있는데, 우리가 이미 골짜기를 정찰해뒀소."

쿠르드란은 대답과 함께 돌돌 말린 양피지를 꺼내 직접 그린 지도를 보여주었다.

"검은 사원은 동쪽 끝, 저기 있소. 이 골짜기를 통과하지 않고는 저기서 빠져나올 방법이 없소. 골짜기는 커다란 편자처럼 생겼는데, 출구가 이쪽에 있지."

쿠르드란은 골짜기 너머로 선명하게 보이는 거대하고 검은 구조물을 가리키며 말했다.

"넬쥴의 흔적은 없던가요?" 알레리아가 물었다.

"아, 그자는 저기 있소. 죽음의 기사들도 함께. 많지는 않지만 오크도 좀 있고. 우리가 안에 가둬두었으니 아무 데도 못 갈 거요."

쿠르드란이 씩 웃으며 대답했다. 투랄리온이 다나스를 힐끗 보자, 그가 고개를 끄덕였다.

"저희가 오자마자 사원을 포위했습니다. 지원군이 오면 차단해야 한다고 판단했습니다."

"잘했네. 우리도 저쪽으로 가야 합니다. 카드가, 여기서는 너의 역할이 가장 중요해. 넬쥴을 처치하고 주문을 막아줘. 알레리아, 당신은 순찰대와 함께 장거리 공격으로부터 카드가를 엄호해줘. 이쪽을 쳐다보기라도 하는 놈이 있으면 무조건 쏴버려. 나는 카드가에게 바짝 붙어서, 가까이 오는 적을 처리할 테니까. 방어선을 돌파하고 넬쥴을 찾아 처리한 다음, 유물을 되찾아서 빠져나오는 거다. 잘 알았나?"

투랄리온은 주위의 모든 사람들에게 하나하나 지시를 내렸다.

"알았어."

카드가가 동의했고, 다른 이들도 고개를 끄덕였다.

"좋아."

투랄리온은 한숨을 내쉬고 기도문을 읊어 성스러운 빛의 가호를 빌었다. 그는 따뜻하고 고요한 빛이 그들 위로 쏟아지는 것을 느끼고 감사했다. 그는 쿠르드란, 다나스, 카드가의 손을 차례로 덥석 잡고 알레리아에게 돌아섰다. 알레리아는 그를 올려다보며 용감하게 웃었지만, 그녀 역시 위험하다는 사실을 잘 알고 있었다. 빛이 돕지 않았다면 둘은 지금까지도 어리석게 서로를 피하고 있었을지 모른다. 하지만 둘은 이제 서로에게서 힘과 위안을 얻었다. 투랄리온은 알레리아의 반짝이는 머리카락에 턱을 올린 채 한참을 끌어안고 있다가 입맞춤을 했다. 그는 알레리아를 향해 환하게 웃어 보이고는 망치를 들었다.

"출발한다."

그들은 골짜기를 가로질러 돌진했고, 얼라이언스 군대가 그 뒤를 따랐다. 소수의 병사들만 남아서 야영지를 지키기로 했다. 화산 주위를 달릴 때, 투랄리온은 검은 사원을 처음 제대로 보았다. 당장이라도 말을 멈춰 세우고 방향을 틀어 달아나고 싶은 충동을 오로지 신앙의 힘으로 억눌렀다.

그곳은 거대했다. 골짜기 바닥에서 솟아오른 화산보다도 훨씬 높았다. 한때는 밝은 색이었을 돌을 깎아 만든 구조물은 이제 재와 역겨운 물질로 뒤덮여 빛을 삼켜버리고 있었다. 사원은 마치 굳어버린 그림자처럼 흉측하고 위험한 위용을 과시하며 달려드는 군대를 조롱했다. 아직은 잘 보이지 않았지만, 투랄리온은 건물의 표면마다 섬세한 문양이 조각되어 있는 것을 알 수 있었다. 그리고 사원 중앙에는 하늘을 향해 뻗은 손아귀를 연상시키는 기둥이 세워져 있었다.

투랄리온이 그 광경을 살피고 있을 때, 불현듯 발아래의 땅이 뒤흔들리는 바람에 말이 휘청거렸다. 불길한 녹색 번개가 빛 대신 어둠을 띠고 요란하게 하늘을 갈랐다. 그의 말은 공포에 질린 채 울음소리를 내며 뒷걸음질 쳤다. 기수도 겁을 먹은 건 마찬가지였지만 최선을 다해 말을 진정시켰다.

"지금 무슨 일이 벌어지고 있는 거지?"

투랄리온이 천둥소리 너머로 카드가에게 소리쳤다.

"하늘 쪽인 건 맞아. 그런데 아무래도—"

그 순간 땅이 또 뒤흔들리며 하늘에 녹색 섬광이 번뜩이는 바람에 그의 말이 끊어졌다.

투랄리온의 눈에 또다시 섬광이 스치자, 그는 머리를 획 들었다. 하늘을 향해 뻗은 손처럼 생긴 기둥에서 빛이 뿜어져 나오고 있었다. 그가 숨을 삼키며 카드가를 바라봤다.

"이런."

"내 생각이 맞았어. 넬줄이 주문을 시전하기 시작했어."

"아직 막을 수 있을까?"

"막을 수 있어. 너무 늦기 전에 데려다만 줘."

"그러지."

투랄리온이 망치를 머리 위로 높이 들고 신앙의 힘을 축복받은 무기에 실었다. 망치의 표면이 빛을 발하기 시작했고, 빛은 점점 커지면서 주위로 퍼져 나갔으며 마침내 화산이 어두침침해 보일 만큼 찬란하게 빛났다. 검은 사원 앞에서 싸우던 오크들과 죽음의 기사들은 눈이 부신 듯 고개를 돌렸지만, 얼라이언스 군은 조금도 눈이 부시지 않았다. 투랄리온이 말을 타고 달리면서 망치로 사원의 방어군을 헤치고 길을 뚫자, 병사들이 환호성을 질렀다.

그때 누군가가 투랄리온이 가는 길을 막아섰다.

"너희의 보잘것없는 빛 따위 두렵지 않다!"

테론 고어핀드가 보석이 박힌 봉을 들고 소리쳤다. 하지만 죽음의 기사가 허세를 떨고 있다는 건 누가 봐도 뻔했다. 그는 두건을 젖혀둔 상태라, 흉측하게 썩어가는 얼굴과 붉게 이글거리는 눈이 잘 보였다. 그 얼굴은 고통으로 일그러지고, 몸뚱이는 도망이라도 치려는 듯 뒤틀려 있었다. 고어핀드는 기묘한 무기를 들어 올렸다. 그 봉에 어린 여러 색의 광채가 느닷없이 투랄리온의 빛을 향해 달려들었다.

"성스러운 빛은 너와 대척점에 있는 힘이다, 이 괴물아! 두렵지 않다면 받아보거라!"

투랄리온이 소리치며 망치로 고어핀드를 가리키고는 번갯불을 쏘아 보냈다. 번갯불은 고어핀드에게 맞았지만, 그는 봉을 휘둘러 투랄리온의 공격을 흩어버렸다. 그러자 찬란한 하얀빛이 색색의 광선으로 갈라졌다. 다음 순간 죽음의 기사가 반격을 가했다. 그가 투랄리온을 향해 봉을 겨누자, 그 끝에서 그림자가 피어올라 투랄리온을 감쌌다. 투랄리온은 어둠의 손아귀가 빛과 그의 팔다리를 한꺼번에 옥죄는 것을 느끼고, 그 손아귀에서 벗어나려고 고군분투했다. 발아래로 공기가 지나가는가 싶더니 그는 바닥으로 털썩 떨어져서, 땅바닥을 구르며 몸부림쳤다. 그 공격으로 말에서 떨어졌지만 어둠은 사라지지 않고 여전히 그를 짓누르고 있었다.

투랄리온은 숨을 들이쉬려고 헐떡였지만, 폐가 제 기능을 하지 못했다. 실패했다는 생각이 스쳐 갔다. 말에도 앉아 있지 못하는 주제에, 당연하지. 무슨 장군이 이렇단 말인가? 곧 병사들도 죽음을 맞이할 게 뻔했다. 그가 부하들을 사지로 이끌고 왔다. 로서가 살아 있었다면 나를 부끄러워했으리라…….

투랄리온은 땅바닥에 쓰러진 채 경련하며 숨을 쉬려 안간힘을 썼지만, 어둠의 촉수가 그의 가슴을 감싸 짓눌렀다. 촉수는 뱀처럼 그를 칭칭 감고 팔을 벌려 붙들고는 그의 입과 코, 눈 속으로 흘러들고 있었다. 불에 타는 듯한 고통이 엄습했다. 질끈 감은 눈에서 눈물이 쏟아졌지만, 불길은 점점 더 강해질 뿐이었다.

이렇게 실패자가 되어 파멸을 맞이할 운명이었던가. 그의 잘못으로 수많은 생명들이 죽어나갈 것이었다. 무지막지한 녹색 물결을 속절없이 바라보며 입을 벌린 채 경악할 다른 세상의 죄 없는 존재들, 빛이 함께하리라 했던 그의 말을 믿었던 사람들. 빛…… 가장 절실한 이 순간 빛은 대체 어디에 있는 걸까?

알레리아!

알레리아 역시 죽어서 가족을 만나고, 엘프들이 믿는 사후 세계에서 그를 저주하리라. 그녀는 그를 사랑하지 않았다. 이제 알 수 있었다. 알레리아에게 그는 장난감에 불과했고, 그가 죽고 나면 그녀는 투랄리온을 버리고 다른 장난감을 찾겠지. 카드가, 쿠르드란, 다나스…….

어둠의 촉수가 옥죄어왔다. 투랄리온은 눈을 뜨고 멍하니 앞을 바라보았다. 죄송합니다, 로서 경. 제가 실망을 안겨드렸습니다. 저는 당신이 아닙니다. 전 사람들을—

투랄리온은 눈을 깜박였다. 그는 최선을 다해 사람들을 이끌었다. 아니, 그는 아제로스의 사자 안두인 로서가 아니었다. 오로지 로서만이 로서일 수 있었다. 스스로를 부인하는 것은 오만의 극치일 터였다. 투랄리온은 투랄리온이며 빛을 품고 있었다. 진심을 다해 기도하면 빛은 결코 그를 저버리지 않았다.

부탁하면 돼. 순수한 마음으로 부탁만 하면 돼. 로서가 날 선택한 것도 그래서였지. 내가 로서가 되리라 기대해서가 아니야. 내가 언제까지나 나 자신이리라 생각했기 때문이지.

투랄리온은 어둠의 촉수에 휘감긴 채로, 밭은 숨을 몰아쉬며 기도하기 시작했다. 그가 눈을 뜨자, 어느새 촉수들은 순수하고 하얀 광채를 발하고 있었다. 그가 아래를 내려다보자 빛 앞에서 그림자가 물러나듯, 촉수들이 녹아 사라지고 있었다. 그는 가슴을 들썩이며 숨을 크게 들이마신 후, 두 다리로 일어나 망치를 움켜쥐고는 그림자의 흔적을 향해 휘둘렀다.

그 순간은 사실 몇 초밖에 되지 않았는데도 마치 영원처럼 느껴졌다. 고어핀드는 투랄리온이 혼란에 빠진 틈을 타 가까이 다가왔고, 그가 마침내 앞을 보고 자유롭게 움직일 수 있게 되었을 때, 죽음의 기사는 고작 몇 걸음 앞에 있었다. 투랄리온이 앞으로 발을 내딛자, 고어핀드의 붉은 눈이 커졌다. 젊은 얼라이언스 사령관이 그토록 빨리 촉수를 떨쳐내리라고는 예상하지 못한 모양이었다. 허를 찔린 고어핀드는 가슴으로 똑바로 날아오는 투랄리온의 망치를 피하지 못했다. 투랄리온은 고어핀드의 낡은 방어구 아래에서 뼈가 부러지는 소리를 들었다고 확신했지만, 죽음의 기사는 휘청거리며 물러서면서도 쓰러지지 않았다.

"너는 날 이길 수 없다. 난 이미 죽었으니까. 네가 무엇을 더 할 수 있겠느냐?"

고어핀드가 이를 악물고 말했다. 그러고는 곧장 봉을 훅 찔러 넣으며 투랄리온의 배를 가격해 고꾸라뜨리고는 투랄리온의 투구 뒤에 손을 가져다 댔다. 불현듯 투랄리온의 머릿속에서 고통이 느껴졌다. 마치 투구를 붙들고 그의 관자놀이와 두개골을 짓누르는 것 같았다. 눈 뒤에서 별이 보였고, 주위의 세상이 미친 듯이 기울어졌다. 그는 양손으로 붙든 망치를 필사적으로 다시 휘둘렀고, 무거운 망치 머리에 단단한 것이 부딪치는 것을 느꼈다. 덜그럭거리는 소리와 숨을 몰아쉬는 소리가 나고 잠시 뒤, 고통이 말끔히 사라졌다.

투랄리온은 눈을 깜박여 눈앞의 잔상을 지우고 심호흡으로 머리를 비우고는 위를 보았다. 고어핀드가 한쪽 팔을 축 늘어뜨린 채로 비틀거리고 있었다. 투랄리온은 죽음의 기사가 균형을 잃은 틈을 타, 망치를 높이 들고 달려들었다. 그가 다시금 신앙의 힘을 불러내자, 그의 팔다리와 망치에서 광채가 번쩍였다. 어찌나 밝은지 적에게 다가가는 그의 모습을 바라보기 힘들 정도였다.

죽음의 기사는 비명을 지르며 양손을 들어 광채를 가리려고 했다. 빛을 받은 몸뚱이는 이제 연기를 뿜으며 뒤틀리고 있었다.

"빛의 힘으로!"

투랄리온이 고함을 질렀다. 그것은 찬미이자 기도이며 약속이었다. 빛은 찬란하게 타올랐고, 그가 마침내 망치를 내려치자 되살아난 육신은 완전히 갈라지고 흩어져 내리기 시작했다. 빛이 고어핀드의 몸에 호를 그리자, 죽은 살점이 후드득 떨어져 내리면서 바닥에 쌓여 악취를 뿜었다.

끔찍한 비명이 투랄리온의 귀를 찢었고, 곤죽이 되어버린 몸뚱이에서 테론 고어핀드의 영혼이 가느다란 연기처럼 피어올랐다. 투랄리온은 휘청휘청 물러서서 그 끔직한 광경을 경악하며 바라보았다. 투랄리온은 빛나는 망치를 들어 다시 한 번 휘둘렀지만, 고어핀드의 영혼은 고통과 좌절로 비명을 지르며 녹색 빛과 검은빛으로 번뜩이는 하늘로 달아난 후였다.

"가자!"

알레리아의 목소리에 투랄리온은 화들짝 놀랐다. 그녀의 모습을 보자 가슴이 벅차올랐다. 그는 재빨리 말에 올라타 알레리아에게 달려갔다. 둘은 앞에서 말을 달리던 카드가를 금방 따라잡았다. 죽음의 기사 고어핀드가 사원을 지키는 마지막 보루였다. 어느새 그들은 검은 사원에 들어섰고, 꼭대기로 휘어져 올라가는 계단과 그곳에서 맥동하며 뿜어져 나오는 역겨운 빛을 마주했다.

알레리아…… 카드가…… 다나스…… 쿠르드란…… 그 누구도 여기서 죽을 수는 없었다. 투랄리온은 그림자의 흔적을 떨쳐내려는 듯 고개를 세차게 흔들고는 망치를 움켜잡고 운명을 향해 달렸다.

25장

넬쥴은 검은 사원의 옥탑에 그려진 원의 중앙에 서 있었다. 위로는 낮게 깔린 구름과 녹색 번개의 섬광 너머로 선견자와 지팡이, 고서가 이루는 천체의 합이 정점에 달하고 있었다. 위에서와 마찬가지로 아래에서도 그랬다. 넬쥴은 자신의 발아래에서, 그리고 자신을 통해서 드레노어의 지맥이 서로 교차하는 것을 느낄 수 있었다. 눈을 감으면 온 세상이 그의 손아귀 안에서 전율하는 것이 느껴졌다. 드레나이가 이곳에 사원을 건설한 것도, 주문을 완성하게 될 장소가 이곳인 것도 그 때문이었다. 이곳에서는 온 행성의 힘을 끌어다가 주문을 외울 수 있었던 것이다.

바닥의 원 둘레로는 고어핀드를 따르는 죽음의 기사들과 둠해머의 분노에서 살아남은 얼마 안 되는 흑마법사들, 그리고 어둠달 부족 오크들이 각자 원을 그리며 늘어서 있었다. 어둠달 오크들은 가장 큰 원의 바깥쪽을 보고 서서 무기를 들고 있었다. 이들의 임무는 경호였고, 나머지는 넬쥴이 행성의 힘을 끌어와 의식을 거행할 수 있도록 도울 것이었다.

주문은 이미 하루 전 천체의 정렬이 들어맞는 순간에 시작되었기에, 그들 사이로 흐르는 마력이 없었다면 주술사는 진작에 피로나 허기를 못 이겨 쓰러졌을 터였다. 그의 피부는 따끔거렸고 머리카락은 보이지 않는 바람에 나부끼듯 춤을 추었다.

주문의 완성이 가까워지고 있었다. 얼라이언스가 몇 시간 전에 검은 사원의 벽을 공격했고, 당장이라도 방어선을 돌파할 태세였다. 그래도 너무 늦었노라, 넬쥴은 승리감에 도취되어 생각했다. 그가 오른손에는 살게라스의 홀을, 왼손에는 달라란의 눈을 움켜쥔 채 들어 올렸다. 두 유물은 모두 밝게 반짝였다. 홀의 머리 안에서, 그리고 눈의 보랏빛 중심부 안에서 빛이 새어 나왔다. 이 유물들이 지맥의 힘을 집중시켜 실체가 보일 듯한 형태로 응축시킨 다음, 그 힘을 넬쥴의 팔로 흘려보냈다. 이제 온몸이 뒤흔들리고 있었다. 그는 어느새 돌바닥에 서 있는 게 아니라, 그 힘으로 인해 표면에서 조금 떠올라 있었다.

"지금이다!"

넬쥴이 고함을 치며, 홀의 끄트머리로 눈의 한가운데를 건드렸다. 아직 유물에 남아 있던 힘이 순식간에 그의 팔로, 심장으로, 머리로 쏟아져 들어왔다. 그의 눈은 태양보다 밝게 빛을 발했다. 이 세상과 공중에 새겨져 있는 마력의 맥이 보였고, 주위에 둘러선 오크들의 영혼이 보였으며 그들과 이 세상을, 그리고 우주의 삼라만상을 연결하는 끈이 보였다. 드레노어에 드리워진 장막, 곧 이곳을 다른 현실로부터 분리하는 장막이 느껴졌다.

넬쥴은 홀을 재빨리 휘둘러 그 장막을 베어버리고, 얇은 양피지를 가르듯 간단히 장막을 찢어버렸다.

온 세상이 흔들렸다. 땅이 요동치고 하늘이 우르릉거렸다. 저 아래에서 소름 끼치게 삐걱거리는 소리와 구름 위에서 내려오는 귀청을 찢을 듯한 비명이 섞였다. 드레노어가 고통으로 비명을 지르며 몸부림치고 있었다.

검은 사원이 뒤흔들리자 다른 오크들도 휘청거렸고, 균형을 잃은 채 무릎을 꿇는 이들도 있었다. 넬쥴 역시 비틀거렸으나 몸 안에서 흐르는 힘에 의지하여 꼿꼿이 서 있을 수 있었다.

넬쥴은 공허에 던져진 낚싯줄처럼 마력이 현실로 파고드는 것을 느낄 수 있었다. 마력은 드레노어의 힘을 받아 앞으로 날아가, 단단한 곳에 걸렸다. 다른 세상이었다. 줄이 팽팽해지는가 싶더니, 휙 당겨지는 느낌이 그의 몸을 뒤흔들었다. 그리고 그에 답하듯 줄을 따라 화음이 내려와서 현실에 구멍을 만들었다.

균열이다. 균열이었다. 넬쥴은 공기와 땅과 자연을 갈가리 찢는 그 원초적인 힘을, 강하게 맥동하며 이 세상을 다음 세상에 연결하는 고리를 느낄 수 있었다. 해골 그림 아래에서 그의 입술이 활짝 미소를 지었고, 눈을 감은 채 이 아찔한 성공의 감각을 만끽했다. 해냈다! 균열을 열었다!

게다가 균열은 하나만이 아니었다. 다른 균열들이 드레노어 전역에 나타나는 것이 느껴졌다. 마치 바닷속에서 올라온 거품들이 공기를 만나 터지듯이, 온 행성을 뒤덮은 폭풍에서 벼락이 떨어지듯이. 균열 하나하나가 화산처럼 그의 머릿속에서 불타올랐다.

이제 각각의 균열로 정찰병을 보내 그 너머의 세상에 대해 보고토록 하면 되리라. 그런 다음 그중에서 가장 그럴싸한 세상을 골라 호드를 이끌고 더 나은 세상으로 넘어가리라. 어쩌면 그곳에서 또 다른 세상으로, 또 다른 세상으로 갈 수도 있을 것이다. 그의 종족이 갖고 싶은 만큼 세상을 차지할 때까지, 편히 지배할 수 있을 만큼 세상을 차지할 때까지. 원한다면 각 부족이 세상을 하나씩 차지할 때까지. 그때가 오면 그 누구도 그들을 막지 못할 터였다.

주문을 시전하는 이들을 지키고 있던 오크 중 하나인 오브리스가 입을 열었다.

"이게 우리의 새 세상입니까?"

일렁이는 균열을 통해 보이는 광경은 그리 아름답지 않았다. 심각하진 않았지만 꺼림칙해 보였다. 뭔가가 나풀거리며 다가오는가 싶더니 사라졌다. 역겨운 빛이 서서히 밀려들다가 사라졌다.

"이건 우리가 생각하던 것과 전혀—"

"조용!"

넬쥴이 호통을 치며 홱 돌아서서 오브리스를 노려보았다.

"우리는—"

넬쥴이 잠시 정신이 팔린 그 순간, 손안에 있던 달라란의 눈이 전율했다. 넬쥴은 인상을 쓰며 눈을 움켜잡았다. 그것은 물고기처럼 꿈틀거리더니, 그가 무슨 영문인지 알아차리기도 전에 그의 손에서 빠져나가 키가 크고 어깨가 넓은 인간의 손으로 날아들어 갔다. 하얀 머리에 보랏빛 로브를 걸쳤으며, 한쪽 손에 들린 지팡이는 마력으로 빛이 났다. 그 활활 타오르는 눈동자를 통해, 깊은 곳에 마력이 더 숨겨져 있다는 걸 알 수 있었다. 인간 마법사가 넬쥴의 손아귀에서 승리를 빼앗아간 것이다.

인간 마법사 뒤에는 중무장을 한 남자가 하얀 광채로 빛나는 망치를 들고 서 있었다. 넬쥴은 이 남자가 전사일 뿐 아니라 주술사와 비슷한 존재라는 걸 알았다. 단, 그자가 사용하는 힘은 한 행성의 힘보다 더욱 깊고 강했다. 둘 옆에 서 있는 여자 엘프에게는 그런 마력이 없었지만, 그 얼굴에는 정의로운 분노가 어려 있었다. 엘프는 시위에 메긴 화살로 넬쥴을 겨누고 있었다.

넬쥴은 전율했다. 이것들이 감히? 감히 이 절대적인 영광의 순간을 방해하다니! 넬쥴은 공포도, 염려도 느끼지 않았다. 절대적인 분노만 있을 뿐이었다.

"먼지가 되면 눈을 가져가 봐야 소용없겠지!"

넬쥴은 악을 쓰며 분노에 몸을 맡겼다. 순수하고 뜨거우며 무시무시한 분노가 활활 타올랐다. 그는 괴성을 지르며 양손을 들었다. 고통받던 바위와 돌이 복종하며 침입자들의 발아래에서 쩍 갈라졌다. 얼라이언스 침입자들은 아슬아슬하게 몸을 굴려 옆으로 피했다가 재빨리 일어나서 무기를 겨누었다. 그러나 넬쥴의 공격은 끝나지 않았다. 시작일 뿐이었다.

갈라졌던 바위들이 위로 솟구치며 방해꾼들에게 날아들었다. 주위에서는 바람과 비가 정신없이 들이쳐서, 그들을 공중으로 들어 올렸다가 단단한 돌바닥 위로 무자비하게 내팽개쳤다. 넬쥴은 그들이 고통받는 모습을 보며 환희에 빠졌다. 그는 그 즐거운 장면에서 간신히 눈을 떼고 돌아서서 고함쳤다.

"균열로 들어가라! 당장! 영광과 새로운 세상이 우릴 기다린다!"

오브리스는 어이가 없다는 듯 그를 바라보았다.

"얼라이언스를 죽이고 호드를 모아야 합니다! 우리만 쏙 빠져나가겠다는 건 아니겠지요? 지금 이 순간에도 싸우고 있는 우리의 형제들은 어쩌실 겁니까? 그룸과 전쟁노래 부족은 아직 아제로스에 있습니다. 여자들과 아이들도 곳곳에 흩어져 있지요. 그들을 버릴 수는 없습니다! 만에 하나 그럴 생각이라면 그건 비겁하기 짝이 없는—"

그 순간 넬쥴 안에서 뭔가가 끊어졌다. 지금까지 그를 억누르고 있던 무언가가 사라졌다는 것을 문득 깨달았다. 이제야 그는 죄책감과 수치심, 민족을 위해 애써야 한다는 의무감에서 자유로워졌다. 그는 그것이 얼마나 큰 부담이었는지 실감했다. 넬쥴은 한때 죽음을 자연스러운 주기의 일부로 받아들였다. 그다음에는 두려워했고, 자신이 죽음의 전령임을 알고 그에 따르는 책임을 졌다.

　이제는 아니었다. 넬쥴은 자유의 몸이 되었다.

　넬쥴은 굳이 반박하지 않았다. 그가 한 손을 뻗었다. 공 모양의 번개가 손바닥에서 일어나더니, 갈지자로 날아가서 오브리스의 가슴을 후려치고 그를 뒤로 날려 보냈다. 그는 가슴에 검은 구멍이 뚫린 채 벽에 부딪히며 고꾸라지더니 다시는 일어나지 못했다.

　넬쥴은 휙 돌아서서 아연실색한 채로 자신을 바라보는 오크들을 둘러보며 말했다.

　"나머지 오크들은 가망이 없다. 그들은 본분을 다했다. 지금부터 우리가 손에 넣는 것은 모두 우리의 것이다. 내가 곧 호드이며, 나는 살아남는다. 나를 선택해라. 그러지 않겠다면 죽음뿐이다!"

　그들이 꼼짝하지 않자 넬쥴은 이를 드러내며 홀을 들어 올렸다. 그제야 오크들은 갑자기 자유로워진 것처럼 깜박이는 균열을 향해 내달리기 시작했다. 균열은 옥탑의 표면에서 한 뼘 정도 떠 있었고, 높이는 3미터에 달했다. 힘과 의지로 균열을 열고 있던 넬쥴이 마지막으로 균열 안에 들어섰다.

　넬쥴이 놀란 숨을 삼키는 순간, 등 뒤에서 균열이 사라졌다.

26장

카드가는 머리가 어질어질했지만, 따뜻한 치유의 마력이 몸 구석구석으로 퍼지는 것을 느꼈다. 그는 비틀거리며 일어나 욕설을 내뱉었다. 균열은 증기 같은 잔상만 남긴 채 사라지고 있었다. 넬쥴과 오크들도 모두 사라졌다.

"······우리가 너무 늦었어. 없어져버렸어."

"없어졌다고? 빛이시여!"

투랄리온은 카드가 바로 뒤에 있으면서도 균열을 보지 못한 모양이었다. 사실 카드가는 눈으로 균열을 보기에 앞서, 다른 감각으로 균열의 존재를 느꼈다. 투랄리온 역시 강한 마력을 지녔지만, 성스러운 빛을 잘 다룬다고 해서 비전 마법까지 속속들이 아는 것은 아니었다.

"들어가면서 균열을 닫은 모양이야."

카드가가 투랄리온과 함께 물러서며 추측했다. 알레리아가 바로 뒤에서 물었다.

"하지만 달라란의 눈은 찾았잖아요. 그게 중요한 거 아니에요?"

알레리아의 지적에 카드가가 고개를 끄덕였다.

"자, 이제 어쩌죠? 그나마 저 아래에서는 이기고 있는 것 같네요."

알레리아가 고개를 돌려 검은 사원 아래쪽을 내려다보며 말했다.

"넬쥴을 따라갈 방법은 없어?"

투랄리온의 물음에 카드가는 고개를 저었다.

"넬쥴이 무슨 주문을 사용했는지 모르겠어. 그 균열이 어느 세상으로 통하는지 알아낼 방법도 없고. 즉 이곳에 내가 균열을 새로 만든다 해도 같은 세상으로 통한다는 보장이 없단 얘기지."

그러다 문득 다른 데 생각이 미쳐, 미간을 찌푸린 채 옥탑에 새겨진 세 개의 원으로 다가갔다.

"왜 그래?"

"힘이야. 메디브의 탑 외에는 이런 힘을 느껴본 적이 없어."

카드가가 멍하니 서서 고개를 갸우뚱했다.

"넬쥴이 왜 지옥불 성채에서 주문을 쓰지 않았는지 계속 궁금했거든. 그럴 수가 없었던 거야. 의식을 성공시키려면 이곳에서 흐르는 마력이 필요했던 거지."

"그걸 알면 우리에게 도움이 돼요?" 알레리아가 물었다.

"잘 모르겠네요. 어쩌면 도움이 될지도."

카드가는 중앙의 원으로 들어섰다. 그 순간 그의 머리가 뒤로 젖혀지고, 소리 없이 비명을 지르듯 입이 벌어졌다. 어마어마한 힘이다! 그 힘은 들불처럼 그에게 밀려와서 그의 핏줄 속을 뜨겁게 흐르며, 모든 감각을 포화 상태로 만들었다.

넬쥴은 마법사가 아니라 주술사였다. 그의 마력은 땅과 하늘, 물, 즉 세상 그 자체에서 비롯되었다. 이곳이 바로 세상의 힘이 집중되는 지점이었던 것이다. 넬쥴에게는 이미 여러 차례 사용한 적이 있는 힘을 온전히 끌어오는 셈이었을 테니, 그 힘을 다루는 법도 잘 알았을 것이다. 하지만 카드가에게는 전혀 새롭고, 또 위험한 경험이었다.

하지만 카드가 또한 괜히 대마법사는 아니었다. 그는 달라란에서 촉망받는 학생이었고, 잠시 메디브의 제자로 있는 동안에도 많은 것을 배웠으며 그 후에는 더욱 많은 것을 배우고 익혔다. 그는 마법을 자유자재로 다룰 수 있었는데, 비록 이 형태가 새롭다고는 해도 마법이라는 점에서는 마찬가지였다. 그렇다면 결국 의지의 문제였다.

그리고 카드가에게는 의지가 있었다.

그는 천천히 감각의 고삐를 잡고, 새로운 마력이 조그맣게 웅웅거릴 때까지 억눌렀다. 곧이어 그는 눈을 뜨고서 헉하고 숨을 뱉었다. 온 세상의 마력이 자신 안에서 범람하는 것을 느끼며 서 있으려니, 아까는 보이지 않았던 것이 보였다.

"이런." 그가 숨을 들이켰다.

"왜 그래?" 투랄리온이 물었다.

"균열이……."

카드가는 그 어마어마한 현상을 제대로 설명할 단어들을 찾느라 잠시 말을 멈췄다.

"넬쥴이 균열을 하나만 연 게 아니었어. 이 가엾은 세상 곳곳에, 아주 많이 열었어."

균열들은 마치 더운 여름날의 반딧불이처럼 깜박이고 반짝였다.

"이런 일을…… 드레노어가 견딜 수 있을 것 같지 않아. 드레노어는 이 현상을 감당하지 못할 거야. 균열이 있다는 건 시공이 찢어졌다는 뜻이야. 그러니 곧 이 망할 세상 전체가 갈가리 찢어져도 이상하지 않지."

우리도 함께 말이야. 이 생각은 입 밖으로 내지 않았다.

투랄리온과 알레리아가 서로를 바라보고는 동시에 카드가에게 시선을 돌렸다.

"그럼 이제 어떻게 해야 하지? 시간은 얼마나 있고?"

말을 하는 순간에도, 전율이 일며 사원과 주위의 땅을 뒤흔들었다. 사원 앞의 화산이 부르르 떨더니 역겨운 용암을 더욱 세차게 뿜으며 녹색 증기를 뱉어냈다. 그 순간, 뒤에서 쩍 갈라지는 소리와 함께 귀가 먹을 듯한 우렛소리가 들려왔다.

어깨 너머를 돌아본 카드가는 산만 한 바위가 말 그대로 흘러내리는 광경을 보았다. 검은 사원은 바다를 내려다보는 산맥에 자리하고 있었는데, 그 봉우리가 무너지기 시작한 것이었다. 돌 조각은 대부분 물속으로 떨어졌지만, 일부는 사원 쪽으로 날아왔다. 카드가는 재빨리 보호막 주문을 외웠다. 덕분에 세 사람은 날아오는 바위와 돌멩이, 먼지를 맞지 않았다. 카드가는 다른 주문을 통해, 얼라이언스 군이 호드 잔당을 소탕하고 있던 아래쪽을 보호했다. 전투의 판도가 뒤집혔을 때 오크들은 이미 흩어지기 시작했고, 갑작스레 산사태까지 일어나자 황급히 도주하는 오크가 더욱 늘어났다.

드레노어는 끔찍한 고통에 시달리다가 자신의 육신을 갈가리 찢는 짐승 같았다. 그런 감상과 함께 카드가는 드레노어가 혼자 죽지 않을지도 모른다는 데 생각이 미쳤다.

"아제로스가 위험해! 이 균열들은 세상 사이를 연결하는 통로야. 그중에서도 어둠의 문이 가장 크고 유일하게 안정적인 균열이지."

카드가가 엄청난 소음 위로 소리쳤다. 정신없이 흔들리던 땅이 잠잠해지면서 잠시 기묘한 적막이 흘렀다. 카드가는 다급히 말을 이었다.

"이곳과 우리 세상은 연결되어 있어. 이곳의 손상이 어둠의 문을 통해서 아제로스에도 영향을 미칠지 모른다고!"

그는 오만상을 쓰며 원에서 나왔다. 마력이 순식간에 평소 수준으로 돌아오는 것을 느낀 카드가는 한숨이 나오는 것을 애써 억눌렀다. 마치 활활 타오르는 모닥불을 뒤로하고 그 대신 보잘것없는 횃불을 받아 든 기분이었다. 하지만 이곳에 조금이라도 더 있다가는 모두가 위험해진다는 걸 잘 알았다.

"어둠의 문으로 돌아가야 해, 당장!"

"문을 닫는 데 필요한 물건은 다 있는 거야?"

"해골은 있고, 책도 여기 어딘가 있을 거야. 찾아야지."

카드가가 짐짓 자신 있는 목소리로 답하자 투랄리온이 고개를 끄덕였다.

"난 병사들을 집결시키지."

하지만 투랄리온의 말에 카드가는 고개를 저었다.

"시간이 없어! 모르겠어? 투랄리온! 나도 안타깝지만, 너무 안타깝지만 당장 문을 닫지 않으면 드레노어가 파멸하면서 아제로스까지 파멸할지 몰라!"

그는 친구의 어깨를 붙들고 소리쳤다. 투랄리온도 마침내 사태의 심각성을 깨달았다. 카드가는 친구의 눈빛이 결연하게 변하는 것을 보고 몸서리를 쳤다. 하지만 친구는 그저 고개를 끄덕이며 말했다.

"그리핀을 타고 간다. 그게 가장 빠른 방법이야."

투랄리온은 어깨를 꼿꼿이 펴며 말을 이었다.

"나는 출발하기 전에 부대에 소식을 전하겠다. 시간이 아무리 없다 해도 그게 도리야."

그는 알레리아에게 손을 뻗었고, 둘은 함께 계단을 뛰어 내려갔다.

카드가는 둘이 가는 것을 알아차릴 겨를도 없었다. 그는 넬쥴의 손에 들려 있던 달라란의 눈을 빼앗았지만, 넬쥴이 바로 반격을 가한 터라 메디브의 책을 찾을 시간이 없었다. 틀림없이 여기 있어. 그는 조용히 되뇌었다. 주문이 세 별자리와 조화를 이루려면 책도 가져와야만 했을 거야. 넬쥴은 사라지는 순간까지 은장식이 달린 홀을 쥐고 있었다. 살게라스의 홀일 터였다. 그것까진 좋았다. 그런 저주받은 물건은 아제로스에서 멀리 있는 편이 나았으니까. 그런데 그 망할 책은 대체 어디 있는 거지? 일을 마무리하려면 책이 꼭 필요했고, 너무 늦기 전에 이 일을 당장 마무리해야 했다.

카드가는 오감을 확장해보았지만, 이곳의 마력이 너무 강해서 아무것도 제대로 느낄 수 없었다. 내 눈앞에 있을 수도 있지만, 몇 킬로미터 밖에 있을 수도 있어. 제길! 그는 좌절감을 느꼈다.

그때 카드가의 눈에 움직임이 포착됐다. 그는 방어 태세를 취하고 휙 돌아섰다. 쓰러진 오크 하나가 아주 미약하게 움직이고 있었다. 가슴이 심하게 그슬려 있었고, 카드가는 이자가 균열을 지나기 직전에 넬쥴이 공격했던 그 오크라는 걸 알아차렸다. 다른 이들을 남겨두고 가려는 넬쥴에게 비겁하다고 비난했던 자다. 카드가는 여러 언어를 이해하도록 도와주는 반지를 가져오길 잘했다고 새삼 생각하며, 손을 내리고 상대를 가만히 바라보았다.

오크는 엄청난 고통에 시달리는 듯 헐떡거리며 신음했다. 그 오크가 힘겹게 떨리는 팔로 카드가에게 무언가를 건넸다. 커다랗고 네모난 물건으로, 표면에 세공이 되어 있고 금속 테두리가 둘러져 있었다. 그것을 알아본 카드가는 숨이 멎을 뻔했다.

메디브의 책이다.

"나…… 나는 주술사가 아니다. 하지만 오브리스는 이게…… 너희에게 필요하다는 것쯤은 알 만큼 똑똑하다. 그렇지 않은가?"

카드가는 잠시 망설였다. 오크는 숨이 넘어가기 직전이었지만, 그럼에도 속임수가 있을지 모를 일이었다.

"네 말이 맞다. 그런데 왜 그걸 내게 주는 거지? 난 너희의 적인데."

"너는 그래도 명예로운 적이다. 넬줄이 우리를 배신했다. 그는 호드를 다시 규합하면서 우리 웃는해골 부족을 끌어들였지. 그는 새 출발을 약속했다. 하지만…… 자신의 계획을 이루자마자 바로 달아났다. 넬줄이 총애하는 자들은 살아남겠지만…… 나머지 우리는…… 우리는 그에게 아무것도 아니었다."

오브리스라는 이름의 오크는 밭은기침을 하며 거칠어진 목소리로 힘겹게 말했다. 그의 눈동자가 마지막으로 타올랐다.

"내가 마지막으로 한 일이…… 그 배신자에게 저항한 것이라 위안하며 죽고 싶다. 가져가라. 가져가라, 망할 인간! 가져가서 넬줄이 배신의 대가를 치르도록 해다오."

카드가는 죽어가는 오크에게 다가가 피와 검댕이 묻은 손에서 책을 부드럽게 받아 들었다.

"약속하지, 오브리스. 무슨 수를 써서라도 넬줄을 막겠다."

오크는 고개를 끄덕인 후 눈을 감더니 더는 움직이지 않았다. 운명은 참 얄궂기도 하구나. 카드가는 재빨리 쇠를 풀고 책을 펼쳐 내용을 훑어보았다. 몇 년 전 메디브의 서재에서 이 무거운 책을 처음 보았던 기억이 되살아났다. 그 후로 어찌나 많은 것이 달라졌는지, 일평생이 지나간 것만 같았다. 그때 카드가는 그 책이 무서웠지만 호기심을 이기지 못했다. 다행히 책에 결계가 걸려 있어 표지를 펼치지도 못했기에 망정이지, 그러지 않았다면 그 안에 깃든 마법이 그를 파괴했을 터였다. 이제 카드가는 간단히 결계를 무시하고 떨리는 심정으로 빠르게 책을 읽어 내려갔다. 예상대로 그 책에는 메디브와 굴단이 힘을 합쳐 균열을 만든 경위가 적혀 있었다. 이 지식과 굴단의 해골에 남아 있는 힘을 사용하면 어둠의 문을 영원히 닫을 수도 있겠다는 확신이 들었다. 문제는 너무 늦지 않게 해낼 수 있느냐, 하는 것이었다.

카드가는 퍼덕이는 날갯짓 소리에 위를 올려보았다. 옥탑을 선회하던 그리핀 몇 마리가 날개를 펼쳐 하강 준비를 했다. 카드가는 쿠르드란을 보았고, 다른 와일드해머 드워프가 마법사에게 손짓을 하고 있었다. 그는 고개를 끄덕이며 책을 자루에 던져 넣고 그 귀한 자루를 잘 챙긴 다음, 드워프가 내민 손을 잡고 그리핀에 올라탔다.

"알레리아와 투랄리온은 어디 있습니까?"

카드가가 쿠르드란에게 외쳐 물었다.

"부대원들에게 연설을 하고 있소."

"먼저 가야겠군요. 낭비할 시간이 없습니다! 어둠의 문으로 가주십시오!"

카드가가 고개를 저으며 소리쳤다. 기수들이 고삐를 당기자 그리핀들은 깍 소리를 지르며 날아올라, 두 사람의 몸무게와 바람을 이기려고 힘껏 날갯짓을 했다. 카드가는 검은 사원이 점점 멀어져 가는 광경을 보고 눈을 감았다. 머리카락과 턱수염이 뒤로 휘날리고 있었다. 그는 자루를 바짝 당겨 안았다. 그리핀을 타고 가면 몇 시간, 며칠이 아니라 몇 분 만에 어둠의 문에 도착할 터였다. 카드가는 그것으로 충분하길 바랐다.

그리핀을 타고 검은 사원 위를 날며, 알레리아는 연인의 어깨에 머리를 기댔다. 그녀는 투랄리온의 허리를 가볍게 감싸 안아 격려의 뜻을 전했다.

지금 해야 하는 일이 투랄리온에게 얼마나 괴로울지 잘 알고 있었다. 하지만 그가 해야만 하는 일을 저버릴 사람이 아니라는 것 역시 잘 알고 있었다.

"로서의 후예들이여!"

투랄리온은 망치를 머리 위로 높이 들며 외쳤다. 알레리아는 눈을 돌렸다. 망치의 빛이 모여드는 구름을 뚫고 등 뒤의 검은 사원에서 저 앞에 있는 얼라이언스 야영지의 어귀까지, 골짜기 전체에 찬란하고 새하얀 광채를 뿌렸다.

"우리는 여러 달 전에 어둠의 문을 지나왔다. 무엇이 우릴 기다리는지 몰랐지만, 그 문을 통과해야 한다는 것은 알고 있었다. 우리는 호드가 여러 세상을 짓밟으려는 것을 막고자 여기까지 왔다. 사랑하는 우리의 아제로스를 차지하려다가 실패했던 것처럼! 바로 그 순간이 지금 도래했다. 카드가는 문을 닫기 위한 모든 준비를 마쳤지만, 이 세상은 혼돈에 빠져 있다. 우리 고향, 아제로스가 또다시 위험에 처했다. 우리는 무슨 수를 써서라도 아제로스를, 그곳에 있는 가족을 구해야 한다."

투랄리온은 모여 있는 부하들을 살폈고, 알레리아는 그가 병사 하나하나의 얼굴을 기억 속에 각인하고 있다는 걸 알았다.

"나는 카드가를 지키러 간다. 저항이 있을 게 분명하기 때문이다. 그대들은…… 이곳에서 전선을 지켜다오. 그대들은 나를 실망시킨 적이 없다. 나의 형제들이여, 이번에도 그러리라 믿어 의심치 않는다."

그의 목소리가 갈라졌다. 알레리아는 자신의 눈에 고인 눈물 사이로, 투랄리온이 우는 것을 보았다.

"무슨 일이 일어날지는 아무도 알 수 없다. 우린 이곳에서 살아남아 고향에 돌아가, 평화롭게 노년을 맞고 손주들에게 무용담을 들려줄지도 모른다. 하지만 이 세상과 함께 소멸할지도 모른다. 설령 그것이 우리의 운명이라 해도, 나는 그대들이 그 운명을 기쁘게 택하리라 믿는다. 우리는 우리의 세상을 위해, 가족을 위해, 명예를 위해 싸우기 때문이다. 우리가 이곳에서 이날, 이 시간, 이 순간에 행한 일로 말미암아 사람들은 자유로이 살아가게 될 것이다. 그리고 이 세상이든 다른 세상이든 목숨을 바쳐도 아깝지 않은 일이 단 하나 있다면, 지금 우리가 해야 할 일이 바로 그 일이다."

알레리아는 투랄리온을 바라보았다. 여전히 눈물이 고인 그의 눈은 하얀빛으로 반짝이고 있었다. 불현듯 경외감이 알레리아를 휩쓸었다. 찬란하여라…… 투랄리온, 내 사랑, 찬란한 당신.

"로서의 후예들이여! 빛이 우리와 함께한다…… 전에도 그러했으며 앞으로도 그러하리라. 아제로스를 위하여!"

투랄리온의 망치는 한낮보다 더 밝게 빛났고, 근처에 잡혀 있던 오크들은 그 눈부신 빛에 비명을 지르며 쓰러졌다. 그러나 투랄리온의 병사들은 그 빛으로써 힘을 얻었고, 투랄리온과 알레리아를 태운 그리핀이 와일드해머 드워프들을 따라 날아오르자 환호성을 질렀다. 이제 어둠의 문으로 간다.

"저들과 함께하고 싶은 마음이 간절하군."

투랄리온이 낮은 목소리로 말했다. 알레리아는 그의 목덜미에 입을 맞추었다.

"함께하는 거야, 내 사랑. 병사들의 마음이 빛으로 가득하잖아. 그러니까 함께 있는 거야."

어둠의 문 주위는 그야말로 아수라장이었다. 투랄리온이 병사들에게 했던 말은 사실이었다. 카드가를 지킬 사람이 필요했다. 투랄리온은 그저 얼마나 많은 적으로부터 그를 지켜야 할지 미처 깨닫지 못했을 뿐이었다.

다나스와 카드가, 쿠르드란이 먼저 도착해서 맹렬히 싸우며 문으로 나아가고 있었다. 오크들이 집결한 것 같았다. 넬쥴이 갑작스레 떠나면서 몇몇 부족이 드레노어에 발이 묶였고, 오크들도 같은 생각을 하게 된 모양이었다. 어둠의 문이 유일하게 안정적인 균열이며, 의심의 여지없이 살기 좋은 세상으로 통하는 하나뿐인 문이라는 생각을.

게다가 드레노어 쪽에서만 전투가 벌어지는 것이 아니었다. 문의 반대쪽에서도 전투가 한창이었다. 오크들이 얼라이언스에게서 다시 문을 빼앗은 듯했다. 고향에서 무슨 일이 벌어지는지 전혀 모르는 오크들은 어둠의 문까지 밀고 나가 드레노어로 돌아가려는 심산이었다. 얼라이언스 군이 당장은 그들을 저지하고 있었지만, 투랄리온에게 지원군을 보낼 형편은 아니었다. 그와 몇 안 되는 친구들이 호드와 아제로스 사이를 막아섰을 뿐이다.

하지만 그들은 전투에 승리하고자 온 것이 아니었다. 투랄리온은 스스로에게 다짐했다. 그것은 부차적인 문제였다. 그들의 목표는 카드가와 마법사들이 문을 영영 닫을 때까지 보호하는 것이었다.

"너는 네가 해야 할 일을 해."

투랄리온은 마법사들과 함께 있던 카드가에게 말했다.

카드가는 고개를 끄덕인 후 손을 들고 눈을 감았다. 한 손에는 지팡이를, 한 손에는 굴단의 해골을 들고 주문을 외기 시작했다. 곧이어 마력이 응집하더니 소용돌이가 일었다.

오크 쪽이 머릿수로도 훨씬 우세했고, 무슨 수를 써서라도 무너지는 세상에서 빠져나가고자 필사적으로 싸우고 있었다. 땅이 어찌나 격렬하게 흔들리는지, 전사들은 똑바로 서 있기도 힘들었다. 자연스레 전투는 난전으로 변했고, 오크고 인간이고 할 것 없이 적에게 집중하지 못하고 되는대로 마구 무기를 휘둘렀다. 하늘이 벼락으로 산산조각 났고, 폭풍이 어마어마한 속도로 나타났다 사라졌으며, 한순간 별이 보이는가 싶더니 다음 순간에는 해가 보였다. 행성이 무질서하게 돌아가고 있었다.

투랄리온은 접전 중에 문득문득 카드가를 살폈다. 어느덧 다른 마법사들이 합세하여 몸에 광채를 띠고 있었다. 투랄리온이 실눈을 뜨자, 마법사들이 중앙에 자리한 카드가에게 전하고 있는 가느다란 마력 가닥이 보였다. 그는 친구가 어둠의 문에 마력을 집중하여 영영 파괴하고자, 마력을 흡수하고 있다는 걸 알았다.

카드가의 주문이 한층 고조되었을 때, 투랄리온은 찢어지는 듯한 소리를 들었다. 마치 근처에서 들리는 듯도 하고 아주 멀리서 들리는 듯도 한, 날카로우면서도 어렴풋한 소리였다. 검은 사원에서도 들은 적이 있는 소리였다. 오크 하나를 더 물리치고 나서 주위를 두리번거리던 투랄리온은, 마법사들 뒤로 멀지 않은 곳의 허공에서 기묘한 빛이 반짝이는 것을 보았다. 새로운 균열이다!

발아래의 땅이 뒤흔들리는 순간, 투랄리온은 순전히 본능에 의지하여 뒤로 펄쩍 뛰었다. 방금까지 서 있던 자리가 쩍 갈라지면서, 굶주린 아귀처럼 땅이 벌어졌다. 땅에 생긴 틈은 사방으로 뻗어 나가더니, 갑자기 어마어마하게 큰 땅덩이가 위로 솟구쳤다. 땅덩이는 길들지 않은 말이 기수를 떨어뜨리듯 마구 요동치며, 딸려 올라갔던 인간과 오크들을 떨궈냈다.

카드가의 말은 과장이 아니었다. 드레노어는 말 그대로 갈가리 찢어지고 있었다.

투랄리온이 위로 솟구친 땅덩어리를 보고 있을 때, 카드가가 지팡이를 높이 들더니 빛줄기를 쏘아보내 어둠의 문 한가운데를 강타했다. 빛은 너무 밝아서 똑바로 보기 힘들었지만, 성스러운 빛과는 달리 여러 가지 색이 빙빙 돌며 끊임없이 변했다. 순수한 마력을 강력한 주문으로 엮어낸 것이었다. 그것이 소용돌이치는 문의 표면을 후려쳤을 때, 투랄리온은 유리가 깨지는 듯한 소리를 들었다. 다음 순간 어둠의 문이 무너지면서, 그 안에 드리운 마력의 장막도 갈라지고 찢어지기 시작했다.

"끝났어."

카드가가 바닥에 지팡이를 꽂고 한껏 기대며 지친 목소리로 말했다. 그는 위를 올려다보며, 쿠르드란 휘하의 드워프를 보았다. 젊은 와일드해머는 마침 다나스를 위협하던 덩치 큰 오크에게 폭풍망치를 날려 보낸 참이었다. 카드가는 그를 향해 고함을 쳤다.

"거기 당신! 이거 받으십시오!"

그는 해골을 자루에 쑤셔 넣고 그 거추장스러운 짐을 당황한 드워프에게 들이밀었다.

"이걸 가지고 아제로스로 돌아가십시오! 이 안에 든 것을 키린 토로 가져가야 합니다!"

"당신들은 안 가십니까?"

젊은 드워프의 물음에 카드가가 하얀 머리를 가로저었다.

"안 갑니다. 이곳에서 문을 닫아야 하니까요. 이곳에서 일어나는 파멸이 아제로스까지 번지지 못하게 하려면, 그 방법밖에 없습니다."

투랄리온이 숨을 삼켰다. 결국 그렇게 되는군. 돌려 말하는 법이 없는 카드가가 다들 속으로만 짐작하던 것을 방금 입 밖으로 소리 내어 말한 것이었다. 오직 이 드워프만이 돌아간다. 나머지는 일각이 다르게 무로 돌아가고 있는 이 세상에 갇히게 될 터였다.

별수 없지.

와일드해머 젊은이가 어떻게 반응해야 할지 몰라 우물쭈물하는 사이,

육중한 도끼가 번뜩이며 드워프에게 곧장 날아들었다. 하지만 투랄리온이 미처 소리를 지르기 전에 폭풍망치 하나가 날아와 도끼를 든 오크에게 벼락을 맞혔다. 귀가 먹먹한 우렛소리가 들리고, 오크는 도끼와 함께 바닥으로 떨어졌다.

"어서 가라, 녀석아!"

쿠르드란이 스카이리를 탄 채로 깜짝 놀란 젊은 드워프 주위를 돌며 소리치고는 다시 날아오는 폭풍망치를 받았다.

젊은 드워프는 고개를 끄덕인 후 카드가에게서 자루를 받아 들고는 그리핀을 무릎과 발꿈치로 찼다. 그리핀은 곧바로 힘껏 날갯짓을 하며 순식간에 날아오르더니 무너지는 문을 향해 쏜살같이 날아갔다. 하지만 그리핀이 금이 가고 있는 아치를 지나는 순간 자루가 빛을 발하기 시작했고, 문도 이에 답하듯 눈부신 섬광을 뿜었다. 투랄리온은 그리핀이 고통스럽게 비명을 지르고 드워프도 고함치는 소리를 들었지만, 그들이 어떻게 됐는지는 보이지 않았다. 그때 천둥이 치는 듯한 소리가 들려왔다. 투랄리온이 무슨 영문인지 채 알아차리기도 전에, 귀가 먹을 듯한 파열음이 들리더니 카드가가 뒤로 날아왔고, 바닥에 털썩 떨어져 잠시 정신을 잃었다. 다음 순간 숨도 쉬기 힘들 만큼 아픈 몸으로 간신히 정신을 차렸을 때, 카드가는 곧장 어둠의 문 쪽을 보았다.

문이 사라졌다.

문을 지키던 거대 석상들은 쓰러져서 형체조차 알아보기 힘든 바윗덩이가 됐다. 균열을 둘러싸고 있던 화려하고 웅장한 세 기둥은 이제 잡석에 불과했다. 아제로스의 풍경도 온데간데없었다.

해냈다. 문을 파괴하고 균열을 닫았다. 그리고 지금껏 평생을 알았던 모든 것으로부터 영원히 단절됐다.

주위에서는 호드와 얼라이언스가 비틀거리며 일어나고 있었지만, 드레노어가 다시 한 번 뒤흔들렸다. 카드가와 달리 오크들은 갈 곳이 없어졌다는 걸 모르는 듯 달리기 시작했다. 문이 무너지면서 드레노어가 더욱 불안정해졌는지, 흔들림은 점점 더 격렬해지고 잦아졌다. 마치 성난 바다 위를 떠도는 조각배처럼, 모두가 끊임없이 흔들리고 내던져졌다. 땅은 물처럼 요동쳤고 하늘은 안개보다 어두웠다.

참으로 불명예스러운 죽음 아닌가. 카드가는 그 상황에서도 재미있다는 생각마저 들었다. 땅덩어리에 깔려 뇌가 짓이겨지다니. 그는 마지막으로 친구들을 둘러보았다. 다나스는 아직도 버티고 서서 남아 있는 오크들과 싸우고 있었다. 투랄리온은 넘어진 알레리아를 일으키고, 그녀의 팔에 난 깊게 베인 상처에 재빨리 헝겊 조각을 감고 있었다.

투랄리온이 카드가의 눈길을 느꼈는지 올려다보았다. 둘의 눈이 순간 마주쳤고, 투랄리온은 특유의 차분하고 부드러운 미소를 지어 보였다. 그래, 그래야 투랄리온이지. 밝은 금발이 먼지로 뒤덮이고 여기저기 피가 말라붙은 알레리아 역시 대마법사를 보고 고개를 끄덕여 보였다. 쿠르드란도 스카이리를 타고 하늘을 날며 망치를 들어 예를 표했다.

이렇게 끝이 나는구나. 카드가는 처음부터 이번에는 살아남지 못하리라 생각했지만, 문을 닫고 아제로스를 구했다는 것이 너무나 감사했다. 또한 어차피 죽어야 한다면 언제나 그랬듯이 나란히 싸우면서 죽는다는 사실이 감사했다. 어차피 인간은 모두 죽지 않던가.

그때 희미하게 아른거리는 빛이 그의 눈에 들어왔다.

그는 눈을 감았다 떴다. 역시 맞았다. 시공의 조직에 파문이 생기고 있었다. 균열이다.

다른 세상이다. 어쩌면 단말마로 뒤흔들리지 않는 세상일 수도 있었다.

"저기다! 저기로 들어가야 해! 저게 유일한 기회야!"

카드가는 균열을 가리키며 목청껏 소리쳤다.

투랄리온과 알레리아는 서로를 바라보았다. 세상이 뒤흔들리며 무너지는 소리 때문에 둘이 뭐라고 말하는지 들리진 않았지만, 둘은 잠시 손을 잡고 서로를 응시한 후 균열 쪽으로 돌아섰다.

어둠의 문을 통해 드레노어로 넘어올 때는 적어도 그 뒤에 무엇이 있는지 어렴풋하게나마 알았다. 하지만 이건……?

드레노어의 끊이지 않는 단말마에 카드가는 땅에 털썩 쓰러졌다. 무릎과 손바닥이 빨갛게 벗겨진 채로 겨우 일어난 그는 균열을 보았다. 저곳에서는 구원이 기다릴 것인가, 더 혹독한 운명이 기다릴 것인가? 그는 알지 못했다. 그중 누구도 알지 못했다.

어떻게든 알아내는 수밖에 없었다.

대마법사이자 노인이자 청년인 카드가는 꿀꺽 침을 삼키고 마음을 다잡은 다음, 균열을 향해 달려 들어갔다.

27장

"밀어붙여라, 호드 전사들이여! 이제 얼마 남지 않았다!"

그롬 헬스크림의 목소리가 소음을 가르며 사기를 북돋았다. 오우거 혼혈 렉사르는 빙빙 돌며 왼손에 든 도끼로는 얼라이언스 전사의 목을 베고, 오른손에 든 도끼로는 다른 전사의 상체를 갈랐다. 그 곁에서는 늑대 하라사가 으르렁거리며 달려들어, 무지막지한 턱으로 또 다른 전사의 팔을 물었다. 늑대의 이빨이 뼈를 으스러뜨리는 특유의 소리가 들리더니, 얼라이언스 병사는 검을 떨어뜨리며 비명을 질렀다. 하라사는 쓸모없어진 팔을 뱉어버리고는 번개처럼 뛰어올라 인간 병사의 목덜미를 물었다. 둘은 치명적인 한패였다.

렉사르는 저쪽에 있는 전쟁노래 족장 그롬 헬스크림을 보았다. 피의 울음소리가 비명을 지르며 적을 닥치는 대로 베고 있었다. 전쟁노래 전사들이 족장 곁에서 싸우고 있었으며, 그들의 고함과 함성이 한데 섞여 죽음과 파괴의 선율을 이루었다. 전쟁노래 부족이 아닌 오크는 이제 거의 남지 않았고 렉사르도 그중 하나였지만, 그런 건 그에게 중요하지 않았다. 그에게는 어차피 부족이 없었다. 적어도 호드에 속하는 부족이란 의미에서는. 그의 민족인 모크나탈은 예로부터 고집스레 독립을 지켰다. 그들은 수가 적고 생활도 힘들었으며 주로 칼날 산맥에서 오우거들로부터 조상들의 땅을 지키기에 급급했다. 렉사르는 아버지인 레오록스에게 오크들이 어둠의 문을 짓는다는 소식을 전하며, 사면초가에 몰린 모크나탈도 새 세상을 찾을 수 있을 거라고 이야기했다. 하지만 레오록스는 자신의 아들이 고향을 지켜야 할 의무를 저버리고 떠나려 한다고만 여겼다. 아버지와 아들의 목적은 모두 자신의 부족을 지키는 것이었지만, 결국 렉사르가 호드를 따라나서면서 의절당하는 것으로 끝이 났다. 이제 그에게는 호드가 곧 가족이었다.

그러고 보면 렉사르는 언제나 남달랐다.

인간 하나가 또 쓰러졌다. 렉사르는 위를 힐끗 보았다. 그는 키가 훌쩍 커서 다른 전사들의 머리 위를 볼 수 있었다. 그롬의 말이 맞았다. 어둠의 문까지 이제 얼마 남지 않았다. 그리고 그 사이에는 인간이 백여 명밖에 남아 있지 않았다. 렉사르는 씩 웃으며 양손의 도끼를 동시에 들어 올렸다. 인간 병사의 머릿수를 서둘러 줄일 작정이었다.

지난 몇 달간 전쟁의 판도는 여러 차례 뒤집혔다. 처음에는 얼라이언스가 그들을 바로 옆 좁은 계곡으로 몰아넣었지만, 호드를 그곳에 오래 잡아두지는 못했다. 인간 전사들은 궁지에 몰린 오크의 의지와 용맹을 얕잡아 보았고, 그롬이 부하들을 이끌었다. 그들은 스토나드라는 곳에서 재집결했다. 호드가 처음 어둠의 문을 넘어왔을 때 최초로 세운 전초기지였다. 그곳의 늪은 악취가 진동하고 불쾌했지만, 그롬은 오크들이 절망에 빠지도록 놔두지 않았다. 그들은 얼라이언스에게서 약탈한 물자로 스토나드를 증축하고 강화하여, 마침내 어둠의 문을 다시 차지했다.

호드와 얼라이언스는 계속 엎치락뒤치락했다. 하지만 이제 그 게임도 끝이 나려 했다. 그롬은 돌아갈 때가 됐다고 판단했다. 얼라이언스는 시시각각 불어나는 것만 같은데, 지원군은 전혀 오지 않고 전쟁노래 부족은 여전히 위력적인 군대였음에도 머릿수는 서서히 줄고 있었다. 게다가 흑마법사 하나가 작동시키려 했던 기묘한 장치도 문제였다. 그들은 그롬에게 그 장치가 공격을 막아주는 보호막 장치라면서, 그게 있으면 어둠의 문을 지키는 것도 한결 수월해질 거라고 말했다. 하지만 그 기묘한 장치는 보호가 아니라 파괴를 위해 만들어진 물건이었다. 누군가 그들을 이곳에 버리고 가려 했다는 뜻이다. 그롬은 배신행위 때문에 자신의 전사들을 죽게 놔둘 오크가 아니었다. 렉사르는 그롬이 드레노어로 돌아가 그 지시를 내린 자를 붙잡아 추궁하는 모습을 직접 보고 싶었다.

말에 올라탄 인간 하나가 검과 방패를 들고 렉사르에게 돌진했지만, 인간 기수는 렉사르의 키를 생각하지 않은 모양이었다. 렉사르는 한쪽 도끼로 방패를 힘껏 후려쳐서 인간을 밀어붙이고, 나머지 도끼로 검을 쳐서 날려버렸다. 안장에 앉은 기수의 자세가 흔들렸다. 렉사르는 양손의 도끼를 들어 올렸고, 인간은 달려오던 기세 그대로 도끼날에 꽂혔다. 그는 씩 웃고는 맹렬한 고함을 지르며 도끼를 뽑고, 죽은 병사를 밟고 섰다. 기수를 잃은 말은 하라사의 이빨을 피해 달아났다.

오우거 혼혈인 게 좋을 때도 있다.

그때 렉사르의 시야 한쪽에 어둠의 문이 희미하게 깜박이는 모습이 들어왔다. 순식간이었지만 그는 번개와 피어오르는 먼지, 일렁거리는 파문, 흔들리는 땅을 분명히 보았다. 언제나 문을 통해서 그 너머의 모습이 보였기에, 전투 중에도 문득문득 드레노어의 모습이 보였다. 하지만 방금 그 광경은, 그의 고향이 아니었다. 악몽 그 자체였다.

얼라이언스 병사 하나가 그에게 달려드는 바람에 렉사르는 다시 전투에 집중했다. 그는 병사를 간단히 물리쳤지만, 바로 곁에 있던 오크는 그리 운이 좋지 않았다. 흑마법사의 로브를 걸친 오크는, 아제로스를 침공하기 조금 전에야 호드에 합류한 렉사르와는 달리 피부가 녹색이었다. 이곳에 는 몇몇의 흑마법사가 있었고 그중에는 강한 자들도 있었다. 하지만 죽음 의 마법을 쓰는 데는 시간이 걸렸고, 그 때문에 아수라장인 전장에는 적합 하지 않았다.

인간 전사 둘이 흑마법사를 협공하고 있었다. 오크는 그중 하나를 공포로 휘감아 달아나게 만들었지만, 나머지 하나가 검으로 흑마법사의 가슴을 찔 렀다. 다음 순간 근처에 있던 전쟁노래 전사가 비명을 지르는 곤봉으로 인 간의 두개골을 함몰시켰다. 흑마법사는 비틀거리며 한 손으로 가슴에 피어 나는 핏자국을 눌렀다. 피부가 창백하게 변해가고 미간에는 땀이 맺혔다. 렉사르는 콧소리를 내며 고개를 저었다. 본래 흑마법사는 쓸모가 없다고 생 각했을 뿐만 아니라 특히 저자는 전투 기량이 없는 자가 분명했다.

고개를 절레절레 젓는 렉사르의 행동이 죽어가는 흑마법사의 눈길을 사 로잡았고, 렉사르를 노려보는 흑마법사의 얼굴에 혐오와 경멸이 떠올랐 다. 그는 비틀거리며 다가와 반대쪽 손바닥을 내밀며 호통쳤다.

"너! 이 잡종 녀석! 넌 진짜 호드도 아니고 진짜 오크도 아니구나. 그래 도 너라면 되겠다. 이리 오너라!"

렉사르는 어이가 없어 흑마법사를 빤히 바라보았다. 뭐라고? 방금 날 모욕하고도 도움을 청하는 건가? 이자가 돌았나?

흑마법사는 점점 가까이 다가왔고, 렉사르는 그자의 손가락에 어린 녹 색 빛을 보고 숨을 삼켰다. 드문 분노가 끓어올랐다. 저자는 도움을 청하 는 게 아니었다. 놈은 그의 목숨을 원했다. 흑마법사는 남의 생명력을 빨아들여 자신을 치유할 수 있었다. 그 대가는 매우 커서, 심한 부상을 치유하려면 건강한 오크의 생명력을 남김없이 빨아들여야 하는 일이 다반사였다. 게다가 이 흑마법사의 부상은 치명적이었다.

렉사르는 물러나려 했지만, 주위에 오크와 인간이 너무 많아 움직일 공간이 없었다. 대신 그는 이빨을 드러내며 양손의 도끼를 들어 올렸다. 자기가 죽느니 흑마법사를 베어버릴 작정이었다. 하지만 오크 흑마법사가 손짓을 하자 터무니없는 고통이 온몸을 할퀴었고, 렉사르는 털썩 주저앉고 말았다.

"왜 그러느냐? 갑자기 자신감이 없어진 것이냐? 아픈 모양이지? 걱정마라. 고통은 곧 사라질 테니."

흑마법사는 나지막이 그를 조롱하며, 그 숨결이 렉사르의 살갗에 닿는 거리까지 다가왔다. 렉사르는 고통으로 무너져 내린 채 꿈틀거렸다. 아무것도 할 수가 없었다. 흑마법사는 느릿느릿 손을 들었고, 렉사르는 코앞으로 다가오는 녹색 손을 그저 바라볼 수밖에 없었다. 이미 기력이 빠져나가기 시작했는지, 피로감이 파도처럼 밀려왔다.

그때 사나운 포효 소리가 고통 사이로 들려오더니, 커다랗고 검은 형체가 흑마법사를 들이받았다.

"하라사, 안 돼!"

흑마법사의 정신이 잠시 흐트러진 사이, 주문이 깨졌고 렉사르는 다시 움직일 수 있었다. 하지만 너무 늦었다. 충성스러운 늑대가 흑마법사를 밀쳐냈지만, 그 와중에 놈의 손이 하라사의 털가죽에 닿은 것이었다. 렉사르가 아연실색하여 바라보는 동안, 강인했던 늑대는 순식간에 쪼그라들더니 털썩 쓰러졌다. 몸뚱이는 금세 먼지가 되어 바람에 날렸다.

"아, 좀 낫군."

흑마법사가 일어나서 로브를 툭툭 털며 말했다. 핏자국은 남아 있었지만 이제 부상 없이 움직이고 있었다. 그는 고약하게 웃으며 렉사르에게 말했다.

"네 애완동물이 네 목숨을 구한 줄 알아라."

"그래, 그렇지. 그런데 네 목숨은 누가 구할까?"

렉사르가 나지막이 중얼거리고는 도끼 두 개를 높이 쳐들었다. 곧이어 도끼들이 호를 그리며 흑마법사의 두 어깨를 깊이 파고들었다. 렉사르는 타격에 온 힘을 실었고, 흑마법사는 그 충격으로 무릎을 털썩 꿇었다. 도끼에 잘린 몸뚱이의 조각들이 피에 젖은 바닥에 떨어졌다.

렉사르는 헐떡거리며 시신을 바라보다가, 늑대가 죽은 자리로 시선을 돌렸다. 분노는 가라앉을 줄 모르고 그의 귓가에서 쿵쿵거렸다. 그는 무릎을 꿇고 흑마법사의 피에 젖은 손을 잠시 먼지 위에 올려두며 부드러운 목소리로 말했다.

"친구여, 네 복수를 했다. 물론 네가 아직 내 곁에 있다면 더 좋겠지만."

렉사르는 숨을 들이마시며 일어나 슬픔과 분노를 실어 목청껏 전쟁노래 수장을 불렀다. 그롬은 렉사르를 돌아보고는 그의 목소리를 들었다는 표시로 도끼를 흔들어 보였다. 렉사르가 전쟁노래 수장을 좋아하는 이유 중 하나는 그가 비록 야만적이고 폭력적이라 해도, 여느 오크 전사와 다름없이 자신을 늘 존중해주었기 때문이었다. 그 역시 그롬을 존중했지만, 지금은 예의보다 결과가 중요했다.

"문을 보게! 뭔가 이상하네!"

렉사르가 손가락으로 어둠의 문을 가리키며 고함쳤다. 그롬이 문을 보는 순간, 오크 몇몇이 비틀거리며 문을 넘어왔다. 처음에는 드디어 호드가 지원군을 보냈나 싶어 렉사르의 가슴이 부풀었다. 하지만 그 오크들은 이미 만신창이가 되어 피를 흘리고 있었고, 행군한다기보다는 달아나는 모습에 가까웠다. 드레노어 쪽에 있는 무언가로부터.

"달아나! 달아나라!"

그 오크들 중 하나가 얼라이언스 병사를 들이받아 넘어뜨리며 소리치고는, 쓰러진 적은 거들떠보지도 않고 계속 달렸다.

"무슨 일이지?"

그롬이 물었지만 렉사르도 어리둥절한 채로 어깨를 으쓱했다. 둘이 함께 어둠의 문을 바라보는 와중에 조금 전, 문 너머에서 보였던 혼란스러운 광경이 소용돌이치더니 칠흑처럼 검게 변했다.

그리고 다음 순간 문이 사라졌다.

잠시 후 어둠의 문을 에워싸고 있던 기둥과 들보도 삐걱거리기 시작했다. 소리가 점점 커지다가 결국 들보의 중앙이 뚝 부러졌고, 두 돌덩이는 안쪽으로 떨어지면서 어마어마한 소리와 함께 충돌하며 먼지와 바위 파편을 흩날렸다. 곧이어 그 충격에 균형을 잃은 양쪽 기둥이 넘어졌다. 렉사르는 고개를 숙이고 두건 자락을 당겨 입을 가리며 날아오는 먼지를 막았다. 오크들과 인간들이 그 혼란과 파편을 피하려고 사방으로 흩어졌다.

"안 돼!"

주위는 비명과 신음, 고함으로 가득했다. 렉사르는 당혹감을 느끼며 한때 세상 사이를 연결하는 관문이었던 돌 더미를 우두커니 바라보았다. 문이…… 없어진 건가? 그렇다면 영영 고향으로 돌아가지 못하는 것인가? 이제 우리는 어떻게 되는 걸까?

다행히 한 명의 오크만은 냉정을 유지했다.

"재집결한다!"

그롬이 고함을 치고는 렉사르의 한쪽 어깨를 두드리며 말했다.

"자네는 저쪽에 있는 인원을 모두 모아주게. 나는 이쪽에서 시작하겠네! 계곡 어귀로 오게!"

흠칫 정신을 차린 렉사르는 고개를 끄덕이고 지시대로 움직였다. 그는 소용돌이치는 먼지에서 빠져나오자 다시 두건을 젖혔다. 아직도 충격이 가시지 않았지만 그롬이 맡긴 임무에 집중하며 애써 떨쳐버리려 했다. 그는 오크가 눈에 띄는 대로 계곡 앞쪽으로 가라 일렀고, 오크들은 그의 덩치 때문인지 양손에 든 도끼 때문인지, 아니면 그저 명령이 간절했기 때문인지 두말없이 복종했다. 렉사르가 계곡 어귀에 이르렀을 때는 그롬도 와 있었고, 아직 아제로스에 남아 있던 호드 오크들도 모두 모여 있었다. 모두들 렉사르만큼이나 얼떨떨해 보였다.

"그롬 님! 문이 사라졌습니다!"

"이제 어찌해야 합니까?"

그들 중 누군가가 울부짖었다.

"그래, 문은 사라졌다. 그리고 얼라이언스가 재집결하고 있다."

그롬은 큰 소리로 말하며, 문이 자리하고 있던 곳으로 모여드는 인간들을 가리켰다.

"우리가 쉬운 먹잇감이라 여기겠지. 문이 없으면 우리가 우왕좌왕하리라 여길 것이다. 그 생각이 틀렸다는 걸 보여주자. 우리는 호드다!"

그롬 헬스크림은 붉은 눈으로 오크들을 둘러보다가 피의 울음소리를 들어 올렸다.

"북쪽의 스토나드로 간다. 그곳에서 우리 세상이 어떻게 되었는지 알아내고, 부상자를 돌볼 것이다. 살아남을 것이다. 그 이후에 재집결하여 우리가 유리해졌을 때 인간들을 다시 상대할 것이다. 얼라이언스가 온다. 이대로 놈들에게 무너질 것인가?"

그롬이 이를 드러내며 목소리를 높이자 오크들이 입을 모아 외쳤다.

"아닙니다!"

렉사르는 내심 이들이 마지막 남은 호드가 아닐까 두려웠다. 그러나 그롬은 빙그레 웃고는 고개를 젖혀 검은 문신이 있는 턱을 벌리더니 고함을 내지르며 달리기 시작했다. 그의 부족이 망설임 없이 뒤를 따랐다.

저놈이다. 그롬이 그날 밤 스토나드에서 야영을 하며, 모닥불 옆에 웅크리고 앉은 오크에게 성큼성큼 다가갔다. 그자는 먼지투성이도, 피투성이도 아니었고 무엇보다도 그롬은 자기 부족 전사들의 얼굴을 모두 알고 있었다. 그롬은 그 오크를 잡아 누르면서 뒤로 거칠게 당겼다. 깜짝 놀란 오크는 그롬을 올려다보았다. 그롬 옆에는 렉사르가 우뚝 서 있었다.

그롬은 마치 어린아이를 들듯이 그 오크를 번쩍 들어 올리자 오크가 마구 발버둥을 쳤다. 그롬이 무섭게 인상을 쓰며 얼굴을 바짝 들이댔다.

"말해라. 대체 그곳에서 무슨 일이 일어난 거지?"

오크는 벌벌 떨며 아는 대로 이실직고했다. 나머지 오크들은 귀를 기울였다. 들리는 소리라고는 오크의 빠른 말소리와 탁탁 튀는 모닥불 소리, 밤이면 늪지에서 들려오기 마련인 이런저런 소리뿐이었다. 오크가 이야기를 마치자 아무도 말이 없었다. 모두들 충격으로 말을 잃고 멍하니 바라볼 뿐이었다.

마침내 그롬이 정신을 차리고는 오크들을 노려보며 말했다.

"그렇다면, 준비해야겠군."

그롬의 눈길에 오크 전사들은 수치심과 위협을 느끼며 괜히 눈을 이리저리 굴리고 꿈지럭거리며 자세를 바로 했다. 그때 렉사르가 울부짖듯 말했다.

"준비라고? 무엇을 준비한다는 건가, 그롬? 우리 세상이 죽어버렸고, 그곳의 오크들도 죽었네. 우린 이곳에 영영 갇힌 신세란 말일세. 대체 무엇을 준비하겠다는 건가?"

렉사르가 도끼를 어찌나 꽉 쥐었는지, 그롬은 도낏자루가 삐걱거리는 소리를 들은 것 같았다.

"죽은 자들을 위한 복수를 준비해야지!"

그롬이 가로쉬의 모습을 떠올리며 소리쳤다. 아들이자 후계자인 가로쉬, 내 아들. 내 아들이 죽었다. 모두 다. 그는 오크들을 둘러보며 말을 이었다.

"이제 남은 건 우리뿐이다! 이제 우리가 호드다! 우리가 포기하면 우리가 알고 있던 것들과 우리가 아끼던 것들이 모두 사라지고 만다! 우리가 비겁하고 나약하게 드러누운 채로 죽음을 받아들이지만 않는다면, 우리 종족은 죽지 않는다! 넬줄의 계획이—"

"넬줄!"

렉사르가 느닷없이 고함을 지르더니 몸을 굽혀 그롬에게 얼굴을 바짝 들이댔다.

"이건 놈의 잘못이네! 달리 누가 이처럼 세상을 망가뜨렸겠나? 놈이 우리 모두를 배신한 걸세! 드레노어를 구하기는커녕 파괴한 거야!"

"그건 알 수 없는 일이네! 그는 다른 세상으로 통하는 문을 열려고 어마어마하게 강력한 마법을 다루었네. 그러다가 뭔가 잘못됐을지도 모르지."

"넬줄에게는 그게 잘된 것인지도 모르지! 그자가 자신의 야망을 이루기 위해 우리 모두를, 우리 세상을 이용했던 것인지도 모르네. 굴단도 그러지 않았던가?"

렉사르가 맹렬한 기세로 받아쳤다. 주위에 모인 오크들이 저마다 중얼거리거나 두런거리며 맞장구를 쳤다. 굴단의 배신 때문에 2차 대전쟁이 일어났다는 사실은 모두가 알고 있었다.

"그리고 굴단을 키운 게 누구였지? 누구냐고? 바로 넬쥴일세! 그 스승에 그 제자였던 거야!"

렉사르의 말에 웅성거리던 소리가 점점 커지면서 성난 소리로 바뀌었다. 그롬은 전사들이 폭도로 변하기 전에 진정시켜야 한다는 걸 알았다.

"그게 더는 중요하지 않다는 걸 모르겠나?"

그는 침착하게 렉사르의 분노를 파고들며 말했다.

"소문과 걱정을 근거로 우리의 거취를 결정하자는 얘긴가? 지나버린 일에 집착하며 언제까지나 곱씹기만 하자는 얘긴가? 막강한 호드가 그래야만 하는가?"

그롬은 오크들을 하나씩 뜯어보며 모두를 대화에 끌어들였다. 웅성거리는 소리가 잦아들고 다들 자신의 말에 귀 기울이는 것을 보고 그롬은 흡족했다.

"우리는 살아남았다! 우리는 생명과 음식, 땅과 전투가 가득한 아제로스에 있다! 우리는 호드를 재건하고 이 세상을 다시 휩쓸 것이다!"

몇몇 오크들이 환호성을 질렀고, 이에 힘을 얻은 그롬은 피의 울음소리를 머리 위로 빙빙 돌려 그 비명 소리를 배경 삼아 더욱 열띤 목소리로 연설을 이어갔다.

"그렇다. 얼라이언스는 우릴 쫓고 있다. 그리고 오늘 우리는 놈들에게 맞설 수가 없다. 그러나 언젠가는 가능하다! 이곳에서 우리는 휴식을 취하고 회복하면서 전략을 세울 것이다. 이 세상의 달이 몇 번이나 차고 이지러지는 동안 늘 그랬듯이, 이곳을 근거지로 삼고 공격을 가할 것이다. 우리는 다시 강성해지리라. 다시금 무시무시한 적이 되리라. 그때가 오면 인간들은 겁에 질려 벌벌 떨 것이다!”

그롬은 빙빙 돌리던 도끼를 머리 위로 높이 든 채, 갑자기 목소리를 낮추었다.

“그리고 언젠가 우리 호드는 인간들에게 복수하고 진짜 승리를 거두리라!”

전사들은 환호성과 고함을 질러대며 각자의 무기를 높이 들었다. 그롬은 흡족하게 고개를 끄덕였다. 오크들은 또다시 하나가 되어 그의 편에 섰다.

단 한 명만 빼고.

“지도자를 자처하는 오크에게 두 차례나 배신을 당하고도 같은 길을 가려 하는군.”

렉사르는 나직하게 말했지만, 눈에서는 분노가 활활 타올랐다.

“이제 싸울 이유가 없지 않은가! 전에는 우리 민족을 지키려고, 모두를 위해 이 세상을 차지하려고 싸웠지. 그런데 그 민족이 사라졌네! 이제 이 세상은 필요 없어! 이제 살아남은 수도 얼마 없으니, 인간들의 발이 닿지 않은 곳을 찾아서 핏방울 하나 떨구지 않고 차지하는 방법도 있네!”

“그건 명예라고는 조금도 없는 방법 아닌가?”

다른 오크 하나가 외치자 그롬이 고개를 끄덕이며 렉사르에게 따지듯 물었다.

“전투 없는 삶이 무슨 의미가 있겠는가? 자네도 전사이니 잘 알 텐데! 싸움이 우리를 강하게 만들고, 날카롭게 만든다는 것을!”

“그럴지도 모르지. 하지만 싸울 필요가 없는데 왜 싸우는가? 그저 싸우기 위해 싸우는가? 그건 누군가를 구하기 위한 싸움도, 무엇을 쟁취하기 위한 싸움도 아니며, 명예로운 싸움도 아닐세. 그저 피의 욕망을 채우기 위해, 폭력을 쓰기 위해 싸우는 걸세. 난 이제 그런 건 지긋지긋하네. 난 빠지겠네."

"비겁자!"

누군가가 버럭 고함을 치자, 렉사르는 날카로운 눈빛으로 몸을 꼿꼿이 펴고는 도끼를 들어 올렸다. 그는 낮게 깔린 목소리로 위협했다.

"나와서 말해보라. 네놈 얼굴이 똑똑히 보이도록 걸어 나와 내 얼굴에 대고 비겁자라고 말해보란 말이다! 그런 후에 내가 겁쟁이처럼 싸움을 피하는지 직접 보아라!"

한동안 아무도 꼼짝하지 않자 렉사르는 큼직한 이목구비에 비웃음을 띠고서 고개를 저었다.

"비겁자는 너희들이다. 그동안 굳건히 믿어온 거짓 약속의 그림자 밖에서 진짜 삶을 사는 게 두려운 거겠지. 너희에겐 용기도, 명예도 없다. 그래서 너희를 믿을 수 없는 것이다. 지금부터 나는 오로지 짐승들만 믿겠다."

오우거 혼혈 오크의 어깨가 축 늘어졌다.

떠나는 렉사르의 뒷모습을 바라보는 그롬의 심경이 복잡했다. 어째서 똘똘 뭉쳐야 하는 때에 떠나는 것인가? 그러나 누가 그를 탓하겠는가? 모크나탈은 칼날 산맥을 떠나야 할 때도 끝내 거부했었다. 렉사르는 일반적인 의미에서 호드도 아니었다. 그롬이 알기로는, 렉사르만이 호드의 부름에 답하여 1차 대전쟁과 2차 대전쟁에 참전했다. 그런데 그 대가로 렉사르는 무엇을 얻었는가? 세상을 잃고, 부족을 잃고, 심지어 친구인 늑대마저 잃었다. 그가 배신감을 느끼는 게 당연하지 않은가?

그때 몇몇 오크들이 나서서 언성을 높였다.

"누구도 호드를 마음대로 떠날 수는 없다! 귀를 잡고라도 끌고 오거나, 죽여야 한다!"

"저자는 우리 모두를 모욕했어! 무례의 대가로 죽어야 한다!"

"우리에겐 저자의 힘이 필요하다. 저렇게 잃을 수는 없어!"

"그만!"

그롬이 모두를 노려보며 호통을 치자, 소리를 높이던 오크들이 잠잠해졌다.

"보내주거라. 렉사르는 호드를 위해 두 번의 전쟁에도 참전했다. 평화롭게 떠나도록 놔둬라."

"우리는 어쩌란 말입니까? 우리는 이제 어떡합니까?"

오크 전사 하나가 따지듯 묻자 그롬이 지체 없이 대답했다.

"우리는 할 일이 있다. 이제 이 세상이 우리의 터전이다. 이곳에서 제대로 살아봐야 하지 않겠느냐."

그롬의 대답에 오크들은 고개를 끄덕이며 모닥불가로 돌아가 계획과 승리, 물자에 대해 두런두런 이야기를 나누었다. 하지만 그롬은 렉사르의 말을 떨쳐버릴 수가 없었다. 그들이 너무나 오래전에 잃어버린 그것, 평화를 찾을 날이 정녕 오긴 올 것인가?

28장

투랄리온이 균열에서 나와 눈을 끔벅였다.

"여기가…… 드레노어라고?"

그들은 끝장나버린 드레노어에서 탈출하려고 불가해한 다른 세상으로 건너갔다. 카드가와 마법사들이 균열을 통해 전해지는 진동으로부터 사람들을 보호했고, 진동이 잠잠해진 후 혹시나 살아남은 전우들이 남겨졌을까 싶어 드레노어로 다시 돌아온 것이었다. 그러나 앞서가던 투랄리온이 갑자기 멈춰 서더니 앞을 우두커니 바라보았다. 알레리아가 손을 당기자 그제야 정신을 차리고 뒤에 따라오던 사람들이 지나가도록 비켜섰다.

"맞아. 잔해라 해도 드레노어긴 하지."

카드가가 대답했다. 어둠의 문이 무너지면서 생긴 돌 더미가 뒤에 있었고, 저 멀리로는 명예의 요새와 지옥불 성채가 보였다. 갈라진 붉은 땅도 똑같았다. 그런데 하늘은―!

하늘이 여러 색으로 일렁이면서 군데군데 빛줄기가 하늘을 갈랐다. 땅에 닿지 않고 횡으로 움직이는 색색의 번갯불처럼. 태양은 사라졌고 하늘은 검붉은색이었지만, 예전보다 훨씬 커 보이는 달이 높이 떠 있었다. 뿐만 아니라 장밋빛 천체 하나가 지평선에 낮게 걸려 있었고, 밝은 푸른색의 작은 천체가 그 바로 위에 떠 있었다. 그리고 구름으로 만들어진 촉수 같은 무언가가 공중을 맴돌았다.

땅의 색과 밀도는 변함이 없었지만, 멀지 않은 곳에 갈라져 나온 땅덩이 하나가 있었다. 문제는, 그것이 30미터 위 허공에 둥둥 떠 있었던 것이다! 노도와 같이 몰아치는 바람 탓인지 땅덩이는 아래위로 조금씩 흔들렸지만, 그것을 제외하면 큰 움직임은 없었다. 다른 파편들도 이곳저곳을 떠다녔다.

"그 파괴로 우리가 아는 현실이 깨져버린 거야. 중력, 공간, 어쩌면 시간조차도 여기서는 정상적으로 기능하지 않아."

카드가가 설명을 이어가려던 그때, 아래쪽에서 찢어지는 듯한 소리가 들려와 카드가의 말이 묻혔다. 투랄리온은 한 손으로는 카드가의 팔을, 다른 손으로는 알레리아의 팔을 붙들고 본능적으로 둘을 뒤쪽 땅 위로 당겼다.

"물러서라! 균열에서 물러서!"

땅이 찢어지는 소리와 바람이 몰아치는 소리에 묻혀 부하들에게 들릴지는 의문이었지만 투랄리온은 있는 힘껏 고함을 쳤다. 그래도 부하들에게는 보일지도 모른다는 생각에, 그는 서쪽에 있는 명예의 요새를 가리켰다. 다들 겁에 질려 질서 따위는 잊고 정신없이 뛰었다.

바로 그때였다. 투랄리온이 카드가와 알레리아를 당기는 순간, 발아래의 땅이 무너지기 시작했다. 바위와 흙이 바스러지며 방금까지 있던 곳이 무너지기 직전, 그들은 눈앞에 보이는 땅으로 몸을 던져 간신히 일어섰다. 분명 어둠의 문은 동쪽의 산맥에 둘러싸여 있었고, 그 너머는 바다였다. 하지만 지금, 산맥은 대부분 사라지고 놀랍게도 파도마저 사라졌다. 이제 텅 빈 공간만이 남아 떨어지는 파편들을 삼키고 있었다. 언뜻언뜻 빛의 파문이 일렁이고 섬광이 스쳐 지나가는 어두컴컴한 공간 속에, 세상의 잔해가 걸려 있었던 것이다.

"장군님, 저기…… 저기가 그 균열이 있던 자리 아닙니까?"

"맞다, 그랬지."

부하 하나가 떨리는 목소리로 물어오자 투랄리온이 대답했다. 처음 드레노어를 빠져나갈 때와 다시 돌아올 때 통과했던 균열이 방금 무너져 내린 그 땅에 있었다. 이제 그 균열도 땅과 함께 사라지고, 남은 것은 어둠의 문의 잔해뿐이었다.

침묵이 흘렀다. 투랄리온은 부하들의 절망이 깊어가는 것을 느꼈다. 그는 멀지 않은 곳에 있는 눈에 익은 구조물들을 가리키며 말했다.

"잘 들어라. 명예의 요새는 아직 건재하다. 애초에 드레노어의 거점으로 삼고자 지은 곳이니, 그렇게 쓰면 된다."

투랄리온이 돌아섰다. 모두가 먼지와 피를 뒤집어쓴 채 기진맥진해 있었다.

"우리는 문을 지나올 때 이미 돌아가지 못할지도 모른다고 각오했다. 게다가 죽을 뻔했지만 죽지 않았지. 문은 이제 닫혔다. 우리는 이곳에 온 목적을 완수했다. 지금부터 어떻게 하느냐는 우리에게 달려 있다. 살아남은 사람들이 아직 있을 테니, 찾아서 데려와야 한다. 그 후엔 주변을 샅샅이 살펴보고, 동료를 찾아야 한다. 이곳에 호드가 조금이라도 남아 있다면, 놈들이 다시는 이런 짓을 저지르지 못하도록 계속 싸워야 한다. 빛은 여전히 우리와 함께하며, 우리에겐 아직 할 일이 있다. 우리는 이 세상을 우리 뜻대로 만들어갈 것이다."

알레리아가 눈을 반짝이며 그의 곁에 섰다. 투랄리온은 그녀의 손을 꼭

잡았다. 투랄리온이 카드가를 힐끗 보자, 젊은이의 눈동자가 잘했다는 듯 미소를 지었다. 성기사 투랄리온은 다시 부하들을 바라보았다. 염려와 의혹이 어린 표정이었다. 하지만 절망과 공포는 사라져 있었다.

우리는 이 세상을 우리 뜻대로 만들어갈 것이다.

"가자. 집으로 돌아가자."

투랄리온이 명예의 요새를 가리키며 말했다.

에필로그

"넬쥴!"

호드의 대족장인 오크 주술사는 자신의 이름을 듣고 비명을 지르며 눈을 번쩍 떴다. 주위에서 기묘하게 휘몰아치는 공허가 즉시 그의 오감을 괴롭혔다. 그는 다시 눈을 감고 미칠 것만 같은 감각의 과잉을 억눌러보려 애썼다. 그때, 둥둥거리고 윙윙거리고 탁탁거리는 소리 가운데서 또다시 자신의 이름이 들려왔다.

"넬쥴!"

그는 눈을 깜박이며 주위를 두리번거렸다. 처음에는 가까운 곳에서 들리는 줄 알았는데, 다음 순간에는 아득히 먼 곳에서 들려왔다는 생각이 들었다. 그때 웬 검은 형체가 넬쥴의 눈에 들어왔다. 오크처럼 생긴 형체였다. 가만히 보니 녹색 피부와 엄니, 길게 땋은 머리카락이 보였다. 오크가 틀림없다. 게다가 넬쥴의 휘하에 있는 어둠달 전사 중 하나였다. 하지만 전사는 꼼짝하지 않았다. 넬쥴은 그 오크의 가슴이 오르락내리락하는 것을 보았다고 생각했지만, 이곳에서는 그 무엇도 확신할 수 없었다.

다른 형체들이 빛과 그림자의 소용돌이 속에서 점점이 나타났다. 넬줄을 따라 균열로 들어온 이들이 모두 이곳에 있는 모양이었다.

문제는 여기가 어디냐 하는 것이다. 어째서 그 균열은 다른 세상으로 이어지지 않았는가? 이곳이 어디인지는 몰라도 정상적인 세계가 아니라는 건 분명했다. 무슨 일이 일어난 걸까? 넬줄 자신은 의식이 있는데, 어째서 나머지 오크들은 모두 깊은 잠에 빠져 있는가?

빛줄기 하나가 스쳐 가는가 싶더니, 오크들의 윤곽과 자신의 윤곽이 빛의 메아리처럼 일순 희미하게 반짝였다. 그는 눈을 휘둥그레 떴다가 감각을 괴롭히는 광경들의 포화를 받고 다시 질끈 감았다. 그러나 그는 자신이 무엇을 보았는지 알았다. 모두 갇혀 있는 것이었다. 무언가가 그들을 이곳에 묶어두고 있었다!

"넬줄!"

다시 그 기묘한 공간에서 그의 이름이 들려왔지만, 이번에 넬줄은 무엇인가가 자신의 가슴과 팔다리를 당기는 것이 느껴졌다. 다른 오크들이 금세 뒤로 사라졌다. 어쩌면 그들이 꼼짝없이 묶여 있는 동안 넬줄 자신만 움직이고 있는지도 몰랐다. 하지만 여기서는 판단할 수가 없었다. 몇 분이 흐른 후에도 넬줄은 혼자였고, 오크들은 모두 머나먼 그림자에 지나지 않았다.

그때 크고 검은 그림자가 그의 머리 위로 드리워졌다. 위를 올려다본 그는…… 분노 그 자체를 보았다.

넬줄 앞에는 핏빛 금속을 세공해 만든, 육중한 갑옷을 걸친 거대한 존재가 떠 있었다. 이 형체의 명민한 얼굴은 드레나이를 닮았으나, 피부색이 시뻘겋고 악의 면모가 엿보였다. 양쪽 관자놀이에는 짧고 구부러진 뿔이 솟아 있었고, 입 아래 양쪽에는 짧은 턱수염 아래까지 촉수 같은 무언가가 늘어져 있었다. 여러 개의 귀걸이가 번쩍였고, 눈은 짙은 노란색으로 빛났다.

넬쥴은 그를 대번에 알아보았다.

"위대하신 이여!"

넬쥴은 헉하는 신음을 내뱉으며 아직도 묶여 있는 듯한 팔다리로 절을 하려고 안간힘을 썼다.

"아아, 넬쥴. 나의 불충한 종복이여. 내가 너를 잊었으리라 여겼느냐?"

불타는 군단의 악마 군주, 킬제덴이 말했다.

"아닙니다, 위대하신 이여. 그럴 리가요."

넬쥴은 사실 자신을 잊어주길 바랐고, 몇 년이 지나갔을 때는 정말 잊었으리라 생각했었다. 악마 군주의 말에 그는 절망했다.

"나는 그동안 너를 유심히 지켜보았다, 넬쥴. 네 덕분에 어마어마한 대가를 치렀으니. 이제 그 실패에 대한 대가를 치러야 할 것이다!"

악마 군주 킬제덴은 소름 끼치는 웃음을 터뜨렸다.

"저는……."

넬쥴은 입을 뗐지만 도저히 말이 나오지 않았다.

"어째서 널 가만히 내버려두지 않느냐고?."

킬제덴이 넬쥴의 말을 대신 해주었다.

"언젠가는 네가 또다시 감당하지도 못하고 이해하지도 못하는 마법에 손을 대리라는 것을 알았다. 언젠가는 너의 오만이 네 스스로를 내게 데려오리라 생각하고 기다렸을 뿐이다."

킬제덴은 팔을 넓게 벌리더니 가늘게 눈을 떴다.

"드디어 만났구나! 너는 죽음을 꿈꾸었지. 죽음에서 달아나려 했고. 자, 나의 꼭두각시여. 이제부터 너는 죽음밖에 모르게 될 것이다."

넬쥴의 머릿속으로 수많은 광경이 스쳐 지나갔다. 아직 살아 있는 육신에서 고통스럽게 살점이 뜯겨나가는 광경, 죽은 자들이 그를 에워싸며 다가오는 광경, 자기 손에 그들의 피와 자신의 피가 묻은 광경. 죽음과 삶, 극심한 고통이 끔찍하게 어우러졌다.

"안 됩니다! 우리 종족에게는 제가 필요합니다!"

넬쥴은 보이지 않는 속박에서 벗어나려고 필사적으로 몸부림을 치며 악을 썼다.

악마의 위력적인 육체가 웃음으로 흔들렸다. 그 웃음소리가 어찌나 무시무시하고 끔찍한지 넬쥴은 전율하며 공포에 휩싸였다.

"그들이 네게 의미가 없다는 것쯤은 나도 잘 알고 있다. 그러니 걱정하지 마라."

악마 군주는 속삭이듯 말하고는 긴 손가락 끝으로 넬쥴의 뺨을 찔렀다. 그곳이 타는 듯 쓰라렸고, 넬쥴의 온몸으로 지독한 열기와 고통이 퍼졌다.

"그들은 이제 구할 수 없다. 아직도 모르겠느냐? 넌 네 자신조차 구하지 못한다는 것을."

그 말과 함께 킬제덴은 긴 손가락을 벌려 넬쥴의 얼굴을 움켜잡았다. 오크 주술사의 머리가 뒤로 떨어지고, 경련하는 입술에서는 참혹한 비명이 흘러나왔다.

넬쥴은 그것이 시작에 지나지 않는다는 것을 알았다.

역사가의 「월드 오브 워크래프트」 도서 소개

워크래프트 세계의 인물과 사건을 더 알고 싶다면 다음의 책을 통해 아제로스의 관한 또 다른 이야기들을 읽을 수 있습니다. 각 책은 개별 이야기를 다루고 있기에 읽을 순서가 정해져 있지는 않으며, 시간순으로 설정과 역사를 알기 원한다면 「월드 오브 워크래프트 연대기」를 순서대로 읽어보기 바랍니다. 모든 소설의 제목은 '월드 오브 워크래프트'로 시작하며 지면상 생략하였습니다.

역사 설정집
「월드 오브 워크래프트 연대기」 1, 2, 3
우주의 탄생과 고대 제국의 출현, 얼라이언스와 호드의 탄생 등 아제로스의 모든 역사가 글과 그림, 지도로 기록된 장대한 역사서이다. 1권은 우주의 탄생과 고대의 아제로스를 다룬다. 2권은 오크의 고향인 원시 드레노어, 호드의 결성과 초기 워크래프트의 사건을 다룬다. 3권은 〈워크래프트 III〉의 3차 대전쟁과 아서스의 비극, 그리고 첫 〈월드 오브 워크래프트〉에서 〈대격변〉까지의 이야기다.

「월드 오브 워크래프트 아트북」

캐릭터와 무기, 아제로스 세계의 원화와 스케치, 콘셉트 아트를 개발팀의 제작 비화를 곁들여 읽어 볼 수 있는 아트북이다. 게임의 기획단계부터 〈드레노어의 전쟁군주〉까지의 내용을 담고 있다.

소 설

「위상들의 새벽」

아제로스를 지켜온 다섯 용이 아직 '위상'의 힘을 얻기 전, 고대 아제로스의 강력한 위협이었던 갈라크론드와 대적하게 된다. 용의 탄생은 어떻게 시작되었는가, 갈라크론드는 왜 용들의 아버지로 불리는지에 대한 답이 담긴 소설이다.

「호드의 탄생」

대족장 스랄이 들려주는 호드의 탄생 비화. 호드의 가슴을 뜨겁게 할 역사가 펼쳐진다. 호드는 어떻게 만들어졌으며, 어떤 이유로 아제로스에 오게 되었는지에 대한 이야기이다.

「어둠의 물결」과 「어둠의 문 너머」

〈워크래프트 II〉에서 일어났던 오그림 둠해머의 호드와 안두인 로서가 이끄는 얼라이언스의 치열한 대전쟁을 「어둠의 물결」에서 확인할 수 있으며, 전쟁 이후 다른 세계인 '드레노어'에의 이야기가 「어둠의 문 너머」에서 이어진다.

「아서스 : 리치왕의 탄생」

촉망받던 로데론의 왕자 아서스 메네실이 리치왕이 되기까지, 비극의 주인공 아서스의 일대기와 룬검 서리한의 이야기를 담았다.

「증오의 굴레」

〈워크래프트 III〉의 참혹했던 대전쟁 3년 후, 미지의 땅 칼림도어에 정착한 스랄의 호드와 제이나를 따르는 얼라이언스 난민들의 도시 테라모어가 불안하게 공존하던 중 일어난 사건. 첫 〈월드 오브 워크래프트〉가 출시되기 1년 전의 일이다.

「스톰레이지」

일리단의 형이자 티란데의 연인인 드루이드 말퓨리온 스톰레이지. 만년에 걸친 원수 자비우스와 에메랄드 드림의 타락에 대한 이야기가 펼쳐진다.

「부서지는 세계 : 대격변의 전조」

데스윙이 일으킨 대격변 직전, 스랄과 안두인 등 위기에 직면한 영웅들과 호드의 새로운 대족장 교체 등 중요한 사건을 다룬다.

「늑대의 심장」

'대격변' 이후 호드와 얼라이언스의 잿빛 골짜기 전투를 담고 있다. 이 전투에서 결정적 역할을 한 지금껏 잘 알려지지 않았던 늑대인간과 나이트 엘프 귀족 명가들의 숨겨진 이야기가 밝혀진다.

「스랄 : 위상들의 황혼」

대족장의 지위를 버리고 주술사로서 세상의 평화를 지키기로 결심한 스랄의 이야기. 여러 고민으로 혼란스러워 하고 있던 스랄에게 잠에서 깨어난 여왕 이세라가 '작은' 임무를 맡기며 시작된다.

「제이나 : 전쟁의 물결」

데스윙의 위협이 끝난 후, 전쟁에 미친 대족장 가로쉬는 얼라이언스를 공격하려 하고, 이에 제이나가 나서게 된다. 그녀의 인생에 가장 큰 시련을 남긴 충격적 사건을 다룬 작품이다.

「볼진 : 호드의 그림자」

검은창 부족의 위대한 지도자 볼진이 전설의 대륙 판다리아로 떠난다. 그리고 그의 삶을 송두리째 뒤바꿔 놓을 생애 가장 어려운 시험에 직면하게 된다.

「전쟁범죄 : 광기의 끝」

아제로스 최악의 전범인 가로쉬 헬스크림이 붙잡혔다. 곧 판다리아에서 그의 역사적인 재판이 시작되고, 재판이 진행되면서 감춰졌던 일들이 하나씩 드러나기 시작한다.

「일리단」

〈워크래프트 III〉에서 〈불타는 성전〉까지, 아서스의 라이벌 일라단의 비밀스러운 행적과 운명을 다뤘다. 일리단의 파멸과 그의 추종자 악마사냥꾼들의 행보를 담은 책이다.

「폭풍전야」

〈군단〉과 〈격전의 아제로스〉 사이에 발생한 전대미문의 사건. 호드와 얼라이언스의 긴장이 고조되는 가운데, 안두인 왕은 실바나스에게 호드의 언데드 시민이 살아생전 사랑했던 얼라이언스의 헤어진 가족을 찾아 재회시킬 평화 회담을 제안하게 된다.

「아제로스의 여행자 시리즈」

평범한 소년 아람의 모험을 다룬 작품이다. 아람은 씩씩한 누나 마카사, 귀여운 멀록 머키, 사연 많은 놀 쓱싹과 함께 아제로스를 가로지르는 위험천만한 여행을 떠나게 된다.

게임	역사서	소설
이전 시대	 연대기 1부	위상들의 새벽
WARCRAFT 워크래프트 I	 연대기 2부	호드의 탄생
WARCRAFT II 워크래프트 II		어둠의 물결 어둠의 문 너머
WARCRAFT III 워크래프트 III		아서스 : 리치왕의 탄생
WORLD WARCRAFT 월드 오브 워크래프트		증오의 굴레
WORLD WARCRAFT 불타는 성전	연대기 3부	
WORLD WARCRAFT 리치왕의 분노		스톰레이지 부서지는 세계: 대격변의 전조
WORLD WARCRAFT 대격변		녹대의 심장 스랄: 위상들의 황혼
WORLD WARCRAFT 판다리아의 안개		제이나: 전쟁의 물결 볼진: 호드의 그림자 전쟁범죄: 광기의 끝
WORLD WARCRAFT 드레노어의 전쟁군주		
WORLD WARCRAFT 군단		일리단
WORLD WARCRAFT 격전의 아제로스		폭풍전야